도향

사랑, 그 설렘에 취하고 향기에 물들다.

동
향

사랑, 그 설렘에 취하고 향기에 물들다.

러브 메이트

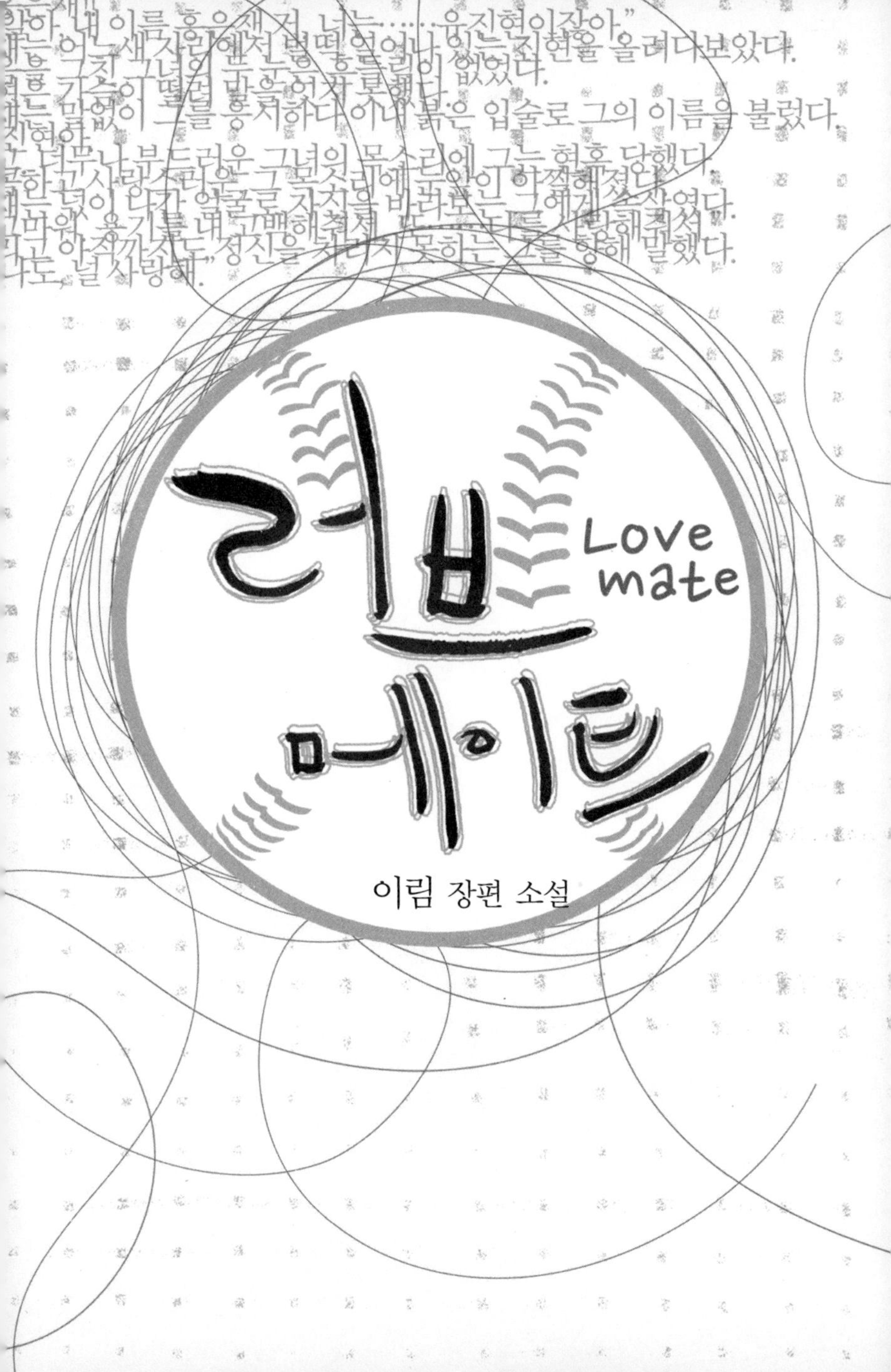
러브
Love
mate
메이트
이림 장편 소설

contents

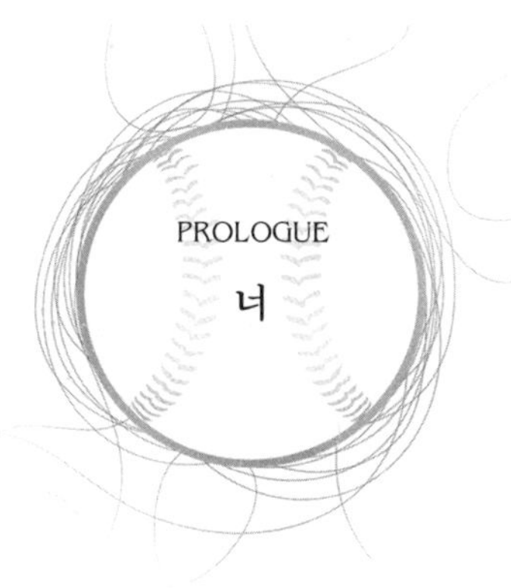

1. 너(A)

너를 생각하면…… 언제나 갈증이 난다.

네 시선이 나를 향하지 않는다는 것을 알면서도 자꾸만 너를 좇게 된다.

우리가 바라보는 곳이 다르다는 것을 알면서도 같은 곳을 바라보기를 원한다.

너를 향한 갈망은 자꾸만 커져가 나의 마음을 무너뜨린다.

참고, 또 참아도 결코 그 이상은 될 수 없는 너와 나의 관계가 나를 힘들게 한다.

사랑한다…….

사랑한다고, 말하고 싶다.

너의 눈을 바라보며,

너의 앞에 당당히 서선,

두 손을 뻗어 너를 꽉 끌어안고 외치고 싶다.

너를, 다른 누구도 아닌 너를 사랑한다고.

하지만…… 그럴 수 없다.

나는 네게 '친구' 그 이상이 되어 본 적이 없으니까.

우린 '친구'라고 단호히 선을 그어 버렸으니까.

친구.

너와 나의 사이를 가로막는.

결코, 가볍지만은 않은 그 빌어먹을 관계가 내 목을 조여 온다.

1999년 3월

너를 처음 만난 건 꿈을 안고 입학한 고등학교 1학년, 야구부 신입생 환영회 때였다.

"홍은재라고 합니다. 잘 부탁드려요!"

여자아이답지 않은 짧은 커트 머리에 까맣게 그을린 얼굴로 우리를 향해 신입 매니저랍시고 인사를 하던 너를 바라보며 이상하게 가슴이 울렁거렸다. 메스꺼운 무언가가 목구멍을 타고 올라왔기에 나도 모르게 미간을 찌푸리다 너와 눈이 마주쳤다.

묘했다. 여자애들의 동경 어린 시선을 많이 마주했었지만 너와의 마주침은 특별했다. 한동안 미묘한 얼굴로 나를 바라보던 네가 아무렇지도 않은 듯 고개를 돌리는 모습을 보고 심장이 쿵쿵 뛰었다. 그러나 곧, 이 모든 현상이 아침에 먹은 음식 때문이라고 치부해 버렸다.

그래, 그것이 나의 첫 번째 실수였다.

처음부터 너라는 존재를 알아보지 못한 것.

그래서…… 이 지독한 열병이 시작된 건지도 모른다.

2000년 4월

"너한테만 말해 줄게. 나…… 주장이랑 사귀기로 했어."

방긋방긋 웃으며 내게 말을 걸던 너의 말에 '잘 됐군.' 이란 말을 건넬 수 있었던 것은, 아직 너에 대한 내 사랑을 자각하지 못했기 때문이었다. 어쩔 줄 몰라 하며 수줍은 기색을 숨기지 않는 너의 미소와 발그레해진 뺨이 내 가슴 깊숙한 곳에 박혀 버렸다는 것을 그때의 나는 아직 눈치채지 못했었다. 네 말을 듣자마자 가슴이 욱신거렸던 건 모두 오전에 있었던 훈련 때문이었다고 여겼으니까.

아주, 바보 같이…….

2001년 8월

"얼마 전에 헤어졌어. 주장은…… 나랑 잘 안 맞더라."

너의 수능을 얼마 남겨두지 않은 그 시점에서 터져 버린 너와 그 남자의 결별 소식에 나도 모르게 입꼬리가 올라갔던 것은 아마 그제야 내가 네 의미를 알아차렸기 때문이었는지도 모른다.

씁쓸한 미소를 짓는 너를 보며 위로를 해 주긴 했지만 안타까워하는 겉모습과는 다르게 내 속은 기쁨에 가득 차 있었다. 가슴이 두근거렸다. 터져 버릴 것 같았다. 그리고…… 너의 실연이 나를 자각하게 만들었다.

내가, 너를 좋아하고 있었다는 사실을.

2002년 7월

프로에 진출한 지 이제 겨우 1년차인 신인이면서도 나는 매스컴에

오르내릴 정도의 괴물 투수로 이름을 날리고 있었다. 때문에 일반 대학으로 진학한 너를 만날 시간이 그리 많지 않았다. 구단에서 지정해 주는 스케줄에 따라 움직이고 연습해야만 했으니까. 그래도 간간히 전화 통화는 했었기에 우리의 인연은 유지해 나갈 수 있었다.

당시에는 무서울 것이 없었다. 공은 내 마음대로 움직였고 네 곁엔 나보다 잘난 사람은 없어 보였다. 자만했었다. 네 마음을 차지할 수 있는 건 나밖에 없을 거라고. 그 남자와 헤어진 이후로 줄곧 곁에 있었던 사람은 다름 아닌 나였으니까. 당연히 나는 네가 나를 '친구' 이상으로 생각해 줄 줄 알았다.

그러나…… 현실은 달랐다.

휴식 시간에 우리 구장까지 찾아온 너를 보며 얼마나 기뻤는지 모른다. 뉴스나 신문에서만 보던 나를 신기한 사람처럼 바라보는 너의 시선에 내가 들떴던 것은 잠시. 웬일로 찾아왔냐며 기쁜 기색을 감추며 묻는 나를 보며 너는 말했다.

"남자 친구? 있지."

나는, 낭떠러지로 추락하는 기분이었다.

너는, 아직도 나를 '친구' 이상으로 생각하지 않았다.

2003년 4월

모든 것이 절망적이었다.

야구도, 그리고…… 너도.

너는 결국 그 남자와 결혼 날짜까지 잡아 버렸다. 일찍 안정을 찾겠다는 생각에서였다. 결혼 준비에 한창인 너를 보며 내 마음은 혼란에 빠졌다. 당시의 나는 그 어떤 것에도 집중하지 못했다. 그러다

'그것' 이 찾아왔다.

Sophomore Jinx.

2년차 징크스라고도 불리는 그것이 내게 찾아올 줄은 몰랐다. 자신만만했던 나의 모든 것이 무너졌다. 순식간에 1군에서 2군으로 내려갔고 나를 향했던 모든 스포트라이트는 사라져 버렸다. 반짝 스타. 그것이 그때 언론에서 나를 부르는 말이었다.

나를 향해 혀를 차는 사람들의 시선을 느끼면서 생각했다.

나는, 왜 대체 망설였던 걸까.

친구라는 이름으로라도 네 곁에 남고 싶어서?

아니, 그것은 비겁한 변명일 뿐이다.

무서웠다.

두려웠다.

네가 내 마음을 받아주지 않을까 봐.

그래서 평생 너를 볼 수 없을까 봐.

나는, 결정해야 했다.

너와 야구 사이에서.

어느 것 하나 버리기 싫었지만 정해야 했다. 그리고 결론을 내렸다.

질질 끌었던 이 마음을…… 정리하기로 했다.

너의 행복을 위해서,

너의 친구 자리를 버리기로 했다.

2006년 4월

나는, 자연스럽게 너에게서 멀어져 갔다. 네게서 걸려오는 전화나 문자는 모두 다 무시했다. 너와 그 사람의 청첩장이 왔지만 곧바로 휴지통으로 던져 버렸다. 오직 재활에만 힘썼다. 주위의 모든 것을 차단하며 내 모든 것을 야구에 쏟아부었다. 모든 정신은 야구에 쏠려 있었다. 너를 생각하지 않기 위해 나는 다른 것에 매달려야만 했으니까.

힘들었다.

죽도록 힘겨워 하루에도 몇 번씩 전화기를 붙들었는지 모른다.

하지만 참아야 했다. 이제 너는 내 '친구'가 아니었으니까. '친구'가 아니길 원했으니까. 네가 다른 남자와 웃는 모습을 지켜보고 싶지 않았다. 더 이상 웃어 줄 용기도 생기지 않았다.

나는 점점 너를 잊어 갔다. 아니, 잊기 위해 노력했다.

그렇게 한 해가 흐르고 또 한 해가 흘렀다.

재기 불능이라고 불리던 나는 다시 1군으로 올라설 수 있었다. 그리고 2년 전보다 더 나아진 제구력으로 사람들을 놀라게 했다. 괴물의 귀환이라 환호하는 그들을 보며 나는 쓴 웃음을 지었다.

이 세계는 이런 것이었다. 약육강식. 강하면 살아남고 약하면 도태되는, 세계. 삭막한 이 세계에서 나는 점점 감정을 잊어 갔다. 내게 남은 것은 오직 야구밖에 없었다.

나는 승승장구했다. 에이스를 뛰어넘어 팀의 상징적인 존재가 되었다. 국가 대표팀에 발탁되어 세계를 놀라게 하는 피칭을 보이며 우승컵을 들어올렸다. 모든 것을 다 가진 남자. 그것이 나를 칭하는 말이었지만 어쩐지…… 뭔가가 허전했다.

다 가졌지만 아무것도 가진 것이 없는 것 같았다. 속 빈 강정이란 말이 딱 어울리던 그때는, 내가 네게서 멀어진 지 3년이 되던 해였다.

2009년 1월

너는, 여전히 나를 괴롭혔다.

잊으려 해도 징그러울 정도로 잊히지 않는 너를 잊기 위해 다른 여자들도 만나봤지만 아무 소용이 없었다. 너는 나의 유일한 사랑이었다. 지독한 첫사랑. 나는 아직도 첫사랑의 굴레에서 벗어나지 못하고 있었다.

심장을 도려내야 너를 향한 내 마음을 떨쳐 버릴 수 있을 거라 생각하던 어느 날, 나는 듣지 않으려 했던 네 소식을 접하게 되었다.

"은재, 파혼했어. 지금은 혼자라더라. 고등학교 선생이라던데…… 학교 이름이 뭐더라?"

파혼. 길을 지나다 우연히 만난 고등학교 동창에게서 그 이야기를 듣는 순간 나는 자리를 박차고 달려갔다. 하얗게 비어 버린 머리에 가득 찬 생각은 하나뿐. 너를, 만나야 한다는 것.

6년이나 참았다. 너에게 다가가지 않기 위해. 너를 잊기 위해. 그러나 아무것도 잊어지지 않았다. 잊을 수가 없었다.

"진……현이?"

수소문을 해 너의 학교까지 찾아온 나를 보며 너는 충격을 받은 듯 보였다. 나는 그런 너를 와락 껴안았다. 쉴 새 없이 흘러내리는 너의 눈물이 내 가슴을 적셨다. 하고 싶은 말이 많았을 테지만 너는 아무것도 묻지 않았다. 대신 하염없이 눈물만 흘리며 나를 껴안았다.

흐느끼는 너를 안던 나는 그제야 지옥 같은 지난 6년에 대한 보상을 받는 것 같았다.

그리고 결심했다.

앞으로 무슨 일이 생기든 절대로 너의 곁을 떠나지 않겠다고.

친구라는 이름으로도 너의 곁에 남을 수만 있다면 나는 그것으로 족하다고.

더 이상, 너를 잃기 싫었다.

그리고…… 시간은 다시 흘러 2011년 9월.

13년이다.

너와 내가 알아온 시간이.

그리고 너를 향한 마음을 키워 온 시간이.

그 길고 긴 시간 동안 나는 결국 사랑한다는 말을 꺼내지 못했다.

쉬운 말이었으나 결코 쉽지 않았다.

물론 그 길고 긴 시간 동안 내 마음을 고백할까란 생각도 수도 없이 들었지만 어려웠다. 무턱대고 내 마음을 털어놨다가 다시 너를 잃을 것이 두려웠다. 6년간의 끔찍한 고통을 겪고 난 이후로 나는 겁쟁이가 되어 버린 건지도 모른다. 미련할 정도로 너를 잃는 것에 대해 두려워하는 겁쟁이.

하여 마음을 숨겼다.

친구라는 울타리에 너를 향한 사랑의 감정을 숨겼다.

연인이 되어달라는 그 말 대신, 영원한 친구가 되어 달라는 말을 하면서.

철저하게, 감췄다.

2. 너(B)

너를 생각하면…… 가슴이 아프다.

너무 아파 숨을 쉴 수 없을 정도로 너는 내게 가깝고도 먼 산이었다.

조금만 뻗으면 잡을 수 있건만 그럴 수가 없었다.

다가가선 안 된다는 생각을 하지만 자꾸만 다가가고 싶다.

네가 너무도 바쁘다는 사실을 잘 알고 있으면서도 네 목소리를 듣기 위해 전화를 걸고 싶다.

중요한 이야기가 아니더라도 네 관심을 끌 수 있는 시시콜콜한 이야기를 늘어놓으며 너와의 관계를 이어 나가고 싶다.

이기적일지도 모르겠지만 나는 네게, 다른 사람이 곁에 있는 것은 보기가 싫다.

그들이 설사 친구일지라도, 나는 싫었다.

나 아닌 다른 여자들이 곁에 서 있는 모습은 끔찍했다.

신문에 너와 열애설이 나는 여자들을 볼 때마다 내 가슴은 찢어졌다.

그녀들이 아닌 나를 봐 달라고.

나를 좀 봐 줄 수 없겠냐고.

너의 옷깃을 붙잡고 소리치고 싶었다.

그러나…… 차마 그 말을 할 수가 없었다.

오랜 기간을 알고 지냈지만 속을 알 수 없었던 너의 마음이 무엇인지, 나는 도통 눈치챌 수가 없었으니까.

너는 어려웠다.

마음을 읽을 수가 없었다.

영혼을 나눌 수 있을 만큼 가까운 것 같으면서도 어느 순간 저만치 물러나 있는 너의 속은 내겐 까맣게만 보였다.

고백을 하고 싶었던 날도 있기는 했으나 은연중에 선을 긋는 너를 보며 나는 느꼈다.

우리는 친구 이상이 될 수 없다고.

해서…… 나 또한 너처럼 일정한 거리를 둬야만 했다.

결코 친구 이상이 될 수 없는, 일정한 너와 나의 거리.

1999년 3월

"유진현."

잊을 수 없는 너와의 첫 만남.

짧지만 강렬했던 목소리.

내 귓가를 파고드는 너의 목소리는 내 가슴을 두드렸다.

이상한 기분이었다. 타인의 이름을 듣고 이렇게 감동적일 수 있다는 생각이 나를 들뜨게 만들었다. 처음엔 소문으로만 듣던 유명인을 눈앞에 마주한 기쁨에 드는 기분이라 여겼다. 그래서 아무런 거리낌 없이 네게 다가갔던 건지도 모른다.

그때는 아무것도 알지 못했다.

사랑도, 우정도 구분할 수 없었던…… 철모르던 시절의 나는 너의 손을 맞잡으며 활짝 웃었다. 이것이 시작이었다. 헤어날 수 없는 너라는 늪에 빠져 버린 것이.

2000년 4월

"잘 됐군."

너와 내가 속해 있던 야구부 매니저 생활을 하다 보니 너뿐 아니라 다른 사람들과도 친해져 버렸다. 취미삼아 시작한 일이 이렇게 즐거울 수가 있다는 생각을 할 정도로 즐거웠다.

그러다 나를 귀엽게 봐 준 주장에게 고백을 받았다. 그의 얼굴을 마주한 순간 왜 네 얼굴이 스쳐 갔는지는 그때는 알지 못했다. 그러나 곧 나답지 않게 수줍은 얼굴로 네 앞에 서선 어느새 '단짝 친구' 가 되어 버린 너에게 그 이야기를 털어놓는 순간, 피식 웃으며 내 앞머리를 헝클어뜨리는 너를 보며 가슴이 휑해졌던 것은 아마 내가 은연중에 너를 좋아해 오고 있었다는 것을 자각했기 때문이었음이라.

나는 눈치채 버렸다.

내가 좋아한 사람은, 내 두 눈이 좇던 사람은 주장이 아닌 너였다는 사실을.

하지만…… 말을 할 수가 없었다.

너는, 나를 바라보고 있지 않았으니까.

2002년 7월

일반 대학에 진학한 나와는 달리 바로 프로에 진출한 너는 내가 깜짝 놀랄 정도로 승승장구하기 시작했다. 기뻤다. 물론 네가 다른 선수들과 달리 특별하다는 것은 알고 있었지만 그토록 주목받는다는 사실은 나를 행복하게 만들었다. 너의 연인은 아니었지만 둘도 없는 '친구' 자격으로 커져 가는 네 모습을 지켜보는 건 나까지 든든한 마음을 들게 만들었다.

"진현인 지금 아주 중요한 시기야. 그러니 은재 양이 조금 거리를 둬 줬으면 좋겠어. 그래 줄 수…… 있지?"

너의 부모님보다 자주 너를 보러 가던 나를 불러 세운 네 코치님의 말에 나는 눈앞이 하얗게 변하는 것을 느꼈다. 네가 나를 너무도 아끼는 모습을 보는 것이 꽤 못마땅한 듯했다. 나는 차마 반박할 수가 없었다. 남들 위에 우뚝 서는 네 모습을 보는 것이 내 바람이기도 했으니까.

해서 나는 그의 말을 듣기로 결심했다.

너를 위해서.

가슴은 아프지만 그때의 내가 할 수 있는 일은 그것뿐이었다.

너는 유독 내 연애사에 관심이 많았다. 아마 수능을 얼마 남겨두지 않고 일어난 주장과의 이별을 마음에 두고 있는 것 같았다. 너는 날 마치 모자란 자식처럼 느끼는 듯했다. 네 일보다 내 일에 더 관심을 두는 너를 보며 기쁜 마음이 든 것도 사실이었다. 그러나 운동에 매진해야 했던 네게 폐를 끼치기 싫었던 나는 내가 다른 사람을 사귈 만큼 변했다는 사실을 보여 주기 위해 노력했다. 안 그래도 걱정이 많았던 네게 나의 근심까지 던져 주고 싶지 않았다.

그러다 보니 자연스레 그 사람과 가까워졌다. 어쩌다 보니 결혼을 하기로 약속을 해 버렸다. 나는 네가 훈련을 하고 있는 곳으로 찾아갔다. 웃는 얼굴로 나를 반기는 너에게 그와의 결혼 소식을 털어놓자 너는 얼굴을 구겼다. 한참을 나를 노려보던 네가 한다는 말은 다음과 같았다.

"축하해."

어쩌면 나는 네가 나를 잡아 주길 원했던 건지도 모른다.

아니, 그랬기에 네게 그 말을 한 건지도 몰랐다.

그러나 넌 나를 잡아주지 않았다.

나는…… 마지막까지 놓지 않으려던 너에 대한 마음을 놓을 수밖에 없었다.

2003년 12월

어느 순간부터 너에게 전화가 걸려오지 않았다. 그리고 나 역시, 전화를 걸 수가 없었다. 나는 결혼 준비에 바빴고 너는 계속 야구를 해야만 했으니까. 매일같이 걸던 전화가 점점 뜸해지고 그게 일상이 되어 가면서 나는 느꼈다.

아, 이렇게 너와 멀어지는구나…… 하고.

그러다 이젠 신문으로 접하던 너의 소식을 듣고 말았다.

너의 슬럼프는 모두를 놀라게 만들었다. 그것은 나도 마찬가지였다.

괴물 소리를 듣던 너는 1군이 아니라 2군까지 내려가고야 말았다.

하루에도 몇 번씩 네게 전화를 걸고 싶었는지 모른다.

너는 그런 사람이 아니지 않느냐, 대체 무슨 일로 그러는 것이냐, 내가 상담해 줄 테니 말해 보라고 하고 싶었지만 차마 그럴 수가 없었다. 항상 수화기를 들었다 내려놨다. 만약 네 목소리를 들었다면 당장이라도 네게 내 마음을 고백하고 싶은 마음이 들 테니까. 해서 꾹 참아야만 했다. 슬럼프에 허덕이는 너에게 혼란을 안겨 줄 수는 없었다.

하루하루 그 사람과의 결혼 날짜가 가까워질수록 나의 마음은 참을 수 없는 고통으로 더욱 얼룩져 갔다. 내 나이는 너무도 어렸고 그에게 품고 있는 마음은 내 생각과는 달랐다.

어지러울 정도로 급박하게 일을 진행하는 그를 보며 나는 깨달아 버렸다. 이 사람과 결혼을 할 수는 없다고. 내가 사랑하는 사람은 이 사람이 아니라고. 끝내 모든 걸 엎어 버렸지만 감히 네게 달려갈 수는 없었다. 힘들어하는 네게 또 다른 짐을 얹어 주고 싶지 않았다.

그렇게, 시간은 흘러갔다.

2008년 6월

그 사람과 파혼을 하고, 너를 보지 못한 지 얼마나 흘렀을까.

이젠 네 목소리를 TV를 통해서밖에 들을 수가 없었다. 화면에 비친 네 얼굴이 과연 너인지조차 의심이 들기 시작했다. 그리웠다. 생생한 너의 숨결을 눈앞에서 느끼고 싶었지만 그럴 수 없다는 사실이 내 마음을 짓눌렀다.

이젠 감히 내가 바라볼 수 없는 존재로 변해 버린 너의 소식은 하루를 멀다 하고 터져 나왔다. 그런 너의 기사에는 훈련 소식과 경기 소식도 섞여 있었지만 연애 소식도 실려 나왔다. 연예인들과 함께 서 있어도 꿇리지 않는 너의 얼굴은 반짝반짝 빛이 났다.

가슴이 터질 것 같았다. 이제 나는 너와 아무런 관련이 없는 사람이 되어 버렸다는 사실이 나를 슬프게 만들었다. 지인들은 그런 나의 모습을 걱정하는 듯했지만 나는 그들의 충고를 들을 수 없을 만큼 힘들었다.

친구라는 이름으로 남아도 좋으니, 네 곁에만 있게 해 달라고…… 하늘에 빌고 또 빌었다.

그러나 끝내 너의 전화는 걸려오지 않았다.

약속했다.

대체 우리가 왜 이렇게 되어 버린 건지에 대한 원망만 가득했다.

네가 보고 싶다.

너의 눈을 바라보고 싶다.

나를 향해 웃어 주는 너를 향해 내 마음을 털어놓고 싶다.

사랑한다.

사랑한다는 이 말을 TV 안의 너에게 몇 번이나 늘어놓았는지 모른다.

하지만 그건…… 돌아오지 않는 메아리일 뿐이었다.

2009년 1월

동료 교사에게 누군가 나를 찾아왔다는 말을 듣고 의아해하며 걸어간 곳엔 TV가 아니면 꿈속에서나 보던 네가 서 있었다.

"오랜……만이야."

무미건조한 너의 목소리를 듣고, 내 가슴이 얼마나 뛰었는지 모른다. 유명 인사인 너를 보며 웅성거리는 학생들의 목소리는 하나도 귀에 들어오지 않았다.

기뻤다. 오랜만에 보는 너는 신문에서보다 훨씬 더 강인하고 멋져 보였다. 갑자기 눈물이 터져 나왔다.

정말로 나는, 너 없이는 살지 못하는 구나.

나를 껴안는 너의 허리를 안으며 생각했다.

그리고…… 시간은 다시 흘러 2011년 9월.

모든 것이, 제자리로 돌아왔다.

나는 다시 너의 소중한 '친구'로 돌아왔고 나 역시 너의 소중한 '친구' 자리를 되찾았다. 우리는 잃어버렸던 6년의 시간만큼이 무색할 정도로 순식간에 예전의 관계를 회복했다. 지난 6년간 왜 서로에게 연락을 하지 않았는지는 중요치 않았다. 그저 다시 친구라는 자리를 유지할 수 있다는 것만으로도 나는 행복했다.

6년이라는 길고 긴 불행 끝에 너를 되찾은 기쁨을 얻은 나는 다시 너를 잃지 않기 위해 노력했다. 행여 사랑한다는 말을 꺼내 너에게 혼란을 주지 않기 위해 말과 행동을 조심했다.

내 마음을 알고 있는 주변인들은 그렇게 힘들게 되찾고는 마음을 털어놓지 않는 나를 답답해했다. 그러나 그들의 말처럼 사랑한다는 그 말은 간단한 것이 아니었다.

만일 네가 내 마음을 부담스러워한다면?

13년간 꽁꽁 감추었던 내 마음을 털어놓아 네가 다시 날 떠난다면?

나는……이미 한 번 너를 잃었던 고통을 다시 느끼고 싶지 않았다. 네가 내 인생에서 사라진 것은 단 한 번이면 족했다.

너를 잃고 싶지 않았다.

친구라는 이름으로 네 곁에 남아 있는 것만으로도 나는 만족했다. 훗날 너를 나 아닌 다른 여자에게 보내 주어야 할 날이 오더라도 지금은 네 곁을 지킬 수 있으면 되었다.

그래서 나는 너의 영원한 친구가 되기로 했다.

사랑한다는 말은 가슴 저편에 감춰둔, 너의 친구.

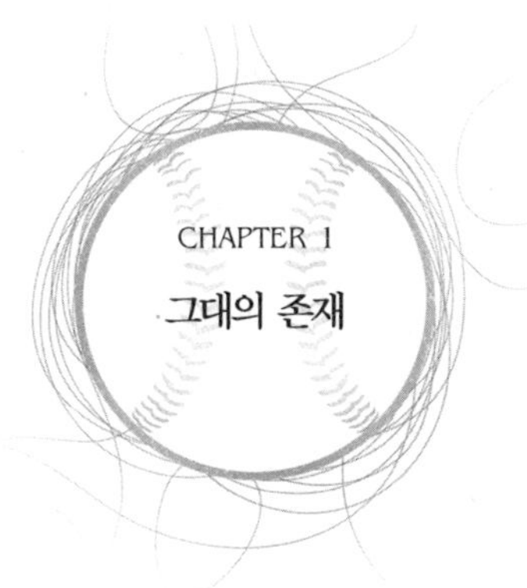

1. 그대의 존재(A)

“희찬 형의 포수 리드가 좋았습니다. 저는 시키는 대로 던졌을 뿐입니다.”

자신을 향해 쏟아지는 카메라 플래시 세례에 진현은 무덤덤한 얼굴로 입술을 움직였다. 프로 데뷔를 한 지 거의 십 년을 바라보고 있건만 하얀 불빛이 나는 저 카메라에는 도통 적응이 되지 않는다. 그래서 그런지 웃어 달라 요구하는 리포터의 말에 미묘할 정도로 얼굴에 경련이 일어난다.

정규 리그의 경기를 대부분 끝내고, 이젠 남은 잔여 경기를 치르고 있는 9월의 어느 날. 홈 3연전 중 첫 경기의 선발 투수로 올라와 9회까지 단 한 점도 내주지 않고 승리를 챙겨 MVP로 뽑힌 그는 한 방송사와의 짧은 인터뷰를 마친 후 락커룸으로 돌아갔다.

“형, 잘했어!”

"선배! 오늘 제구 죽여줬어요!"

"어제 뭘 먹은 거야? 나도 좀 가르쳐 주라!"

막 문을 여는 진현을 향해 뒷정리를 하고 돌아가던 동료 선수들이 크게 외치자 그는 살짝 고개를 까딱이며 락커룸 의자에 앉았다. 욱신거리는 어깨를 만지작거리는 그의 얼굴은 잔뜩 굳어 있었다.

피곤했다. 모든 에너지를 한꺼번에 소비하고 난 후 아무것도 남아 있지 않은 듯한 느낌이 그의 마음을 공허하게 만든다.

"어이!"

얼른 씻고 구장을 나서야겠다 여기며 축하하는 선수들과 코치들의 말을 듣던 진현은 어느새 다가온 팀의 주전 포수, 희찬의 목소리에 슬며시 고개를 들었다.

"아, 형."

"아까 봤냐? 한효영이 자꾸 널 흘깃거리던데?"

마운드에 올라서서 공을 던질 때만큼은 그의 인생 전부를 걸어도 모자라지 않을 정도로 마음을 나누는 사이인 희찬이 그를 향해 말했다. 진현은 입꼬리를 슬쩍 말아 올리며 제 허리를 쿡쿡 찌르는 희찬을 향해 느릿하게 시선을 옮겼다.

한효영.

희찬의 입술 사이로 새어나온 낯익은 이름의 그녀는 3년 전 진현과 사귀었던 야구 리포터였다. 관심 없다는 그에게 어찌나 열렬히 구애를 하던지. 동료들의 질투와 성화에 못 이겨 잠시 만나기는 했었는데 얼마 지나지 않아 헤어졌다. 현재 케이블의 간판 프로그램을 맡는 아나운서로 성장해 있는 그녀가 오늘 시구자로 온다는 소식은 들었다. 또 더그아웃(일루 쪽과 삼루 쪽에 있는 야구장의 선수 대기석) 근처에서 잠시 시선을 마주하긴 했지만 경기가 시작되면 오로지 경기에 집중하는 그였던지라 그녀가 구장에 왔다는 사실을 잊고 있었다.

효영의 이야기에 미동도 없던 그의 눈동자가 더욱 가라앉는 것을 발견한 희찬은 정말로 속을 알 수 없는 놈이라고 중얼거리며 고개를 절레절레 저었다

"너랑 얘기하려고 자꾸 기웃거리던데. 거, 웬만하면 한번 만나 보지 그러……."

"싫어."

말이 끝나기도 전에 먼저 거절을 하는 진현을 보던 희찬은 혀를 찼다.

"쯧. 그렇게 목석이어서 결혼이나 하겠냐. 인마."

결혼은 무슨.

"너도 이제 내년이면 서른이야. 빨리 정착을 해야 좀 더 높은 곳을 바라볼 수 있지 않겠어?"

"형."

"그냥. 그렇다는 거지. 너보다 어린 애들도 장가가는데 대체 뭐하는 거냐?"

그러고 보니 마음의 안정을 찾아 야구에 좀 더 집중한다는 의미로 저보다 어린 나이의 선수들이 장가가는 모습을 몇 번 지켜봤던 진현은 진심으로 그를 걱정하는 희찬을 보며 쓰게 웃었다.

희찬은 겉모습만은 번지르르한 진현을 멍하게 바라봤다. 얼굴이며 실력이며 뭣 하나 빠지는 것이 없건만 도통 왜 저리도 벽을 쌓고 사는 건지 모르겠다. 아니, 알면서도 아는 척을 하지 않는 거지만.

"너……."

"잠깐. 문자 왔어."

아무래도 자신이 나서서 이 바람 같은 녀석을 정착을 시켜 줘야 한다 마음먹은 희찬이 진현에게 말을 걸려는 순간, 락커 안에서 진현의 귀를 울리는 휴대전화 진동 소리가 들렸다. 일말의 망설임도 없이 자리에서 일어난 진현은 희찬의 말을 막고는 액정을 확인했다.

「언제 와? 오늘 너무 잘해서, 내가 특별히 저녁 만들어 준다! 먹고 싶은 거 있어?」

"저 먼저 가겠습니다. 다들 수고해."

희찬은 휴대전화를 뚫어져라 확인하던 진현이 돌연 입을 길게 찢는 모습에 깜짝 놀랐다. 그가 곧, 샤워도 하지 않고 서둘러 옷을 걸쳐 들고는 락커룸을 빠져나가자 희찬은 잠시 멍한 얼굴로 의자에 앉아 있었다.

"저 형이 웃을 줄도 아나? 대체 누구길래 저렇게 바삐 가요?"

희찬과 진현의 대화에 집중하던 동료들 중 한 명이 홀로 의자를 차지하고 있는 희찬의 곁으로 다가오더니 물음을 던졌다. 희찬은 그를 바라보며 길게 한숨을 내쉬었다.

"아마…… 은재겠지."

"은재가 누군데요?"

오랜 시간 동안 진현과 함께 경기를 치렀고 또 사적으로도 가까운 선수들이라면 굳이 언급하지 않아도 대충은 알고 있는 이름이 희찬의 입에서 새어나왔다. 희찬은 궁금해하는 동료와 멀어지는 진현의 등을 번갈아 응시하다 입술을 움직였다.

"있어. 유진현이 죽고 못 사는 여자. 그런데 애인은 아닌…… 십 년도 넘는 친구."

♥ ♥ ♥

문자를 받자마자 부리나케 제 집으로 달려온 진현의 눈에 들어온 은재는 앞치마를 두른 모습으로 가스레인지 앞에 서선 냄비에 무언가를 넣고 있었다. 진현은 가방을 내려놓고 그녀에게 인사를 한 후 못 다한 샤워를 마쳤다. 그리고 식탁 앞 의자에 앉아 요리를 하는 은재의 등을 바라봤다. 얼마 후, 은재는 돌연 뒤로 돌아서며 씨익 웃더니 국자 하나를 든 채 진현에게로 다가왔다.

"자. 먹어 봐."

진현은 콧노래까지 흥얼거리는 은재의 모습에 덩달아 기분이 좋아짐을 느꼈다. 언제나 그랬다. 그녀는 항상 그를 기쁘게 만든다. 본인은 눈치채지 못하겠지만 그녀라는 존재가 세상에 있다는 사실 하나만으로 그가 얼마나 안도하는지 모른다.

한참을 그녀를 응시하던 진현은 갑작스레 그의 앞으로 다가온 은재가 국자를 내밀자 놀란 눈으로 그녀를 응시했다.

"아, 잠시만!"

은재는 머뭇거리는 진현의 모습에 씨익 웃더니 김이 모락모락 피어나는 국자를 후우우, 하고 불면서 다시 그에게 건넨다. 진현은 붉은 입술을 국자에 가져대며 그녀의 김치찌개를 음미했다.

"어때?"

"맛있어."

"진짜?"

"응."

"역시 내 요리 실력은 꽤 쓸 만하다니까!"

만족하는 진현을 보고 활짝 웃던 은재가 기다리라는 듯 손짓하자 그는 말없이 웃었다. 곧 그의 눈앞에 상다리가 휘어질 만큼 음식을 차려놓는 그녀를 보며 진현은 혀를 내둘렀다.

"요리 실력 하난 알아주지."

"나 정도면 일등 신붓감이지?"

"그래."

"후후. 참! 나, 아까 네 인터뷰 봤어."

만점 신부란 말에 속이 쓰려왔다. 조금 동요했는데 눈치채 버렸는지 모르겠다. 당황한 제 모습을 들키지 않기 위해 어색하게 웃는 그를 따라 미소 짓던 은재는 돌연 생각난 것이 있는지 수저를 드는 진현의 앞에 앉아 말했다.

"희찬 오빠의 리드도 좋았지만 오늘따라 네 공속이 너무 빠르던데? 타자들이 네 공에 전혀 배트를 못 휘두르더라."

진현은 기특하다는 듯 그녀를 바라봤다.

"경기 봤어?"

"응. 오늘 학교 행사 때문에 조금 일찍 마쳤거든. 참, 그래서 맥주 하나 마셨다. 괜찮지?"

"너 때문에 내 냉장고가 남아나지 않는군."

"어이. 그래서 내가 매일 채워 주잖아. 이거 왜 이래?"

눈을 부라리며 진현에게 핀잔을 주는 은재는 할 말이 또 있다는 듯 입술을 움직였다.

"그리고 인터뷰할 때는 좀 웃어. 네 눈웃음 한 번이면 전국의 여성 팬이 두 손을 번쩍 들 텐데, 도통 웃지를 않으니 너무 무섭더라. 다른 애들은 잘만 웃던데 넌 왜 그래? TV로 보면 완전 돌이야, 돌. 평소엔 잘만 웃으면서."

그라고 왜 웃고 싶지 않겠나. 안 그래도 그 일로 인해 구단 홍보실에서도 한 소리를 들었던지라 최대한 웃으면서 인터뷰를 이어 나가고 싶지만 이상하게 은재의 앞이 아니면 입꼬리가 올라가지 않았다. 진현은 대답 대신 피식 웃으며 다시 식사에 집중했다.

"뭐야?"

칼로리를 경기장에서 모두 소비하고 돌아왔던지라, 그리고 그녀의 음식이 그의 입에 꽤 맞았던지라 밥알이 목구멍을 타고 잘도 넘어갔다. 흐뭇한 얼굴로 진현이 식사를 하는 모습을 지켜보던 은재는 몇 분 후, 자리에서 벌떡 일어나더니 거실로 가 내팽개쳐 두었던 가방 속에서 무언가를 꺼내 다시 식탁으로 돌아왔다. 금세 밥 한 공기를 뚝딱 해치운 진현은 A4 뭉치를 식탁 위로 늘어놓는 그녀를 보며 두 눈을 동그랗게 떴다.

"시험지야."

은재는 종이 한 장을 펼쳐서 진현에게 보여 주더니 말했다.

"시험지?"

"응. 애들이 하도 공부를 안 하길래, 앞으로 단원마다 쪽지 시험 본다고 했거든. 오늘이 처음이었어."

말만 고등학교 화학 선생인 줄 알았더니 정말로 선생은 선생인가 보다 여긴 진현은 수저를 내려놓으며 말했다.

"술 취한 상태에서 채점하는 거야?"

은재는 당황하며 외쳤다.

"하, 한 잔밖에 안 마셨거든? 나 말짱해!"

그런 그녀가 귀여워 슬며시 웃던 진현은 그녀에게 손을 내밀었다.

"이리 줘. 내가 해 줄게."

"어머, 진짜?!"

"그래."

밥도 맛있게 먹었으니 보답하는 마음으로 말했다. 은재가 뛸 듯이 기뻐하자 덩달아 기분이 좋아진 진현은 고개를 끄덕였다. 은재는 사양하지 않겠다며 비어 있는 공간으로 시험지를 밀었다.

"TJ 크라운즈의 에이스 유진현이 고등학교 화학 시험지를 채점했다는 사실을 알면 애들이 엄청 좋아하겠다, 그치?"

진현은 시큰둥한 얼굴로 그녀를 바라보다 시험지를 넘겼다.

"아! 점수 매기는 김에 밑에다 사인도 하나씩 해 줘."

"싫다."

"에이, 그러지 말고!"

"안 해."

은재는 매정할 정도로 고개를 젓는 진현을 보며 입을 쭉 내밀었다. 그러다 곧 고개를 푹 숙이며 중얼거렸다.

"애들한테 홍은재가 자랑할 만한 건 유진현의 둘도 없는 친구라는 것뿐인데……. 안 그래도 쪽지 시험 때문에 반발이 심하단 말이야. 이걸로 점수 좀 따게 도와주라. 응?"

"노."

은재는 자신의 처량한 모습에도 끄떡 않는 진현을 향해 버럭 외쳤다.

"에라이, 치사한 놈!"

"맘대로 불러."

"나쁜 유진현!"

"그래그래."

진현은 화가 난 듯 콧김을 씩씩 내뿜으며 그를 타박하는 그녀의 비난에도 굴하지 않고 여유롭게 고개를 주억거렸다.

한참을 떠들던 은재는 어느새 잠이 들어 버렸다.

학교 행사가 꽤 그녀를 피곤하게 만든 것인지, 안 그럼 수업을 들어가는 학년의 쪽지 시험지를 채점하는 것이 고됐던 것인지, 그의 어깨에 기대어 새근새근 잠에 빠져 있는 은재를 흘깃거리던 진현은 조심스레 그녀를 안고 침실로 향했다. 폭신한 침대에 그녀를 눕혀주고 나서도 깰 생각을 하지 않는 은재의 잠자는 얼굴을 내려다보던 그는 그녀의 목까지 이불을 덮어 주며 깊은 숨을 들이마셨다.

유진현의 13년 지기, 홍은재가 마침 비어 있던 그의 옆집으로 이사 오게 된 계기는 무척 간단했다.

"우리, 그냥 아무 일도 없었던 것처럼. 그냥 옛날처럼…… 돌아가자. 비어 버린 6년을 금방 채울 수 있게."

"어떻게?"

"간단해. 내가 너희 옆집으로 이사 가는 거야."

참고 또 참았었다.

오래된 '친구'라는 이름으로 그녀의 곁에 머무르던 자신이 은재를 우정이 아닌 사랑하는 대상으로 보고 있다는 사실을 숨기기 위해 부단히도 노력했다. 그러다 끝내 견디다 못해 다 버려두고 그녀의 곁을 떠났으나 지옥 같은 6년을 보내고 난 후 다시 돌아오고야 말았다.

떠나 있던 6년 동안 하루에도 몇 번씩 그리고 또 생각했던 은재의 얼굴을 마주하니 가슴이 미어졌다. 앞으로는 두 번 다시 그녀를 잃지 않겠다. 이 마음이 숨겨지지 않아 떠나고 싶은 생각이 들 때면 떠올리고 싶지 않은 지난 6년을 생각해야겠다고 다짐하고 또 다짐하며 진현은 그녀의 친구라는 자리에 되돌아오기까지 방황하던 자신을 다잡았다.

은재는 일방적으로 연락을 끊어 버렸던 그에게 아무것도 묻지 않았다.

왜 그녀를 피했던 것인지, 왜 그녀의 연락을 받지 않았던 것인지, 왜 그렇게 말없이 떠나 버렸던 것인지에 대한 것은 단 한 가지도. 섭섭해할 만도 하건만 그녀는 그를 탓하지 않았다.

단지, 어색해져 버린 친구 사이를 되돌리기 위해 노력할 뿐이었다.

진현은 그런 그녀가 너무도 고마웠다. 친구라는 이름으로라도 자신이 곁에 있을 수 있도록 허락해 준 그녀가.

지금은 예전보다 더 가까운 친구 사이로 돌아온 두 사람은 밤이 되면 함께 수다도 떨고 밥도 먹으며 여가 생활까지 즐기는 사이로 발전해 있었다.

물론 팀 내에서 과묵하다 못해 벙어리가 아닐까 의심을 받을 정도인 유진현이 수다를 늘어놓는 모습은 상상하기 꽤 힘들 정도였지만 은재의 앞에선 180도 달라지는 그였다.

한마디로 말해 은재는 진현의 구원자이자 안정제였다. 그러나 동시에 독이기도 했다. 가까이 가면 갈수록 마음을 빼앗기지만 결코 그 이상은 다가갈 수 없는. 가만히 바라볼 수밖에 없는 멀고도 먼 존재. 그래도 돌아온 것을 후회하지는 않았다. 이 마음을 영원히 내보일 수 없을지라도 그저 지켜보고 있는 것만으로도 족했다.

"고맙다."

진현은 그녀의 감은 눈을 가리고 있는 앞머리를 살짝 쓸어 넘기며 중얼거렸다. 침실 문을 닫고 천천히 밖으로 나온 그는 쓰러지듯 소파에 앉았다.

Rrrr. Rrrr.

새벽 1시를 막 가리키던 시각. 은재가 제 침대에서 자고 있으니 소파에서라도 잠을 조금 자야겠다며 눈을 붙이려던 진현은 걸려오는 전화에 얼른 수화기로 손을 뻗었다. 진현이니? 이 늦은 시각에 대체 누구인지 따지려던 진현은 이어 들리는 어머니의 목소리에 목구멍까지 차오른 말을 내뱉지 못했다.

"어머니? 이 시각에 어쩐 일이세요? 집에 무슨 일이라도 있습니까?"

진현의 말에 그의 어머니 김한옥 여사는 깔깔 웃으며 말했다.

—그냥. 오늘 경기 너무 좋았다고! 갑자기 생각나서 전화한 거야. 아직 안 잘 거라 생각해서 전화했는데…… 설마 내가 깨운 거니?

"아닙니다."

—그거 다행이구나.

"……."

—뭐, 사실 용건이 아예 없지만은 않아.

진현은 김 여사의 말에 고개를 갸웃거렸다.

"용건이라뇨?"

—정규 시즌 끝나고 잠시 휴식 기간 있지? 포스트 시즌 전에.

"네."

현재 진현의 팀이 리그 1위를 달리고 있기는 했지만 2위와의 격차가 두 경기 정도밖에 나지 않기 때문에 얼마 남지 않은 시즌을 모두 치러야 한국 시리즈에 진출할 팀이 정해진다. 물론 2위는 확보해둔 상황이라 김 여사의 말대로 진현은 아주 약간의 휴식기를 가질 수 있을 것이다.

—그럼 그중 아무 날이나 하루 시간을 비울 수 있을까? 많이도 필요 없고 저녁 몇 시간이면 될 것 같은데.

"시간이요?"

—그래.

"시간은 왜……."

—진현아.

"네, 어머니."

—너 내년이면 서른이야.

왠지 모르게 불길한 말이 나올 것 같아 진현은 대답하지 않았다.

—게다가 잘하면 올 시즌 끝나고 메이저에 진출할 수도 있고.

"그건 그때가 되어 봐야……."

—아냐. 이번엔 틀림없어. 엄마 감이 왔어.

"……."

—그러니 이젠 너를 위해서, 이제 은재 바라기는 그만해.

가슴이 쿵, 하고 떨어졌다.

—선 봐. 엄마가 좋은 여자 알아놨어. 실제로 보니 정말 괜찮은 여자라더라. 참하고. 내조를 잘할 것 같아. 그쪽에서는 네 시간 맞춰서 시간 비운댔으니까 한번 만나 봐. 경기에 지장 없게 하면 되잖아.

그의 마음을 짐작해서인지 조심스레 말을 잇는 김 여사의 목소리가 부드러웠다. 어머니. 진현은 길게 한숨을 내쉬며 그녀를 불렀다.

—그만 속 썩여. 너 평생 혼자 지낼 거 아니잖아.

그러나 김 여사는 막무가내였다. 그녀는 진현의 가슴을 후벼 파는 말을 아무렇지도 않게 날렸다.

—너희 둘 사이, 발전시킬 가능성이 없으면 이만 접어. 할 만큼 했잖아. 고백할 용기도 없는 사랑 따위 해서 뭐해. 안 그래?

따갑다.

너무 따가워서 심장이 아프다.

날카로운 가시로 가슴 한가운데를 쿡쿡 찌르는 것 같다.

아니, 서늘한 비수가 그의 심장을 형체도 알아보지 못할 만큼 처참하게 갈기갈기 찢어 버린다.

친구 이상으로 발전할 가능성.

정말로 그런 것은 우리 둘 사이에 존재하지 않는 걸까?

은재야.

정말 우리는 그런 걸까?

친구 이상은 될 수 없는 걸까?

내 마음…… 접어야 하는 걸까?

아무 생각 없이 너와 이렇게 지내고 싶은데.

매일 훈련을 마치고 돌아와 너를 만나 안도하고,

너와 함께 오늘 있었던 일을 털어놓으며 수다를 나누고,

가끔은 우리 집에서 네가 편안히 자는 모습을 지켜보고 싶은데.

그냥…… 그렇게 있을 수는 없는 걸까?

나는, 잘 모르겠어.

2. 그대의 존재(B)

“소문 들었어?”

이제 수능을 얼마 남겨두지 않은 지성고등학교 3학년 7반 교실의 맨 뒷좌석에서 영어 단어를 암기하고 있던 은재는 갑자기 제 앞의 의자에 몸을 맡기더니 주위를 살피며 말하는 친구 하경의 말에 눈을 동그랗게 떴다.

“무슨 소문?”

공부를 방해한 걸로도 모자라 뜬금없는 말을 내뱉은 하경을 보고 은재는 고개를 갸웃거렸다. 하경은 배시시 웃으며 은재에게 가까이 오라는 듯 손짓을 했다. 뭔가 탐탁찮은 느낌이 들었지만 은재가 몸을 살짝 숙이자 하경은 그녀의 귀에 대고 속삭였다.

“유진현이 3반 이수라한테 고백받았대.”

뭐?

진현의 이름이 하경의 입술 사이로 새어나오는 순간부터 심장이 쿵쾅거리기 시작했다. 거기다 이수라라니. 수라는 학교에서 꽤 유명했다. 백설기 같은 하얀 얼굴에 촉촉하고 커다란 눈동자, 늘씬한 몸매까지 동화 속에서 톡 튀어나온 듯한 외모의 소유자인 그녀는 유명 엔터테인먼트에 스카우트되어 곧 데뷔를 앞두고 있다고 했다. 그런 수라가 진현에게 고백을 했단 사실은 충분히 은재의 가슴을 철렁이기에 충분했다.

“그……래서?”

어떻게 됐냐고 차마 묻지 못했다. 갑자기 심장 한구석이 욱신거리기 시작한다. 뭇 남학생들의 열렬한 구애를 받을 정도로 인기가 많은 아이니 만큼, 그동안 그 누구에게도 관심을 보인 적이 없었던 진현 또한 흔들릴 수도 있을 거라 여겼다. 제 목소리가 살짝 떨린다는 것을 눈치채지도 못한 은재는 저도 모르게 주먹을 꽉 쥐고 하경을 향해 물었다. 하경은 눈을 반짝반짝 빛내며 피식 웃었다.

"그래서는 뭐가 그래서야?"

"어?"

"이수라 말이 끝나자마자 쌩하니 가 버렸다더라. 평소의 유진현처럼."

입술을 삐죽이긴 했지만 통쾌하다는 표정이다. 다른 여학생들과 마찬가지로 예쁘긴 하지만 잘난 척을 많이 하는 수라를 그리 좋게 생각하지 않았던 하경은 고소하다는 듯 쿡쿡거렸다. 콩알만 해졌던 간이 서서히 제 크기로 돌아오는 것 같았다. 은재는 티 나지 않게 안도의 한숨을 푹, 내쉬며 가슴을 쓸어내렸다.

"하여간 유진현 그 자식은 대체 뭘 믿고 그렇게 콧대가 높은 건지."

하경은 고개를 절레절레 저으며 중얼거렸다.

"뭐, 잘난 게 한두 군데가 아니니 믿을 만한 구석은 많긴 하지만……."

교내에서 이수라를 모르는 사람이 없듯, 유진현을 모르는 사람도 없었다. 고교야구에서 1, 2위를 다투는 명문 고교인 지성고가 배출해낸 초특급 투수. 8월 말에 열렸던 프로야구 1차 신인 드래프트(신인 선수를 선발하는 일)에서 1라운드로 TJ에 지명을 받았던 선수. 일찍이 실력을 인정받고, 국가 대표로 차출되어 신문에도 여러 번 오르내린 적이 있었던지라 어쩜 수라보다 더 유명한 사람이 진현이었다. 거기다 뛰어난 실력으로도 모자라 외모까지 상당해서 고교야구팬들을 비롯한 일반인들에게까지 연예인 부럽지 않은 인기를 누리고 있었던 진현은 확실히 수라가 쉬이 건드릴 수 없는 상대였다.

"참! 너 걔랑 친하지?"

제겐 먼 산처럼 느껴진다고 중얼거리는 하경을 보고, 왠지 제가 알던 진현이 아닌 다른 존재를 말하는 것 같아 미묘한 얼굴로 입을 다물고 있던 은재는 돌연 그녀를 향해 묻는 하경에게 얼떨결에 고개를 끄덕였다.

"아, 으응."

수능을 앞두고 있어 현재는 활동을 하지 않지만, 그녀는 야구부의 매니저를 했던 전적이 있다. 가끔 심심할 때마다 부실로 들러 선수들과 잡담을 나누거나 간식거리를 사다 준 적도 있었다. 근 3년간 함께 경기를 뛰며 울다 웃다 보니 친한 사람이 한둘이 아니었지만, 개 중에서도 가장 가까운 사이를 유지한 사람은 바로 진현이었다. 하경은 은재의 어색한 대답에 활짝 웃으며 소리쳤다.

"잘 됐다! 그럼…… 네가 한번 떠봐."

그녀는 의아한 얼굴로 고개를 갸웃거렸다. 하경은 다시 작은 목소리로 속삭였다.

"이건 일급 정본데, 유진현이 이수라를 찬 이유가, 따로 좋아하는 애가 있어서라고 하더라고."

"……!"

"대체 누군지 궁금해하는 애들이 한두 명이 아냐. 그러니까, 빼지 말고 물어봐. 알았지?"

은재는 입꼬리를 말아 올리며 말을 잇는 하경의 말에 아무런 대답도 할 수가 없었다.

♥ ♥ ♥

좋아하는 애가 따로 있어서…….

따로 있어서……. 따로…….

제길!

"홍은재, 뭐해?"

잔잔하던 은재의 마음에 하경이 던진 돌이 일으키는 파장은 엄청났다.

공부를 할 수가 없었다. 머릿속이 새하얗게 물들어갔고 눈에 들어오는 것이 글자인지 아님 그림인지 구분하지 못했다. 하는 수 없이 야자를 시작하자마자 감독 선생님 몰래 교실을 빠져나와 스탠드에 앉아 있었건만 어느새 해가 저물어 버렸다. 깜깜한 어둠 속에서 한숨만 푹푹 내쉬며 눈물이 눈앞에 차오르는 것을 겨우 참고 있던 은재는 옆에서 들리는 낯선 목소리에 고개를 돌렸다.

주변을 비추는 불빛도 없어 잘 보이지 않건만 어떻게 그녀라는 것을 알아차린 걸까. 은재는 낮은 탄성을 터뜨리는 자신을 보고 빙긋 웃고는 옆자리에 털썩 앉는 진현을 멍하니 응시했다.

"정신 차려."

글러브가 담긴 스포츠 가방을 제 옆에 내려놓고 넋을 놓고 있는 은재의 미간 사이를 쿡 찌르며 진현은 중얼거렸다.

"후, 훈련하고 오는 거야?"

은재는 시큰한 땀 냄새를 살짝 풍기는 묘한 체취를 맡고 입술을 열었다. 응, 하고 그가 살짝 고개를 끄덕이자 갑자기 심장이 세차게 뛰기 시작했다.

"내가…… 여기 있는 줄은 어떻게 알았어?"

조심스레 말을 내뱉자 진현은 피식 웃었다.

"훈련 마치고 집에 가려는데 웬 이상한 여자애가 스탠드 위에서 정신 사납게 움직이잖아. 그런데 그게 묘하게 익숙한 실루엣이라 누군가가 생각나더라고."

"……."

"혹시나 해서 왔더니 역시나였어. 뭐 걱정거리라도 있냐? 근심 걱정 다 달고 사는 사람처럼 꼴이 말이 아닌데? 자, 털어놔 봐. 네 고민거리를 한 방에 날려 주지."

은재는 그녀의 어깨를 툭툭 두드리며 말하는 진현을 보고도 입술을 움직이지 못했다.

근심 걱정이라면…… 있다.

네가 누굴 좋아하는 것일까, 라는. 차마 너를 향해 털어놓지 못할 고민거리.

흑요석처럼 빛나는 그의 눈동자를 보고 있자니 머리가 지끈거렸다.

"홍은재?"

진현은 입술을 잘근 깨무는 은재를 의아한 듯 바라보았다. 곧 울음을 터뜨릴 것 같은 음울한 표정으로 저를 바라보는 은재의 모습이 확실히 이상하게 느껴지긴 할 터.

"왜 그래? 진짜 무슨 일 있어?"

진현은 고개를 아래로 떨구는 은재의 어깨를 부여잡으며 말했다.

"아, 아니야!"

금방이라도 눈물을 쏟아낼 것처럼 치밀어 오르는 감정을 진정시킨 은재가 고개를 벌떡 든 것은 조금의 시간이 흐른 후였다. 진현이 놀라 눈을 동그랗게 뜨고 있다는 것을 자각하지 못한 듯 어색하게 웃는 은재의 얼굴에는 경련이 일었다.

"홍은재."

그가 뭔가 심상찮다는 것을 알아차린 듯 그녀의 이름을 다시 한 번 불렀지만 은재는 그저 웃기만 했다.

"그, 그나저나…… 이제 얼마 뒤면 우리 유진현이를 TV에서도 볼 수 있겠네!"

오랜 친구 사이. 이제 겨우 3년째지만, 어떻게 될지 모르는 그와의 친구 사이를 한순간의 실수로 무너뜨릴 수는 없었다. 웃으며 이야기를 주고받던 사이더라도 제게 고백을 하면 냉정하게 돌아서 버리는 그라는 것을 잘 알고 있기에 너를 좋아한다는, 아주 간단한 말 한 마디도 할 수가 없다. 진현은 억지로 화제를 돌리는 은재를 가만히 바라보며 정작 하고 싶은 말은 입 밖으로 내지 않았다.

"2군에서 열심히 해야지. 그러다 보면, 가능할지도."

TJ 크라운즈에 입단을 하게 되더라도 선배들을 제치고 바로 주전이 될 수는 없기에 고개를 저으며 그가 말하자 은재는 검지를 휙휙 저으며 외쳤다.

"걱정 마! 넌 분명 가자마자 1군으로 올라갈 거야."

뭐? 미간을 찌푸리는 그를 보며, 그녀는 신이 난 듯 상상의 나래를 펼쳐나갔다.

"그러다 한국 최고의 투수가 되는 거야! 시속 160을 웃도는 구속으로, 일단 한국을 제패하는 거야!"

"160? 나 이제 150 던지거든?"

"어쨌든 그런 다음엔…… 두둥! 엄청난 연봉을 받고 메이저로 진출하는 거지! 메이저! 아아. 진짜 꿈만 같지 않니? 물론, 메이저 입성으로 그치는 게 아냐. 동양인 사상 최초로 200승을 채워서 돌아오는 거지!"

"200승? 하, 하하!"

"왜! 충분히 가능한 일이거든? 내가 인정한 남자니까, 넌 충분히 할 수 있어!"

"풋. 뭐래."

진현은 손을 뻗어 레이저를 뿜어낼 듯 눈을 빛내는 은재의 앞머리를 흐트러뜨렸다.

"하, 하지 마."

그의 손길에 다시금 세차게 뛰기 시작하는 심장의 고동소리로 인해 잔뜩 긴장한 그녀는 진현의 손목을 잡으며 중얼거린다.

'아.'

그러다…… 거짓말처럼, 시간이 멈춘다.

장난을 치던 두 사람의 행동이 약속이나 한 듯 일제히 멎고, 허공에서 눈동자가 부딪힌다. 쌀쌀한 바람이 둘 사이를 휑, 하고 지나갔다는 사실도 눈치채지 못할 만큼 숨이 막히는 시간이 시작된다. 그의 깊은 눈동자가 은재를 향하고, 그녀의 흔들리는 눈동자가 진현을 향한다. 무엇이라 쉽게 정의 내릴 수 없는 묘한 기류가 두 사람을 감싼다. 붉고 탐스러운 그의 입술은 쉽게 열릴 생각을 하지 않았다.

코앞에서 느껴지는 숨결. 너의 달콤하고 자극적인 체취. 좋아한다고…… 말해 볼까? 이렇게 가까운 사이를 유지하고, 또 이렇게 친밀하게 행동하는데.

그 좋아한다는 말을 쉽게 뱉어낼 수 없다는 것은 지옥 같다. 다른 여자애들을 대하는 태도와 은재를 대하는 태도에 차이가 있었던 진현에게 속마음을 털어놓고 싶은 마음이 굴뚝같이 차올랐지만 은재는 결국 말하지 못했다. 그녀는 그의 손목을 꽉 쥐고 있던 힘을 스르륵, 풀어 버리며 빙긋 웃었다.

"어쨌든 넌 최고의 투수가 될…… 거야."

"……."

"내가, 장담해."

쿵쾅쿵쾅. 목 부분이 뜨끈한 것을 보니 아마 새빨갛게 변한 것이 틀림없다. 주위가 어두웠기에 망정이지 만약 그렇지 않았더라면 제가 극도로 긴장하고 있었다는 걸 그에게 들켜 버렸을지도. 은재는 이렇게 더 머물다간 그에게 마음을 털어놓을 것 같아 두려워졌다. 자리에서 일어나선 공부하러 들어가야겠다고 말하자마자 진현이 은재를 불렀다.

"으응?"

교실로 들어가려다 진현의 부름에 걸음을 멈춘 은재가 고개를 돌리자 그는 꽤 복잡한 얼굴을 하고 그녀를 바라봤다.

"너……. 후우."

그녀를 따라 일어나려는 듯 몸을 일으키며 길게 한숨을 내쉬는 그를 의아한 듯 바라봤다. 진현은 쉽게 말을 잇지 못했다.

"아니다."

한참을 입을 굳게 다물며 얼굴을 일그러뜨리던 진현을 보고 멍하니 서 있을 때, 그가 그녀에게서 겨우 시선을 돌렸다. 은재는 뭔가 이상하다는 것을 느끼며 물었다.

"왜? 무슨 할 말 있어? 뭔데?"

"……."

"진현아."

그는 깊게 숨을 들이마시며 입술을 열었다.

"널…… 후우."

"어? 뭐라고?"

"아……무것도 아니야. 들어가라. 간다."

하지만 그의 말은 이어지지 않았다. 진현은 은재에게 말을 하려다 말고 욕설을 내뱉으며 스탠드를 내려갔다. 무슨…… 일이 있는 걸까. 은재는 멀어져 가는 그의 뒷모습을 좇으며 서 있다가 서서히 몸을 돌려 교실로 발걸음을 옮겼다.

♥ ♥ ♥

속절없이 흘러가는 시간은 막을 수가 없었다. 눈 깜짝할 새에 수능이 다가왔고 해가 바뀌었으며, 졸업식이 열렸다. 고등학교의 마지막 날이라 그런지 잔뜩 흥분해선 친구들과 졸업을 축하하기 위해 밀가루를 던져 가며 신나게 놀던 은재는 늦은 오후, 미리 약속했던 장소에서 진현과 만날 수 있었다.

"얼굴이 그게 뭐냐?"

"그러는 저는."

뽀얀 밀가루가 얼굴에 덕지덕지 묻은 것은 비단 은재뿐만이 아니었다. 진현 역시 꽤나 처참한 모습으로 나타나는 바람에, 서로를 가리키며 한참을 웃던 두 사람은 겨우 웃음을 멈추고 근처 벤치에 앉았다. 그동안 공부다 훈련이다 해서 문자 정도로만 안부를 주고받았기에 실제로 얼굴을 보는 것은 꽤 오랜만이었다. 그래도 잊지 않고 만나 주어서 고맙다고 여기며 왠지 모를 우월감도 느끼고 있던 은재는 밀가루로 인해 하얗게 변한 머리카락을 털어내고 있는 진현을 향해 말했다.

"연락, 할 거지?"

이제 오늘이 지나면…….

그와의 마지막 연결 고리가 끊어질지도 모른다.

은재가 대학에 가고, 프로에 입단하게 된다면. 새로 시작하는 생활에 적응하느라 이렇게 시간을 내어 만날 수조차 없을지도 모른다. 그렇게 되면 점점 멀어지겠지. 어쩌면, 그냥 학창 시절에 잠시 알고 지냈던 존재로 전락해 버릴 수도 있었다. 그런 생각이 들자 얼마나 코끝이 시큰했던가. 졸업식이 오지 않았으면 좋겠다고 수도 없이 중얼거리며 눈물을 펑펑 쏟아냈다. 아침에 그녀를 발견한 친구들이 왜 이렇게 눈이 부었냐며 타박을 줄 만큼, 오늘이라는 날이 오지 않았으면 좋겠다고 생각했다.

그러나 결국 졸업식은 다가왔고, 은재는 진현과 헤어질 수밖에 없었다. 때문에 확답이 필요했다. 언제까지 이어질지는 그 누구도 알 수 없지만…… 적어도 그의 입술로 듣고 싶었다. 그의 다정한 목소리로, 그녀와의 연락을 이어가겠다는 말을 듣고 싶었다. 진현은 떨리는 눈동자로 자신을 바라보는 은재를 응시했다.

"그래."

망설임 없는 대답. 그의 미동 없이 견고한 눈동자를 바라보던 은재는 가슴이 벅차오르는 것을 느끼며 말을 이었다.

"연락 안 하면 안 돼."

"그래."

"기쁠 때나 슬플 때나 서로 꼭 챙겨 줘야 해."

"그……래."

"다른 여자애들…… 연락은 무시해도, 내 전화는 꼭 받아."

"그래."

"다른 여자애들 연락은 안 중요하지만 내 연락은 중요해."

"응."

"다른 여자애들이랑 너무 친하게 지내지 마."

"……!"

"치, 친구로서 질투 나니까."

제길. 친구로서란 말을 왜 붙인 거야.

후회해도, 소용이 없다.

은재는 제 표정이 일그러졌다는 것을 들키지 않기 위해 당당한 태도를 보였다. 진현의 검은 두 눈이 살짝 일렁이나 싶더니 이내 잠잠해진다.

"알겠어."

한 가지 정도는, 싫다고 말할 법도 한데 진현은 그녀의 말에 무조건적으로 고개를 끄덕였다. 그걸 보자니 눈시울이 뜨거워진다. 울지 않으려 했는데……. 그가 무슨 말이라도 내뱉으면 눈물이 터져 나올 것 같았다.

"유진현!"

은재는 자신이 흔들리고 있다는 사실을 그에게 들키지 않기 위해 그의 이름을 크게 불렀다.

"그, 그럼 마지막으로 안아 볼까?"

이 어색함을 들키지 않기 위해 양팔을 크게 벌리며 버럭 외치자, 진현이 눈을 동그랗게 떴다.

"자주 못 만나게 될 테니까. 잘 지내란 의미로!"

가슴이 두근거렸지만 은재는 내색하지 않았다. 진현은 얼른 제게로 오라며 팔을 움직이는 은재를 바라보다 말했다.

"……곧 다시 만날 거잖아."

"그래도 혹시 모르니까. 에이, 야. 빼지 말고 이리 와 봐."

"……!"

은재는 뒤로 주춤 물러나려는 진현을 팔을 잡아끌고 그의 허리를 꽉 껴안았다.

"아."

낮은 탄성이 그의 입술 사이로 새어나오고 은재는 그의 가슴으로 얼굴을 파묻었다. 고된 훈련으로 다져진 그의 탄탄한 가슴이 뺨을 통해 느껴지자 그녀는 히죽 웃는다.

"네 가슴, 되게 넓다."

포근했다. 상상하던 것처럼. 커다란 그의 품속은 아늑하다 못해 행복하게 만들어 준다. 진현은 눈을 스르르 감는 은재를 바라보다 서서히 팔을 뻗어 그녀를 안았다. 그가 그녀의 갑작스런 행동에 화내지 않고 대응해 주었다는 사실에 울컥, 눈물이 쏟아졌다. 왼쪽 눈에서 뜨거운 눈물이 주르륵 흘러내리는 것을 느끼며 은재는 속으로 중얼거렸다.

'말하고 싶어……. 너한테, 이 속마음을 털어놓고 싶어.'

입술이 살짝 씰룩거렸지만 목소리를 내뱉지는 못했다. 그녀는 더욱 세게 그의 허리를 끌어안았다.

'내가 널 좋아한다고……. 너무너무 좋아한다고, 말하고 싶어.'

가슴이 아프다. 쉽게 털어놓을 수 없는 내 마음을 보여 줄 수가 없어서.

너를 향한 내 마음을 드러낼 수가 없어서, 난 너무 슬퍼.

한 번 터진 눈물은 도통 멈출 줄 모른다.

진현아. 진현아…….

나 어떻게 해야 해? 응?

탁!

그의 재킷을 눈물로 적시기 전에 얼른 벗어나야 했다.

"헤헤. 돼, 됐어!"

갑자기 품에서 빠져나가던 은재가 벌떡 일어나자 진현은 눈을 동그랗게 떴다. 그러다 은재의 양쪽 눈에서 흘러나온 눈물을 발견했다.

"왜…… 그래?"

은재는 그의 떨리는 눈을 보고 대답 대신 눈을 닦으며 외쳤다.

"아무것도, 아냐."

"뭐?"

"유진현. 나랑 약속한 거, 잊음 안 돼."

"홍은재."

"연락해야 해. 간다!"

"홍은재!"

그리고 뒤도 돌아보지 않고 뛰었다. 있는 힘껏, 그가 쫓아올 수 없도록.

워낙 순식간에 일어난 일이라 정신이 없었던 그는 하염없이 은재의 뒷모습을 바라보며 이름을 불렀지만 그녀는 어느덧 사라진 후였다. 타타타탁. 모든 신경이 발끝에 쏠린 것만 같았다. 뛰었고, 또 뛰었다. 흘러내리는 눈물을 주체하지 못하고 그렇게 은재는 집을 향해 달려갔다.

얼마나, 울었는지 모른다. 부디 나를 잊지 말라고. 나라는 아이를 잊지 말아달라고 하늘에 빌고 또 빌며, 네 머릿속에서 나를 지워내지 말라고 얼마나 울었는지 모른다.

얼마나 뛰었을까. 이미 그와의 거리는 순식간에 멀어졌다. 그제야 은재는 다리에 쏟았던 힘이 풀려 버리는 것을 느끼며 털썩 주저앉는다. 그리고는 허어엉, 하고 크게 울어대기 시작했다.

좋아한다는 말. 그 말이라도…… 할걸 그랬다.

너를 너무 좋아한다고.

너무너무 좋아한다고 말할걸 그랬다.

그러나 하지 못했다.

열아홉의 그녀는, 차마 그에게 좋아한다는 말을 내뱉을 수 없었다.

친구였으니까. 그는…… 그녀의 친구였으니까.

♥ ♥ ♥

"윽!"

깜빡 잠이 들었나 보다.

몸을 누르는 강한 통증을 느끼다 못해 눈을 번쩍 떴더니 캄캄한 방 안이 눈에 들어왔다. 꽤 익숙한 향이 풍기는 곳. 은재는 얼른 침대 옆 테이블 위의 램프에 손을 가져다 댔다.

"아."

냄새와 어렴풋한 형체만으로도 충분히 눈치챌 수 있었지만 그녀가 현재 있는 곳은 진현의 침실이었다. 은재는 그가 피곤할 때 휴식을 취하는 침대 위에 대자로 뻗어 쿨쿨 자는 행동을 저질러 버린 스스로를 탓했다. 분명 거실에서 열심히 시험지를 매기던 자신의 모습과 지금의 모습이 매치가 되지 않아 머리를 쥐어뜯던 은재는 어느덧 새벽 1시를 가리키고 있는 벽시계를 확인하고 몸을 일으켰다.

스르륵.

그녀가 일어나자 자연스레 은재의 몸을 덮고 있던 두툼한 이불이 흘러내렸다. 그의 체취가 느껴지는 아찔한 향기에 가슴이 두근거려 한참이나 이불을 잡고 멍하니 앉아 있던 그녀는 이내 살짝 미소 지었다.

그가 돌아온 2009년 이후 지금까지 진현과 은재는 둘도 없는 친구라는 이름으로 그 어느 누구보다 가까운 사이를 유지하고 있었다. 은재가 어떠한 눈으로 그를 바라보는지는 중요하지 않았다. 단지 멀어졌던 그를 다시 가까이 둘 수 있다는 사실에 만족하기로 했다. 그뿐이면 되었다. 더 이상은 바라지 않기로 했다.

절대로…….

은재는 세차게 뛰는 가슴을 중얼거리며 '친구'라는 가식의 가면을 뒤집어 쓴 채 소파에서 잠을 취하고 있을 그를 깨우기 위해 침실을 나섰다.

"진……."

선발로 공을 던졌으니 고단할 것이 분명하다. 게다가 자신의 시험지까지 함께 매겼으니 더더욱. 얼른 그를 편히 쉬게 해 줘야겠다 여긴 은재가 끼이익 하고 열리는 문고리를 잡아 돌리며 진현의 이름을 부르려는 순간, 거실 쪽에서 단호한 목소리가 들려왔다.

"안 볼 겁니다."

남의 전화를 몰래 듣는 취미는 없었지만 은재는 저도 모르게 본능적으로 입을 다물고 숨을 죽였다.

이 시간에 누구지?

늦은 시간이었다. 적어도 관계없는 사람이 전화를 걸기엔. 완봉승(투수가 완투하여 상대팀에게 전혀 득점을 주지 않은 승)을 거두었으니 축하 전화가 걸려오기는 하겠지만 그래도 지금 이 시각에 전화를 거는 것은 꽤나 무례한 행동이었다. 더더욱 유진현의 성격이 얼마나 냉정한지 아는 지인들은 알아서 피할 것이다.

그렇다면 혹시 여자인 걸까? 그가 휴대전화 너머의 상대에게 경어를 사용했다는 사실을 잊어버릴 만큼 은재는 동요하고 있었다.

심장이 세차게 뛰었다. 온몸을 조여 오는 갑갑함에 눈물이 핑 돌 정도였다. 제 마음에 대한 티를 내지 않기 위해 그에게 과장된 행동을 취하며 곁을 맴돌고 있기는 했지만 그녀도 알고 있었다. 두 사람이 이제 서른을 앞둔 나이라는 걸. 그를 잃기 싫은 이기적인 마음에 평생 친구로 지내기로 마음먹었으니 아마 언젠간 그녀가 아닌 다른 여자에게 진현을 보내 주어야 한다는 가슴 아픈 사실도.

허나 사람의 욕심이란 끝이 없는지. 그녀의 곁을 떠났을 땐 제발 돌아와만 주면 입을 꾹 다물고 살겠다며 기도하던 은재는 그가 제자리를 되찾자, 이젠 제발 그의 곁엔 그 누구도 있게 하지 말아달라는 못된 마음을 품게 되었다. 누군가 욕심쟁이라 그녀를 욕할지라도 어쩔 수 없었다. 그가 다른 여자를 향해 웃는 모습은 죽어도 보기가 싫었으니까.

진현은 은재가 그의 통화를 엿듣고 있다는 것을 아직 알아채지 못한 듯 한숨을 푹 내쉬며 말을 이었다.

"어머니."

아. 다행이다.

은재는 그의 통화 상대가 다름 아닌 그의 어머니란 사실을 알고 마음을 놓으려 했다.

"선은…… 제가 알아서 하겠습니다."

'……!'

"이만 끊겠습니다. 쉬세요."

짧은 시간 동안. 수많은 생각을 했다. 숨 줄을 쥐었다 놓았다를 반복하는 허황된 상상을 하며 아랫입술을 잘근 깨물던 은재는 그의 통화 상대가 진현의 어머니였다는 사실을 알고 안도하다 갑자기 심장이 추락하는 아찔함을 느꼈다.

선……이라고?

자신이 아는 그 '선'이 맞는 것일까. 순간 눈앞이 어질해져 비틀거리던 은재는 쓰러지지 않으려 팔을 뻗다 근처 책장에 아슬아슬하게 꽂혀 있던 책을 바닥으로 떨어뜨리고 말았다. 탁, 하는 둔탁한 소리가 울려 퍼지자 저도 모르게 뒤를 돌아보던 진현은 은재의 당황한 얼굴을 발견하고 휴대전화를 내려놓곤 그녀를 향해 달려왔다.

"깼어?"

은재는 다친 곳은 없는지 저를 살피는 진현을 보고 어색하게 웃었다.

"아. 미, 미안. 엿들을 생각은 없었는데……."

"들었어?"

"……으응."

놀란 그의 얼굴을 보자니 심장이 발작하듯 거칠게 움직였다. 가슴이 저려왔다. 상처가 될 말을 들은 것도 아닌데 온몸이 찌릿찌릿해져서 쉽게 호흡을 하기가 힘들었다. 은재는 후우, 하고 짧게 한숨을 내쉬는 진현을 바라보다 조심스레 입술을 움직였다.

"진현아."

그의 기다란 속눈썹이 파르르 떨리는 모습을 응시하던 그녀가 진현을 부르자 그가 천천히 고개를 들었다. 은재는 크게 숨을 마시며 물었다.

"너, 선……봐?"

은재의 말에 진현은 고운 미간을 일그러뜨렸다. 물론 진현이 그의 어머니를 향해 선은 안 보겠다는 말을 하기는 했었지만 불안해졌다. 제발 태연해야 한다. 내색하지 않아야 한다는 생각이 머릿속을 메웠지만 그것보다 그의 입에서 아니라는 말을 듣는 것이 더 급했다. 그러나 곧, 자신이 한 말이 무엇인지 깨달은 그녀는 뒤이을 진현의 말을 듣기도 전 과장된 표정을 지으며 웃었다.

"그래, 뭐. 너도 이제 서, 선볼 때가 됐지. 하하."

하하, 웃는 얼굴이 살짝 떨릴 정도로. 안면 근육이 마비될 정도로 어색한 몸짓과 얼굴을 한 채 은재는 웃어야만 했다. 진현은 가라앉은 두 눈으로 그녀를 가만히 바라보고만 서 있었다. 심장이 너무 뛰어 스스로가 무슨 말을 내뱉고 있는지 알 수 없었던 은재는 제 마음을 들키지 않기 위해 현재 마음과는 다른 말을 던졌다.

"아, 아줌마 말 들어."

진현은 은재의 느닷없는 말에 눈을 크게 떴다.

"네가 정착해서 행복하게 사는 모습을 보고 싶어 하시잖아."

13년 지기다 보니 은재와 진현의 가족들은 함께 여행을 다니러 갈 만큼 친했다. 특히 그의 어머니 김한옥 여사는 은재를 제 딸처럼 아껴 주었다. 자식이라고는 진현 하나밖에 없었기에 더욱 그랬던 건지도 모른다.

운동선수들은 꽤 일찍 결혼을 하는 편이었다. 선수 생활을 이어 나가는 데 가정이 주는 안정감과 편안함이 필요했으니까. 하여 그의 또래들 중 결혼을 하지 않고 활동하는 선수들은 진현을 비롯해 손을 꼽을 정도였다.

은재는 아들이 좀 더 편한 환경에서 운동을 하길 바라는 김 여사의 마음을 이해했다. 잠시 슬럼프를 겪기도 해서 조금 미뤄지긴 했지만 진현에게 올해는 중요했다. 매스컴에만 오르내리던 해외 진출도 가능한 해였다. 게다가 그가 몸담은 팀이 리그 1위를 달리고 있어 자연스레 집중 스포트라이트를 받았다. 김 여사가 진현이 해외로 나가기 전, 그의 곁에 든든한 버팀목이 되어 줄 며느리를 만들고 싶어 하는 것은 어쩌면 당연했다.

갑자기 우울해지는 마음을 내색하지 않기 위해 여전히 싱글거리던 은재를 묵묵히 바라보던 진현은 굳게 닫혀 버려 바짝 마른 입술을 천천히 움직였다.

"네가 있잖아."

"……!"

"굳이 선 따윈 보지 않아도, 가정 따위 이루지 않아도…… 네가 있으면 돼, 나는."

은재는 진현의 말에 훅, 하고 숨을 들이쉬었다. 침착한 얼굴로 그녀의 가슴을 휘젓는 말을 아무렇지도 않게 내뱉는 그가 원망스럽고 미웠다. 바보는 아니기에 간혹, 착각을 할 때가 있었다. 혹시 너도 나와 같은 마음이 아닐까…… 하는.

그러나 아마 그것은 아닐 것이다. 그녀가 바라보기에 진현은 은재를 한 가족처럼 생각하고 있는 듯했다. 애인을 굳이 만들지 않아도 충분히 의지를 할 수 있을, 마음을 나눌 수 있는 영원한 친구 정도로.

은재는 요동치는 마음을 애써 감추고 쓰게 웃으며 대답했다.

"나는, 친……구고."

친구, 라는 말이 왜 이렇게 힘겹게 느껴지는 걸까. 울컥거려 목이 살짝 메었지만 다행히 진현은 알아채지 못한 듯했다. 은재는 그의 어깨를 툭툭 쳤다.

"다시 전화 걸어서 선보겠다고 해. 혹시 알아? 엄청 예쁜 여잔지도 모르잖아!"

제대로 웃는 얼굴이어야 할 텐데. 진현의 눈에 비친 제 모습이 부디 평소와 같은 모습이기를 간절히 바라는 그녀를 향해 그가 말했다.

"내가 선을 봤으면 좋겠어?"

순간 아무런 말도 할 수가 없었다.

"으응. 아줌마가 어떤 여자를 골랐을지 궁금하다. 하하."

바보 같은 홍은재.

멍청한 홍은재.

넌…… 정말로 어리석어.

길고 날카로운 바늘이 심장 한구석을 콕콕 찌른다. 은재는 묵묵히 저를 응시하는 진현을 흘깃거리다 시선을 피했다. 그리곤 어색한 미소를 지으며 입술을 움직였다.

"어머, 늦었어. 어쨌든 잠시라도 재워 줘서 고마워, 진현아."

"아."

"나 이만 가 볼게!

나 같은 답답이도 드물 거야.

"후기, 말해 주기다?"

♥ ♥ ♥

하아아. 앉아만 있어도 새어나오는 한숨을 막을 수가 없었다. 방과 후임에도 불구하고 의자에 앉아 일어날 생각을 하지 않는 은재를 흘깃거리던 옆자리의 주인, 생물 교사 최세원은 30초에 1번꼴로 한숨을 쉬고 있는 은재를 향해 몸을 돌렸다.

"홍샘!"

은재는 하루 종일 그녀의 마음을 복잡하게 하던 일로 인해 깊은 생각에 잠겨 있다 들리는 저를 부르는 소리에 고개를 들어야만 했다.

"오늘은 기분 최악인가 보네. 잠깐 그런 줄 알았더니 하루 종일."

"아."

"무슨 일이라도 있는 거야? 얼굴이 왜 그렇게 어두워?"

이곳, 공일고등학교에 함께 부임한 이후로 줄곧 같이 다녀서 그런지 학교 내에서는 마음을 털어놓는 유일한 친구나 마찬가지인 세원의 말에 은재는 침울한 눈으로 그녀를 바라봤다.

"왜 그래?"

어디가 아프냐고 은재의 이마에 손을 뻗는 세원의 따뜻함에 눈물이 글썽거렸다.

"최샘……."

"어머. 홍샘 울어?"

"나……."

"왜? 뭔데?"

후우.

"걔보고 선보랬어."

"걔가 누…… 헉! 설마 유진현?"

진현이 은재의 둘도 없는 친구라는 사실은 학교에선 공공연한 사실이었지만 은재가 진현에게 친구 이상의 감정을 품고 있다는 것은 세원밖에 알지 못했다. 답답한 마음이 들 때면 세원과 술잔을 기울이며 마음속에만 맴돌던 말을 그녀와 나누었기에 세원은 진현과 은재 사이에 대한 조언도 해 주는 친절을 보였다. 우울하기 짝이 없는 은재의 말을 들은 세원이 기겁하며 외치자 은재는 땅이 꺼져라 한숨을 쉬었다.

"정말로…… 선을 보는 건 아니겠지? 걔는 내가 하라면 정말로 하는 앤데."

다른 사람의 말은 콧방귀를 뀔지라도 어찌된 영문인지 은재의 말은 꼬박꼬박 듣는 진현이라면 정말 그녀가 했던 말이 후회스러울 정도로 선을 보러 나갈지도 모른다는 생각이 들었다. 새벽에 그렇게 도망치는 것이 아니었다고 집으로 돌아와 머리카락을 뜯으며 스스로를 한탄해도 이미 내뱉은 말을 주워 담을 수는 없었다.

일에 집중이 되질 않았다. 그녀가 아이들을 향해 말한 것이 메탄인지 에탄인지 자각하지도 못할 만큼 은재는 동요했다. 세원은 고개를 푹 숙이는 은재를 한심하다는 듯 바라보며 붉디붉은 입술을 움직였다.

"홍샘. 미쳤어?"

"그런가 봐."

"정신이 나갔군."

"……확실히."

세원은 고개를 절레절레 저었다.

"그러니까 내가 그냥 고백하랬잖아! 뭘 그렇게 망설이는 거야? 뭐가 그렇게 두려운데?"

다른 일에는 거침없고 너무 솔직해서 문제인 은재는 어찌 된 영문인지 '유진현'이라는 남자와 관련된 일에는 무척이나 소극적이었고 조심스러웠다. 좋아한다고 시원스레 고백하면 될 것을 두려워하고 숨기는 데 급급하여 가슴앓이만 하는 은재가 안쓰러웠다. 마음 같아선 유진현을 찾아가 사실은 댁 친구 홍은재가 당신을 친구 이상의 감정으로 본다고 외치고 싶었지만 그랬다가 은재가 더욱 힘들어할 것이 분명했기에 그러지도 못했다.

물론 현재 한국 최고의 투수라고 불리는 유진현이 무척 잘난 것은 사실이었다. 남녀노소를 불문하고 엄청난 팬덤을 유지하고 있을 정도로 거의 국보적인 존재라는 사실도, 또 운동뿐 아니라 외모까지 출중하여 뭇 여성들의 구애를 한 몸에 받고 있다는 사실도 알고는 있었지만 세원이 보기에 은재도 꽤 괜찮았다.

그녀는 충분히 사랑스러웠다. 남들과 잘 어울리지 못하는 도도한 성격인 최세원의 마음을 사로잡을 정도였으니까. 얼굴도 예쁘장한 편이었다. 도자기 같은 하얀 얼굴에 큼지막한 눈을 가졌으니 말은 다 했잖은가. 선남선녀끼리 어울린다더니 유진현과 홍은재가 딱 그 짝이라고 여기며 질투를 하기까지 했었다. 두 사람이 나란히 서 있는 모습은 본 적이 없으나 무척 잘 어울리는 한 쌍이 될 거라 의심치 않는다. 분명 잘 어울릴 것이다. 두 사람은.

문제는 속마음을 감추는 은재에게 있었다. 시대가 어느 땐데 고백하는 것을 두려워하는지. 답답하기 짝이 없는 은재를 재촉해 봐도 소용이 없다는 것을 알고 있지만 그래도 말은 해야 했다. 세원의 말에 은재는 그녀를 빤히 바라보더니 씁쓸한 얼굴로 중얼거렸다.

"그러다 차이면……."

차이면.

어색해서 그 애 얼굴을 어떻게 봐, 최샘.

6년도 힘들었는데 다시 떨어질 생각 따윈 난 못 해.

고백을 하려고 생각한 적도 있었다. 그러나 언제나 타이밍이 문제였다. 항상 그에게 마음을 털어놓으려는 순간마다 일이 생겼다. 마음 속 모두를 내비칠 수 없었다. 그러다 보니 어느 순간부터 현재 상황에 만족해 버렸다. 지금 이대로도 괜찮다, 라는 생각이 들었다. 그냥 평생 그를 바라볼 수 있다면. 언젠가는 담담해질지도 모르니 이대로만 지내자고 스스로를 위로했다.

은재의 말에 세원이 얼굴을 일그러뜨렸지만 은재는 그녀를 바라보지도 않았다.

"난, 그 애가 없으면 안 돼."

"……."

"고백해서 아무것도 아닌 사이가 될 바에야 그냥…… 그냥 친구로 남아 있는 게 나아."

세원은 흥, 하고 입술을 삐죽거렸다.

"눈물겨운 사랑이다."

은재는 쓰게 웃었다.

"그치? 꽤 눈물겹긴 해."

이렇게 곰 같은 여자도 드물 것이다. 가슴 아픈 사랑을 왜 이렇게 오래하는 건지 모르겠다. 그렇게 힘이 들면서도 왜 꿋꿋이 곁에 있으려고 하는 것일까. 은재 같은 사랑을 해 보지 못했던 세원은 그녀가 이해가 되지 않는다.

"홍샘. 그러다 유진현이 홍샘한테 어느 날 갑자기 결혼할 사람이라고 웬 여자를 소개시켜 주면 어떡할래? 그래도 계속 친구로 남을 수 있어?"

말만 들어도 가슴이 시려온다. 은재는 잠시 머뭇거리다 대답했다.

"……그래야지."

"참나."

고개를 절레절레 젓는 세원을 향해 은재는 물었다.

"나 바보 같지?"

"엄청."

은재는 울리지 않는 휴대전화를 내려다보며 중얼거렸다.

"나도 알아."

알고 있으면서도 표현할 수 없는 나는, 정말 바보야.

♥ ♥ ♥

위로해 준답시고 한잔 사겠다는 세원을 따라 단골인 포차에 가 술을 마시고 집으로 돌아오는 길. 은재는 점점 집이 가까워질수록 무거워지는 마음의 무게에 한숨만 푹푹 내쉬며 엘리베이터에 올라탔다.

"그래도 한 번은 고백해! 크게 맘먹고 고백하는 거야. 차이더라도 친구로 지낼 수 있는 방법은 많아. 13년 우정이 한 번에 사라질 일은 없잖아. 홍샘. 내가 누누이 말하지만, 제발 용기를 좀 가져, 이 바보야!"

머릿속을 맴도는 세원의 말이 사라지질 않는다. 고백. 정말 고백을 해야 하는 것일까. 하지만 쉽지 않다. 어렵기만 하다. 너무 어려워서 힘이 들 정도로. 쉽지 않아.

세원 덕분인지는 모르겠으나 확실히 집을 나설 때보단 마음이 가벼워진 것 같다. 그녀의 집이 있는 14층에 도착했다는 소리가 들리자 기대어 있던 몸을 일으키며 집을 향해 걸어가던 은재는 무심코 현관 비밀번호를 찍으려다 은은한 불빛이 문틈 사이로 새어나오는 것을 발견하고 두 눈을 크게 떴다.

불을 켜고 나온 기억은 없는데. 진현의 선으로 인해 잠을 설치기는 했지만 문단속을 단단히 하고 왔었다. 깜짝 놀라 숨을 죽이며 문을 연 은재는 두근거리는 마음을 끌어안고 집으로 들어섰다. 그러나 곧, 현관 앞에 가지런히 놓여 있는 익숙한 슬리퍼를 발견하고 안도의 한숨을 내쉬었다.

"언제 온 거야?"

그녀도 자주 사용하는 그 슬리퍼의 주인은 다름 아닌 진현이었다. 서로의 집 비밀번호를 혹시나 모를 상황을 대비하여 교환했었기에 이렇게 주인 없는 집에 아무렇지도 않게 들어올 수가 있었다. 거실로 터덜터덜 걸어오며 말을 건네는 은재의 목소리를 들은 그가 소파에서 책을 읽다가 고개를 돌리며 돌연 미간을 찌푸렸다.

"벌써 열한 시야. 왜 이렇게 늦게 와? 요새 교사들은 운동선수들보다 바쁜가?"

은재는 그의 옆에 털썩 앉으며 몸을 뒤로 뻗었다.

"아아. 술 한잔하느라고."

"누구랑 마셨는데?"

타박하는 진현을 보자니 웃음이 나왔다.

"최샘이랑 마셨어. 걱정 마. 나 잡아갈 사람 없어."

"그거야 모르지. 최샘이라면 너랑 친하게 지낸다던 그 동갑내기?"

"응."

"일찍 좀 다녀."

"알겠사옵니다! 주상전하!"

"……."

"그런데…… 너는 여기 왜 있어?"

진현은 고개를 돌리며 눈을 빛내는 은재의 말에 그녀의 두 눈을 빤히 바라보다 말했다.

"그냥. 어제 일이 신경 쓰여서."

어제 무슨…… 아.

"나, 선 안 봐."

뜬금없는 그의 말에 은재는 눈을 동그랗게 떴다.

"혹시 네가 오해할까 봐 말하는 거야. 지금 나는 그런 곳에 신경 쓸 여유가 없어. 귀찮기도 하고. 뭐, 때 되면 생길 테니 굳이 서두를 필요는 없다고 봐."

그녀는 저처럼 소파로 등을 뉘던 진현을 멍하니 응시했다.

"그러니 앞으로도 신세 좀 더 지자. 괜찮지?"

진현은 얼빠진 은재를 향해 유려한 미소를 날리며 말했다. 하루 종일 마음을 짓누르던 무거운 체증이 순식간에 씻겨 나간다. 혹시 내 마음을 알고 있었던 걸까? 그래서 내 걱정을 덜어 주려 그랬던 걸까? 은재는 목구멍까지 차오른 말을 끝내 내뱉지 못하고 그저 히죽거렸다.

"당……연히 괜찮지. 천하의 유진현한테 빚을 지게 만드는 건 꽤 이득 되는 일이니까."

진현은 대답 대신 피식 웃었다. 그녀는 잔잔한 그의 미소에 가슴이 울렁거려 한참을 말을 잇지 못하다 겨우 그를 불렀다.

"진현아."

"왜."

"영화, 볼래?"

"영화?"

자리에서 벌떡 일어나 외치는 그녀를 향해 진현이 느릿하게 시선을 옮기자 은재는 그에게 손을 뻗었다.

"응! 영화 보러 가자. 오랜만에!"

그녀의 손을 잡고 일어나던 진현이 물었다.

"보여 주는 건가?"

"그래. 자비로운 이 누님이 쏜다!"

"그럼 뭐, 가 주지."

"오케이!"

확실히 집안으로 들어올 때보다 밝아졌다는 것을 알아차릴 수 있을 만큼 은재는 기분이 좋았다. 집 앞과 얼마 떨어지지 않은 영화관으로 가기로 마음먹은 후 그의 손을 잡은 그녀는 제 움직임에 함께 발걸음을 옮기는 그의 따스한 온기를 느꼈다.

진현아.

네게는 나밖에 없었으면 좋겠어.

네게 여자인 친구는 나밖에 없었으면 좋겠고 네 곁에 있을 수 있도록 허락받는 여자는 나 혼자였음 좋겠어.

우리가…… 비록 내가 원하는 그 이상이 될 수는 없겠지만.

다른 사람들이 질투를 할 만큼, 너와 나는 각별했으면 좋겠어.

너와 내가 공유하는 시간은 오직 서로만 바라보고 있었으면.

설령 너와 내가 나누는 마음이 다를지라도.

단지 그 시간만큼은 그랬으면 좋겠다고 생각하는 내 마음은…… 너무 이기적인 걸까?

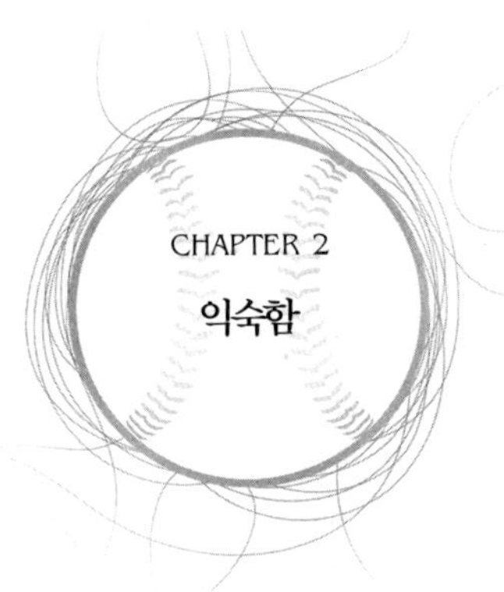

1. 익숙함(A)

"나는 표 끊을 테니까 너는 팝콘 사!"

영화관에 도착하자마자 말을 하는 은재를 보며 진현은 행동을 멈추고 그녀를 바라봤다.

"왜?"

의아해하는 그녀를 향해 잠시 망설이던 그는 흐음, 하고 낮은 신음소리를 흘리며 말했다.

"그럼 결국 더치잖아."

은재는 정곡을 콕 찌르는 진현의 말에 조금 당황하는 듯했다. 그녀는 심드렁한 얼굴로 저를 내려다보는 진현의 허리를 세게 꼬집었다.

"이, 이거 왜 이래? 그래도 내가 몇 천원 더 내거든?"

"윽."

"나보다 몇 십 배는 더 많이 버는 녀석이 왜 그런 표정이야? 그렇게 가난한 교사 삥을 뜯고 싶어?"

확실히 두 사람의 연봉에 아주 많은 차이가 나긴 한다. 눈물까지 핑 글썽이며 큼지막한 눈을 저에게 들이미는 은재가 귀여워 피식 웃음이 새어나오려고 했지만 더 놀리고 싶은 마음이 들었던 진현은 꾹 참고 표정 변화 없는 얼굴로 말했다.

"보여 준다 해서 왔더니 아니라서 그러지. 이럴 줄 알았으면 지갑 챙기라고 할 때부터 의심할걸 그랬군."

칫, 하고 투덜거리며 앞서 나가는 진현을 바라보던 은재는 팔짝 뛰었다. 그녀는 그의 옷자락을 잡아끌며 입술을 삐죽거렸다.

"야! 싫음 가! 안 보여 줘! 그냥 없었던 일로 하자."

"아니야. 사 올게."

은재는 꽤 잘 토라지기 때문에 더 놀렸다간 뼈도 못 추릴 줄 모른다. 모처럼의 영화 관람이 물거품이 되는 것을 막고 싶었던 진현은 이쯤에서 놀려먹기를 멈추기로 결정했다. 1초 새에 급변한 그의 태도에 조금 당황하던 은재는 눈을 가늘게 뜨며 진현을 노려봤다.

"사온다구."

이젠 입가에 미소까지 다는 그를 뚫어져라 바라보던 은재는 피식 웃으며 매표소로 걸어갔다.

"흥. 진작 그럴 것이지."

진현은 멀어지는 은재를 바라보더니 이내 매점을 향해 걸어갔다. 꽤 늦은 시간임에도 불구하고 영화관에는 관람객들이 많았다. 진현은 본능적으로 모자를 꾹 눌러썼다. 전국적으로 꽤나 유명해서 선글라스와 모자로 얼굴을 가렸지만 키가 189cm였기에 저절로 시선을 끌고 있었다.

"스위트 콤보 세트 하나요."

어서 오세요, 하고 계산대 앞에 선 진현은 메뉴판을 흘깃거리더니 달콤한 팝콘을 더 좋아하는 은재를 위한 메뉴를 주문했다. 갑작스레 등장한 키가 큰 남자의 말에 주문을 받던 여직원은 웃으며 결제를 도와주면서도 한참이나 그를 흘깃거렸다.

'뭐지? 알아본 건가?'

변장을 했다고 할지라도 다부진 체력과 빛나는 얼굴은 다 가릴 수 없는 법. 이상하다는 듯 자꾸만 저를 힐끔거리는 직원을 의아하게 생각하던 진현은 저도 모르게 미간을 찌푸렸다.

"저기……."

직원의 끈적한 시선이 묘하게 신경 쓰여 한마디 하려고 할 때 그녀가 진현에게 말을 건넸다.

"얼굴이 익숙해서 그러는데…… 혹시 절 아시나요?"

진현은 고개를 들어 그녀를 바라봤다. 선글라스 너머로 보이는 직원의 얼굴은 낯이 익지 않다. 아니, 솔직히 여자들의 얼굴을 잘 기억하지 못하는 그에겐 은재 외의 여자는 다 그저 그렇게 보였기에 과거 잠시 부딪혔더라도 알아챌 수 없었을지도 모른다. 그러나 확실히 눈앞의 여자는 처음 보는 여자. 신종 작업 수단인가. 진현은 무심한 눈으로 그녀를 빤히 바라보다 말했다.

"처음 뵙습니다."

직원은 진현의 단호한 대답에 어색하게 웃으며 고개를 끄덕였다.

"아…… 네. 하하, 그렇군요. 이상하게 낯이 익…… 어, 잠깐!"

아쉬운 듯 입을 쩝쩝거리던 그녀는 팝콘을 향해 걸어가려다 행동을 멈추고 버럭 외쳤다.

"호, 혹시 TJ의 유진현 선수 아니세요?"

제길.

주문했던 팝콘이 왜 그렇게 나오지 않는 건지. 혹 은재가 그를 기다리고 있을까 싶어 고개를 돌렸지만 다행히 아직 줄을 서고 있는 은재의 모습이 들어왔다. 자꾸만 얼굴 이야기를 꺼내는 걸로 보아서 자신을 알아볼 수도 있다는 생각에 점점 더 고개를 숙이던 진현은 그녀의 말에 살짝 고개를 들었다.

"어머, 맞죠? 저 TJ 골수팬이에요!"

얼굴에 홍조까지 띠며 방방 뛰는 직원을 바라보던 진현은 한숨을 푹 쉬며 말했다.

"네. 감……사합니다."

"이 근처에 사신다더니 정말이신가 봐요!"

"네."

"어머. 그런데 TJ는 내일 경기 있지 않나? 이렇게 영화 보러 오셔도 돼요? 아, 맞다. 선발 아니죠, 참."

진현은 입도 뻥긋 하지 않았건만 직원의 입술은 연신 움직였다. 달라는 팝콘은 주지 않고 아예 수다를 늘어놓을 기세였던 그녀를 빤히 바라보던 그는 억지웃음을 지어 가며 직원의 말을 듣고 서 있었다.

"어쨌든 정말 영광이에요!"

"예."

"저 그런데, 여기 사인 좀 해 주실 수 있으세요?"

손님과 수다를 떨어대는 직원을 의아하게 여긴 또 다른 직원이 그녀에게 무슨 일이냐고 묻는 듯하자 진현은 고개를 얼른 내저었다. 걱정 말라며 손가락으로 동그랗게 신호를 보내는 그녀를 바라보던 진현은 돌연 그녀가 영수증으로 보이는 종이를 그에게 내밀자 눈을 동그랗게 떴다.

"사인 종이가 없어서, 호호."

그녀는 자신이 건넨 펜으로 작게 사인을 하는 진현에게 물었다.

"누구랑 오신 거예요? 동료분들이랑 같이 오셨어요?"

이런 것까지 말해야 하나. 눈을 빛내는 그녀를 보던 진현은 고민했다. 그러나 언제나 팬들에게는 상냥해야 하는 법.

"친……구랑 왔습니다."

단정하지만 어딘가 미묘한 가시가 섞여 있는 진현의 말을 들은 직원은 멍한 얼굴로 그를 바라봤다. 입술을 빼끔거리는 것을 보니 무언가 할 말이 있는 듯했으나 개의치 않았다. 진현은 이내 은재가 있던 매표소 쪽으로 시선을 돌렸다. 이미 표를 뽑고 나오는 은재의 모습이 들어온다. 그는 아직 자신이 팝콘을 받지 못했다는 사실을 잠시 뇌리에서 지워 버리고 다가오는 은재를 향해 걸어가려 했다.

"저, 저기!"

그런 그를 다급히 부르는 직원의 목소리만 아니었더라면.

"이거 가져가셔야죠!"

어느새 나온 팝콘을 그에게 내밀며 방긋방긋 웃는 직원을 흘깃거리던 그는 메뉴판과 차이가 있는 팝콘의 크기에 고개를 갸웃거렸다.

"스위트 콤보 세트에 팝콘이 라지입니까? 분명 미디엄으로 봤는데."

그녀는 의문 섞인 그의 말에 빙긋 웃었다.

"서비스예요! 저희 영화관에 많이 오시라는. 그럼 즐거운 관람 되세요."

그를 보내 주기가 못내 아쉬운지 입맛을 다지는 직원에게서 팝콘을 빼앗듯 돌아서며 은재가 있는 곳으로 진현은 걸어갔다. 이내 은재가 영화표를 살랑살랑 흔들며 그를 반기자 들고 있던 팝콘을 그녀에게 넘겨준 그는 얼마 남지 않은 상영 시간을 확인하고 상영관으로 들어가려 했다.

팝콘 하나를 입안에 쏙 넣으며 오물거리던 은재는 그의 뒤를 졸졸 따라가다 무언가를 발견하고 돌연 걸음을 멈췄다.

"왜?"

진현은 상영관을 코앞에 두고 멈춰 선 은재를 의아한 듯 바라봤다.

"이거."

"그게 뭔……!"

은재가 가리키는 팝콘 통 근처엔 볼펜으로 적어놓은 낯선 이의 휴대전화 번호가 있다. 매점 쪽으로 고개를 돌리니 예의 그 직원이 웃는 얼굴로 자신에게 손짓을 하는 게 보였다. 진현은 은재의 얼굴이 미묘하게 일그러지자 한숨을 푹 내쉬었다.

"또 들킨 거야?"

진현은 아무런 대답도 하지 않았다.

"어째, 가려도 아무 소용이 없어? 대체 어떻게 알아본 거래?"

"모르겠다."

"어휴. 하여간 유명인이랑 다니는 건 이래서 문제야."

고개를 절레절레 젓는 은재를 보며 그는 미안, 하고 짧게 말했다. 이상하게 그녀와 함께 다닐 때마다 자신을 알아보는 사람들로 인해 곤란한 경우를 겪는다. 그러나 특이한 것은 그녀와 함께 다녀도 스캔들 한 번 나지 않는다는 사실이다. 우리 두 사람이 연인 사이처럼 보이지 않나? 왠지 서글퍼지는 현실 때문인지 축 늘어지는 그의 팔에 팔짱을 낀 은재는 씨익 웃으며 말했다.

"미안할 게 뭐 있어? 덕분에 팝콘도 라지로 받았잖아. 가자! 영화 시작하겠다!"

♥ ♥ ♥

선발 투수들은 보통 선발로 올라간 경기 이후 다시 돌아올 선발일까지 휴식을 취하며 몸을 만든다. 롱 토스(먼 거리 캐치볼), 쉐도우 피칭(투수가 공을 던지는 자세를 교정하거나 동작을 익숙하게 하기 위한 연습) 등의 투구 연습과 러닝으로 몸을 다진 다음 실전 감각을 잃지 않기 위해 4, 5일 동안 주어지는 휴식일 중간 실전 피칭을 한다. 웨이트 트레이닝뿐 아니라 멘탈적 요소도 중요하므로 트레이너와 상담을 하며 다가올 선발일까지 마음을 다잡는다.

특히 잔여 경기 일정을 소화하는 9월에는 선발진들의 등판 기간이 리그 전반기보다 더 늘어나는 편이다. 때문에 늘어난 그동안 푹 휴식을 취하는 선수들이 있는가 하면 진현처럼 휴일을 가리지 않고 훈련장에 나와 투구연습을 하는 선수들도 있었다.

이미 한 번 바닥을 쳤던 경험이 있는 진현은 그때로 돌아가지 않기 위해 설령 마운드에 올라와 완투를 하고 난 다음 날이라도 훈련은 빼먹지 않았다. 하여 어김없이 선발로 올라 가 승리를 거둔 다음 날인 오늘도 다른 선수들과 마찬가지로 실내 연습장에서 쉐도우 피칭을 하고 있었다. 독종과 같은 그의 모습에 혀를 내두르는 수많은 동료들도 차츰 그런 모습이 익숙해져 갔다. 완봉승을 거두는 바람에 언론과 감독님으로부터 좋은 평가를 받기는 했지만 8회나 9회쯤 되어 흔들리던 제 모습이 마음에 들지 않았다. 입술을 꾹 깨물며 투구 연습을 이어 나가던 진현은 자신을 향해 다가오는 인기척 소리에 뒤를 돌아봤다.

"누군가 했더니 역시나구만."

팀 내에서 희찬 다음으로 그와 친한 편에 속하는 중견수이자 팀의 간판 4번 타자 조영대가 진현을 향해 걸어오고 있었다. 진현은 고개를 살짝 끄덕이더니 그에게 인사했다.

"일찍 왔군."

"그건 내가 하고 싶은 말이야. 누가 보면 오늘 네가 선발인 줄 알겠어."

진현은 능글맞게 웃으며 배트를 들고 오는 영대가 제 옆에 서자 그를 직시했다.

"얼굴이 왜 그렇게 초췌해? 밤이라도 샌 거야?"

등판하지 않는 진현과는 달리 영대는 오늘 경기에 출전을 해야 한다. 팀의 해결사나 마찬가지인 4번 타자라는 자리를 유지하기 위해서 훈련을 하러 온 영대가 자신의 얼굴을 한참을 들여다보며 묻자 진현은 피식 웃었다.

"심야 영화를 좀 봤어."

"심야 영화?"

"어."

진현의 말에 영대는 꽤나 놀란 듯했다. 매사에 관심이 없는 줄 알았더니 영화를 볼 줄도 알고.

5년을 함께 훈련을 해 왔지만 연습 말고 같이 유흥을 즐겼던 적은 극히 드물 만큼, 온몸에선 푸른 피가 흐를 거라 생각했던 냉혈아 유진현이 영화를 봤다는 사실은 충격적이었다. 눈을 큼지막하게 뜨며 영대는 휘파람 소리까지 냈다.

"호오. 누구랑 봤는데? 여자?"

있어. 진현은 그에게서 시선을 떼며 남은 훈련을 마저 하기 위해 몸을 움직이려 했다. 영대는 팔을 높이 드는 진현을 바라보다 그의 입꼬리가 살짝 올라간 것을 발견하곤 히죽거리며 물었다.

"설마, 은재 씨?"

아. 말 대신 행동을 멈추는 진현을 보고 영대는 제 말에 확신을 가졌다. 어이, 유진현이. 그는 돌연 진현의 어깨에 손을 얹더니 입술을 씰룩거리며 음흉한 눈빛을 빛냈다.

"왜."

진현은 몇 초 사이에 돌변한 영대의 눈을 응시했다.

"너 진짜…… 나한테 은재 씨 소개 안 시켜 줄래?"

놀라는 진현을 보며 영대는 말을 이었다.

"은재 씨 말이야. 나랑 꽤 잘 맞을 것 같지 않아?"

은재가 진현의 오래된 친구이다 보니 그녀를 아는 구단 관계자들과 선수들이 많은 편이다. 새로 갓 입단한 신입들과 구장의 아르바이트생들을 제외하면 아마 유진현의 여신인 그녀를 모르진 않을 것이다. 영대는 진현과 더불어 은재와 사적인 만남도 몇 번 가졌기에 더더욱 그녀와 인연이 깊었다. 허나 이런 식으로 그에게 말을 건넬 줄은 몰랐다. 진현은 기대감에 가득 찬 표정을 짓는 영대를 보며 기분이 조금 나빠졌다.

"은근히, 보면 볼수록 예쁘더라. 이건 네 친구라서 하는 말이 아니라 진짜 객관적으로 봤을 때도 그래."

"……."

"평범하게 생긴 것 같은데 묘하게 시선을 끄는 매력이 있더라고."

욱신, 하고 가슴이 갑자기 찔러와 진현은 미간을 일그러뜨렸다.

볼수록 예쁜 게 아니라 원래부터 예뻤어.

은재를 떠올리는 듯한 영대를 쏘아붙이고 싶어졌다. 진현의 마음을 알 리 없는 영대는 여전히 상상의 나래를 펼쳐가는 듯했다.

"너처럼 무뚝뚝한 놈 옆에서 단련이 됐는지 싹싹하기도 하고. 꽤나 귀엽기까지 하더라. 게다가 선생님이라잖냐. 알지? 나 선생님한테 환장하는 거. 완전히 내가 꿈꾸던 미래의 신붓감 그 자체야. 흐흐."

웃음을 흘리는 영대의 얼굴이 이렇게 미워 보일 수가 없다. 진현은 두 주먹에 힘이 들어감을 느꼈다.

"그러니까 소개팅 자리 좀 만들어 주라. 친구 좋다는 게 뭐야? 이럴 때를 위해 있는 말이 아닐까?"

이젠 아예 조르는 영대를 보던 진현은 아무런 말도 하지 않았다. 영대는 왠지 모르게 싸늘한 냉기를 풍기는 진현의 변화를 알아차리지 못했다.

"나 정도면 괜찮잖아! 팀 간판타자에 연봉도 빵빵하겠다. 얼굴도 이만하면 어디 가서 미남 소리 듣는다고."

확실히 영대의 말은 틀린 것이 없었다. TJ 크라운즈를 대표하는 선수 두 명을 꼽는다면 넘버원은 진현이었고 다른 하나는 조영대였다. 타자 방면에서 1위란 1위는 모조리 휩쓸고 있는 그는 결코 딸리지 않는 남자였다. 그러나 그것은 어디까지나 선수로서의 관점. 진현은 단호하고도 차가운 목소리로 영대를 향해 말했다.

"싫어."

"인마. 너무 거절이 빠른 거 아니냐?"

1분도 생각하지 않고 말하는 진현을 보며 영대가 버럭 외친다.

"싫어."

그러나 진현은 더 생각할 필요도 없다는 듯 대답했다.

"진짜 냉정한 놈일세. 그래도 은재 씨한테 말이나 한번 해 보지!"

진현은 투덜거리는 영대를 보며 고개를 저었다.

"너는 안 돼."

"왜?"

진현은 말을 잇는 대신 입술을 닫았다. 왜 안 되는 것일까. 너무 많은 이유가 존재하지만 차마 입 밖으로 늘어놓을 수는 없었다. 갑자기 꿀 먹은 벙어리가 되어 버린 진현을 한참이나 노려보던 영대는 푹, 하고 한숨을 쉬더니 이내 들고 있던 배트를 허공에 휙휙 휘두르며 중얼거렸다.

"참나, 진짜 더럽게 아껴요."

그는 굳은 얼굴의 진현을 마주했다.

"유진현, 너 솔직히 말해. 은재 씨랑 너, 그냥 친구 사이 아니지?"

가슴이 철렁했다. 오늘따라 이 녀석이 왜 이렇게 귀찮게 느껴지는 건지 모르겠다고 생각하고 있을 때 들리는 영대의 말은 진현의 심장을 뛰게 만든다. 혹시 눈치를 챈 걸까? 그녀에 대한 내 감정을? 동요한 눈으로 영대를 바라보았다. 그에 지지 않겠다는 듯 진현과 한참 눈싸움을 이어 나가던 영대가 말을 툭, 던졌다.

"배다른 동생 아냐?"

어떻게 얘기가 그렇게 빠지냐. 진현은 미간을 찌푸렸다.

"거의 시스콤 수준이잖아, 이 정도면?"

"……."

"쳇. 됐다, 됐어! 치사해서 부탁 안 해! 이건 뭐 친구보다 더해."

영대는 가라앉은 눈으로 저를 응시하는 진현을 흘깃거렸다. 무표정한 얼굴로 일관하는 그에게 말을 늘어놔 봤자 소귀에 경 읽기나 마찬가지란 생각이 들었다. 영대는 묵묵부답을 유지하는 그를 향해 말했다.

"은재 씨는 아냐? 네가 이렇게 은재 씨를 감싸는 거? 후우. 난 펑고(fungo, 야수들의 수비 연습을 위하여 코치들이 공을 쳐 주는 일)나 하러 갈란다. 쳇."

마음이 상했는지 툴툴거리며 입구 쪽으로 향하는 영대의 등을 응시하던 진현은 그의 모습이 시야에서 완전히 사라지자 들고 있던 수건을 땅으로 내던졌다. 탁, 소리를 내며 수건이 바닥과 조우하자 혈관이 막혀 버린 듯 갑갑해졌다. 진현은 더러워진 하얀 수건을 내려다보며 중얼거렸다.

"너는 누군가를 사귀고 있으면서도 쉽게 다른 여자를 만나."

몇 년간 줄곧 함께 생활하며 그의 사생활도 지켜봤던 터라 진현이 원하든, 원하지 않든 간에 영대에게서 그의 소식을 들었다. 영대도 진현처럼 제 나이 또래의 선수들 중 장가를 가지 않은 선수였다.

그는 너무도 자유분방하여 한 달에 한 번 꼴로 여자가 바뀌었다. 진현은 자신과 절친한 선수일지라도 그런 남자에겐 은재를 소개시켜 줄 수 없다고 생각했다. 그가 보기엔 영대는 입도, 마음도 너무 가벼웠으니까.

"은재 맘 아프게 할 놈은…… 절대로 안 돼. 그게 영대 너라도 어쩔 수 없어."

진현은 저를 제외하고 텅 비어 버린 연습장 내를 돌아보며 중얼거렸다. 그러다 이내 든 생각에 피식 웃음이 흘러나온다.

"진짜…… 오지랖 한번 넓군."

어쩌면 조영대가 그녀가 그렇게 말했던 '평생의 인연' 일지도 모른다. 그렇게 생각하니 방금 한 짓이 한심하기 짝이 없다.

내가 뭐라고.

단지 친구일 뿐이건만 정말 영대의 말대로 시스터 콤플렉스라도 있는 사람마냥 냉정하게 굴었다. 그러다 보니 친구 이상이 되고 싶어할 용기도 없는 스스로에게 자괴감마저 느껴졌다.

"제길."

진현은 입술을 꾹 깨물었다.

얼마나 세게 깨물었는지 그만 상처가 나 버린 입술에서 붉은 선혈이 흘러내리는 것도 자각하지 못할 만큼, 그는 유진현이라는 이름의 남자에게 신물이 났다.

♥ ♥ ♥

진현이 완봉승을 거두었던 어제의 경기와는 달리 오늘 그의 팀은 안타깝게 1대0으로 지고 말았다. 홈 3연전 중 거둔 성적은 1승 1패. 내일 경기는 반드시 이겨야 1위 확정에 유리한 자리를 차지할 수 있어 부담스러워하는 동료들을 위로해 주어야만 했다. 게다가 오전 실내연습장에서의 짧은 마찰로 인해 자꾸만 틱틱거리는 영대를 겨우 달래고 나서야 경기장을 빠져나갈 수 있었던 진현은 제 차에 기대어서 있는 낯선 이의 존재를 알아차리곤 저음의 목소리를 내뱉었다.

"어쩐 일이지?"

다행히 구장을 맴돌던 팬들이 다 떠났기에 망정이었다. 그렇지 않았더라면 또 달갑지 않은 기사가 나 버렸을지도. 진현은 제 목소리를 듣고 몸을 일으키곤 빙긋 웃는 여자의 모습이 반갑지 않았다.

한효영. 그와 잠깐 사귀었던 YBS의 스포츠 케이블 채널의 아나운서가 어제 경기에 왔다는 소식은 들었지만 오늘도 온 줄은 전혀 몰랐다. 그는 쥐고 있던 차키로 문을 여는 자신을 향해 다가오는 효영을 응시했다.

"오늘도 올 줄은 몰랐군."

효영은 무심하게 스치듯 말을 던지는 진현을 보며 웃었다. 어쩜 하나도 변하질 않았냐, 당신은. 저를 눈앞에 두고도 이렇게 냉정하게 구는 남자는 단 한 사람밖에 없었다. 그녀는 여전히 미소를 지우지 않고 말한다.

"어제는 경기 관람, 오늘은 진현 씨만 보러 온…… 잠깐. 어제 나 온 거 알았어?"

"못 봤다면 그게 이상한 거겠지."

"그럼 아는 척 좀 하지."

이미 오래 전에 불편해진 사이다.

괜히 오래 말을 섞다가 다른 이들의 눈에 띄어 오해를 사고 싶지 않았다. 아니, 그것보다 자신과 효영이 나란히 서 있는 모습이 찍힌 신문을 은재에게 보이고 싶지 않았다.

"간다."

분란을 일으키기 전 이곳을 떠나야겠다 여긴 진현이 짧게 작별의 인사를 전하고 운전석에 올라타려 할 때, 효영이 얼른 손을 뻗어 문이 닫히려는 것을 막았다. 무슨 짓이냐는 눈으로 그녀를 바라보자 효영은 다급히 말했다.

"우리, 얘기 좀 할 수 있어?"

얘기?

"난 없어."

싸늘한 그의 말에 효영은 가슴이 떨렸다. 그녀는 잠시 머뭇거리다 숨을 크게 들이쉬며 입술을 움직였다.

"전화를 해도 안 받고, 문자도 무시하길래 직접 찾아왔어. 당신 만날 수 있게 부탁하기도 했고. 길게 하지는 않을게. 얘기 좀 해."

진현은 길게 한숨을 쉬었다. 효영의 성격상 제 요구를 들어주지 않는다면 시끄러워질 것이 분명했다. 지끈거리는 머리를 부여잡고 그녀를 복잡한 심정으로 바라봤다. 효영은 진현이 망설이는 듯하자 말을 덧붙였다.

"진현 씨 집에 가서 얘기하는 게 어때? 다른 사람 눈에 안 띄……."

"안 돼."

"어?"

"안 된다고, 우리 집은."

싸늘하게 일갈하는 그를 멍하니 바라보던 효영의 얼굴이 미묘하게 일그러졌다. 그녀는 미동 없는 진현의 눈동자를 빤히 응시하더니 돌연 그의 팔목을 잡고 어딘가로 잡아끌었다.

"뭐하는 거야?"

진현이 서늘한 목소리로 묻자 그녀는 진현의 차가 주차되어 있는 곳과 얼마 떨어지지 않는 차를 가리키며 붉은 입술을 달싹였다.

"타. 집에 데려다 줄게."

"한효영."

"어차피 우리 집 가는 길이야. 난 오늘 진현 씨랑 얘기해야겠으니 일 크게 벌이고 싶지 않으면 타 줘. 제발."

"……."

"당신 집은 싫다며. 우리 집은 꽤 노출돼 있어서 무리야. 커피숍 가자고 해도 싫다고 할 테니 차에서 얘기해. 짧게 할 테니까 걱정하지 말고."

"너……."

"아직 기자들 많아. 여기서 계속 이렇게 실랑이하다간 다른 기자들이 볼 거야."

"짧게 해. 피곤하니까."

대체 무슨 거창한 말을 하려고 자리까지 옮기자고 하는 것일까. 딱히 그녀에게 볼일이 없었던 진현은 이런 효영의 태도가 부담스럽다 못해 짜증이 날 지경이다.

효영은 차갑고도 어두운 표정의 진현이 그의 집 앞에 차를 세우자마자 하는 말을 듣고 가슴이 울렁거렸다. 매일 모니터링을 하면서 그의 얼굴을 마주하건만 이렇게 실제로 보는 진현은 항상 그녀를 떨리게 만들었다.

"진현 씨."

할 말이 없다면 내리겠다며 문고리를 잡으려는 그를 향해 효영은 겨우 입술을 뗐다.

"진현 씨가 지금 아무도 안 만난다는 거 알아. 그러니…… 우리

다시 시작하자."

효영이 그를 찾아왔을 때부터 살짝 예상하기는 했었지만 한 치의 어긋남 없는 그녀를 보자니 목구멍이 컥 막혀왔다. 진현은 일렁이는 그녀의 갈색 눈동자를 가만히 응시하며 말했다.

"너한텐 아무 느낌도 안 들어."

효영은 얼른 대답했다.

"내가 느끼면 돼."

한숨이 새어나오려는 걸 꾹 참았다. 몇 번을 말해 주어야 하는 걸까. 나는 너를 보고 있지 않다고. 효영은 무심한 눈빛을 보내는 진현을 붙잡았다.

"진현 씨. 난, 당신을 못 잊겠어. 이렇게 매달리는 거, 천하의 한효영 스타일이 아니라 나도 자존심 상해. 그래도 매달리고 싶어. 구차하다는 거 알지만 내 마음이 당신에게만 향한단 말이야."

"한효영."

"그냥 눈감고 나 만나 주면 안 돼?"

"그만하자."

해 줄 말이 없었다. 이미 3년 전 끝난 사이였고 다시 만날 이유 따윈 존재하지 않았다. 사귄 기간도 길지 않건만 3년이나 지난 후에 이렇게 되돌리려는 그녀를 이해할 수가 없다. 진현은 이 불편한 자리에서 얼른 벗어나야겠다 여기며 그녀의 차에서 내렸다.

"이해할게!"

효영은 조수석에서 내리는 그를 따라 내리며 아파트로 들어가려는 진현을 쫓아오더니 외쳤다. 뜬금없는 그녀의 말에 진현은 걸음을 멈췄다.

"당신 여자친구! 은재 씨가 당신 옆에 있는 거. 이해할 테니까, 다시 만나. 두 사람이 친구 이상의 관계라는 거, 이해하기 힘들지만 노력할게. 연인도 공유하기 힘든 감정을 나누고 있다는 것도 이해할게."

효영의 속눈썹이 파르르 떨렸다. 얼마나 긴장했는지 얼굴이 새하얗게 보일 정도다. 달빛에 비춰서 그런지 더욱더 창백한 그녀를 응시하던 진현의 마음이 복잡해졌다.

"당신이 그 여잘 우정이 아닌 다른 감정으로 바라보고 있는 것도, 견딜 수 있어."

몰아치는 그녀의 말이 혼란스러웠다. 대체 이 모든 것을 효영이 어떻게 알고 있단 말인가.

"그만큼 당신이 좋아. 그 말 하려고 한 거야."

효영은 부드럽고도 낮은 목소리로, 그러나 간절하고도 애절하게 그를 향해 말했다. 진현은 묵묵히 그녀의 말이 끝날 때까지 기다리다 천천히 입술을 열었다.

"나는, 아니야."

너무도 냉정하게 들릴지 모르지만 그에겐 그녀 아닌 다른 누구도 들어오지 않는다.

노력해 봐도 소용이 없었다.

그의 삶이 기준이 되는 것은 오직 단 한 사람뿐.

그녀를, 은재를 대신할 다른 이는…… 존재하지 않는다.

효영일지라도 그 사실은 변하지 않는다.

2. 익숙함(B)

오늘 홍은재는 꽤 행복했다.

일단 첫째로, 이야기를 들은 이후 하루 종일 그녀를 괴롭히던 진현의 선자리가 물거품으로 돌아갔다는 사실이 안도하게 만들었다. 둘째로는 어젯밤, 영화관에서 있었던 일 때문이었다.

유진현의 얼굴이 웬만한 연예인 못잖게 알려져 있다는 사실은 그녀도 잘 알고 있다. 경기장 내에서도, 밖에서도 표정 변화 없는 냉랭한 얼굴을 하고 다녔기에 '원페이스'라는 별명으로 불린다는 사실도. 또 그런 그를 바라보는 주변인들과 열성팬들의 시선이 어떤지도.

해서 그가 예쁘장한 영화관의 여직원으로부터 전화번호가 적힌 팝콘 통을 받았다는 것을 알았을 때도 약간 신경이 쓰였을 뿐 늘 있는 일이라 치부하려 했었다. 운 좋게 그로 인해 팝콘 사이즈의 업그레이드까지 받았으니 오히려 고마워해야겠지.

그러나 훌훌 떨쳐 버린 은재와는 다르게 진현은 못내 그 일이 신경 쓰인 듯했다. 그는 상영관 내에서 스크린에 비치는 광고를 바라보고 있는 은재에게 연신 말을 걸며 그녀의 기분을 풀어 주기 위한 행동을 일삼았다. 그리고 은재는 그로 인해 기분이 좋아졌다. 다른 사람들의 따가운 시선은 의식하지 않고 제게 모든 관심을 쏟는 그의 행동이 너무 기뻤다.

상영관 내의 그 어느 커플들보다도 훨씬 깊은 애정을 갖고 있는 연인 같은 자신들의 모습이 좋았다. 오래된 친구 사이. 특히 13년 된 친구 사이는 때론 친구가 아닌 연인처럼 보이기도 했다. 친구로 남아서 유일하게 좋은 점을 꼽으라면 바로 이것이었다.

영화가 시작되기 전, 진현과 시시콜콜한 이야기를 늘어놓던 은재는 불이 꺼지자 몸을 움찔거렸다. 음울한 배경음악과 함께 음산한 분위기를 형성하는 어두운 화면이 나타나자 저도 모르게 주먹을 꽉 쥐던 그녀는 손등에서 느껴지는 이질적인 감각에 고개를 옆으로 돌렸다. 진현이 그녀의 손등 위로 제 손을 포개고 있었던 것이다.

"왜?"

그는 동그랗게 눈을 뜨는 은재를 의아한 눈으로 바라봤다. 가슴이 세차게 뛰어 잠시 머뭇거리던 은재를 보며 진현은 피식 웃으며 말을 이었다.

"무섭지?"

"어?"

"무서운 건 보지도 못하는 녀석이 어째 고른 게 공포 영화냐."

은재는 혀를 차는 진현을 보며 입을 삐죽거렸다. 시간이 맞는 영화가 그것뿐이었다. 오랜만의 영화 관람, 그것도 진현과의. 황금과도 같은 이 기회가 언제 다시 올지 모르는 상황에서 상영되는 영화라곤 공포 영화밖에 없는데 그럼 어쩌겠는가. 그거라도 예매를 해야지.

"두 사람이 나누면 조금 덜 무섭겠지."

어둠에 가려 잘 보이지는 않았지만 진현은 그녀를 향해 웃는 듯했다. 은재는 숨이 막혔다. 모든 시선을 그에게 빼앗겨 버린 은재는 멍하니 그를 바라보다 닫혀 있던 입술을 움직였다.

"고마워."

불이 꺼진 것이 천만 다행이었다.

그렇지 않았다면 아마 사과보다 새빨개진 제 모습을 그에게 들켜 버렸을지도. 영화를 보는 내내, 내용이 무엇인지 하나도 눈에 들어오지 않았다. 섬뜩한 장면이 간혹 나왔던 것 같기는 한데 그의 손을 붙잡고 있는 왼쪽 손에 신경이 쏠려서 집중을 하지 못했다.

따뜻했다. 어지러울 만큼. 달콤하고 때론 정신을 혼미하게도 만들던 길고 긴 시간이 끝이 난 다음 날인 오늘까지, 은재는 어제에서 벗어나지 못했다. 영화가 어땠냐고 묻는 그에게 아무런 말도 할 수가 없었다. 대답 대신 피곤하다며 서둘러 집에 돌아간 그녀는 그의 체온이 느껴지는 왼쪽 손을 바라보다 잠이 들었다.

"왜 이렇게 안 와."

알아차리지 못하겠지만, 온종일 그녀를 행복하게 해 준 보답으로 은재는 닭볶음탕을 만들어 진현의 집에 찾아갔다. 경기 중인 진현의 집 거실 소파에 앉아 TV로 경기 상황을 지켜봐서 오늘의 결과가 어떻게 끝이 났는지 알 수 있었다. 간혹 비치는 그의 차가운 얼굴이 반가워 히죽거리기도 하면서 하염없이 흘러가는 시계를 흘깃거리던 그녀는 올 시간이 지났음에도 불구하고 아직 코빼기도 보이지 않는 진현을 기다리다 못해 벌떡 일어났다.

'늦게 귀가한다고 뭐라고 하더니. 자긴 더 늦어.'

내일까지 홈경기가 있기 때문에 술을 마시고 올 리는 없겠지만 기다린다는 은재의 문자에 알겠다고 대답했던 진현이어서 괜스레 화가 났다. 은재는 바람이라도 쐴 겸 베란다로 나갔다. 싸늘하게 느껴지는 밤의 찬 공기가 은재의 뺨을 스쳐지나간다. 왠지 으스스해져 몸을 달달 떨던 그녀는 양팔로 슥슥 몸을 쓰다듬으며 구름 한 점 없는 하늘을 올려다보다 들리는 자동차 엔진 소리에 고개를 내렸다.

'어?'

꽤 비싸 보이는 하얀 색깔의 외제차가 아파트 단지 앞에 섰다. 약간의 호기심이 일었지만 은재는 곧 시선을 돌리려 했다. 그 차는 그녀가 알고 있는 진현의 차가 아니었으니까. 그녀가 막 고개를 돌리려할 때쯤 조수석으로 보이는 문이 열리지 않았더라면 아마 그녀는 더 이상 눈길을 주지 않았을 것이다. 그런데 차문을 열고 나오는 사람은 다름 아닌 진현이었다. 반가운 마음에 소리를 지르려던 것도 잠시였다.

"어이, 유진……!"

누가 데려다 줬나 보다 여기며 얼른 올라오라고 크게 외치려던 은재는 활짝 열리는 운전석과 함께 그의 앞을 막아서는 긴 머리칼의 여인을 발견했다. 저도 모르게 닫히는 입술이 파르르 떨렸다. 그 여인은 돌아서는 진현을 쫓아 입구까지 달려와선 무어라 외치는 듯했다.

가슴이 쿵쾅쿵쾅 뛰기 시작한다.

고요한 아파트 내에서 크게 울리는 여자가 하는 말을 정확히 알아들을 수는 없었지만 그녀의 목소리는 낯이 익었다.

'한효영…….'

곁에 운동선수가 있으니 자연스레 스포츠 뉴스와 방송을 자주 보는 편이었다. 그리고 그런 은재가 즐겨 보는 프로그램의 사회자가 우연찮게도 효영이었다. 은재는 진현이 불이 켜진 제 집으로 시선을 돌리기 위해 고개를 드는 것을 발견하곤 후다닥 집 안으로 뛰어 들어갔다.

"하아, 하아."

심장이 튀어나올 것 같았다. 눈앞이 어지럽기만 하다. 나쁜 짓을 하다 들킨 사람마냥 죄책감이 그녀를 조여 온다. 은재는 서둘러 손을 뻗어 베란다 문을 황급히 닫고는 호흡을 가다듬었다.

'다시…… 만나는 건가?'

진현이 은재를 떠나 있던 2008년의 어느 날. 그와 연락이 끊어져 골골대던 은재의 눈에 스포츠 신문 1면에 난 그의 스캔들 기사를 본 적이 있었다. 그때의 충격이 고스란히 되돌아오는 것 같았다. 사귄 기간은 짧았지만 두 사람의 이별 사실을 안타깝게 여기던 이가 많았을 만큼 그녀의 기억에도 진현과 효영은 겉으로는 꽤 잘 어울리는 한 쌍이었다.

심장이 발작하듯 아려온다. 너무 쓰려 은재는 아랫입술을 세게 깨물었다.

'나, 나가야겠다…….'

효영과 진현이 다시 사귀는 건지, 아닌지는 알 수 없지만 그의 집 앞까지 찾아온 그녀에게 제 모습을 보이고 싶지 않았다. 진현과 서 있는 그녀를 보며 질투 어린 시선을 보내고 원망하는 자신의 못난 모습을 절대 보일 수는 없었다. 괜한 오해를 사기 전, 진현의 집에서 나와야만 했다. 은재는 서둘러 덮개로 식탁 위의 음식을 가린 후 간단한 메모를 남기며 그의 집을 나섰다.

"열쇠. 열쇠가 어딨지."

얼마나 긴장했는지 손에 힘이 제대로 들어가지 않는다. 분명 재킷 왼쪽 주머니에 넣어 두었던 열쇠가 보이질 않자 은재는 더 다급해졌다. 그가 효영과 함께 올라오기 전, 서둘러 피해야 한다는 생각에 사로잡힌 은재의 등 뒤로 식은땀이 줄줄 흘러내렸다.

한참의 헤맴 끝에 드디어 열쇠를 발견하고 열쇠 구멍을 향해 다가가려는 순간, 바로 뒤에서 진현의 굵은 음성이 들려왔다.

"뭐해?"

"으악!"

은재는 저도 모르게 다리에 힘이 풀려 바닥으로 주저앉을 뻔했지만 진현이 급히 부축해 주는 바람에 엉덩이를 찧는 것은 면할 수 있었다. 뒤로 안긴 꼴로 그의 품에 안겨 있던 은재는 고개를 뒤로 돌리며 어색하게 웃었다.

"와, 왔어?"

송골송골 이마에 땀까지 흘리며 말하자 진현이 그녀를 가만히 응시했다. 그는 가쁜 숨을 몰아쉬는 그녀를 바로 세워 주곤 물었다.

"왜 그렇게 놀라? 무슨 일이라도 있어?"

효영이 진현과 함께 올라오지 않았다는 사실에 안도한 은재는 그녀의 땀을 닦아 주는 그를 멍하니 응시하다 외쳤다.

"아, 아무 일도 없어!"

"뭐?"

"나 이만 들어가 볼게. 닭볶음탕 만들어놨어. 먹고 자."

"무슨……."

"간다!"

그녀를 잡기 위해 진현이 손을 뻗기도 전, 은재는 얼른 문을 열고 제 집으로 쏙 들어갔다. 그리곤 스르륵 주저앉으며 한숨을 내쉬었다.

분명 이상하게 보였을 것이다. 기겁하던 제 모습이 바보스러웠다 생각하며 머리를 헝클어뜨리던 은재는 한숨을 푹 내쉬다 이내 서재로 향해 발걸음을 옮겼다.

책장에 꽂혀 있는 수많은 자료들 사이에 [유진현]이라는 태그가 붙어 있는 파일들이 눈에 들어온다. 은재는 그중에서 2008년이라 적힌 붉은색 파일을 꺼내 펼쳤다.

페이지를 슥슥 넘기며 열심히 눈을 돌리던 그녀는 곧 찾던 기사를 발견하고 행동을 멈췄다. 은재가 펼친 신문엔 렌즈 앞에만 서면 무뚝뚝해지는 진현에게 팔짱을 끼고 환하게 웃고 있는 효영의 모습이 실린 사진도 있다. 괜스레 착잡해져 은재는 음울한 표정으로 중얼거렸다.

"왜 이렇게…… 잘 어울리는 거야."

차아악! 속이 쓰렸다. 기분이 나빠져 신경질적으로 페이지를 찢어서 구겨 버렸다.

"제길."

그러나 이내, 그녀는 구겼던 신문을 다시 폈다. 은재는 길게 한숨을 내쉬었다. 눈물이 핑 돈다. 용기를 못 내는 자신이 미워서.

"바보."

복잡한 머리를 식힐 겸 시작했던 샤워를 한 시간이나 하고 말았다. 머리 위로 쏟아지는 뜨거운 물줄기를 맞으며 앉았다 일어났다를 반복했다. 효영과 진현이 무슨 이야기를 나누었을지 생각해 보았지만 짐작이 가질 않는다. 이럴 줄 알았으면 대체 무슨 사이냐고 물어볼걸, 하고 후회하며 한숨을 푹푹 쉬던 은재는 뿌연 수증기로 가득 찬 욕실에서 머리를 털고 나오다가 느껴지는 음산한 느낌에 걸음을 멈췄다.

'내가 불을 안 켰나?'

목욕 타월로 온몸을 가리고 나오던 은재의 몸에 소름이 쫙 돋아났다. 분명 욕실로 들어갈 때까지만 하더라도 모두 켜져 있던 방안의 불들이 약속이라도 한 듯 꺼져 있었다. 그때였다.

부스럭부스럭.

은재는 고요 속에 울려 퍼지는 소리에 소스라치게 놀라며 뒤로 물러났다. 불길한 예감. 무언가 섬뜩한 느낌이 그녀를 덮쳐왔다. 은재는 저도 모르게 조용히 입술을 움직였다.

"지, 진현아. 너……야?"

혹 그녀가 샤워를 하는 사이 그가 집에 온 것일까? 오싹한 이 느낌을 떨쳐내려 과장된 목소리로 크게 외쳤지만 아무런 소리도 들려오지 않는다.

순간 불길한 예감이 들었다.

이상해.

뭔가 이상해.

은재는 본능적으로 욕실 안으로 되돌아가 화장대 위에 놓여 있던 휴대전화를 꺼내들어 1번을 길게 눌렀다.

"……."

분명 지금 그녀의 집에는 은재 혼자 있는 것이 아님이 틀림없다. 예감 하나만은 다른 이들보다 특출 난 편이니 아마 그녀의 감이 맞을 것이다.

그렇다면 필요한 것은 도움.

하지만 몇 번의 긴 신호음만 들릴 뿐 그에게선 답이 없었다.

받아.

받아, 제발!

두어 번 정도 더 걸어 봤지만 소용이 없다. 점점 다급해지는 마음을 느끼며 은재는 숨을 크게 들이켰다. 수건으로 가리고 있던 몸이 덜덜 떨려온다. 은재는 슬쩍 욕실 문을 닫으며 진현이 전화를 받기를 기다렸다.

—여보세요?

다섯 번 연속으로 전화를 걸었을 때 진현이 드디어 전화를 받자 은재는 조금 밝아진 표정으로 외치려 했다.

“진현아! 나 은잰데, 뭔가 이상……!”

이상하다—란 말을 채 내뱉기도 전, 쾅 하는 소리가 들리더니 닫혀 있던 욕실 문이 벌컥 열렸다. 은재는 깜짝 놀라 고개를 들었다.

“내려놔, 아가씨.”

날카로운 식칼을 은재에게 들이밀며 검은 복면을 한 남자가 섬뜩한 웃음소리를 내며 은재에게 다가왔다. 설마 자신의 집에 도둑이 찾아올 줄은 꿈에도 예상치 못했기에 눈앞이 새하얗게 변했다. 아무런 말도 할 수 없었던 그녀는 조심스레 들고 있던 휴대전화를 바닥으로 내려놓았다.

—홍은재?

갑자기 끊어진 그녀의 말 때문인지 진현이 은재의 이름을 부르는 목소리가 휴대전화를 타고 들려왔다. 은재는 온몸을 부르르 떨며 바닥에 놓여 있던 휴대전화를 이리저리 만지작거리는 도둑을 노려봤다.

“대충 둘러대고 빨리 끊어.”

도둑이 낮게 속삭였다.

—은재야.

“어, 미안. 내가 나중에 다시 걸게.”

뚝.

“남자친군가? 목소리 좋네. 그래도 신고하는 건 곤란하지.”

은재는 돌연 휴대전화를 뺏어 전원을 꺼 버리는 도둑의 행동에 두 눈을 크게 떴다. 그는 불빛에 비쳐 날이 서 보이는 칼날을 들이밀며 천천히 은재를 향해 걸어왔다. 물러설 공간이라곤 욕조밖에 없었던 은재는 새파래진 입술을 차마 열지 못하고 뒷걸음질만 치고 있었다. 도둑은 아직 머리도 말리지 않아 물기가 뚝뚝 흘러내리는 그녀의 묘한 차림을 보고 으흐흐, 하고 낮게 웃더니 말했다.

"아가씨, 옷차림이 꽤 괜찮은데?"

"가, 가까이 오지 마!"

"무슨 그런 섭섭한 소리를. 이렇게 만난 것도 인연인데, 우리 같이 재미 좀 볼까?"

어느새 막힌 벽에 도착한 은재는 벽에 밀착하며 남자를 응시했다. 이제 난 죽는 건가? 시퍼런 칼날을 자꾸만 그녀에게 들이미는 저 도둑이 어떻게 집안으로 들어왔는지는 모르겠지만 은재는 아무런 생각도 할 수가 없었다.

천천히, 느릿느릿 그녀를 향해 다가오는 복면인의 행동에 침을 꼴깍 삼키던 은재는 순간 스쳐지나간 생각에 눈물이 핑 돌았다. 진현에게 도와달라고 크게 외치고 싶지만 그랬다간 정말 저 서늘한 칼날이 뱃속을 파고들 것만 같아 차마 목소리가 나오지 않았다.

절체절명의 위기 상황에서 그녀의 머릿속에 스쳐지나가는 생각은 오직 단 하나.

이럴 줄 알았으면 고백이라도 하고 죽는 건데.

사람 사는 일은 아무도 모른다더니 딱 그 짝이다. 그토록 오랜 기간 동안 사랑했던 그에게 사랑한단 말 한마디도 하지 못하고 다른 여자와 함께 있는 모습을 마지막으로 보고 죽는 꼴이라니. 이 빌어먹을 현실에 저도 모르게 눈물이 주르륵 흘러내렸다.

"어이, 아가씨. 내가 뭐 나쁜 짓을 하려는 게 아니…… 크억!"

복면인이 손만 뻗으면 은재의 몸을 가리고 있는 목욕 타월을 빼앗을 수 있는 상황. 은재는 무기력한 스스로에 대한 책망보다 진현에 대한 그리움으로 터져 나오려는 울음을 꾹 참았다. 그런 그녀를 향해 복면인이 서슬 퍼런 칼날을 들이밀려 할 때쯤, 갑자기 요상한 신음 소리가 들렸다. 고개를 돌린 은재의 눈에 보이는 건 그녀의 발에서 불과 10센티도 떨어지지 않은 곳에 고꾸라져 있는 복면인의 모습이었다.

타타타탁!

갑작스런 상황에 뭐가 어떻게 된 일인지 감을 잡지 못하고 멍하니 서 있을 때, 다급하게 그녀를 부르는 낯익은 목소리가 들렸다.

"홍은재!"

진현은 그답지 않게 크게 동요한 얼굴로, 숨을 크게 헐떡거렸다. 그리곤 놀란 은재를 향해 외쳤다.

"괜찮아? 다친 데 없어? 어디 봐!!"

♥ ♥ ♥

"대체 경비를 어떻게 서시는 겁니까? 도둑이라뇨!"

진현의 말엔 가시가 돋쳐 있었다. 연신 그를 향해 허리를 굽혀가며 죄송합니다, 를 반복하는 경비원의 말에도 불구하고 그는 쉽게 분이 풀리지 않는 듯했다. 은재는 그런 진현의 옆에서 안도의 한숨을 내쉬면서도 아직까지 두려움을 떨쳐내지 못하고 두근거리는 가슴을 부여잡고 서 있었다.

한국 최고 투수라는 별명을 가진 남자답게 정확한 제구력과 빠른 구속으로 도둑의 명치를 향해 운동화를 던져 제압한 진현이 아니었더라면, 다행히 은재의 현관 비밀번호를 알고 있었던 진현이 수상하게 끊긴 전화를 의심하지 않았더라면, 정말 그녀는 졸지에 큰일을 당할 뻔했다.

"진현아! "

은재는 인생 최대의 위기상황에서 구세주처럼 등장한 진현의 품을 와락 끌어안으며 펑펑 울어 버렸다. 진현은 빠른 몸놀림으로 도둑을 제압하고 꽁꽁 묶어선 112에 전화를 걸고 흐느끼는 그녀를 달래 주었다.

조금씩 은재의 마음이 안정을 되찾을 때쯤 나타난 경찰에게 도둑을 넘기고 경찰서에서 진술서까지 작성했다. 그 후 진현은 은재를 데리고 관리사무소로 찾아가 불같이 화를 내기 시작했다. 은재는 이렇게 화난 그의 모습은 꽤 오랜만에 보았기에 처음엔 깜짝 놀라 어쩔 줄을 몰라 하다 이제 그의 말에 푹 고개를 숙이고 있는 경비원들이 안쓰럽게 느껴졌다. 이대론 안 되겠다는 생각에 그를 말리기 위해 은재는 입술을 열었다.

"진현아, 그만해. 나 괜찮아."

몇 번이나 달래 봐도 들은 척도 하지 않는 그는 도통 화를 풀 생각을 하지 않는 듯했다.

"어떻게 경비를 섰는데 이곳에 도둑이 듭니까? 최고의 관리시스템이라고 하지 않으셨습니까? 수상한 사람이 침입을 하지 않도록 철저히 경비를 서셨어야죠!"

"지, 진현아."

"이러다 큰일이라도 생겼으면 어쩔 뻔했습니까! 이렇게 소홀히 하라고 우리가 관리비 내는 줄 아십니까?"

"나 진짜 괜찮아. 괜찮……"

"제길!"

경비원을 향해 서늘한 날을 세우는 진현을 진정시키기 위해 은재가 계속 입술을 움직였지만 소용이 없었다. 진현은 싸늘한 두 눈을 빛내며 말했다.

"앞으로 경비를 더 철저히 하세요. 또 이런 일이 생기면 가만히 안 있을 겁니다."

유진현이 사는 아파트인 것은 알았지만 그의 지인까지 함께 살고 있을 줄은 몰랐던 경비원들은 경기에서 상대팀에게 쫓기고 있을 때도 포커페이스를 유지하는 그의 표정이 흔들리는 걸 처음 보았다. 무조건 죄송하다, 를 연발하며 진심 어린 사과를 하는 자신들의 외침에도 화를 풀 생각을 하지 않던 진현이 곁에 있던 여자가 말리자 결국 신경질적으로 돌아서는 모습을 보면서 그들은 안도의 한숨을 내쉬었다.

은재는 그런 경비원들에게 짧은 목례를 하고 난 후 저벅저벅 걸어가고 있는 진현의 뒤를 쫓아갔다.

"지, 진현……."

탁!

"너, 대체 문을 어떻게 잠근 거야?"

"응?"

진현이 화가 났을 때는 그 누구도 말릴 수 없다는 것은 잘 안다. 아무리 은재라도 그것은 마찬가지. 이럴 땐 가만히 지켜보고 있는 것이 상책이었지만 자신도 관련이 있는 일이었기에 그만 내버려 둘 수는 없었다. 조심스레 그를 부르는 그녀를 향해 걸음을 멈춰 선 진현이 성난 음성을 내뱉자 은재는 크게 당황했다.

"내가 제대로 문 잠그라고 했지? 덥다고 또 열어놓은 거야? 그런 거야?"

"난……."

"홍은재. 왜 이렇게 사람을 불안하게 만들어?"

"아. 미, 미안."

"지금 네가 어떤 일을 겪을 뻔했는지 알아? 하마터면…… 젠장!"

"……."

"너 때문에 돌아 버리겠다고, 난!"

그가 그녀를 구해줌으로 인해 마음의 안정을 되찾은 은재와는 달리 그는 방금 전에 일어난 모든 일이 혼란스러운가 보다. 은재는 거친 욕설을 내뱉는 진현을 가만히 바라보다 손을 내밀었다.

"……!"

요동치는 눈으로 은재를 바라보던 진현은 갑자기 제 손을 꽉 잡는 은재를 직시했다. 은재는 손을 타고 느껴지는 따스한 온기에 히죽 웃으며 말했다.

"그래도 와 줘서 고마워……."

내가 기억하는 너의 마지막이 그 여자와 함께 있는 모습이 아닐 수 있게 해 줘서.

"고마워……."

울컥, 하고 속에서 치밀어 오르는 울음이 터져 버렸다. 어깨를 들썩이며 흐느끼는 그녀의 모습에 미간을 찌푸리던 진현은 한숨을 푹 내쉬며 그녀를 꼭 끌어안았다.

"울지 마."

부드러운 목소리로 그녀의 등을 쓰다듬으며 낮게 속삭이는 그로 인해 더욱 무언가가 솟구쳐 눈물이 샘솟듯 펑펑 흘러내렸다.

"흐윽, 흑, 으흐으윽……."

"……."

"허어엉. 으허어엉."

"……후우."

너는 모르겠지만, 나는 넓은 네 품에 안겨 있으면 안정을 찾아.

가슴이 두근거려. 즐거워. 행복해.

방금 전에 도둑에게 당할 뻔했는데도, 그 모든 걸 잊어버릴 만큼.

나는 네 품에 안겨 있다는 사실이…… 너무 좋아.

어떡하지? 걱정해 주는 네 마음까지 이용하는 난…….

너무 비겁해.

"은재야."

은재는 진현의 나직한 목소리에 고개를 들었다. 그는 그녀의 눈물을 닦아 주며 붉은 입술을 움직였다.

"앞으로 우리 집에서 지내. 그런 일이…… 일어났는데, 그 집에 너 혼자는 못 재워. 내일 너희 집 방범 시스템 다 바꾸라고 말해 놓을 테니, 시스템 교체할 동안은 우리 집에서 지내자. 잔말 말고, 그렇게 해."

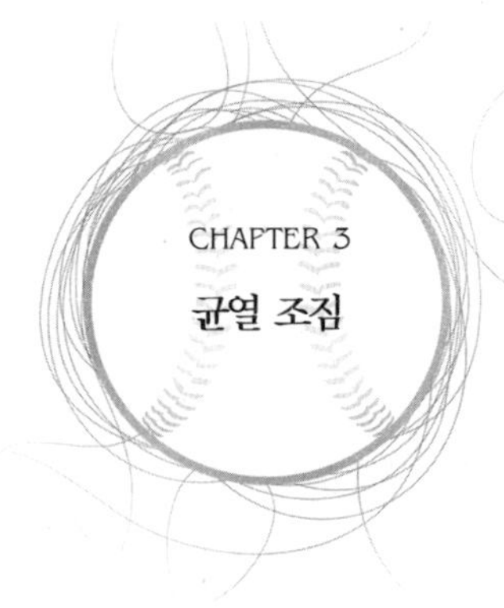

1. 균열 조짐(A)

무슨 생각이었을까.

은재를 집으로 데리고 온 건 모험이나 마찬가지였다.

참을 수…… 있으려나.

진현은 떨리는 제 말에 크게 동요하던 그녀의 눈동자를 바라보다 입술을 깨물었다.

아무리 생각해도 밤새 험한 일을 겪었던 그녀를 홀로 집으로 보낼 수는 없었다. 불과 몇 발자국 떨어진 거리에 진현이 살고 있어 괜찮다고 은재가 그를 달랬지만 결국 집으로 돌아가면 이불을 뒤집어 쓴 채 벌벌 떨며 꼬박 날을 샐 것이 분명했다.

겉으로만 강한 척하는 은재는 결코 속마음을 드러내지 못하고 속에서 끙끙 앓는 성격이다. 이대로 그녀 홀로 보낸다면 몇 시간 전 있었던 일로 인해 공포에 떨며 잠을 이루지 못할 것이다. 그 모습을 지켜볼 바에야 차라리 제 곁에 두는 것이 낫다는 생각이 들었다.

은재가 힘들어하는 걸 보는 것보다 내가 힘든 것이 더 나으니까.

"마셔."

그녀가 좋아하는 코코아를 머그잔에 가득 담고 건네자 소파에 앉아 있던 은재가 고맙다는 듯 빙긋 웃었다. 진현은 떨고 있는 그녀를 흘깃거리다 아직도 은재의 머리칼에서 물방울이 뚝뚝 떨어지고 있다는 것을 발견하고 길게 한숨을 쉬었다. 정신이 없다 보니 아직도 머리를 제대로 말리지 못했다.

저러다간 감기 걸리지.

그는 소파로 걸음을 옮기려다 화장실로 향했다.

"어디 가?"

은재가 갑자기 자리를 뜨는 그의 등을 바라보며 물었지만 진현은 대답 대신 그녀가 사용하는 드라이기를 가져왔다.

"뭐, 뭐해?"

은재는 콘센트에 코드를 꼽는 진현을 향해 말을 건넸다. 진현은 위이잉, 하고 돌아가는 드라이기를 그녀의 머리칼을 향해 가져다 대며 말했다.

"말려 줄게."

"어?"

"그러다 감기 걸려."

"괜…… 뭐, 그래. 대신 바짝 말려!"

응. 당황하던 은재가 이내 피식 웃으며 고개를 끄덕이자 진현은 입술을 다물고 소파 뒤로 가 길게 늘어진 은재의 머리카락을 건드렸다. 축축한 머리카락에서 흘러내리는 물방울로 인해 금세 손바닥이 차가워졌다. 진현은 그녀의 머리카락을 만지작거리며 생각했다.

약속이나 한 듯 조용해진 거실 한가운데에 너의 머리를 말려주는 나. 그리고…… 그런 내 행동을 묵인하는 너.

이럴 때면 나는 가끔 의문이 든다.

대체 너는, 우리의 관계에 대해 무슨 생각을 하는 걸까. 내가 너의 머리칼을 만지는 것에 대한 거부감은 들지 않는 걸까. 너는 나를 그저 친구로만 생각하는 걸까? 아니면 너를 잘 보살펴 주는 듬직한 가족처럼?

나는…… 아니다.

나는, 너를 볼 때마다 주체할 수 없는 무언가가 끓어오름을…… 느낀다. 하얀 네 목덜미에 내 입술을 갖다 대고 싶은 충동을 느껴. 너의 붉은 입술을 머금고 싶은 욕망이 일어.

너는…… 너는 어떨까.

정말로 우린 단지…… 친구일 뿐일까?

귀를 겨우 넘기던 짧은 커트머리의 고등학생 홍은재는 어느덧 어깨를 훌쩍 넘긴 긴 머리카락을 가진 고등학교 교사가 되었다. 귀여운 얼굴이었던 은재는 어느새 다른 성숙한 여인들처럼 여인의 향기를 내뿜는다. 그 향기는 너무도 강렬해 진현을 괴롭혔다. 같은 공간에 있는 것이 고통스러우면서도 헤어날 수 없다.

그녀는 그에게 있어서 마약 같았다. 끊고 싶어도 끊을 수가 없다.

"머리, 많이 자랐네."

진현은 자꾸만 신경이 한곳에 쏠리자 크게 숨을 들이쉬며 말을 내뱉었다. 은재는 그의 말을 듣고 낮게 웃는다.

"야한 생각을 많이 해서 그래."

"뭐?"

진현은 드라이기를 끄고 그녀를 바라봤다. 은재는 그의 행동에 조금 당황하며 얼른 말을 덧붙였다.

"야. 농담이야."

진현은 말없이 그녀를 바라봤다. 은재는 빨갛게 달아오른 얼굴로 외쳤다.

"노, 농담이라니까?"

"……."

"유진현!"

"그래, 믿어 줄게."

"믿어 줄게, 가 아니라 진짜 농담이라니까?"

"그래그래. 다 됐다."

어느새 바짝 마른 은재의 머리카락을 손가락으로 흐트러뜨리던 진현은 낮게 웃으며 그녀의 옆자리로 가 앉았다. 은재는 입을 삐죽거리며 그를 노려보다가 이내 피식 웃으며 진현을 흘깃거렸다.

"왜 그래?"

진현은 코코아를 마시고 있는 은재를 옆에 두고 TV를 켜려다 그녀의 따가운 시선에 고개를 돌렸다. 은재는 뭔가 할 말이 있는 듯 잠시 머뭇거리며 입술을 달싹거리다 만다.

"뭐야. 하고 싶은 말 있으면 해."

분명 저렇게 뜸을 들이는 것이면 꽤나 중요한 말임이 틀림없다. 재촉하는 진현을 물끄러미 응시하던 은재는 결심이라도 한 듯 주먹을 불끈 쥐더니 입을 움직였다.

"나, 봤어."

"뭘?"

"그……."

"그? 뭘 그렇게 뜸을 들여."

"하, 한효영!"

아. 대체 무슨 말을 하려기에 저리도 머뭇거리나 싶어 그녀의 말을 기다리던 진현은 저도 모르게 얼굴을 일그러뜨렸다. 그녀의 입술 사이로 새어나온 효영의 이름이 달갑지 않았으니까. 은재는 갑자기 굳어지는 진현의 얼굴을 발견하고 깜짝 놀라더니 곧 말을 덧붙였다.

"다시…… 사귀는 거야?"

진현은 심드렁한 표정을 지으며 대답했다.

"사귄 건 알고 있었나?"

은재가 흥, 하고 콧방귀를 꼈다.

"나는 뭐, 신문도 안 보는 줄 아나."

그러고 보니 은재가 그의 기사가 실린 신문을 스크랩하는 취미를 갖고 있다는 사실이 생각났다. 그녀를 떠났던 2008년에도 그랬을 줄은 예상치 못했던 진현은 가슴이 묘하게 울렁거려 가만히 그녀를 바라보다 이내 고개를 내저었다.

"그냥, 할 얘기 있대서 잠시 만난 거야."

그래? 은재는 의미심장한 눈으로 그를 흘깃거렸다.

"그 여자…… 예쁘던데."

"아나운서니까 예쁘겠지."

"네 눈엔…… 어때?"

"관심 없어."

왜 이런 걸 묻는 걸까? 진현이 무슨 생각을 하고 있는지 알고 싶은 건지, 아니면 단순한 호기심인 건지 은재는 무심한 눈으로 채널을 돌리는 진현을 빤히 바라봤다.

"진짜 관심 없어? 한때 사귄 여자잖아."

"그래."

내 관심은 온통 너한테 쏠려 있으니 관심 있을 리가 없지.

"진현아."

"어."

"너, 그러다 평생 여자 못 만난다?"

진현은 은재의 말에 눈을 동그랗게 뜨다 피식 웃었다.

"왜 웃어?"

은재가 고개를 갸웃거리자 그는 그녀의 어깨에 팔을 얹으며 중얼거렸다.

"그럼, 꿩 대신 닭이라고. 너라도 평생 옆에 두지 뭐."

저도 모르게 슬쩍 속마음을 드러냈다. 과연 그녀는 뭐라고 대답할까. 심장이 뜨거워져 조용히 은재의 말을 기다렸다. 제 대답을 기다리는 그의 마음이 쉴 새 없이 뛰고 있다는 것을 아는지 모르는지, 은재는 짓궂은 미소를 지으며 붉은 입술을 움직였다.

"천하의 유진현이 겨우 나 가지고 되겠어?"

돼.

너면 돼.

아주 간단한 말. 단 한마디면 되건만 목구멍에 종이라도 가득 찬 듯, 소리가 새어나오지 않는다.

진현은 장난스러운 표정을 지으며 저를 바라보는 은재를 향해 말하고 싶었다.

내게 필요한 것은 너뿐이라고. 너만 있으면 된다고.

그러나…… 쉬이 나오지 않는다.

♥ ♥ ♥

"자?"

불안해하는 그녀를 위해 같은 침실에서 잠을 자기로 결정했다. 은재를 제가 자던 침대에 뉘이고 자신은 바닥에 이불을 깔고 누워 있던 그는 불을 끈 지 얼마 되지 않아 들리는 그녀의 목소리에 눈을 떴다.

지금 너는 자고 있을까? 먼저 말을 걸어 볼까?

수많은 번뇌가 그를 괴롭힌다. 평소엔 그렇게 자주 서로의 집을 들락거려 소파나 침대에서 뒹굴며 잠도 함께 잔 적이 있었지만 오늘만큼 긴장감이 서렸던 적은 없었다.

잠이 오지 않는다. 아니, 잠이 올 리가 없었다.

오늘 밤은 잠을 못 잘 수도 있을 것 같다는 생각이 들었다. 째깍째깍 흘러가는 벽시계 소리가 시간이 지나면 지날수록 더욱 또렷하게 그의 머리를 울렸다. 진현은 한참을 망설이다 바짝 마른 입술을 움직였다.

"아직."

다시 고요한 적막이 흘렀다. 옅은 숨소리만 가득한 적막을 다시 깬 것은 은재였다.

"거기…… 불편하지?"

"괜찮아."

"……."

입술을 꾹 다무는 것을 보니 할 말이 있는 것이 분명하다. 그녀의 버릇이었다. 뭔가 할 말이 있을 때 뜸을 들이는 건.

"왜."

진현은 입술을 열었다. 은재는 크게 숨을 들이키더니 갑자기 침대에서 벌떡 일어나 그가 누워 있는 바닥을 향해 고개만 쏙 내밀고 진현을 내려다봤다.

"여기로, 올라올래?"

어둠 속에서 은재의 눈동자가 반짝 빛난다고 생각하며 피식거리던 그는 순간 잘못 들은 줄 알고 얼굴을 찌푸렸다. 은재는 곧이어 침대 옆 램프를 켜더니 진현을 향해 말했다.

"아, 아니. 너희 집인데…… 내가 너무한 것 같아서."

진현은 천천히 몸을 일으켰다. 그리고 은재를 향해 시선을 돌렸다. 은재는 그의 눈과 마주치자 꽤 당황하더니 말을 이어 나갔다.

"이 넓은 침대를 혼자 차지한 것도 그렇고……."

"평소엔 맘대로 들락거리면서 왜 이제 와 미안한 척이야?"

"그, 그거랑 이거랑 같아?"

"괜찮아. 여기가 편해."

내가 위로 올라가면 무슨 짓을 할지 몰라. 라는 말이 목구멍까지 차올랐지만 꾹 참았다. 입을 닫고 있는 그를 바라보던 은재는 침묵하는 그를 향해 손을 내밀었다.

"그러지 말고…… 오, 올라와. 아까 일이 자꾸 떠올라서…… 잠이 안 와."

유진현은 홍은재에게 약하다.

그녀가 애절한 눈빛을 보낼 때는 더더욱.

손짓하며 재촉하는 은재를 직시하던 진현은 길게 숨을 내쉬었다.

"넌, 내가 남자로 안 보이지?"

그가 바닥에 놓여 있던 베개를 들고 침대 위로 천천히 올라오자 은재는 햇살같이 맑게 웃었다. 가슴이 뛴다. 요동친다. 설렌다.

진현은 요란하게 뛰는 심장 박동 수를 진정시키려 애썼지만 힘들었다. 고맙다며 작게 중얼거리는 그녀를 흘깃거리던 그는 고개를 절레절레 흔들며 그녀가 누워 있는 곳 바로 옆에 베개를 놓았다.

참자. 참아야 해. 너는 그럴 수 있어.

이상한 기분이 들기 전 스스로를 제어해야만 했다. 그러다 보니 저도 모르게 그녀에게서 등을 돌려 누워 버린다. 진현이 속으로 무어라 중얼거리는지 알 리 없는 은재는 진현의 등을 쿡쿡 찔렀다.

"등은 왜 돌려?"

"뭐?"

"편하게 자."

아무런 말도 할 수가 없었다. 편하게 자라고? 내가 편하게 잘 수 있을 것 같아? 진현은 대답 대신 몸을 돌렸다. 아직 램프를 끄지 않았기에 그의 눈에는 그녀의 맑고 투명한 눈동자가 들어온다. 속이 울렁거려 그는 한동안 입술을 열지 못했다.

말 한마디 하지 않고 서로의 눈만 바라보며 한참을 있었다. 얼마나 지났을까. 점점 더 이 공간에 그녀와 둘만 있다는 사실이 고통스러워질 때쯤, 은재가 조용히 그를 불렀다.

"진현아."

그녀는 진현을 손 위에 제 손을 살포시 포갰다.

두근두근. 쿵쾅쿵쾅.

심장의 빨라지는 고동소리에 따라 몸이 조금씩 들썩인다. 일렁이는 눈동자를 그에게 고정시키며 은재는 말했다.

"이렇게 같은 침대에 눕는 건 처음이다, 그치? 소파에서 기대 잔 적은 있어도 이런 적은 없었잖아."

그는 여전히 입술을 다물고 있었다. 은재는 다시 그를 불렀다.

"진현아."

"응."

"네 손 잡으니까…… 편안해졌어. 고마워."

그녀는 스르르 눈을 감으며 나직하게 속삭였다.

"우리…… 영원히 친구 하자."

말과 동시에, 숨이 컥 막혀왔다.

속이 바짝 타들어 간다.

영원히…… 친구.

친구.

너는, 정녕 나를 친구 이상으로 생각하지 않는 것일까.

진현은 은재의 작은 손에 꼭 붙들린 제 손을 내려다보며 눈을 감았다.

고문이다.

지독한, 고문.

♥ ♥ ♥

방범 시스템만 교체하려다 결국 은재의 집을 대대적으로 리모델링을 하기로 했다. 괜찮다는 은재의 말에도 불구하고 진현은 인테리어

업자와 방범 업체를 부르는 열성을 보였다. 그녀를 도둑이 든 곳에 아무런 대책 없이 보낼 수 없었으니까.

평소와는 달리 눈까지 빛내며 그녀를 설득하는 진현으로 인해 하는 수 없이 승낙한 은재가 그의 집에서 지낸 지 어느덧 일주일째. 달리 말하면 총 15일이 걸리는 리모델링 기간 동안 그의 집에서 머물기로 한 은재가 진현과 한 침대를 쓴 지 일주일째란 이야기다. 그러다 보니 그날의 두려움에서 벗어나 점점 생기를 찾고 있는 은재와는 달리 진현의 얼굴은 초췌하기 그지없었다.

이제 단 네 경기밖에 남지 않은 경기 일정 중 오늘은 진현이 현재 리그 7위를 달리고 있는 YK 샤크즈를 상대로 등판하는 날이었다. 지금으로부터 6일 전 있었던 TJ 크라운즈의 홈 3연전은 마지막 경기를 승리함으로써 2승 1패로 끝이 났다. 때문에 오늘 YK의 홈구장에서 열리는 경기는 너무도 중요했다.

1, 2위를 결정짓는 가장 중요한 홈 3연전에서 스윕(3차전으로 이뤄지는 한 팀과의 시리즈 3연전을 모두 승리했을 때 사용되는 말)은 하지 못했지만 위닝 시리즈(3연전 중 2승 이상의 승리를 챙기는 것)로 경기를 마감했기에 남은 네 경기 중 두 경기만 이긴다면 2위인 로젠 울브즈를 제치고 한국시리즈 행을 확정 지을 수가 있기 때문이었다. 하여 현재 리그 다승 1위, 방어율 1위, 탈삼진 1위, 평균 자책점 1위를 차지하고 있는 진현을 오늘 경기의 선발로 올린 것은 팀 자체로도 그만큼 많은 의미를 가지고 있었다.

"얼굴이 왜 이래?"

무척이나 중요한 경기. 반드시 이겨야 하는 경기에 자신이 마운드로 올라가야 하는 사실은 당연하다. 팀의 에이스를 담당하고 있었으니까. 하지만 평소와 달리 오늘은 불안했다. 지난 일주일간 잠을 제대로 자지 못한 탓이었다. 제가 자초한 일이었기에 불평도 할 수가 없다.

등판까지 최고의 컨디션을 유지해야 했던 진현은 경기 시작도 전에 꽤 많이 피곤한 상태였다. 진현의 상태를 점검하러 온 팀 닥터는 의자에 앉아 있는 그를 발견하고 깜짝 놀라 외쳤다.

"무슨 일 있었어?"

진현은 천천히 고개를 들었다.

"컨디션은? 괜찮아?"

전혀.

벌써 며칠 밤을 설쳤는지 하나도 괜찮지 않다.

그러나 진현은 그의 얼굴 이곳저곳을 살피며 컨디션과 어깨 상태를 점검하는 팀 닥터를 멍하니 응시했다. 팀 닥터는 미간을 찌푸리며 진현을 가만히 바라보다 마침 지나가는 TJ 크라운즈의 감독 장지성을 불렀다. 갑작스런 부름에 의아함을 느끼며 다가온 지성은 팀 닥터에게서 진현이 평소와는 다르다는 이야기를 듣고 입술을 다물고 있는 진현을 바라보더니 말했다.

"오늘 경기, 얼마나 중요한지 알지?"

진현은 살짝 고개를 끄덕였다.

"네."

지성은 진현의 미동 없는 눈동자를 한동안 바라보더니 말을 이었다.

"컨디션 안 좋으면 빠져. 에이스라도 예외 없다."

"던질 수 있습니다."

"조금이라도 구속 떨어지면, 바로 내릴 거다."

"예, 감독님."

"알겠어. 곧 경기 시작이니 준비해."

대체 무슨 일이 있었는지는 모르지만 꽤 피곤해 보이는 진현의 얼굴을 응시하던 지성은 이내 그에게 훈련 지시를 내리고 투수코치와 이야기하기 위해 밖으로 나섰다.

"후우."

진현은 마음을 다잡기 위해 자리에서 일어나려고 했다.

"어이."

그 순간 희찬이 나타나 앞을 가로막았다. 진현은 묘한 눈으로 자신을 바라보는 희찬을 향해 시선을 돌렸다.

"흐음. 진짜네."

희찬은 말 없는 진현의 어두운 얼굴을 응시하더니 턱을 매만지며 중얼거렸다. 진현은 고운 미간을 살짝 찌푸리며 말했다.

"뭐가?"

"너, 잠은 제대로 잤냐?"

진현은 정곡을 콕 찌르는 희찬의 말에 대답 대신 시선을 돌렸다. 희찬은 한심하다는 듯 그를 향해 혀를 차더니 진현을 향해 소리쳤다.

"자식아. 오늘 경기가 얼마나 중요한지 알잖아! 컨디션 관리를 그따위로 하면 어떡해?"

"……."

"선발이라는 놈이 제정신이냐?"

"미……안."

"감독님은 뭐라셔?"

진현은 머리가 지끈거린다고 생각하며 대답했다.

"구속 떨어질 때까진…… 지켜보겠다고."

그러자 희찬은 그의 어깨에 손을 얹더니 입술을 움직였다.

"이상 있음 바로 말해."

♥ ♥ ♥

"내려와."

단호한 지성의 말에 진현은 다급히 외쳤다.

"조금 더 던질 수 있습니다."

아직은 아니다. 완투(야구에서 선발투수가 경기의 모든 이닝을 던졌을 때를 일컫는 말)는 아니더라도 5회는 넘기고 싶었다. 힘이 조금 떨어져 상대팀 타자들에게 꽤 맞는 바람에 현재 1사 만루 상황이기는 했었지만 이 위기 상황을 헤칠 수 있을 거라 생각했다. 흔들리는 제구에도 아직 자신감은 떨어지지 않았으니까.

그러나 감독의 입장에서 팀의 승리를 반드시 챙겨야 하는 지성은 이미 1대 3으로 지고 있는 경기를 더욱 망가뜨릴 수 없었다. 오늘의 유진현은 그가 알고 있던 팀의 에이스가 아니었다. 지성은 고개를 가로저으며 말했다.

"좋은 말 할 때 내려와."

지성은 싸늘한 눈으로 그를 바라보았다.

"네가 계속 고집 피우면, 오늘 우린 져."

속이 쓰려왔다. 냉정한 승부사인 그의 말은 진현의 가슴 한가운데에 꽂힌다. 진현은 아랫입술을 잘근 깨물었다.

"하루 승리 안 챙겼다고 다승 1위 자리 놓치는 거 아니다. 그리고 네 개인 성적보다 팀의 코시(코리안 시리즈. 한국 시리즈라고도 함. 야구에서 정규리그가 끝난 다음 우승 팀을 가리기 위하여 벌이는 경기) 직행이 우선이야."

"감독님. 전 그것 때문이 아니라……."

"내려와. 오늘 너, 최악이야."

더 이상 변명을 듣지 않겠다는 지성의 태도에 진현은 한숨을 길게 내쉬었다.

'최악이라…….'

확실히 대꾸할 수 없는 말이라 그는 입술을 잘근 깨물었다.

"알겠습니다."

진현은 들고 있던 공을 지성에게 넘기며 마운드에서 내려와 더그아웃 벤치에 자리를 잡았다. 천하의 유진현이 5회를 넘기지 못하고 교체되는 상황에 경기장이 들썩였다.

어깨가 뜨거웠다. 발작처럼 뛰는 심장의 두근거리는 소리가 그를 크게 동요하게 만든다. 컨디션이 이렇게 난조를 보일 거라고 예상하긴 했었지만 오늘 공은 그가 원하는 대로 움직이지 않았다.

'제길.'

잠을 자지 못한 것이 아무래도 큰 영향을 미쳤으리라. 진현은 어깨에 아이싱(얼음주머니를 대 이완된 근육을 수축시키는 일종의 물리치료법)을 하고 벤치에 앉아 저 대신 올라간 백업 투수가 무사히 병살(또는 더블플레이. 야구에서 두 명의 공격 측 선수를 동시에 아웃시키는 것)을 이끌어내 5회 말을 끝내는 모습을 보며 고개를 떨어뜨렸다.

"꾸역꾸역 잘도 버틴다 했더니 결국 아웃이군."

웅성거리는 소리와 환호 소리가 들리는가 싶더니 어느새 그의 코앞까지 다가온 희찬이 심드렁한 어조로 그의 옆에 털썩 앉으며 중얼거리는 목소리에 진현은 고개를 들었다.

"감독님 말씀대로 오늘 넌 최악이었다."

"알고 있어."

희찬은 말없이 그의 얼굴을 바라보다 말한다.

"네가 이렇게 엉망인 거 보니 대충 짐작이 가는군."

"뭐가."

"또 홍은재랑 무슨 일 있었지?"

"……!"

"네 얼굴에 근심 걱정이 잔뜩이다, 인마."

진현의 눈동자가 크게 일렁이자 희찬은 한숨을 내쉬었다.

"잠도 못 잘 정도로 큰일이라면, 또 홍은재가 결혼이라도 한대냐? 아님 남자라도 생겼대?"

"형."

"유진현. 내가 부탁하는데, 제발 공과 사는 좀 구분해라. 매번 이게 뭐냐? 올해가 얼마나 너한테 중요한지 알고나 있어? 너 보려고 벌써부터 MLB(메이저리그 베이스볼) 쪽 관계자 몇 명이 들어왔다는 소식은 들었냐?"

희찬은 냉랭한 목소리로 말을 이었다.

"이제 결단을 좀 내려. 13년이라며. 남자가 자고로 끊어낼 줄도 알아야 한다. 프로답지 않게 이게 뭐하는 짓이야? 너 진짜 사내새끼 맞아?"

하나도 틀린 말이 없었다. 했기에 입을 열 수가 없다.

어쩌면 형 말대로 난 남자가 아닌지도 모르지. 잃기 싫어서 겁쟁이처럼 입을 꾹꾹 다무는 건, 확실히 남자답지 않아. 알고 있어. 나도 알고 있다고. 하지만…….

"너를 위해서라도, 아니 날 포함한 다른 선수들이나 팬들을 위해서라도 이젠 용기를 좀 가져."

희찬은 대답 않는 진현을 응시했다. 그의 눈동자는 진현을 집어삼킬 듯 이글거렸다. 진현이 끝내 그의 시선을 피하자 희찬은 투박한 말을 내던졌다.

"끝장을 봐. 네 특기인 직구를 던지라니까?"

그는 씁쓸한 얼굴을 하고 희찬이 내뱉은 직구라는 말만 속으로 되뇌었다.

"서 선배! 곧 선배 타석입니다!"

자신을 부르는 소리에 진현에게 조언을 늘어놓는 것을 멈춘 희찬은 천천히 벤치에서 일어나 장비를 챙기며 멍한 눈으로 저를 쫓고 있는 진현을 향해 결정타를 날렸다.

"포스트 시즌 시작 전까지는 어떻게든 끝을 봐. 안 그럼, 내가 은재한테 말할 거다."

2. 균열 조짐(B)

"그럼, 꿩 대신 닭이라고. 너라도 평생 옆에 두지 뭐."

옅은 미소를 짓는 진현의 말에 은재는 눈앞이 새하얗게 변하는 현상을 느꼈다. 발작처럼 뛰기 시작하는 심장 박동 수를 진정시키려 애썼지만 소용이 없다. 웃어야 했다. 동요했다는 사실을 들키지 않게. 속은 썩어 문드러질지라도 웃어야 했다. 비참하긴 하지만, 그녀는 꿩 대신 닭이라도 되어야 했다. 그래야…… 그의 곁에 있을 수 있으니까.

"천하의…… 유진현이 겨우 나 가지고 되겠어?"

제대로 말하긴 한 걸까? 제대로 웃기는 한 걸까? 제대로…… 너를 바라보긴 한 걸까?

나는, 무서웠다. 혹시 네가 당황하고 있는 내 모습을 눈치챌까 봐. 내 목소리가 미약하게 떨렸다는 사실을 네가 알아차릴까 봐.

"피곤하지? 이제 잘까?"

초조한 눈으로 진현의 반응을 살피던 은재는 피식 웃으며 말하곤 TV를 끄는 그를 향해 세게 고개를 끄덕였다. 들키지 않은 것이다. 다행이었다. 정말로. 은재는 아무렇지도 않은 듯, 태연한 얼굴로 자리에서 일어나는 그를 따라 걸어갔다.

손쓸 틈도 없이 시간은 흘러갔다. 고요한 숨소리가 미약하게 들리는 그의 침실에서 침대 위를 홀로 차지하고 있던 은재는 이상할 정도로 잠이 오질 않았다. 눈을 감으면 감을수록 점점 더 또렷해져왔다.

흉기를 들고 자신을 위협하는 복면인의 무시무시한 얼굴이 떠오르기보다 진현이 바닥에 이불을 깔고 누워 있다는 사실이 그녀의 가슴을 자꾸만 뛰게 만들었기 때문이었다.

하아. 후우우. 길게 심호흡을 해 봐도 소용이 없다.

그는 자고 있을까? 불을 끈 지 꽤 됐으니 자고 있는 건지도 몰랐다. 요 근래 들어 진현이 잠든 모습을 본 적이 없었다. 갑자기 궁금해졌다. 그는 어떤 얼굴로 자고 있을까? 만약 깊이 잠든 거라면 아주 잠깐만, 몰래, 그의 얼굴을 훔쳐봐도 될까? 은재는 한참을 고민하다 조심스레 입술을 열었다.

"자?"

숨소리는 들리고 있지만 만약 그가 자고 있지 않다면, 제 행동을 들켜 버리는 것이 되므로 혹시 모를 상황을 대비하여 말을 걸어 봐야 했다. 왠지 모르게 입가에 미소가 걸린다고 생각하며 그의 대답이 들려오질 않길 바랐던 그녀는 아직, 하고 낮게 대답하는 그의 목소리를 듣고 조금 놀랐다.

'안 잔다고?'

비록 오늘 경기에 등판하지 않았다고 할지라도 훈련은 하기 때문에 새벽 3시를 가리키고 있는 지금 이 시점에서, 그가 잠을 자지 않고 있다는 것은 그녀를 꽤 놀라게 만들었다. 몰래 그의 잠자는 모습을 훔쳐볼 생각이었던 은재는 잠시 머뭇거리다 이내 다시 입을 움직였다.

"거기…… 불편하지?"

침실의 주인은 분명 진현이건만 킹사이즈의 이 넓은 침대를 혼자 차지하고 있으니 괜스레 미안해졌다. 괜찮아. 은재는 나지막하게 대답하는 그의 목소리를 듣고 한참을 고민하다 슬며시 몸을 움직였다. 어둠속에서도 또렷하게 빛나는 진현의 깊은 눈동자와 마주치자 가슴이 떨려왔다. 그는 무슨 할 말이 있냐는 듯 그녀를 바라봤다. 그러자 은재의 입술 사이로 저도 모르게 툭, 하고 말이 튀어나왔다.

"여기로 올라올래?"

그녀는 말이 끝나자마자 내뱉은 말을 주워 담고 싶었다. 내가 방금 뭐라고 한 거야!

혹시 오해하지는 않을까?

아니, 오해할 것이 분명하다.

예상치도 못했던 말이 입에서 나오자 크게 당황한 그녀는 서둘러 침대 근처의 램프를 켜 그의 얼굴을 살폈다. 아니나 다를까 진현이 미간을 찌푸리며 저를 바라보고 있는 모습이 들어왔다. 침착해야 해. 침착! 그녀는 수도 없이 자신에게 되뇌며 어색하게 말을 이었다.

"아, 아니. 너희 집인데 내가 너무한 것 같아서. 이 넓은 침대를 혼자 차지한 것도 그렇고……."

은재의 말에 몸을 서서히 일으킨 진현은 얼굴이 빨개져 횡설수설하는 그녀를 바라보며 피식 웃었다.

"평소엔 맘대로 들락거리면서 왜 이제 와 미안한 척이야?"

"그, 그거랑 이거랑 같아?"

진현은 고개를 살짝 내저으며 대답했다.

"괜찮아. 여기가 편해."

은재는 다시 몸을 뉘려는 진현을 가만히 응시했다. 은재와는 달리 그는 내일도 구장에 나가서 고된 훈련을 해야 할 몸이다. 언제 어디서나 최상의 컨디션을 유지해야 했다. 저 차가운 바닥에서 자다 감기라도 든다면 비단 그 문제는 진현 혼자만의 문제가 아니게 된다.

"그러지 말고 오, 올라와."

진현은 은재가 불편해할 거라 생각해 그녀를 배려한 것이 틀림없다. 비록 정신은 고될지라도 그를 좀 더 편하게 만들어 주고 싶었던 그녀는 그를 향해 손을 뻗었다.

"아까 일이 자꾸 떠올라서…… 잠이 안 와."

약간의 거짓말을 섞어서 그를 향해 애원어린 눈빛을 쏘아대자 진현이 못 이기겠다는 듯 길게 한숨을 내쉬었다. 그는 고개를 몇 번 젓더니 이내 베개를 들고 침대 위로 올라왔다.

침대 위에서 내려다 볼 땐 몰랐는데, 막상 그가 위로 올라와 그녀의 곁에 나란히 누우니 심장이 미친 듯이 뛰기 시작한다. 호흡이 점점 가빠진다. 숨이 막혀왔다. 은재는 저도 모르게 숨을 크게 들이켰다. 진정하자, 진정해. 진현은 숨을 고르고 있는 그녀를 향해 말했다.

"넌, 내가 남자로 안 보이지?"

"뭐?"

은재는 순간, 깜짝 놀랐다. 남자로 안 보인다니? 진현은 그녀의 심장을 졸이게 만드는 말을 던지곤 놀란 그녀를 내버려 두고 등을 돌려 누워 버린다. 그게 무슨 의미지? 은재는 진현의 등을 하염없이 바라보다 베게에 머리를 댔다.

가까이 있지만 손을 뻗을 수 없는, 커다랗고 넓은 그의 등.

가슴이 뭉클해졌다.

우울해졌다. 슬퍼졌다. 속에 든 마음을 전부 보일 수 없는 너와 나 사이의 공간이 나를 숨 막히게 한다.

내가 여기서 너에게 손을 뻗는다면, 넌 어떤 반응을 보일까.

침대에 이렇게 나란히 누워 있음에도 불구하고 그와의 사이에는 일종의 벽이 쳐져 있는 것 같았다. 친구라는 이름의 투명하고도 거대한 벽. 그 벽을…… 부수고 싶었다. 그러고 싶어졌다.

은재는 굳게 결심하고 손을 뻗어 그의 등을 톡톡 건드렸다.

"진현아."

쉰 목소리가 목구멍을 타고 새어나왔다. 진현이 천천히 몸을 돌려 그녀를 향해 시선을 돌리자 은재는 말했다.

"등은 왜 돌려? 편하게…… 자."

어둡고 깊어 빠져들고 싶은 그의 검은 심연이 그녀를 바라본다. 진현은 그녀의 말에 대답 대신 입술을 다문 채, 그녀의 시선을 담담하게 받아냈다. 묘한 울림이 심장을 타고 전해진다. 그의 검은 눈동자가 정신을 현혹시켰다. 아찔했다. 당장이라도 그의 붉은 입술에 제 입술을 가져다 대고 싶을 만큼.

"진현아."

그러나 그 대신 그녀는 가지런히 놓여 있는 그의 손 위로 제 손을 얹었다. 놀라 눈을 크게 뜨는 그를 보며 은재는 씨익 웃었다.

"이렇게 같은 침대에 눕는 건 처음이다, 그치? 소파에서 기대 잔 적은 있어도 이런 적은 없었잖아."

어색해진 분위기를 타파하기 위해 말을 건넸지만 진현은 여전히 입술을 다물고 있었다. 시선은 그녀에게 고정된 상태였지만 왠지 가슴 한편이 저려왔다.

이렇게 행동했음에도 넌, 아무런 변화가 없어.

그저 동생을 살피는 오빠처럼, 나를 보호해야 할 생각을 하고 있는 것 같아.

정말로 난, 네게 보살펴 줘야 할 동생 같은 친구 그 이상은 될 수 없는 걸까?

역시, 그런 걸까.

은재는 그를 유혹하려던 애초의 계획을 접어 버렸다.

"진현아."

풀이 죽은 목소리로 조심스레 그의 이름을 부르자 진현이 드디어 입술을 열었다.

"응."

그녀는 멍하니 그의 눈을 응시하다 이내 낮게 속삭였다.

"네 손 잡으니까…… 편안해졌어."

사실, 하나도 편하지 않다.

오히려 불편해.

네 곁에 있기만 하면 나는 날 제어하지 못하겠어. 오직 네 생각에 잠겨 가끔 내가 숨 쉬고 있다는 사실도 잊어버려. 너를 바라보는 게 너무 떨려서 힘들어. 알아주지 않는 내 마음을 너에게 들켜 버릴까 봐, 불안해.

"고마워."

너의 친구.

그 빌어먹을 친구라는 틀에 갇혀 있는 내가 싫다. 그 틀을 부수고 싶어도, 그럴 수 없는 내가 미워. 항상 제자리만 맴도는 내가, 증오스럽다.

진현아. 난 너랑 친구로 지내고 싶지 않아. 너의 친구로 끝내고 싶지 않아. 너의 여자. 네 곁에서도 당당할 수 있는 여자가 되고 싶어. 하지만 그럴 순…… 없겠지.

"우리, 영원히 친구 하자."

이런 말밖에 할 수 없는 내가, 너무나 싫어.

그래도…… 영원히, 너의 곁에 있고 싶어. 어쩔 수가 없어.

♥ ♥ ♥

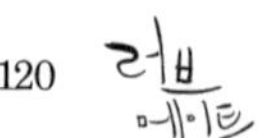

"이렇게 된 김에 리모델링을 하는 게 좋겠어. 고쳐야 할 곳 많았잖아."

무슨 생각에선지 진현은 도둑이 든 다음 날 아침, 출근하러 나가려는 그녀를 향해 말했다. 깜짝 놀라 괜찮다고 사양을 해도 소용이 없었다. 졸지에 반강제적으로 집을 다 뜯어고치는 대공사를 하게 된 은재는 무려 일주일씩이나 그의 집에 머무르며 그의 침대에서 그와 함께 잠을 자는 일상을 반복하게 되었다.

덕분에, 지난 일주일은 그녀에게 있어선 악몽과도 같았다. 평소엔 마음대로 들락거리며 머물던 진현의 집이 무척이나 껄끄러워졌다. 그렇게 기다리던 퇴근 시간이 싫어질 만큼, 집으로 돌아가기가 무서웠다.

"샘! 아무리 생각해도 저번 쪽지시험 채점이 이상해요!"

잠자리가 편치 않으니 자연스레 업무에도 지장이 생기기 시작했다.

학생들의 쪽지 시험을 잘못 매기는 건 여사요, 넋을 놓고 있다가 수업시간에 5분을 지각하지를 않나, 하교시간이 되었음에도 불구하고 멍하니 자리에 앉아서 움직이지 않던 기괴한 행동들을 반복했다. 그녀 주위의 사람들은 하나같이 은재에게 무슨 일이 있는 것이 아닌가 의심을 했고 그녀는 그럴 때마다 어색한 웃음을 지으며 손을 내저었다.

"하아아."

위이잉, 소리를 내며 돌아가는 청소기를 잡고서 진현의 넓은 집을 청소해 주고 있던 은재는 지난 며칠간의 일을 떠올리며 길게 한숨을 내쉬었다.

엉망진창이었다.

하나도 되는 일이 없을 정도로.

처음 그의 집에 왔을 때까지만 하더라도 일이 이렇게까지 번질 줄은 몰랐다. 여태껏 거의 동거 형식으로 그와 지내왔었기에 일상이 송두리째 흔들릴 리는 없을 거라 여겼건만 겨우 같은 침대에서 며칠 잠을 잤다고 정신을 못 차릴 정도라니. 은재는 열심히 청소를 하고 난 후라 그런지 번들거리는 그의 거실 바닥을 가만히 바라보다 청소기를 원래의 자리에 가져다놓곤 저를 반기듯 손짓하는 소파에 쓰러지듯 앉았다.

어느 덧 시계는 오후 6시 30분을 향해 달려가고 있었다.

그러고 보니 오늘은 진현의 선발일이라는 것을 깨달은 은재는 반사적으로 리모컨을 꺼내 4개의 스포츠 채널 중 그의 경기를 중계해주는 곳을 찾았다.

다행히 이번에 붙을 상대팀인 YK 샤크즈는 TJ 크라운즈와 같은 연고지를 둔 팀이라 먼 지방까지 내려가지 않아 체력 소모가 덜했다. 항상 잘해 왔던 그였으니 오늘도 그럴 것이라 믿었다. 그가 돌아올 때를 대비하여 좋아하는 음식이나 해 줘야겠다고 생각한 은재는 TV의 볼륨을 높이고 부엌을 향해 걸어갔다.

〈오늘, 유진현 선수가 조금 이상하네요.〉

다가올 잠자리 시간이 되면 또 긴장을 해야 하겠지만 은재는 경기를 마치고 돌아온 그가 환하게 웃는 모습을 보고 싶었다. 제가 만든 음식을 맛있게 먹으며 미소 지을 때의 그의 모습은 그녀를 무척이나 두근거리게 만들었으니까. 거의 그녀의 소유나 마찬가지가 되어 버린 그의 부엌에서 집으로 돌아올 그를 위해 해물 누룽지탕을 만들어 줘야겠다고 결심한 은재가 열심히 재료를 찾으려 분주하게 움직이고 있을 때 들리는 해설자의 목소리에 그녀는 행동을 멈추었다.

〈1회에 벌써 2점이나 내주고 있습니다. 평소 같으면 쉽게 처리할 타자들에게 쩔쩔매고 있네요.〉

'……뭐?'

은재는 들고 있던 칼을 식탁 위로 살포시 내려놓고는 천천히 거실로 나갔다. 그녀가 소파에서 엉덩이를 뗄 때만 하더라도 0대0이던 경기 스코어가 어느새 0대2로 벌어져 있었다. 은재는 TV에 시선을 고정한 채 소파에 앉아 경기에 집중하기 시작했다.

〈확실히 그렇군요. 현재 구속이 평소 구속에 훨씬 못 미치는데요?〉

〈평균 150대를 육박하는 유진현의 강속구가 겨우 120대를 웃돌고 있다는 것은 그의 현재 몸 상태가 좋지 않다는 걸 증명해 주는 것밖에 되지 않습니다.〉

'좋지…… 않아?

〈이정우 해설위원의 말대로 오늘의 유진현 선수는 위력적이지 않군요. 그가 던지는 공들은 YK의 타자들이 충분히 칠 수 있는, 평범한 공입니다.〉

〈제 생각에는, 오늘 유진현 선수가 몸이 안 좋은 게 분명합니다. 컨디션이 안 올라왔으니 제구가 제대로 되지 않는 겁니다. 저기 보세요. 지금 포수가 원하는 곳으로 못 던지고 있지 않습니까? 어어, 이번엔 공이 빠질 뻔했어요!〉

은재는 저도 모르게 미간을 찌푸리고 있었다. TV 화면으로 보이는 진현의 얼굴에선 쉴 새 없이 땀방울이 흘러 내린다. 클로즈업된 그의 눈 밑엔 시커먼 다크서클까지 생긴 듯하다. 그녀는 어느새 주먹을 꽉 쥐며 걱정스런 마음으로 그가 숨을 크게 고르는 모습을 지켜보고 있었다.

〈유진현이 맞는 건지 의심스러울 만큼 최악의 피칭을 하고 있는 것 같습니다. 아, 그 순간 YK의 7번 타자 고찬수의 2, 3루를 가르는 안타! 한 점 들어오고 스톱! 이럴 수가. 천하의 유진현 선발 투수가 또 다시 만루를 만들어 주는 군요! 아니 이게 어떻게 된 일일까요? 서희찬 포수와 김명주 투수코치가 마운드로 올라갑니다. 유진현, 1회부터 흔들리나요?〉

♥ ♥ ♥

어느덧 자정을 넘겨 버린 새벽 2시. 은재는 내일 출근을 해야 함에도 불구하고 소파에서 엉덩이를 떼지 못하고 있다.

"어떻게 된 거야……."

그녀는 불안한 얼굴로 휴대전화를 손에 꽉 움켜쥔 채 째깍째깍 흘러가는 시계와 굳게 닫힌 현관문을 바라보는 일을 반복하고 있었다. 불안했다. 심장이 쿵쿵 뛰어 그녀를 초조하게 만든다. 은재는 손톱을 깨물며 미간을 찌푸렸다.

홍은재가 이렇게 밤잠을 이루지 못하고 있는 것은 한 가지 이유였다. 진현이 새벽 2시가 넘도록 집에 돌아오고 있지 않았기 때문이다.

〈오늘의 유진현 선수는 너무나 무력합니다. 이닝마다 만루는 기본에, 운 좋게 실점 위기를 겨우 넘기기는 했지만 말입니다. 결국 공을

넘겨주고 마운드를 내려가는군요. 내려가는 뒷모습이 무척 작아 보입니다.〉

보통 완투를 하거나 아님 승리 투수 조건을 갖추는 5회를 넘겨 7회나 8회까지 던지는 진현이 5회도 채우지 못하고 내려오는 모습을 보는 건 오랜만이었다. 잦은 부상과 함께 닥쳤던 슬럼프로 2군으로 내려가 재활생활을 했었을 때를 제외하고는.

고개를 떨어뜨리며 벤치로 걸어가는 진현의 모습을 보던 은재는 헤어날 수 없는 충격에 한참이나 앉아 있었다. 다행히 팀 선수들이 마음을 다잡고 경기를 풀어나가 4대3으로 역전승을 일궈내긴 했지만 경기 말미에 비친 진현의 얼굴은 너무나 어두워서 그녀의 가슴을 아리게 만들었다.

Rrrr. Rrrr.

경기가 끝나고 집으로 돌아올 시점이 되자 은재는 그에게 전화를 걸었다. 어차피 집으로 올 테지만 그동안 위로의 말이라도 건네고 싶었으니까. 하지만 진현의 전화는 먹통이었다. 분명 은재의 전화임을 알면서도 진현은 받지 않았다.

'무슨 일…… 있는 건가?'

아침식사를 할 때까지만 하더라도 그의 얼굴은 평소와 다름없었다. 대체 무슨 일이지? 은재는 몇 번을 걸어도 받지 않는 그를 걱정했다.

곧 10시는 11시가 되고 11시는 12시를 넘겨 어느덧 새벽 2시가 찾아왔다. 그에 대한 걱정으로 안절부절못하던 은재는 아무래도 무슨 일이 생긴 것이 틀림없다고 여기며 소파에서 벌떡 일어나 밖으로 나갈 채비를 하기 위해 재킷을 걸쳤다.

그러나 은재가 막 현관 앞으로 나가 신발을 찾으려 할 때, 거짓말처럼 달칵, 하고 문이 열렸다. 진현이었다.

고개를 푹 숙이며 집 안으로 발을 디디려는 그를 발견하고 내심 반가운 마음이 들었으나, 은재는 이내 저를 걱정시켰던 그를 나무랄 심산으로 입술을 열었다.

"야! 너 왜 이렇게 늦…… 윽!"

버럭 소리를 지르려던 은재는 비틀거리며 다가와 갑자기 제 몸 위로 쓰러지는 그로 인해 깜짝 놀랐다. 저를 덮치는 그로 인해 뒤로 넘어질 뻔하다 겨우 중심을 잡은 그녀는 제 목 사이로 양 팔을 얹고선 저를 끌어안는 진현의 행동에 두 눈을 동그랗게 떴다.

"은재야……."

부드럽고, 어딘가 애잔하게 들리는 그의 목소리. 은재는 미간을 찌푸렸다.

"너 술 마셨어?"

강한 알코올 향이 코끝을 스친다. 은재와는 달리 술에 약해 잘 마시지도 않는 그가 술을 마셨다는 사실은 그녀를 당황하게 만들었다. 진현은 그녀의 말에 살짝 고개를 들어 그녀를 바라보더니 이내 씨익 웃으며 고개를 끄덕였다.

"응. 술, 마셨다."

평소처럼 과묵한 유진현이 아닌 히죽거리는 유진현의 모습에 은재는 한숨을 푹 내쉬었다.

"얼마나 마셨어?"

"소주 3병!"

"뭐?! 뭘 그렇게 많이 마셨어?!"

"흐음…… 그게 많나……."

"많지! 이, 일단 들어와. 여기서 이러지 말…… 윽!"

왜 술을 마셨는지에 대한 이유는 그가 깨어난 뒤 묻기로 하고, 은재는 일단 그를 집 안으로 들여야 한다고 생각했다. 저보다 20센티는 더 큰 진현을 끙끙거리며 부축하고 한 걸음 움직이기 위해 몸을 돌리려는 순간 진현이 손을 뻗어 그녀의 허리를 붙잡더니 뒤돌아 있는 은재를 안아 버렸다.

쿵쿵쿵쿵.

난데없는 그의 백 허그에 놀란 은재의 심장이 세차게 뛰며 얼굴이 순식간에 붉어졌다.

"얘, 얘가 왜 이래! 너 이거 안……."

은재는 혹 제 심장소리가 그에게 들릴까 봐 노심초사하며 진현의 품을 벗어나려 했다.

"은재야."

그러나 진현은 그런 그녀를 더욱 세게 끌어안으며 달콤한 목소리로 그녀의 이름을 불렀다.

"홍은재."

눈앞이 어지러웠다. 정신이 혼미해진다. 이렇게 가까이 그의 숨결을 느낀 적이 있었던가. 포옹을 자주하는 편이었지만 이 정도로 뜨거운 그의 체온을 느낄 만큼 안긴 적은 없었다. 은재는 점점 가빠지는 호흡을 가라앉히려 애썼다.

"홍은재……."

진현은 계속해서 그녀의 이름을 불렀다. 마력처럼 제 마음을 끌어당기는 그의 목소리 때문에 머리가 지끈거렸다.

"적당히 좀 하지……. 어휴."

은재는 한숨을 푹 내쉬며 고개를 내저었다.

"너 말이야."

진현은 은재가 발버둥 치면 칠수록 더욱 그녀를 강하게 끌어안으며 속삭였다. 은재는 이대론 안 되겠다는 생각에 그를 타이르기로 결정했다.

"진현아. 여기서 이러지 말고 일단……."

"영원한 친구."

"어?"

"넌…… 정말 내가 영원히…… 네 친구로 있었으면 좋겠어?"

"뭐?"

은재는 깜짝 놀라 그의 품에서 벗어났다. 진현은 순간 자신을 지탱하던 은재가 사라지자 잠시 중심을 못 잡고 비틀거리더니 이내 벽에 기댔다. 은재는 짐짓 심각한 얼굴로 그를 바라봤다.

연인으로 남을 수 없으니 친구로라도…….

이런 방식으로라도 난 네 곁에 남아야 해.

"다, 당연하지! 너 그걸 말이라고 해?"

진현은 은재가 소리치는 것을 들으며 아무런 말도 하지 않았다. 정말 무슨 일이 있었던 걸까? 은재는 말없이 저를 응시하고 있는 진현의 의도를 파악하지 못하고 걱정스러운 표정을 지으며 그를 향해 다가가려 했다.

"난, 싫어."

그녀가 그의 이름을 부르려고 할 때, 들리는 목소리만 아니었더라면.

싫……다고?

"그게…… 무슨 소리야?"

손끝이 덜덜 떨려왔다.

술에 잔뜩 취했다는 사실을 알 수 있을 만큼 짙은 알코올 향이 그의 몸에서 뿜어져 나왔지만 그녀를 바라보고 있는 진현의 두 눈엔 흔들림이 없었다. 무서워졌다. 지금 네가 무슨 소리를 하고 있는 걸까. 표정 관리가 되지 않을 정도로 당혹스러워하는 은재가 굳은 얼굴로 말하자 진현은 지나치게 담담한 목소리로 말을 내뱉었다.

"나는…… 영원히 네 친구로 남기 싫다고."

손끝에만 머물던 떨림이 전신으로 퍼져나간다. 그의 목소리가 크게 울려서 은재는 호흡을 할 수가 없었다.

"지, 진현아."

진현은 떨고 있는 은재를 향해 발을 내딛었다.

"더 이상은, 친구로 못 견디겠어."

한 걸음, 한 걸음씩. 그는 숨이 막히도록 천천히 은재의 앞에 다가왔다.

"빌어먹을 친구 행세, 그만하고 싶다."

그녀의 앞에 선 그는,

"그러니까 잘 들어."

현재 일어나고 있는 상황을 이해하지 못하는 은재를 바라보며 붉은 입술을 움직였다.

"사랑해."

한 번.

"사랑해."

두 번.

"사랑한다고."

그리고…… 세 번.

1. 차마, 하지 못했던 말(A)

"으윽."

진현은 무언가 자신을 흔드는 느낌에 두 눈을 번쩍 떴다. 머리가 지끈거려 한동안 미간을 찌푸리며 멍하니 눈만 깜빡이던 그는 몇 초의 시간이 지나서야 자신이 제 침대 위에 누워 있다는 사실을 알아차렸다.

대체, 뭐가 어떻게 된 건지 하나도 기억이 나지 않는다.

분명 기억 속의 그는 마운드에서 강판(야구에서 투수가 상대 타자들에게 맹타를 당하거나 할 때에 투수를 경기 도중에 마운드에서 내려오게 하는 일)을 당해 벤치에서 앉아 경기가 끝나는 모습을 지켜보고 있었다. 그러다 자신을 향해 쏟아지는 기자들의 플래시 세례를 피해 락커룸으로 발걸음을 돌렸고, 샤워를 하고 나오는 자신을 우려하는 시선으로 바라보는 감독과 잠시 면담을 가진 후 구장을 나섰다.

차를 주차장에 댄 후 내렸을 때 환하게 켜진 집을 아래에서 올려다보며 그는 형용할 수 없는 우울함을 느꼈다. 감정에 지나치게 휘둘리는 자신이 팀의 에이스라는 간판을 달고 있기엔 부적합해 보였다. 프로답지 않은 행동들이었지만 쉽게 조절이 되지 않는다.

항상 그랬다.

은재와 관련된 일에서는.

그의 거실 소파에 앉아 하염없이 자신을 기다리고 있을 은재를 떠올리니 가슴이 아려왔다. 몇 천근을 올려놓은 듯 무거운 발걸음을 집을 향해 돌릴 수 없었던 것은 바로 그 이유 때문이었다.

"포스트 시즌 시작 전까지는 어떻게든 끝을 봐. 안 그럼, 내가 은재한테 말할 거다."

만약 고백을 하게 된다면…….

어쩔 수 없이 제 마음을 털어놓아야 한다면, 다른 이들의 입이 아닌 제 입으로 그녀에게 말하고 싶었다. 그녀를 향한 제 마음이 얼마나 큰지 그의 입으로 털어놓고 싶었다. 타인을 통해서가 아닌, 그 스스로의 의지를 담은 목소리로.

하지만…… 무서웠다. 두려웠다.

좋은 방향으로 일이 전개된다면 더할 나위 없이 좋겠지만 그 반대의 경우 그는 은재를 잃게 될 것이다. 물론 친구로 남을 수는 있겠지만 더 이상 예전과 같을 수는 없다. 그렇게 된다면 차라리 고백을 하지 않는 편이 나았다. 그러나 이리 맘속에 꼭꼭 담아두기만 한다면 곪아 터져 버리는 것은 자신이 될 것이다. 그렇담 희찬의 말대로 어떻게 결론이 나든 은재와의 관계를 정리해야 하는 것일까.

하얀 천장을 바라보며 후우, 하고 길게 한숨을 내쉰 그는 천천히 몸을 일으켰다.

"큭."

눈앞이 어질어질한 것이 주위 모든 사물이 뱅글뱅글 돌아갔다. 진현은 비틀거리며 침대에서 빠져나와 벽에 몸을 기댔다. 알코올의 알싸한 향기가 주위에 아른거린다. 그제야 그는 어젯밤 경기를 끝내자마자 향한 곳이 집이 아니라 집 근처 포장마차였다는 사실을 깨달았다.

진현은 얼굴을 일그러뜨리며 지끈거리는 머리를 식히기 위해 이마에 손을 가져다 댔다.

"술이라니. 젠장."

시즌 중에 선수들에게 가해지는 수많은 규제 중에서도 과한 음주는 처벌의 정도가 꽤 큰 편이었다. 자칫 잘못하다 언론이나 팬들에 의한 좋지 못한 구설수에도 오르내리기 마련이고 선수 생명이 끝날 위기가 닥칠 수도 있었다. 물론 아예 금주를 명한 것은 아니었기에 간단한 약주 정도는 즐기는 이들은 많았지만 자신의 몸 관리에 비교적 철저한 편인 유진현은 술을 가까이하지 않았다.

그런 그가 프로에 데뷔한 이후 시즌 중에 처음으로 술을 마시게 된 것이다. 혹시나 자신을 알아보는 시선들을 피하기 위해 모자를 눌러쓴 채 고개를 숙이며 홀로 소주잔을 입안으로 들이붓던 어젯밤의 제 모습이 떠올라 얼굴을 일그러뜨린 그는 순간 머리를 스쳐지나가는 장면에 눈을 크게 떴다.

"사랑해."

잔뜩 술에 취해 몸을 제대로 가누지 못했던 그는 자신을 반기는 은재를 향해 위와 같이 말했다.

"사랑해."

한없이 빛나는 그녀의 얼굴을 부여잡고 각인을 시키듯 말했다.

"사랑한다고."

친구는, 더 이상 싫다고 했다.

이젠 그 빌어먹을 관계에서 벗어나고 싶다고 말했다.

떨리는 그녀의 두 눈을 내려다보며 토해내듯 말을 내뱉는 자신을 바라보던 은재의 입술이 파르르 떨렸다. 그는 가만히 그녀의 대답을 기다렸다. 무언가 말을 해 주길 바랐다. 아무 말이라도. 가슴이 너무 뛰어서 진정할 수 없을 정도로 들썩였지만 진현은 말없이 은재의 입이 열리길 기다렸다.

그러다, 눈앞이 까맣게 물들어갔다.

아직 대답을 듣지 못했건만 자꾸만 내려오는 눈꺼풀의 유혹을 이길 수 없었다. 그는 힘없이 쓰러지듯 은재의 품에 안기며 눈을 감았다. 그리고, 눈을 뜨니 환한 햇빛이 창으로 스며드는 아침이었다.

"홍은재!"

진현은 어제의 모든 기억이 떠오르자 저도 모르게 침실로 뛰어갔다. 벌컥, 문을 열어젖히며 그녀의 이름을 크게 불렀다.

"은재야!!"

술김이었지만, 말하고 말았다. 13년 동안이나 앓았던 충치가 뽑혀나가듯, 결국 내뱉고 말았다. 가슴이 쿵쿵 뛰었다. 호흡이 가빠졌다. 그녀의 대답을 듣지 못하고 잠에 빠진 것은 자신이었다. 진현은 거실과 화장실을 살피며 그녀의 흔적을 찾았다.

"어딨어, 홍은재!"

흥분하며 은재를 불렀지만 텅 빈 그의 집에는 아무런 소리도 들려오지 않았다. 진현은 허둥지둥 나가 옆집 문을 열어젖혔다. 쿵쾅쿵쾅, 시끄러운 소리와 함께 리모델링 작업을 하고 있던 인부들은 익숙한 진현의 얼굴에 두 눈을 동그랗게 뜨며 헐떡거리는 그를 바라봤다. 진현은 놀라는 그들에게 은재가 왔냐고 물었지만 일제히 고개를 젓는다.

없었다.

어디에도, 그녀는 없었다.

진현은 허탈한 느낌에 비틀거리며 집으로 돌아왔다. 다리에 힘이 주욱, 빠진다. 쓰러지듯 소파에 털썩 앉으며 진현은 멍하니 고개를 떨구었다. 가슴이 아려온다. 그녀는 가 버린 것이다. 갑작스런 고백에 당황한 것이 분명하다.

"제길!"

진현은 바로 앞에 놓여 있던 유리 테이블을 발로 세게 내려찍었다. 얼마나 강했는지 쫘아악, 소리를 내며 테이블에 금이 간다. 그는 결국 그녀를 잃어버린 자신에 대해 원망하며 짙은 한숨을 토해냈다.

Rrrr. Rrrr.

그때, 그의 귀에 전화벨 소리가 들렸다.

—오늘은 훈련하러 안 나와도 되니 좀 쉬어. 대신 내일 나올 때도 그런 상태 유지하면 벌금 물릴 줄 알아. 알았냐?

은재라고 생각했다. 그러나 허겁지겁 전화기로 달려가 전화를 받았던 진현의 귀에는 나다, 하고 그를 향해 말을 건네는 장지성 감독의 목소리가 들렸다. 두근두근 뛰는 가슴이 그의 목소리를 들으니 순식간에 가라앉았다.

어두운 진현의 대답에 의아해하던 지성은 진현에게 당부했다. 이제 코앞으로 다가올 한국 시리즈를 대비하여 진현의 컨디션 유지는 팀에게 무척 중요했다. 직접 전화까지 걸어 그의 몸 상태를 관리하는 지성에게 알겠다고 대답하며 수화기를 내려놓던 그는 어제 술을 잔뜩 마셨다는 것을 지성에게 들키지 않아 안도하기보단 전화를 건 상대가 은재가 아니었다는 사실에 실망했다. 끊어져 버린 전화기 앞에 가만히 앉아 있던 그는 이내 손을 뻗어 그녀의 휴대전화 번호를 꾹꾹 누르며 수화기를 다시 들었다.

Rrrr. Rrrr.

그녀에게 전화를 걸 때면 진현을 설레게 만들었던 그녀의 통화 연결음 소리가 오늘따라 왜 이렇게 그의 마음을 초조하게 만드는 건지 모르겠다. 진현은 저도 모르게 수화기를 잡은 손에 힘을 꽉 주며 그녀가 전화를 받기를 기다렸다.

Rrrr. Rrrr.

하지만, 아무리 전화를 걸어도 받지를 않는다. 자꾸만 소리샘으로 연결하겠다는 안내 멘트가 들려오자 신경질적으로 수화기를 내려놓던 그는 다시 그녀의 전화번호를 찍는 행동을 반복하고 있었다.

그러기를 30여 분.

반복된 행동에 지친 진현은 두근거리는 심장소리를 느끼며 눈을 질끈 감았다.

잃은 것이다.

그녀를, 잃게 된 것이다.

진현은 윗니로 아랫입술을 꽉 깨물었다. 얼마나 세게 깨물었는지 짓눌려 있던 입술이 찢어져 붉은 피가 흘러내렸다. 흘러내리는 핏물을 닦을 생각도 하지 않으며 소파에 앉아 있던 그는 절망을 느꼈다.

차라리…… 차라리 말하지 말걸. 그냥 친구로 있을걸. 사랑한다고 말하지 말걸…….

오늘 이후 그녀는 그를 피하게 될 것이다. 사랑한다는 그의 취중진담에 당황하여, 처음에는 그렇지 않은 척하면서도 그를 피하고 말 것이다. 제일 먼저 할 일은 서서히 그의 곁에서 멀어져가는 것이겠지. 어색하게 웃으며 더 이상 그의 집에 오지 않고, 제 전화를 받지 않으며 그렇게 서서히 멀어져 갈 것이다.

왜 술을 마시게 된 것일까. 왜 하필이면 그 말을 내뱉어 버린 걸까. 왜. 왜…….

"미친놈. 제기랄!"

생각 없던 제 행동으로 순식간에 그녀를 잃게 되었다. 지난 13년의 세월이 무색하게. 왠지 모르게 울컥 눈물이 차올라 진현은 손을 눈에 가져다 댔다. 따스한 물기가 촉촉하게 손바닥으로 스며들었다. 심장이 크게 울리다 못해 쓰려왔다.

이미 주워 담을 수 없는 일에 절망했다. 술김에 한 말이라고 오해라고 그녀에게 변명을 늘어놓을 수는 있겠지만 되돌릴 수 없을 것이다. 앞으로 그녀의 얼굴을 볼 수 없다는 예감이 들자 가슴이 조여와 주먹을 꽉 쥐고 있을 때 문 열리는 소리가 들렸다.

달칵.

"……!"

본능적으로 고개를 돌린 그의 눈동자가 점점 커졌다.

믿을 수가 없었다. 그가 환상을 보고 있는 것이 아니라면, 분명 제 눈앞에 서 있는 사람은 그가 그렇게 찾던 여자였다. 홍은재라는 이름을 가진, 그가 누구보다도 사랑하는 사람. 진현은 멍한 눈으로 장을 보고 왔는지 두 손에 커다란 봉지를 들고 집 안으로 들어서는 은재를 좇았다.

"으으, 무거워라. 얜 아직도 자고…… 어? 일어났네?"

은재는 낑낑거리며 봉지를 부엌으로 가져가려다 자신을 바라보고 있는 진현을 발견하곤 웃었다.

진현은 눈을 비볐다. 그러나 여전히 은재는 저를 쳐다보고 있다.

"왜 그렇게 얼빠진 표정이야? 무슨 일 있었어?"

은재는 짐을 들어 줄 생각을 하지 않는 진현을 보고 입술을 삐죽거리더니 결국 혼자 싱크대에 봉지를 내려 두고 그를 향해 다가오며 물었다. 얼마나 무거웠는지 그녀의 손바닥엔 봉지의 손잡이 자국이 짙게 찍혀 있다.

진현은 여전히 말없이 그녀를 빤히 응시했다.

"진현아?"

"……."

"야. 왜 그래? 어디 아파?"

"……."

"아직 술이 덜 깬 거야? 어머, 그러고 보니 너 오늘 훈련 안 가도…… 앗!"

그녀의 목소리가 코앞에서 들리는가 싶더니 진현의 눈앞에 제 손을 가져다 대며 휙휙 젓는 은재가 보였다. 의아해하며 그의 상태를 살피는 은재를 직시하던 진현은 손을 뻗어 은재의 팔을 잡아당겼다. 낮은 신음 소리를 내며 그녀가 진현의 품안으로 들어온다. 두근거리는 심장 소리와 코끝을 간질이는 은재의 체취가 느껴졌다.

진짜야. 이건 현실이라고.

진현은 갑작스런 그의 행동에 당황하여 낮은 신음을 흘리고 있는 그녀를 꼭 껴안으며 속삭였다.

"떠난 게 아니었어……."

은재는 미간을 찌푸리려다 고개를 들어 그를 응시했다.

"무슨 소리야?"

진현은 대답 대신 그녀를 더욱 세게 끌어안았다.

♥ ♥ ♥

"고맙게 생각해."

은재는 식탁에 앉아 있는 진현을 힐긋거리며 말했다. 진현은 말없이 그녀를 향해 시선을 던졌다. 은재는 히죽 웃으며 말을 이었다.

"그냥 내버려 두고 가면 왠지 혼자 끙끙 앓을 것 같아서 이 몸이 특별히 거짓말까지 해 가며 병가를 쓴 거니까. 교감 선생님이 안 믿어 줘서 큰일 날 뻔했다구."

은재는 저를 바라보는 진현을 향해 고개를 젓더니 구시렁거렸다.

멍하니 자신을 좇는 진현의 끈질긴 시선이 기분 나쁘지 않은지 실실 웃으며, 은재는 부엌에서 그의 해장국을 끓여 주기 위해 분주하게 움직였다. 진현은 현재 상황이 이해가 되지 않아 그저 앉아 있을 수밖에 없었다.

그의 기억으로는 분명, 진현은 은재에게 사랑한다고 말했다. 그것도 한 번도 아닌 여러 번씩이나. 그랬기에 눈을 뜨고 난 후로도 보이지 않았던 은재의 흔적에 절망한 것이다. 그녀를 잃었다고 느꼈던 것이다.

허나, 놀랍게도 대문을 열고 나타난 은재의 얼굴에선 진현과 같은 깊은 고심의 흔적 따윈 느낄 수 없었다.

"작작 좀 마시지. 운동선수라는 녀석이 술을 그렇게 많이 마심 어떡해? 기다려. 해장국 끓여 줄게."

놀라는 진현과는 달리 차분한, 아니 여유로운 웃음까지 지으며 그에게 말하던 은재는 곧 부엌으로 걸어갔다. 그리고 그를 위한 요리를 하기 시작했다. 때문에 혼란스러워졌다. 혹시 고백을 했던 제 기억은 그 스스로가 만들어낸 허상인 것일까? 라는 생각이 잠시 들었지만 거짓은 아닌 것 같았다. 그는 분명, 은재를 향해 사랑한다고 말했다.

'그렇다면 아무 일도 없었던 것처럼 행동하려고?'

그녀의 숨겨진 뜻이 무엇인지 파악해 보려 했지만 쉽지 않다. 만약 그의 생각대로 그녀가 어젯밤의 제 고백을 없었던 사건으로 무마시키려고 한다면 그건 그의 가슴을 무척 쓰리게 만드는 일이 될 것이다. 진현은 칼을 열심히 움직여대는 은재를 바라보며 길게 한숨을 내쉬다 결론지었다.

일단은 부딪혀 보자고. 이미 한 번 절망하기는 했었지만 그녀가 사실을 알아 버린 이상, 돌이킬 수 없는 일이 되어 버린 것이니까……. 두 번 절망한다고 달라질 일은 없을 거다.

"은재야."

침묵은 오래가지 않았다. 은재가 펄펄 끓는 냄비 속에 국자를 넣고 맛을 보는 모습을 지켜보던 진현은 겨우 머리를 정리하곤 그녀를 불렀다. 은재는 자신이 장을 보고 온 후로 처음 입술을 여는 진현의 목소리에 고개를 돌렸다.

"여기…… 좀 앉아 봐."

"왜?"

"할 말 있어."

진현은 제 앞 의자를 가리켰다. 은재는 잠시 고민하며 냄비를 응시하다 이내 고개를 끄덕였다. 밸브를 꼼꼼히 잠그며 진현의 앞에 자리를 잡고 앉은 그녀는 뭔데? 하고 두 눈을 빛내며 그의 얼굴로 시선을 고정시켰다.

두근두근.

그녀의 맑은 두 눈을 마주하자 심장이 급격하게 뛰기 시작했다. 진현은 의아해하는 은재를 한참이나 바라보다 겨우 입술을 움직였다.

"어제……."

"응?"

후우.

"어제, 내가 술을 마셨어."

은재는 피식 웃었다.

"엄청 마셨지. 오징어처럼 몸도 잘 꼬더라. 난 네가 그렇게 유연한 줄 몰랐어. 참, 너 술 마시면 안 되지 않아? 괜찮은 거야?"

진현은 걱정스러워하는 은재를 보며 숨을 크게 들이키더니 다시금 마음을 다잡으며 말을 이어 나갔다.

"넌, 내가 기억을 하지 못할 거라고 생각하는 것 같지만……. 이렇게 된 이상, 말해야겠다."

은재의 눈이 살짝 떨렸다. 진현은 그녀가 왜 입술을 다무는지 알 수 있을 것 같았다. 고요한 바람이 두 사람 사이에 살랑살랑 불어왔다. 가슴을 억누르는 압박감에 입이 쉽게 열리지 않았지만 진현은 천천히, 그리고 아주 조심스레 입술을 열었다.

"홍은재."

"응."

"난……."

"……."

"난 널…… 사랑해."

'우정'의 의미가 담긴 사랑해, 란 말이 아니야.

'가족애'가 담긴 사랑해, 란 말이 아니야.

남자 대 여자로서,

너를 보면 가슴이 미친 듯이 뛰는 사람으로서, 말하는 거야.

은재는 사랑한단 그의 말에 숨을 토해냈다.

"사랑한다, 은재야."

술김이 아닌 제 정신으로. 또렷하게 박힌 정신으로 그녀를 바라보며 말했다. 결코 내뱉을 수 없을 거라는 말을, 하고 나자 체증이 내려가듯 몸이 가벼워졌지만 아무런 말도 하지 않는 은재의 얼굴을 마주하니 숨이 막혀온다.

"친구가 아닌 너를 사랑하는 남자로서 말하는 거다."

변화구 따위 먹히질 않는다. 직구를 던지라는 희찬의 충고대로 160km로 움직이는 공을 그녀에게 던져 버렸다. 한 번 말하니 두 번은 쉬웠다. 진현은 세 번도 말할 수 있을 것 같아 입안이 근질거렸다. 사랑한다는, 아주 쉬운 말이 왜 그렇게 어렵게 느껴졌던 걸까. 진현은 묵묵부답인 그녀의 요동치는 눈동자를 응시하며 생각했다.

"어제 있었던 일은 홧김에 저질러 버린 일이 아니야. 몇 천 번이고, 말하고 싶었지만 할 수 없었다. 널…… 잃을까 봐 두려웠으니까. 하지만 지금 이렇게 다시 말하는 건, 이젠 더 이상 견딜 수 없어서야."

"……."

"이제 더 이상 네 친구로 있을 자신이 없다, 은재야. 그러니 내 말을 들……!"

친구로 계속 지내게 된다면 은재도, 그리고 진현 그 자신에게도 더 안 좋은 쪽으로 발전해 나갈지 모른다. 했기에 희찬의 말대로 과감히 결정을 내려야 했다. 진현은 한숨을 푹 쉬며 말을 이으려다 주르륵 흘러내리는 은재의 투명한 눈물을 발견하고 입술을 다물었다.

"왜…… 우는 거지?"

충격을 받았다.

혹, 사랑한다는 제 말이 그렇게도 부담스러웠던 것일까? 진현은 밀려오는 후회감에 입술을 잘근 깨물었다. 은재는 손등으로 눈물을 닦으며 중얼거렸다.

"모르겠어. 어휴, 내가 왜 우는 거지?"

"울지 마."

"자꾸 눈물이 나오네. 왜 이럴까."

"……."

"……."

진현은 조용히 흐느끼는 은재를 바라봤다.

"그렇게…… 싫은 건가?"

널 사랑한다는 내 말이, 그렇게 듣기도 싫은 말이었나. 가슴이 울렁거렸다. 왠지 모르게 화가 나 말을 내뱉자 고개를 떨어뜨리며 마음을 진정시키려던 은재가 서둘러 얼굴을 들었다.

"아니."

은재는 또박또박 말했다.

"아니야. 싫지 않아."

잘못 들은 것일까?

진현은 고개를 젓는 은재를 얼빠진 얼굴로 쳐다봤다. 은재는 후우, 하고 길게 숨을 고르더니 눈물을 닦고 씨익 웃으며 입술을 연다.

"언제부터야?"

"무슨……."

"언제부터 날 좋아…… 아니, 사랑했냐고."

진현은 미간을 찌푸렸다.

언제부터? 글쎄, 언제부터였을까. 언제부터였는지 기억이 나지 않을 정도로 널 오랜 시간 동안 사랑했다. 아마 처음 만난 그 순간부터 네게 빠져들었던 것이 아니었을까.

"기억 안 나."

진현은 한참을 생각하다 말했다. 은재는 묘한 미소를 지으며 그를 빤히 바라봤다.

"나는 고2."

"어?"

"고2 때부터, 널 좋아했어. 아, 아니다. 아마 난 처음 널 봤던 그 순간부터 좋아한 건지도. 그래, 그런 게 분명해."

"그……게 무슨 소리야?"

진현은 제 입술이 파르르 떨린다고 생각했다. 요동치는 그의 검은 두 눈은 현재 그가 얼마나 충격을 받았는지 입증해 줬다. 은재는 그런 그를 향해 환하게 웃어 보였다.

"오래됐지?"

"홍은재."

"오래됐어. 그래서…… 이젠 안 될 거라고 여겼어."

"홍은재!"

가라앉아 있던 목소리가 점점 올라갔다. 일렁이는 두 눈으로 외치는 그를 보면서도 은재는 제 할 말을 이어 나갔다.

"거의 포기했었어. 가망이 없었으니까."

이해할 수가 없었다. 지금 이게 무슨 소릴까. 그녀가 지금 무슨 소리를 하고 있는 거지? 순식간에 머릿속에 가득 찬 수많은 생각에 머리가 복잡해졌다. 사고회로가 엉켜 간다. 과부하 될 정도로 돌아가는 머리에서 뿌연 연기가 뿜어져 나온다. 제 이름을 크게 부르는 진현의 외침에 귀가 따갑다며 그에게 주의를 주던 은재는 이내 일렁이는 두 눈으로 자신을 응시하고 있는 진현을 향해 씁쓸한 미소를 지었다.

"너와 내가…… 서로를 좋아하고 있었다는 걸 진작 알았더라면, 우리가 이렇게 돌아왔을까?"

"홍은재!!"

"알아, 내 이름 홍은재인 거. 너는…… 유진현이잖아."

은재는 어느새 자리에서 벌떡 일어나 있는 진현을 올려다보았다. 울음을 그친 그녀의 두 눈은 흔들림이 없었다. 진현은 가슴이 떨려 말을 잇지 못했다. 은재는 말없이 그를 응시하다 이내 붉은 입술로 그의 이름을 불렀다.

"진현아."

너무나 부드러운 그녀의 목소리에 그는 현혹당했다. 달콤하고 사랑스러운, 그 목소리에 눈앞이 아찔해졌다. 은재는 넋이 나간 얼굴로 자신을 바라보는 그에게 속삭였다.

"고마워. 용기를 내 고백해 줘서. 또……나를 사랑해 줘서."

그리고 아직까지도 정신을 차리지 못하는 그를 향해 말했다.

“나도, 널 사랑해.”

2. 차마, 하지 못했던 말(B)

“사랑해.”

진현에게 그 말을 처음 들었을 때 망치로 누군가 머리를 치는 듯한 충격을 받았다.

“사랑해.”

두 번 들었을 때 비로소 놓아 버린 혼을 찾을 수 있었다.

“사랑한다고.”

세 번 들었을 때 그의 얼굴을 마주할 수 있었다.

“으음.”

어떻게 이렇게 한 번에 온몸의 힘이 쭉 빠져나갈 수가 있는 건지. 은재는 제 품에 안겨 뒤척거리는 진현을 내려다봤다. 그는 쏟아지듯 은재에게 안겨 축 늘어져 있었다. 저보다 머리 하나는 더 큰 진현을 한참이나 안고 있던 그녀의 마음은 쉴 새 없이 움직였다.

“사랑……한다……?”

믿기지 않는다. 믿어지지 않아.

심장이 튀어나올 정도로 뛰기 시작했다. 그를 부여잡은 손끝이 미약하게 떨렸다.

내가 들은 말이…… 사실일까? 아니, 그것보다 내가 정확하게 네 말을 듣기나 한 걸까?

진현은 아이마냥 살포시 두 눈을 감고 색색거렸다. 그의 숨결을 고스란히 받아내고 있던 은재는 멍하니 그를 응시했다. 그를 바라보는 그녀의 눈꺼풀이 파르르 떨렸다. 은재는 덜덜 떨리는 손가락으로 진현의 눈을 가리고 있는 앞머리를 쓸어 올렸다.

너는 내게 진실을 이야기한 걸까? 정말로, 내게 말한 것일까? 다른 누구도 아닌 내게?

믿을 수가 없었다. 같은 마음일 거라고, 생각해 본 적은 한 번도 없었다. 아니, 의심을 했던 적은 있었지만 언제나 그렇듯 우정이란 이름 아래 순식간에 사라져 버리기 일쑤였다.

은재는 가슴이 벅차올랐다. 품에 안겨 잠들어 버린 진현이 물거품처럼 흩어질까 봐 그를 세게 끌어안았다. 따뜻한 그의 온기가 손을 타고 온몸으로 전해진다. 자극적인 알코올의 향이 눈앞을 어지럽혀 그녀 역시 취기를 일으키게 만들었지만 은재의 눈에서 흘러내리는 눈물이 그것을 중화시켰다.

진현은 '좋아한다' 도 아닌 '사랑한다' 고 말했다.

다른 누구도 아닌, 그녀에게. 은재에게.

"……."

머릿속이 새하얗게 변했다. 백지장처럼 깨끗해졌다.

은재는 말없이 한동안 그를 끌어안고 있었다. 아무런 생각이 들지 않았다. 그저 멍했다. 넋이 나가 버렸다. 그래서 입술이 쉬이 열리지 않았다. 그러기를 한 시간.

차가운 현관 바닥에 주저앉아 술에 취한 그를 지탱하고 있던 그녀의 다리는 이미 쥐가 난 지 오래.

은재는 한참 동안의 침묵에서 벗어나 폭탄선언을 하고 잠들어 버린 진현을 일으키기 위해 끙끙거렸다. 뒤척거리는 그의 팔을 당겨 어깨에 둘러메고 질질 끌며 침실의 문을 열어젖혔다.

"으윽."

진현을 침대 위로 눕히자 그가 나지막한 신음을 내뱉는 것이 들렸다. 그러나 곧, 진현의 숨소리는 잦아들었다. 은재는 엎어진 그의 몸 위로 이불을 덮어 주며 침대 가에 앉았다.

그리고 가만히. 아무 말 없이 가만히, 잠든 그의 모습을 가슴에 새겨 갔다.

♥ ♥ ♥

사실, 알아차릴 수 있는 기회는 많았다.

단지 서로의 마음을 숨기느라 급급하여 상대방의 마음을 헤아릴 여유가 없었다는 것이 문제였다.

"홍샘네는 가만히 보고 있으면, 조금 특이해."

몇 달 전, 세원이 은재를 향해 말한 적이 있었다. 그날도 은재의 고민을 들어주며 조언을 늘어놓던 그녀의 뜬금없는 말에 은재는 고개를 갸웃거렸다.

"뭐가?"

세원은 의아해하는 은재를 향해 말했다.

"유진현이랑 홍샘."

"어?"

"홍샘이 하는 얘기만 들으면, 그냥 연인이잖아. 그게 무슨 친구야?

완전히 연인끼리 하는 행동인데. 세상에, 요새 어떤 친구가 밤마다 밥 해 주러 가고 같이 외출하고, 영화를 봐? 보살펴 주는 것도 정도가 있지! 아무리 13년 지기라지만 친구라기엔 뭔가가 더 있어. 홍샘. 그러지 말고 한번 넌지시 말해 봐. 어쩌면 유진현도 홍샘이랑 같은 맘일 수도 있잖아! ”

얼굴을 찌푸리며 혀를 차는 세원의 말에 은재는 고개를 저어야만 했다. 진현과 그녀의 사이는 유독 별났으니까. 오랜 시간 함께 지내다 보니 가족처럼 편해져서 그러는 거라고, 쓰게 웃으며 세원에게 대답했다.

가슴이 쓰렸다. 두 사람의 행동이 타인에게 어떻게 비춰질지 그녀도 알고 있었기에 더더욱. 그와 자신은 '친구' 라는 허울로 덮여 있었다. 심장에 상처가 날 정도로 아파야 할 사람은 오직 자신뿐이라고만 생각했다.

그만큼 꽁꽁 숨겼다. 자신의 속마음을.

누구도 눈치채지 못하게, 아니 세상 사람들 모두가 알아도 진현만큼은 모르도록, 숨겨야 했다. 그를 잃을 수는…… 없었으니까.

"하아."

은재는 소파에 앉아 길게 한숨을 내쉬었다. 어느새 시계는 아침 9시를 가리키고 있었다. 원래대로라면 학교에 출근을 해야 했지만 진현을 내버려 두고 갈 수는 없었다. 교감 선생님께 병가를 핑계 대며 결근 사실을 알린 후 숨을 고르고 있던 그녀는 굳게 닫힌 진현이 잠든 침실 문을 흘깃거렸다.

"친구."

우리는, 친구였다.

"사랑……."

그 친구라는 이름을 유지하기 위해, 서로를 사랑하는 마음을 철저하게 숨겼다.

밤새도록.

비어 버린 머리를 열심히 굴려가며 잠도 자지 않았다. 아니, 시간이 지나면 지날수록 점점 더 또렷해지는 정신으로 인해 잠이 오지 않았다. 새하얗게 밤을 지새운 은재가 동이 틀 때까지 생각하며 느꼈던 것은 오직 하나뿐이었다.

"바보네."

지독한 바보.

어리석은 그와 자신.

은재는 눈물이 핑 돌아 손가락으로 눈가를 어루만졌다. 그가 침대에 누워 있는 지난 밤 동안 그렇게 펑펑 울어댔는데 아직까지 눈물이 마르지 않았다는 사실은 무척이나 놀라웠다. 그녀는 괜스레 웃음이 나와 픽, 웃으며 자리에서 서서히 일어났다. 술을 꺼리는 녀석이 그렇게 진창 마셔 버렸으니 아마 깨어나는 데 시간이 꽤 걸릴 것이다. 그를 대비하여 진현에게 해장국이라도 끓여 줘야겠다고 생각했다. 그녀는 소파에 놓여 있던 재킷을 걸친 후 밖으로 나섰다.

마트로 걸어가는 발걸음이 유독 가벼웠다. 깃털처럼 붕 뜨는 느낌에 기분이 좋아졌다. 밤을 꼴딱 새워 피곤할 만도 한데 이상하게 마음이 들떠 눈이 감기지 않았다.

설레었다. 잠에서 깨어나, 어쩔 줄 몰라 하며 자신을 바라볼 그를 떠올리니. 미소가 지워지지 않아 은재는 입꼬리를 올리며 카트에 재료를 담았다.

몇 분 후, 그녀는 여러 가지 해물과 야채를 사서 마트에서 나왔다. 두 손 가득 물건을 사고 나오면서 집으로 돌아가는 동안 가슴이 쿵쿵 뛰었다.

어떻게 말해야 할까. 뭐라고 말해야 할까. 너를 처음 보면, 어떤 말부터 꺼내야 할까.

고등학교에 입학하여 처음 그를 만났을 때처럼 가슴이 요동쳤다. 그를 좋아한다는 사실을 뒤늦게 자각했을 때와 같이 심장이 떨려왔다. 두근거렸다. 은재는 걸으면 걸을수록 점점 더 빨라지는 제 발걸음을 느끼며 걷고 또 걸었다. 그러다 멈췄다.

팔이 떨어질 정도로 많은 물건들을 들고 걸어가던 그녀의 눈길을 끄는 것이 있었다. 얼마나 큰 글자였는지 멀리 있던 그녀의 발걸음도 저절로 움직이게 만들었다. 집 앞 슈퍼의 신문 가판대 위에 나열된 스포츠 신문의 커다란 글귀에 은재는 홀린 듯 가판대 앞으로 걸어갔다.

유진현, 무너지다!

거창한 타이틀. 미간이 찌푸려져 들고 있던 봉지를 내려 둔 은재는 무의식적으로 신문을 뽑아들었다. 고개를 푹 숙이며 마운드를 내려가고 있는 진현의 어두운 얼굴을 클로즈업해 찍은 사진 위에 박힌 표제를 바라보던 그녀는 페이지를 한 장 넘겼다.

ACE, 속절없이 당하다.

〔안정호 기자〕

충격의 피칭이었다.

TJ 크라운즈의 에이스 유진현(28)이 올 시즌 처음으로 5회 만에 강판을 당하는 수모를 당했다. 유진현은 27일 XX구장에서 열린 YK 샤크즈와의 올 시즌 마지막 경기인 19차전에 등판, 4이닝(각 팀이 공격과 수비를 교대하는 경기의 구분)동안 8피안타 8볼넷 3실점이라는 실망스러운 피칭으로 승리를 향한 팬들의 마음을 저버리며 마운드를 내려갔다.

TJ와 시즌 마지막까지 치열하게 한국 시리즈 직행을 다투고 있는 로젠 울브즈와의 격차를 벌리기 위해 반드시 이겨야 하는 경기에서 유진현은 1회부터 무사 1, 2루의 위기를 맞으며 흔들렸지만 3번 타자 장도운을 삼진으로 잡으며 위기를 넘기는 듯싶었다. 그러나 곧이은 YK의 4번 타자 한정수에게 1타점을, 5번 타자 김명호에게 1타점을 더 내준 유진현은 1회에만 무려 2점을 내주고 말았다.

그의 불행은 거기서 끝나지 않았다. 유진현은 6번 타자 윤찬을 볼넷으로 보내며 1사 만루의 기회를 YK에게 만들어 주었고 그를 놓치지 않은 7번 타자 고찬수가 2, 3루를 가르는 안타를 쳐냄으로써 YK는 1회에만 3점을 뽑아내는 쾌거를 거두었다.

이어 2회에는…….

그녀가 기억하기로는 분명 진현이 강판을 당하기는 했지만 지지는 않았기에 그가 패전투수가 되지는 않았다. 그럼에도 불구하고 진현을 향한 혹평이 쏟아지자 은재는 저도 모르게 입술을 깨물었다.

"뭐야, 이거."

신문을 구겨 버릴 기세로 얼굴을 일그러뜨리던 은재는 이를 갈며 중얼거렸다.

"안정호……. 흥. 내가 이름 기억해 둘 거야."

잘할 땐 칭찬 한 번 해 주지 않더니 겨우 한 번 삐끗했다고 멘탈의 붕괴 등의 자극적 발언을 일삼는 기자의 이름을 유심히 바라보며 입술을 삐죽거리던 은재는 아가씨! 하고 자신을 부르는 소리에 고개를 돌렸다.

"그거 살 거야?"

웬 여자 하나가 신문을 꺼내들고 흥분하는 모습이 꽤나 신경 쓰였나 보다. 꾀죄죄한 인상의 슈퍼 주인 서 씨는 수상쩍다는 눈으로 은재를 쏘아보았다.

"아, 네에."

은재는 그의 날카로운 눈빛에 당황하여 얼른 주머니에서 돈을 꺼내 건넸다. 그제야 의심의 빛을 거둔 서 씨는 거스름돈을 건네기 위해 카운터로 걸어갔다 다시 은재에게 돌아오며 그녀가 읽고 있었던 신문을 흘깃거리며 말을 던졌다.

"유진현 팬인가 봐?"

은재는 대답 대신 어색하게 웃었다. 서 씨는 은재의 겉모습을 아래위로 훑더니 중얼거렸다.

"하긴. 요즘은 야구 좋아하는 여자들도 많다던데 아가씨가 그런가 보네."

왠지 탐탁잖아하는 듯한 그의 모습에 황당해하던 그녀는 대충 인사를 하고 다시 집으로 돌아가기 위해 땅에 놓아두었던 봉지를 잡으려 했다. 그러나 그녀의 행동이 이어지기 전 서 씨가 먼저 입을 움직였다.

"근데 어제 유진현이 경기는 형편없었어!"

은재는 성을 토해내는 그의 말에 고개를 들었다. 서 씨는 씩씩거리며 노기를 참지 못하겠다는 듯 소리쳤다.

"피 말리는 것도 아니고 매 회마다 만루라니. 그게 말이 돼? 다 된 밥에 재 뿌리는 것도 아니고 그게 뭐하는 짓이야? 조영대 홈런이 없었으면 한국 시리즈 직행은 말짱 도루묵이 될 뻔했다고. 멘탈 붕괴라는 이야기가 괜히 나온 게 아니지!"

"매일…… 잘할 수는 없잖아요."

은재는 괜히 울컥했지만 화를 누그러뜨리며 대답했다.

그러자 서 씨는 은재를 향해 퉁명스러운 목소리를 내뱉는다.

"흥. 매일 잘하지 않음 프로라는 이름이 아깝지! 돈을 그렇게 많이 받는데 이름값을 해야 할 거 아냐! 그리고 매 경기에 최선을 다해야지! 120이 뭐야 120이? 155는 던져야 할 놈이!"

버럭 외치는 그의 입에서 침의 파편이 튀어나왔다. 미간을 찌푸리며 살짝 뒤로 물러나던 은재는 기분이 나빠져 아무런 말도 하지 않았다. 그런 그녀의 마음을 알 리 없는 서 씨는 흥분을 가라앉히고 고개를 젓더니 다시 말을 이어 나갔다.

"내 생각인데, 유진현이가 매 시즌마다 한 번씩 저렇게 심하게 흔들리는 건, 아직 결혼을 안 해서야."

……뭐?

"남자는 자고로 얼른 가정을 꾸리고 마음에 안정을 찾아야 해. 접때 그 뭐다냐. 아나운서 아가씨."

"……!"

"그 아나운서 아가씨랑 그냥 결혼하지 왜 헤어졌나 몰라. 아가씨는 그렇게 생각 안 해?"

제게 동의를 구하는 서 씨의 말에 은재는 답할 수 없었다. 불쾌한 기억이 스멀스멀 떠올라 입술을 꾹 다물고 있던 그녀는 대답 대신 걸음을 돌리려고 했다. 서 씨는 여전히 생각에 빠져 있었다.

"흐음. 이름이 뭐더라? 한…… 한, 뭐였는데. 한…… 아효! 한 뭐더라?"

제길.

"아저씨!"

그냥 무시하려고 했다. 신경 쓰지 않으려 했다.

그러나…… 기분이 나쁘다. 그와 한효영을 연결하는 그 모든 것이.

서 씨는 돌연 소리치는 은재의 행동에 깜짝 놀라 그녀를 바라봤다. 은재는 험상궂은 얼굴로 소리쳤다.

"유진현은 그 여자 안 좋아해요!"

그가 좋아하는 것은, 아니 사랑하는 것은 바로 은재였다. 분명 그렇게 말했다.

친구는 싫다고 했다. 더 이상 그러기 싫다고 했으니 이제 남은 방법은 한 가지뿐이다. 그리고 그 남은 방법이 무엇인지 은재는 알고 있다.

"걘…… 되게 오래된 여자 친구 있다구요!"

물론 오래된 여자 친구란 의미가 서 씨가 생각하는 것과 좀 다른 방향일 테지만 이제 곧 그렇게 될 것이니 아예 틀린 말은 아니다. 은재의 외침에 서 씨의 얼굴은 처참하게 일그러졌다. 무슨 뜬금없는 소리냐는 표정을 지으며 그를 바라보던 은재는 마지막으로 외쳤다.

"그러니까 절대로 그 아나운서랑 잘될 일 없을 거예요!"

은재는 말을 내뱉자마자 몸을 획 돌려 뒤뚱뒤뚱 걸어갔다. 커다란 봉지 두 개를 끙끙거리며 들고 가는 그녀의 뒷모습을 멍하니 응시하던 서 씨는 땅에 침을 탁 내뱉으며 중얼거렸다.

"벼, 별꼴일세! 자기가 뭐 유진현 애인이라도 되나? 쳇."

♥ ♥ ♥

물론 어제 경기를 망칠 뻔한 주범이 진현이라는 것은 잘 알고 있다. 영대의 역전 쓰리런이 아니었더라면 패전투수가 되었을 거라는 것도. 그가 얼마나 형편없는 투구를 했었는지도, 또 평소의 그답지 않았다는 것도 알고는 있었지만 기분이 나빴다. 그를 욕하는 것은 자신을 욕하는 것처럼 느껴졌다. 항상 느끼는 일이지만 그에 대한 혹평 기사를 대할 때는 이상하게 가슴이 찢어질 듯 아파왔다. 그러나 그보다 더 그녀의 심기를 자극한 것은 바로 효영에 관해 언급하던 서 씨의 말이었다.

한효영과의 결혼이라니. 그게 말이나 되는 소린가! 은재는 다시금 떠오르는 그와 효영의 열애기사로 인해 불편해진 마음을 없애기 위해 고개를 휙휙 내저었다.

'내가…… 좀 심했나?'

슈퍼 주인인 서 씨의 입장에서는 제 일처럼 흥분하는 은재를 이해할 수 없을지도 모른다. 엘리베이터에 올라타 숨을 고르고 있던 그녀는 자신을 보며 당황하던 서 씨의 얼굴을 떠올리며 길게 한숨을 내뱉었다. 이렇게 진현의 일이면 앞뒤를 가리지 않고 흥분해 버리는 제 자신을 자제해야 한다고 중얼거리던 그녀는 이내 땡, 하며 엘리베이터의 문이 열리자 생각을 거두었다.

터벅터벅. 그의 집을 향해 걸어가던 그녀의 마음은 다시 조용히, 아니 급격하게 뛰기 시작한다. 은재는 리모델링 작업에 한창인 인부들을 향해 음료수 몇 병을 나눠 주며 인사를 한 후, 진현의 집 앞에 섰다.

'화이팅!'

아마 지금쯤이면 그가 잠에서 깨어났을지도 모른다. 어느새 그녀의 손목시계는 12시를 가리키고 있었다.

너를 보면…… 무슨 말부터 해야 할까.

사랑한다고, 바로 말해 버릴까? 너와 내가 똑같은 마음으로, 서로를 바라보고 있었다고 말해야 하는 걸까?

은재는 떨리는 마음을 진정시키기 위해 깊게 숨을 들이마시며 비밀번호를 꾹꾹 눌렀다. 끼이익 열리는 문으로 집 안에 들어서는 그녀의 마음에 커다란 파장이 일었다.

그러나 막상 들어간 집은 무척 고요했다. 아무런 소리가 들리지 않을 정도로 고요해서 은재는 그가 아직 깨어나지 않은 것이라 결론지었다. 일단은 해장국을 끓일 시간은 있겠다고 생각했다. 낑낑거리며 봉지를 들고 부엌으로 들어가려던 그녀는 소파에 앉아서 자신을 귀신 보듯 응시하고 있는 진현을 발견하고 두 눈을 크게 떴다.

"어? 일어났네?"

핏기 하나 없는 하얀 얼굴로 자신을 바라보고 있는 진현은 충격에 휩싸인 듯했다. 은재는 싱크대 위에 봉지를 올려 두고 그에게 다가갔다.

"왜 그렇게 얼빠진 표정이야? 무슨 일 있었어?"

아직 술이 덜 깬 건가? 은재는 진현의 눈앞에 손을 가져다 대며 휘휘 내저었다. 그는 눈도 깜빡이지 않고 저를 쳐다보고 있었다.

"얘가 왜 이래?"

의아해하며 그에게 뭐라 말하려던 은재는 갑자기 저를 끌어당기는 진현의 강한 힘에 속절없이 그의 품에 쏙 안겨 버렸다. 쿵쿵 뛰는 그의 심장소리가 그녀의 귓가에 닿았다.

"떠난 게 아니었어……."

은재는 미간을 찌푸리며 물었다. 무슨 소리야? 그러자 진현은 대답 대신 그녀를 더욱 세게 끌어안는다.

그녀는 다시금 그의 말을 떠올렸다. 떠난 게 아니었다……라.

그렇구나. 넌…… 내가 네 고백에 놀라, 널 떠났을 거라 생각한 거구나.

은재는 저를 끌어안고 있는 그의 몸이 미약하게 떨리는 것을 느꼈다.

"그래."

만약, 내가 너에 대해 아무런 감정을 가지고 있지 않았더라면.

너와 같은 마음을 가지고 있지 않았더라면…….

어쩜 그렇게 행동했을지도 모르지.

두렵고 무서워서, 뒤도 돌아보지 않고 도망쳤을지도.

그는, 두려워하고 있었다. 자신이 잡을 수 없는 곳으로 그녀가 가버릴까 봐. 술김에 내뱉은 제 고백을 들은 은재가 겁먹고, 도망쳐 버릴까 봐.

그런데 진현아, 난 있잖아.

우리가 잃어버렸던 시간이 아까워서라도, 널 떠날 수가 없어. 13년이잖아. 13년 동안 바보같이 돌고 돈 시간이 너무 안타까워서, 널 떠날 수 없어.

널, 떠나지 못해.

♥ ♥ ♥

"그러니까 방금 뭐라고……."

그녀의 말을 들은 그의 목소리가 덜덜 떨렸다. 은재는 괜스레 웃음이 났다.

아마, 내가 어젯밤 네게 그 이야기를 먼저 듣지 않았더라면 너와 같은 반응을 보였겠지.

진현을 바라보며 입술을 파르르 떨고 있을 제 모습을 떠올리니 왠지 우스워져 입가에 미소를 달고 있던 은재는 그의 흔들리는 눈을 응시하며 말했다.

"사랑한다고. 너를."

'사랑' 이라는 단어를 들을 때마다 급격하게 요동치는 그의 눈동자에 파란이 일었다. 은재는 쉽게 동요하는 그를 응시하며 다시 말했다.

"사랑해, 진현아."

그녀의 말을 듣고 나서도 진현의 입술은 도무지 열릴 기미가 보이지 않았다. 내가 너무 성급했나? 은재는 갑자기 초조해졌지만 그래도 그의 목소리가 새어나오길 기다렸다.

고요한 침묵. 그 길고 긴 침묵의 시간 끝에 결국 진현은 멍하니 그녀를 바라보다 돌연 얼굴을 일그러뜨렸다.

"꿈……인가?"

은재는 피식 웃었다.

"꿈이라고 생각해?"

진현은 고개를 내저었다.

"아니었음 좋겠다."

은재는 재빨리 대답했다.

"아니야."

"……."

"꿈, 아니야."

나도 처음엔 그렇게 생각했어.

내가 지금 꿈을 꾸는 걸까, 하고.

너무 간절해서 현실과 꿈을 구분하지 못하는가, 하고.

그런데 진현아, 아니야. 아니더라. 꿈이 아니더라.

은재는 그를 향해 또박또박 말했다.

"내가 널 사랑하고, 너도 날 사랑하는 건…… 꿈이 아니라 현실이야."

너무나 멀고 먼 길을 돌아와 쉽게 믿어지지 않는, 꿈같은 현실.

"한마디였어."

꿈이 아닌 현실이라는 은재의 말은 그를 더욱 더 혼란스럽게 만들었지만 비교적 사고회전이 빠른 진현은 이내 생각을 마쳤다. 그는 허탈한 표정을 지으며 자리에 앉으며 중얼거렸다. 은재는 깊은 숨을 내뱉으며 고개를 숙이는 그를 응시했다.

"그게…… 정말 어렵더군."

후우, 하는 숨소리가 크게 울려 퍼진다. 은재는 입가가 간질거려 끝내 피식 웃었다.

"그러게. 어떻게 보면 되게 쉬운 말인데, 우린 왜 그렇게 힘들었을까?"

"겁쟁이라서 그렇지."

"그럴지도."

은재는 아직 그녀를 제대로 바라보지 못하는 그의 검은 머리칼을 쳐다보다 말을 던졌다.

"어제 경기 두고 혹평이 장난 아니더라."

"제정신으로 던지진 않았지."

"확실히 넋을 놓았어."

"나도 알아."

"다음부터 그러면 안 돼."

"안 그래. 절대로."

그제야 그는 천천히 은재를 향해 시선을 돌렸다. 아주 서서히 고개를 드는 그의 몸짓이 왜 그렇게 느리게 느껴졌는지 모르겠다고, 그녀는 생각했다.

두 사람은 말없이 서로를 바라봤다. 무엇을 먼저 말해야 할지 모를 만큼 벅찬 감동으로 인해 가슴이 뛰었다.

"진현아."

은재는 잠시 망설이다 머릿속에만 내내 맴돌던 말을 내뱉기 위해 그를 불렀다. 그의 짙고 깊은 눈동자가 은재를 향하자 숨이 막혀 왔지만 예전처럼 저릿하거나 고통스럽진 않았다. 은재가 물었다.

"이제 우린 어떻게 되는 거야?"

진현은 미간을 살짝 찌푸렸다.

"친구는…… 더 이상 아니겠지."

"그럼, 사귀는 거야?"

"그래야지."

미동 없는 그의 까만 눈을 응시하던 은재는 물었다.

"사귀는 건 어떤 건데?"

그는 다시 입술을 다물고 잠시 고민하더니 눈을 반짝이며 대답했다.

"데이트."

"응?"

"데이트, 하자."

은재는 두 눈을 동그랗게 뜨고 그를 바라봤다.

"그럴 시간 있어?"

"없어도 만들 거야."

단호하게 말하는 진현을 보던 은재는 고개를 끄덕였다.

"응."

그는, 그제야 굳었던 얼굴을 살짝 폈다.

1. 쉽지만, 어려운…… 첫 걸음(A)

지끈거리던 머리는 어느새 잠잠해졌다.

풍파가 일었던 마음이 천천히 안정을 찾자 진현은 은재가 만들어 준 해장국을 먹었다. 그녀는 배가 고픈지 허겁지겁 먹는 그의 모습을 웃으며 바라봤다. 아침 겸 점심을 끝내고 설거지하는 은재의 모습을 흘깃거리던 진현은 커피는 자신이 타 주겠다며 그녀를 소파에 앉혔다. 그녀는 처음엔 당황스러워 하다 이내 고개를 끄덕이며 진현의 지시를 따랐다.

보글보글 끓는 커피포트에서 물을 부은 후 그녀의 취향대로 커피를 탄 그는 소파에 다소곳이 앉아 있는 은재에게 잔을 건넸다. 뜨거운 김을 후후 불며 그에게서 커피 잔을 받아들던 은재는 제 옆에 앉는 진현을 향해 고개를 돌렸다.

"왜?"

그녀의 맑은 두 눈을 멍하니 응시하던 진현이 돌연 한숨을 푹 내쉬자 은재는 의아한 듯 물었다. 진현은 잠시 망설이다 말한다.

"넌…… 너무 차분해."

꿈이 아니라고 말했다. 현실이라고 말했다. 그렇지만 여전히, 믿어지지 않는다. 믿을 수가 없었다. 진현은 자신이 꿈을 꾸고 있는 건지 환상에 사로잡혀 있는 건지 아직도 의심이 되었다. 그렇지만 깨어날 생각은 없었다. 가능하면 오래. 끝까지 이 망상에 잡혀 있고 싶었다. 은재는 그를 빤히 바라보더니 물었다.

"뭐가?"

"지금, 현 상황을 받아들이는 자세가."

"현 상황이라면…… 우리가 서로 사랑하고 있다는 거?"

진현은 대답하지 않았다. 은재는 입술을 다무는 그를 응시하며 웃었다.

"당연히 같을 수가 없지."

"뭐?"

"일단 시간부터 차이가 나는 걸. 나는 그 사실을 어젯밤 알게 되었고, 너는 방금 알게 됐잖아."

"아."

"네가 쉽게 믿지 못하는 건 이해해. 나도…… 그랬으니까."

"……."

"그래도 넌 나보다 나은 거야. 난 어젯밤에 울고불고 난리도 아니었다니까? 네가 술에 잔뜩 취해 있었기에 망정이지, 안 그랬으면 오랜만에 내 추한 모습을 다 봤을걸?"

그러고 보니 그녀의 눈가가 조금 부어 있었다. 진현은 멍하니 은재의 얼굴을 뚫어져라 응시했다. 은재는 가만히 진현의 행동을 내버려 두었다.

"13년이라……."

진현은 읊조리듯 중얼거렸다.

"참…… 길군."

은재는 고개를 끄덕였다.

"그러게."

"따라잡으려면 한참은 걸리겠어."

"엄청."

"13년 동안 친구 하고 나머진 연인으로 지내는 건가?"

"음…… 아마도?"

눈을 찡긋거리는 은재를 보던 진현은 피식 웃었다. 은재 역시 풋, 하고 따라 웃는다. 가슴이 간질거려 그는 그녀에게서 시선을 뗄 수가 없었다. 봐도봐도 질리지가 않는다.

그의 눈에 그녀를 담는 건, 언제나 부족했다. 은재는 그의 눈가가 파르르 떨리는 것을 지켜보더니 말한다.

"나 궁금한 거 있어."

그러자 진현은 말하라는 듯 눈짓했다. 은재는 머뭇거리며 입술을 천천히 움직였다.

"옛날에, 내가 결혼하려고 할 때……. 용케 견뎠네?"

결혼이란 말에 숨이 컥 막혔지만 진현은 내색하지 않았다.

"그래서, 슬럼프가 왔지."

웃으며 말했지만 가슴이 쓰렸다.

그때의 그는 만신창이였다. 그 누구도 그를 구제해 줄 수 없을 것만 같았다. 아니 오직 한 사람만이 그를 구제할 수 있었지만 감히 바라지 못했다. 그것이 더욱 더 그를 힘들게 만들었다. 비참하게 만들었다.

은재는 나지막하게 대답하는 그의 목소리에 눈을 동그랗게 떴다.

"그것 때문이었어?"

그녀의 목소리가 살짝 떨렸다. 진현은 요동치는 은재의 눈을 바라보며 대답했다.

"사랑하는 여자가 결혼한다는 데 태연할 남자가 어딨지?"

"그, 그렇다고 2군까지 가면 어떡해. 차라리 말을 하지."

말?

"말한다고 달라질 건 없다고 생각했다."

그녀의 마음은 전혀 눈치채지 못했으니까. 어쩜 그렇게 모를 수가 있었는지 그조차도 이해가 가지 않는다. 하지만 그는 몰랐다. 그녀가 제게 어떤 마음을 품고 있었는지.

이럴 줄 알았더라면. 이렇게 길게 돌아올 줄 알았더라면 그냥 말을 할걸 그랬다. 날 잡아달라고 내게 손짓하던 널 잡을걸 그랬다. 그랬다면 우리가 이렇게 돌아오지 않아도 되었을 것을.

"소심하긴."

은재는 조용히 중얼거리며 입을 다물었다. 진현은 어두워지는 은재의 얼굴을 흘깃거리다 물었다.

"넌?"

"응?"

그녀를 볼 때마다 묻고 싶었던 이야기. 이 말을 꺼내기까지 오랜 시간이 걸릴 줄은 몰랐다. 진현은 고개를 갸웃거리는 은재의 시선에 망설였다.

"왜 6년간…… 연락 한 번 안 했어?"

그녀에게서 멀어지기로 결심했던 날 이후로 6년간 한 번쯤은, 실수로라도 은재에게서 연락이 올 줄 알았다. 만약 단 한 번이라도 은재에게 걸려온 전화를 그가 받았더라면 힘겹고 어렵기만 했던 인연 끊기를 중단할 수도 있었을 텐데.

그러나 은재는 그가 제 전화를 피한다는 것을 알게 된 첫 달을 제외하곤 연락 한 번 하지 않았다. 그가 다시 그녀의 학교까지 찾아갔던 그날을 제외하곤.

은재는 씁쓸한 미소를 지으며 중얼거렸다.

"글쎄. 왠지…… 무서웠다고 할까."

진현은 미간을 찌푸렸다. 무섭다니?

"전화를 걸었다가 네게서 차가운 말이라도 듣게 된다면……. 그땐, 정말로 우리 사이를 돌이킬 수 없을 것 같았어. 또 슬럼프 때문에 힘들어하는 너한테 괜히 짐을 안겨 주는 것 같아서 꺼려지기도 했고."

"……."

"네가 마음을 정리할 때까지 잠깐만 멀어져야겠다, 하고 생각했는데, 시간이 참 빨리 흘렀어. 전화를 걸까 말까. 너를 찾아 갈까 말까. 그렇게 고민만 줄기차게 하다가 결국 한 해가 지나고 또 한 해가 지나고…… 그러다 보니 6년이 되더라."

"……."

"진현아."

은재는 진현의 떨리는 두 눈을 빤히 바라보며 말했다.

"우리, 앞으로 대화 많이 해야겠다."

"대화?"

"여태까지 나눴던 수많은 대화는 정말 아무런 의미가 없었네. 그러니까 오늘 하루는 대화하면서 시간 보내자. 서로 갖고 있었던 의심 다 풀기, 어때?"

♥ ♥ ♥

TJ 크라운즈의 마지막 홈경기이자 올 시즌 마지막 경기.

TJ는 이미 이틀 전 원정 경기에서 팀의 3선발이었던 김영동이 완투를 하며 승리를 거두면서 정규리그 1위, 즉 한국 시리즈 직행을 확정 지었다. 그들에게 남은 경기는 단 두 경기. 장지성 감독은 치열했던 순위 공방전이 끝이 났던지라 선발로 열심히 뛰어 준 선수들에겐 휴식을, 그리고 그동안 선발로 출장하지 못했던 선수들에겐 기회를 주었다. 덕분에 그동안 뛰지 못했던 후보 선수들이 이를 악물고 경기에 임함으로써 TJ는 남은 두 경기 모두를 승리로 장식하며 유종의 미를 거둘 수가 있었다.

정규 시즌 우승 퍼레이드를 마치고 팬들에게 감사의 인사를 전한 후 선수들과 코치들을 불러 모은 감독 장지성은 락커룸에 모여 있던 그들의 얼굴을 하나하나 훑어보며 우승 트로피를 하늘 높이 들어 올리며 외쳤다.

"드디어…… 우승이다!"

그의 얼굴엔 웃음꽃이 활짝 피어 있었고 그를 바라보고 있는 락커룸 내의 이들 또한 마찬가지였다.

"다들 그동안 수고 많았다!"

지성은 다물어지지 않는 입을 열심히 움직여 가며 그동안 고생해 온 코치들과 선수들과 우승의 기쁨을 나누었다. TJ 크라운즈 창단 세 번째 우승이자 장지성 감독이 부임해 온 지 삼 년 만에 들게 된 우승컵이었다. 물론 앞으로 남은 한국 시리즈에서 우승을 해야 진정한 위너가 되는 것이었지만 코앞의 기쁨을 누리고 싶었던 그의 마음을 알고 있던 모든 이들은 우레와 같은 박수를 치며 휘파람 소리까지 불어댔다. 한동안 그 반응을 즐기던 지성은 이내 손을 들어 사람들을 진정시킨 후 다시 크게 소리쳤다.

"한 놈 한 놈 간혹 못할 때도 있고 잘할 때도 있었지만 모두들 이탈 없이 훌륭하게 시즌을 끝냈다. 오늘 이렇게 우리가 우승한 건, 너희들이 이를 악물고 경기에 뛰어서였다고 생각한다. 오늘의 승자는 너희들이다! 다시 한 번 축하한다, 이 녀석들아!"

그의 말이 끝나자마자 커다란 함성이 들려왔다. 지성은 여전히 미소를 지우지 않고 흐뭇한 얼굴로 선수들 하나하나에게 걸어가 인사를 나눈 후 제자리로 돌아왔다. 정규 시즌 우승과 한국 시리즈 직행이라는 쾌거를 거둔 선수들은 흥분하여 얼굴이 벌겋게 달아올라 있었다.

그건 진현 역시 마찬가지였다. 비록 오늘 경기엔 출전하지 않았지만 후배들이 승리를 거두는 모습을 지켜보며 가슴이 뿌듯해졌던 그는 얼싸안고 좋아하는 동료들을 바라보며 하하 웃어댔다.

"감독님! 그럼 1차전 선발은 누굽니까? 역시 유 선배님인가요?"

우승의 기쁨을 누리며 부둥켜안은 그들 중 차츰 안정을 찾은 동료 선수 하나가 코치들과 이야기를 나누고 있는 지성을 향해 질문을 던졌다. 그와 동시에 일제히 락커룸 내의 모든 이의 시선이 진현을 향했다. 진현은 갑작스런 그들의 행동에 놀라 숨을 크게 들이켰다. 지성은 저를 바라보는 진현의 눈동자를 마주하며 고개를 끄덕였다.

"아직 확정은 아니지만 뭐…… 그래. 다들 짐작대로다. 유진현."

"네!"

저를 부르는 소리에 벌떡 일어난 진현을 보고 지성이 웃었다.

"네가, 1차전 선발이다."

짐작은 하고 있었지만 요 근래 성적이 너무 좋지 않아 어쩌면 무리일지도 모른다는 생각을 했었다. 그런 그를 향해 여전히 믿음을 보내는 지성을 비롯한 코치진들과 팀 동료들의 뜨거운 시선에 그는 입술을 굳게 다물었다.

"며칠 전과 같은 투구는 절대로 용납 안 돼."

지성은 날카로운 두 눈을 빛내며 진현에게 경고했다.

"예."

"최상의 컨디션을 유지해야 한다. 기선 제압, 알지?"

진현은 의지를 다지며 고개를 끄덕였다.

"알고 있습니다, 감독님."

어느새 그의 곁까지 다가온 지성은 진현의 어깨를 두드렸다.

"그래, 우린 너를 믿는다. 자. 한국 시리즈 전까지 계획은 모레 다시 알려 줄 테니 오늘이랑 내일은 실컷 쉬도록! 다시 한 번, 우승 축하한다!"

지성의 말이 떨어지기가 무섭게 선수들은 벌떡 일어나 지성에게 달려들더니 몇 번의 헹가래 후 그를 내려 주었다. 선수들의 갑작스러운 행동으로 껄껄거리며 웃던 지성은 곧 코치진들과 함께 락커룸을 빠져나갔고 그들의 모습을 지켜보던 선수들 또한 집으로 돌아가기 위해 분주하게 움직였다.

회식을 하자는 사람들도 있었고 술판을 벌이자는 이야기도 돌았지만 이 모든 기쁨의 행사는 포스트 시즌까지 모두 마친 후 다시 상의하기로 결정하고 하나둘씩 자리를 벗어났다. 썰물처럼 사라지는 동료들에게 작별 인사를 하던 진현은 곧 오기로 할 누군가를 기다리며 느릿하게 옷을 갈아입고 있었다. 그리고 막 진현이 평상복으로 옷을 갈아입자마자, 이미 집에 갈 준비를 마친 희찬이 싱글벙글 웃으며 그의 엉덩이를 툭 치며 다가왔다.

"어이!"

진현은 미간을 찌푸리며 뒤를 돌아봤다.

"좀 살만 한가 보네. 얼굴이 폈다?"

그는 우승으로 인해 흥에 겨워 있는 희찬을 바라봤다.

"몸보신이라도 한 거냐? 나도 좀 먹자, 그거."

"그런 거 아냐."

"아니긴! 다 죽어 가던 놈이 오늘 157 찍었다며? 경준이가 그러더라. 연습 투군데 시즌 최고 구속 나와서 깜짝 놀랐다고. 웬만하면 경기 때 그 모습을 보여 주지 그랬어. 하여간, 넌 가끔 뒷북 제대로 친다니까?"

킬킬 웃는 희찬은 경기가 끝날 때쯤 자신을 향해 귓속말로 속닥거리던 백업 포수인 경준의 말을 떠올리며 진현을 바라봤다. 진현은 대답 대신 희미한 미소를 지었다.

"참! 말……했어?"

며칠 전만 하더라도 두 눈이 퀭해선 꼴이 말이 아니던 진현이 이제야 좀 사람 같아 졌다고 생각했다. 그러다 문득 머리를 스쳐지나가는 생각에 그는 돌연 얼굴에서 웃음기를 지워냈다. 진현은 갑자기 달라진 희찬의 태도에 조금 놀랐다. 희찬은 그런 진현을 향해 말했다.

"한국 시리즈 가서도 은재 때문에 흔들리는 꼴 못 본다고 말했었지? 아직 말 안 했으면 내가……."

"어머! 희찬 오빠?"

희찬은 입을 열지 않는 진현의 모습을 보고 그가 아직은 말하지 않은 것이라 여겼다. 겉으론 멀쩡해선 속은 소심 그 자체인 저 녀석은 평생 그 말은 못할 거라며 지금이야 말로 자신이 나설 때라 여긴 희찬이 말을 채 잇기도 전에 들리는 목소리에 그는 고개를 돌렸다.

"호, 홍은재?"

호랑이도 제 말 하면 온다더니 딱 그 경우다. 꽃다발과 함께 활짝 웃으며 락커룸으로 고개를 빠끔히 내미는 은재를 보며 희찬은 깜짝 놀라 두 눈을 크게 떴다.

"오는 줄 알았어?"

진현과의 끈질긴 인연으로 인해 TJ의 선수들과도 안면이 있었던 은재가 그녀를 반기는 동료들에게 휩싸여 웃는 모습을 지켜보던 희찬이 진현을 응시하자 그는 살짝 고개를 끄덕였다.

"어쩐…… 일이야?"

진현이 사실을 알고 있었다는 사실에 왠지 배신감이 느껴져 그를 잠시 노려보던 희찬은 어느새 코앞에 와 있는 은재를 내려다보며 물었다. 은재는 배시시 웃으며 꽃다발을 그에게 내밀었다.

"우승 축하해 주러 들렀지."

"어? 나 받으라고?"

"응. 정규시즌 우승 축하해요, 주장."

희찬은 얼떨결에 커다란 꽃다발을 받아들며 어색하게 웃었다.

"고, 고맙다. 그런데…… 이건 여기 이 녀석한테 줘야 하는 거 아냐?"

유난히 싱글거리는 은재의 모습이 이상했다. 진현에게 은재에 관한 일을 막 언급하고 있었던 터라 가슴이 유난히 콩닥거리던 희찬은 미묘한 분위기에 어리둥절해하며 진현을 바라봤다. 그러나 은재가 락커룸에 고개를 내밀었을 때부터 진현의 눈에는 은재 외의 인물은 눈에 들어오지 않는 듯했다.

은재는 진현의 눈치를 살피는 희찬의 가슴을 툭 치며 말한다.

"에이, 오빠랑 우리 진현이랑 급이 같나. 꽃다발보다 더 좋은 걸 줘야지, 진현이한텐."

"뭐?"

"더 좋은 거? 대체 무슨 소리를 하는 거야?"

희찬이 그녀의 말을 이해하지 못할 때 은재는 진현을 향해 눈길을 돌렸다.

"다 끝났어?"

진현은 마지막 단추를 잠그며 고개를 끄덕였다. 그러자 그녀는 그의 옆으로 다가와 팔짱을 낀다. 그의 눈이 살짝 커졌지만 이내 잠잠해졌다. 은재는 여전히 현 상황을 이해하지 못하는 희찬을 바라보며 말했다.

"오빠. 저 진현이 데리고 갈게요."

"어?"

"우리 데이트하러 가야 해서 오늘 좀 바빠요."

"아, 그…… 뭐? 데이트?"

희찬은 화들짝 놀라 진현을 바라봤다. 진현은 잠잠한 두 눈으로 희찬을 응시했다. 은재는 희찬이 더 묻기 전에 진현을 끌고 나가며 외쳤다.

“그럼, 먼저 갈게요!”

♥ ♥ ♥

“희찬 오빠 놀라는 거 봤어?”

뭐가 그리 재밌는지. 연신 입가에 웃음을 달며 운전을 하는 은재를 흘깃거리던 진현은 마음이 조금씩 부풀어 오르는 것을 느꼈다. 고속도로를 쌩쌩 달려 나가며 핸들을 잡고 있는 그녀를 향해 그는 대답했다.

“눈이 튀어나오겠더군.”

“그치? 희찬 오빠의 리액션은 정말 알아줘야 해.”

진현은 희찬의 모습을 떠올리며 말했다.

“진짜 놀란 것 같던데.”

“데이트란 말에 놀랐나?”

“그럴걸.”

은재는 그의 대답에 꺄르르 웃었다.

구장을 나온 지 어언 한 시간.

그녀가 오늘 구장에 온다는 이야기는 들었다. 아는 동료 교사와 함께 온다는 말을 들어서 경기가 끝나는 대로 바로 집으로 돌아갈 줄 알았는데, 자신과 함께 간다는 말을 들었던지라 그는 조금 들떠 있었다. 감독님께서도 휴식을 취하라고 하셨으니 적어도 내일까지는 그녀와 함께하는 시간이 늘어나 그동안 무얼 할까 고민했던 것도 사실이었다. 하여 저도 모르게 자꾸만 실실 웃음이 새어나왔다.

"네가 생각할 시간이 없을 것 같아서, 내가 데이트할 곳을 물색해 왔어. 거기 가자. 아까 감독님 만났는데 너 내일까지 휴식이라며? 괜찮지?"

은재는 그런 그에게 들이닥쳐선 선포하듯 말하고 왠지 불안해하는 진현을 조수석에 앉히고 운전을 하기 시작했다. 그러나 차를 탄 지 한 시간이 지나도록 목적지에 대해서 입을 꾹 다물고 있는 그녀의 의도는 도무지 파악할 수가 없었다.

은재의 웃는 모습을 가만히 바라보던 그는 덩달아 입가에 미소를 그리다 물었다.

"그런데…… 지금 어디 가는 거지?"

"있어. 내가 자주 가던, 아지트."

은재는 앞을 바라보며 중얼거렸다.

"아지트?"

"곧 알게 될 거야. 조금만 기다려."

그녀는 꽤나 의심스러운 미소를 지었다. 진현은 멍하니 그녀를 바라보다가 시선을 창밖으로 던졌다.

이제 이틀. 그녀와 그가 친구라는 틀에서 벗어나 연인이라는 새로운 관계를 맺은 지 오늘로 이틀째다.

친구라는 이름을 버리고 연인이란 이름을 달게 된다면 무언가 다를 것이라 생각했지만 의외로 다를 건 없었다. 언제나처럼 함께 밥을 먹고, 언제나처럼 함께 소파에 앉아, 언제나처럼 함께 수다를 떨었다. 오늘은 무엇을 했고, 누구와 이야기를 했으며, 어떤 재미있는 일이 있었는지에 대해 말했다.

달라진 점이 있다면 한 가지.

드디어 같은 침대를 쓰는 것을 벗어났다는 것이다. 두 사람이 사귀게 된 그날 밤, 은재는 마트에 들러 간이용 침대를 사 왔다.

"같이 자면 무슨 일을 저지를지 모르니까, 난 여기서 잘게."

"뭐?"

황당해하는 진현을 보며 은재는 단호하게 말했다.

"다 널 위해서야. 그러니까 리모델링 끝날 때까지만 꾹 참아."

"홍은재."

"널 위해서라니까? 나 자러 간다! "

그녀를 그런 곳에 재울 수 없어 차라리 제가 그곳에서 자겠다고 말하자 은재는 화까지 내며 안 된다고 외쳤다. 하는 수 없이 그의 서재를 임시 침실로 쓰는 은재의 행동을 지켜볼 수밖에 없었다.

어쨌든 데이트를 하자고 했지만 확실히 시즌 중에 시간을 내기는 어려웠다. 지난 번 실투를 일삼았기 때문에 더욱 더 혹독한 훈련을 해야 했던 진현도 진현이었지만 은재 역시 제자들의 시험 기간이 임박해져 시험 문제를 짜 내느라 바빴다. 때문에 두 사람의 데이트는 집에서 이루어져야만 했지만 직장에서 고된 일을 겪고 왔던지라 지난 이틀간은 서로의 얼굴만 바라보기만 할 뿐, 아무런 행동도 하지 못했다.

'이게…… 사귀는 거라고?'

마음을 나누기는 했지만 고백 전과 비교하였을 때 아무것도 달라지지 않은 현실이 이상했다. 친구로 지냈을 때가 오히려 더 연인처럼 느껴졌다면 잘못된 걸까. 진현은 들뜬 얼굴로 운전을 하는 은재를 쳐다보며 길게 한숨을 내쉬었다.

♥ ♥ ♥

30분을 더 달린 후, 은재의 차는 멈추었다. 잠깐 졸고 있었던 진현은 그를 살짝 건드리는 은재의 손길에 눈을 번쩍 떴다.

"다 왔어."

은재는 빙긋 웃으며 진현을 향해 말했다. 그는 눈을 살짝 비비며 좌우를 두리번거렸다.

"바다?"

"안 내려?"

"아. 내려."

분명 시력이 문제가 있지 않다면 차에서 내린 그의 두 눈에 들어온 것은 파도가 출렁이는 바다였다. 그는 도로에 차를 대고 모래사장을 향해 뛰어가는 은재의 뒤를 따라 천천히 걸어갔다.

"좋지?"

아이처럼 활짝 웃으며 모래 위를 뛰어다니던 은재는 달빛이 환하게 비치는 밤바다를 향해 달려드려다 말고 진현에게 돌아와선 묻는다. 그는 얼떨결에 고개를 끄덕였다. 은재는 그의 손을 붙잡고 잔잔한 파도가 넘실거리는 바다를 향해 그를 끌어당겼다.

"여기, 내 아지트야."

인적이 드문 지역인지 사람들이 보이지 않는다. 진현은 단 둘밖에 없는 바닷가에서 그를 향해 말하는 은재를 내려다봤다.

"아지트?"

"응. 가슴이 답답할 때면 여기에 와서 풀었어."

"뭘?"

은재는 보여 주겠다는 듯 그의 손을 잡고 있던 손을 놓고는 끝없는 밤바다를 정면으로 응시했다. 잘 봐. 은재는 어리둥절해하는 그를 향해 씨익 웃더니 입을 크게 열었다.

"홍은재는 유진현을 사랑한다! 너무너무 사랑한다!"

"……!"

"친구로서가 아니라 남자로서, 사랑한다!"

가슴이 쿵쿵, 뛰었다. 아무도 없는 모래사장 위에서 넓은 바다를 향해 소리치는 은재가 달빛에 반사돼 반짝반짝 빛났다. 그는 숨이 막혔다. 온몸이 간질거리는 것이 더 이상 참고 있기가 힘들어졌다. 은재는 몇 번이고 더 사랑 고백을 늘어놓은 후 진현을 응시했다.

"네 친구로 지내기 힘들어질 때. 그냥 보고 있기 너무 힘들 때…… 여기로 와 소리쳤어. 널 사랑한다고."

진현은 대답하지 않았다.

"그럼, 조금 편안해졌거든."

"……."

"속에 든 거 다 쏟아내고 나면 다시 널 태연하게 대할 수 있어서…… 좋았어."

그녀의 마음이 무엇인 줄 안다.

꽁꽁 숨겨야 한다고, 너에게 들켜선 안 된다고, 하루에도 몇 번씩 목구멍까지 차오른 말을 차마 내뱉지 못하며 끙끙거려야 했던 그 마음.

진현은 애써 웃는 은재를 바라봤다.

미치겠다. 홍은재, 너 왜 이렇게 예쁘냐.

"그럴 일은 없겠지만…… 만약 너와 친구가 아니게 된다면. 연인이 된다면, 한 번쯤은 꼭 같이 와서 외쳐보고 싶다고, 생각했어."

돌아 버리겠군. 못 참겠어. 제길. 이젠, 나도 몰라.

"그래서 온 거야. 겸사겸사. 밤바다 구경도 하고. 어때? 좋……!"

수줍은 듯 머리를 긁적이며 중얼거리는 은재의 탐스럽게 빛나는 붉은 입술 위로 제 입술을 대려 하자 은재가 화들짝 놀라 물러났다.

"읍! 자, 잠깐만. 뭐하는 거야?"

진현은 당황해서 얼굴이 빨개진 은재를 향해 미간을 찌푸렸다.

"무드 깰래?"

은재는 떨리는 두 눈으로 그를 바라보며 말했다.

"다, 당황스러워서 그렇지."

그녀가 고개를 푹 숙이자 가슴이 더욱 뛰기 시작한다. 진현은 입술을 잘근 깨물더니 끝내 손을 뻗어 그녀의 허리를 잡았다. 갑자기 제 품으로 저를 당기는 진현으로 인해 그에게 안긴 꼴이 된 은재는 두 눈을 동그랗게 떴다. 진현은 파도보다 더 일렁이는 그녀의 빛나는 눈동자를 직시했다.

"나도, 너와 연인이 된다면…… 해 보고 싶은 게 있었어."

은재의 붉은 입술이 살짝 열렸다.

"뭔데?"

그러자 진현은 옅게 웃으며 속삭였다.

"이거."

그는 붉은 입술을 은재의 입술 위로 가져다 댔다.

"아!"

말랑말랑한 은재의 입술이 닿자 몸이 부르르 떨렸다.

언제나, 상상했던 것처럼…… 따스했다.

달콤해서 녹아 버릴 정도로.

흐음. 은재는 입술 사이를 파고드는 진현의 혀로 인해 눈을 동그랗게 뜨며 몇 번 깜빡이더니 이내 슬며시 닫혀 있던 입술을 활짝 열었다. 진현을 반기는 그녀의 혀가 거침없이 그를 향해 엉켜들었다. 어느새 눈을 감아 버린 그녀의 얼굴을 내려다보던 그는 천천히 눈꺼풀을 내리깔았다.

2. 쉽지만, 어려운…… 첫 걸음(B)

제 안을 파고드는 타인의 체액과 섞이는 기분이 이렇게 황홀할 줄은 몰랐다. 꿈결을 헤매는 것처럼 몽롱해지는 느낌을 떨칠 수가 없었다. 은재는 엉켜드는 진현의 혀를 옭아매며 그를 탐했다. 갈구하고 또 원해서 떨어지고 싶지 않았다. 정신을 혼미하게 만드는 그와의 짜릿한 키스에 아무런 생각을 할 수가 없었다.

방금 첫 키스를 끝낸 소녀도 아니건만 왜 이렇게 가슴이 뛰는지 모르겠다. 은재는 쿵쿵 뛰는 가슴을 쓸어내리며 멍하니 앉아 있었다. 쏴아아. 출렁이는 파도 소리가 귓전을 울린다. 보드라운 모래사장 위에 앉아 진현의 손을 꼭 잡고 밤바다가 일렁이는 모습을 가만히 바라보던 은재는 그의 따스한 손길을 느끼며 중얼거렸다.

"기분이…… 이상해."

그의 뺨에 입술을 댄 적은 있었다. 함께 잠을 잔 적도 있었고, 손을 잡는 경우는 허다했다. 내색하진 않았지만 진현과의 스킨십을 할 때면 은재는 숨이 막혔다. 옷깃이 살짝 스칠 때마다 발갛게 데인 것처럼 온몸이 달아올랐고 가슴이 급격하게 뛰었다. 그의 손길이 조금만 닿아도 행복했고 정신을 차릴 수가 없었다. 감히 키스를 하는 것은 상상도 하지 못했기에 어떤 느낌일까 생각해 본 적은 있었지만 그 이상은 가지 않았다. 그랬다. 적어도 '친구' 라는 이름으로 그의 곁에 지낼 때의 그녀는.

'연인' 이란 새로운 꼬리표를 달고 그와 함께 서 있는 지금, 그의 뜨거운 혀를 온몸으로 받아내며 부드러운 키스를 마친 지금은, 머릿속이 새하얗게 비어 있었다. 방금 한 것이 키스인지 무엇인지 구분이 가질 않았다. 짜릿한 키스를 마치고 그의 입술이 떨어나갈 때 저도 모르게 아, 하고 짧은 신음을 내뱉었다. 그의 떨리는 두 눈을 응시하는 그녀는 아무런 말도 하지 못하고 무너지듯 주저앉았다.

진현은 그런 은재의 곁에 따라 앉으며 그녀의 머리를 제 어깨에 댈 수 있게 몸을 숙였다. 아무런 말도 하지 않고. 한참을 조용히 앉아 있던 그녀가 돌연 말을 꺼내자 진현은 천천히 고개를 돌리더니 피식 웃었다.

"키스……."

"응?"

"맘에 안 들었어?"

"아니. 좋았어."

너무 좋아서, 마치 깨어나고 싶지 않은 꿈을 꾼 것 같았다. 아직까지 진정할 기미를 보이지 않는 심장이 그것을 증명했다. 얼굴을 살짝 젓는 은재를 보며 진현은 고개를 갸웃거렸다.

"그런데 왜."

"그냥. 왠지 이상해서."

거친 불길을 뚫고 나오는 그의 혀를 받아들이며 이런 생각을 했다. 우리가 진짜 키스를 나누어도 되는 것일까, 하고. 이 행위로 인해 정말로 '친구'라는 이름에서 멀어지는 것 같아 잠시 망설여졌지만 이성보다 욕망이 앞섰다.

"처음 하는 것도 아니면서. 잘만 하더니."

진현의 얼굴 또한 살짝 상기되어 있었다. 은재는 그의 검은 눈동자와 마주치자 눈을 가늘게 떴다.

"왜 이렇게 키스를 잘해?"

그녀의 입안을 거침없이 파고드는 진현은 정말로 남자 같았다. 친구가 아니라, 은재가 처음 만나는 남자. 그래서 혼란스러워졌다. 너무 타인처럼 느껴져서. 그녀가 알고 있던 유진현이라는 사람이 아닌 것 같아서.

진현은 그녀의 말에 미간을 살짝 찌푸렸다. 그러는 저는.

"너도 마찬가지야. 앞으로, 다른 놈이랑은 이런 거 하지 마라."

은재는 두 눈을 크게 떴다. 진현은 심각한 얼굴로 눈썹을 살짝 꿈틀거리더니 말한다.

"나하고만 해. 알겠어?"

콧등을 슥슥 문지르는 진현의 경고에 은재는 배시시 웃었다. 두근두근하고 심장이 떨린다. 미치겠다. 너를 향한 네 마음을 주체할 수 없을 것 같아 겁이 난다. 은재는 살짝 입술을 깨물었다. 진현은 그런 그녀의 반들거리는 입술을 향해 손을 뻗었다.

"입술, 깨물지 마."

은재는 멍하니 고개를 들었다. 그녀의 정신을 빼앗아가 버리는 그의 손짓에 숨을 쉴 수가 없다. 진현은 붉은 그녀의 입가를 쓸어 주며 빙긋 웃었다. 유혹의 손짓을 견디기가 힘들어졌다. 까딱하다간 참지 못하는 건 자신이 될 것 같았다.

잠깐만. 아주 잠시만, 머물렀다 갈 생각이었다.

오래 있을 생각은 없었다. 곧 일상으로 돌아가야 하는 두 사람이었으니까.

짧게 머무르는 대신 강렬한 인상을 남겨 주고 싶었다. 그에게 제 마음을 모조리 보여 줄 수 있는 자신만의 공간을 가르쳐 주고 싶었다. 그동안 혼자 앓았던 것은 결코 진현 혼자만이 아니었다는 사실을 알려 주고 싶었다. 때문에 그를 데려왔다. 자신의 또 다른 안식처나 다름없었던 이곳에.

그에게서 친구 이상의 의미가 담긴 키스를 받게 되었고 정신을 차릴 수가 없었다. 거부할 수 없는 치명적인 그의 손짓에 온몸이 달아올랐고 홧김에 머릿속에만 머물던 말을 내뱉고 말았다.

하고 싶은 것이 너무 많았지만 천천히, 아주 천천히 이루려 했다. 처음에는 시행착오가 있을 것이다. 이렇게 하는 것이 과연 옳은 행동인가란 생각도 들 것이다. 때문에 조심하려고 했다. 스킨십도, 말도. 모든 것은 찬찬히 스며드는 빗물처럼 천천히 행하고 싶었다.

그러나 그와의 키스로 인해 모든 망설임이 순식간에 날아가 버렸다.

그를 향한 강렬한 열망이 갑작스레 솟구쳤다.

원했다.

당장이라도, 그의 품에 안기고 싶어졌다.

당장이라도 그와 사랑을 나누고 싶어졌다.

13년 동안 가슴속에 꽁꽁 담아두기만 했던 그를 향한 감정이 걷잡을 수 없이 폭발하는 것이 느껴질 만큼, 짧은 시간 동안 은재는 감정의 소용돌이에 휩싸였다. 크게 요동치던 마음을 겨우 진정시키던 은재는 흡, 하고 숨을 들이키며 벌떡 일어났다.

"이제 갈까?"

어느덧 하루가 바뀌어 있었다.

짧은 휴가를 얻은 그와는 달리 내일까지 학교로 출근을 해야 했던 은재는 지금 집으로 돌아가야만 했다. 그러나 빨갛게 변한 얼굴로 말하는 은재를 가만히 응시하던 진현은 일어날 생각을 하질 않는다. 진현아? 은재가 고개를 갸웃거리며 그를 바라보자 진현이 그녀의 손목을 덥석 잡았다.

"잠깐만 쉬었다 갈까?"

뭐?

"너한테 할 말이 있었는데, 조금…… 시간이 필요할 것 같아서."

어리둥절해하는 그녀를 바라보며 그가 말했다.

"잠깐이면 돼."

진현을 그녀의 바다에 데리고 오기로 결심했을 때 상황이 이렇게 될 줄 예측하지 못했다.

그의 정규 시즌 우승을 축하하고, 두 사람이 친구에서 연인으로 막 발걸음을 뗀 것도 겸사겸사 축하해 줄 겸 찾아온 곳이었다. 딱 몇 시간만 머무르다 가려고 했던 바다에서 쉽게 떠나지 못한 것은 순전히 그녀의 실수였다.

두 사람은 어느새 바닷가 근처 민박집에 방을 빌려 들어와 있었다.

왠지 심장을 조여드는 분위기에 은재의 심장은 발작처럼 움직였다. 이렇게 미친 듯이 뛰고 있는 심장 소리는 이미 그의 귀에 박히도록 들렸을 것이라 그녀는 생각했다. 잔뜩 긴장한 제 마음을 들키지 않기 위해 은재는 가급적이면 진현과 멀리 떨어져 앉아 숨을 죽였다.

"왜 그렇게 떨어져 있지?"

무언가 생각할 거라며 그녀를 이곳까지 데리고 온 그는 한참이나 그런 그녀의 행동을 묵인하다 결국 침묵을 깨고 말을 걸어왔다. 은재는 슬며시 고개를 들었다.

"아……."

"우리 사이의 거리가 지나치게 멀다고 생각하지 않아?"

"그, 그러네."

"홍은재."

"응?"

"왜 그렇게 긴장해? 안 잡아먹어."

진현은 제 이름을 부르는 자신의 목소리에 몸을 움찔거리는 그녀에게 말하며 몸을 일으켰다. 은재는 진현에게서 거의 한 사람의 키만큼 멀어져 있었다. 넓지도 않은 방에서도 가능한 멀리 떨어진 거리를 두고 있는 것이 마음이 들지 않았는지 그는 얼굴을 일그러뜨렸다. 그리곤 어느새 그녀의 코앞까지 다가오더니 털썩 앉으며 은재를 응시했다.

쿵쿵쿵.

눈치 없는 심장이 또 뛰기 시작했다. 그와 같은 공간에 지낸 것은 한두 번이 아니다. 같은 침대에 누워 잠을 청한 적도 있는 만큼 익숙해질 만도 한데, 이상하게 오늘은 태연해 질 수가 없었다. 은재는 고개를 절레절레 젓는 진현의 얼굴을 응시했다.

후우. 한숨이 새어나온다. 생각할 것이 있다며 방을 잡은 걸로 봐서는 뭔가 큰 일이 일어날 것 같지만 아직 마음의 준비가 되지 않았다. 물론 한껏 달아오른 그녀의 몸은 그를 받아들일 준비가 되어 있었지만 확실히 생각과 행동은 다른 법이다.

"은재야."

꽤 난처해진 상황을 어떻게 극복해야 할지 고민하고 있을 무렵 진현의 부드러운 목소리가 곁에서 들렸다. 은재가 서서히 고개를 들어 그를 바라보자 그는 그녀의 흔들리는 눈을 빤히 직시하며 말했다.

"난, 지금도 살얼음 위를 걷고 있는 것 같다."

은재는 두 눈을 동그랗게 떴다. 진현의 말을 이해할 수가 없었다.

"살얼음 위라니? 무슨 소리야?"

그녀가 고운 미간을 일그러뜨리자 그는 요동치는 검은 눈동자를 그녀에게 고정시켰다.

"요 며칠 새, 내가 13년간 그토록 간절하게 그리던 일이 순식간에 일어나 버렸어."

은재는 살며시 그를 향해 다가갔다. 살짝 고개를 숙이는 그의 어깨에 손을 얹자 그가 얼굴을 들어 그녀를 바라본다.

"그래서…… 무섭다."

"……!"

"이 관계가 깨어지면, 네가 뒤돌아보지 않고 날 떠날까 봐."

은재는 버럭 화를 냈다.

"그게 무슨 소리야! 안 그래!"

진현은 쓰게 웃으며 고개를 끄덕였다.

"알아. 그런데, 자꾸만 그런 생각이 든다. 손을 잡으려고 할 때마다 내 곁을 떠났던 너니까."

차마, 대답을 할 수가 없었다.

태연한 얼굴 뒤에 무슨 생각을 하는지 지금도 알 수 없는 그의 말은 은재를 떨리게 만들었다. 그만큼 그는 그녀를 사랑하고 있었다. 그 사랑이 너무 커서 좋은 쪽보다는 나쁜 쪽을 먼저 생각하는 그는.

은재는 손을 뻗어 그의 얼굴을 끌어안았다. 그리고 제 가슴 가득 그를 안으며 속삭였다.

"들리지?"

그녀의 심박 수가 그의 귀에 전달되었을 거라 짐작하며 말을 이어 나갔다.

"너를 볼 때마다 뛰는 내 심장 소리야. 평소보다 배는 빨라. 이걸 느끼면서, 잘 들어. 유진현. 난 무슨 일이 있어도 너를 떠나지 않을 거야."

"……."

"내가 먼저 널 놓아 주는 일은 절대로 없을 거고, 우린 쉽게 헤어지지도 않을 거야."

"……."

"그러니, 시작도 하지 않았는데 겁먹지는 말아 줘. 이제 겨우 키스밖에 안 했잖아. 아직 우리가 빼야 할 진도가 얼마나 많은 줄 알기나 해?"

은재는 그의 머리를 더욱 세게 끌어안았다.

너를 보면 숨이 막히고, 아무런 생각도 할 수 없을 만큼 온몸의 기능이 일제히 정지해 버리지만…….

이것만은 확실해.

내가, 너를 사랑하고 있다는 것.

그리고 그 사랑의 크기는 네가 짐작할 수 없을 만큼, 꽤 크다는 것.

진현은 한참을 그녀의 가슴에 귀를 대고 있다 천천히 고개를 들었다. 그는 결연한 얼굴로 저를 바라보는 은재를 말없이 응시하다 굳게 다물고 있던 입술을 뗐다. 서서히 열리는 그 입술을 쳐다보며 은재는 왠지 모를 떨림을 느꼈다. 그는 잠시 망설이다 말한다.

"그럼 그 진도를, 조금 빨리 뺄 수 있을까?"

"그게 무슨 소리야?"

은재는 이해할 수 없는 그의 말에 미간을 찌푸렸다. 진현은 그녀에게 기다리라는 듯 손짓을 한 뒤 옷걸이에 걸어두었던 재킷을 뒤척거렸다. 그의 행동을 지켜보던 은재는 재킷의 안주머니에서 반짝이는 무언가를 꺼내 그녀의 손가락에 끼워 주는 그를 보고 입술을 살짝 벌렸다. 진현은 크게 놀라는 그녀를 바라봤다.

"내 행동이, 보통 연애에 비해 너무 빠르다는 건 알아."

왈칵 눈물이 쏟아질 것 같아 은재는 차마 입술을 열지 못했다.

"우리가 어떻게 될지 모르는 상황에서 어쩌면 성급하다고 느낄 수도 있겠지."

"지, 진현아."

"하지만…… 난, 두 번 다시 너를 잃은 상실감을 느끼기 싫다. 돌고 돌아온 건 지난 13년이면 충분해."

그는 그녀의 왼손 약지에 끼워진 은색 반지에 입술을 맞추며 말을 이었다.

"그러니까 부탁해."

눈앞에 뿌연 액체가 가득 차올라 호흡이 점점 가빠졌다.

"내가 너의 마지막 남자가 될 수 있게, 허락해 줘."

진현은 살짝 몸을 떠는 은재를 직시했다.

"나와 결혼해 줘, 은재야."

♥ ♥ ♥

진현의 취중진담을 듣기 전, 결혼을 해야 한다면 부디 진현과 같은 사람을 만나게 해 달라고 빌고 빌었다. 평생 그와 친구로 지내야 한다면. 그래서 그를 가질 수 없다면, 적어도 그와 비슷하게 생긴 사람이라도 만나야 했으니까. 진현의 취중진담을 들은 후론 과연 언제, 그와 결혼을 할 것인가가 은재의 주된 관심사였다. 힘겹게 연인이라는 단계에 발을 얹은 만큼 모든 일은 신중해야만 했기에 바로는 어렵겠지만 아마 빠른 시일 내로 결혼까지 골인을 할 수도 있다고 생각했다.

그러나 사귄 지 겨우 이틀째 되는 날, 그에게 청혼을 받을 줄은 꿈에도 예상하지 못했다. 은재의 머릿속은 새하얗게 비어 버렸다. 그의 키스가 닿은 왼손 약지의 반지가 그녀의 손가락을 꽉 조였다. 은재는 제 대답을 기다리고 있는 그의 얼굴을 바라봤다. 다부진 입술을 꾹 다물고 그녀를 응시하고 있는 진현의 눈동자는 흔들림이 없었다. 미동 없는 고요한 눈으로 그녀를 바라보며 은재의 입술이 열리길 바라고 있을 뿐이었다. 가슴이 쿵쿵거려 머리가 묘하게 울렸지만 은재는 목구멍을 간질이는 말을 내뱉고 싶었다. 그녀는 머뭇거리다 왼쪽 손을 한 번 더 내려 본 후 입술을 열었다.

"유진현."

그녀의 부름에 진현이 응, 하고 대답했다. 은재는 너무도 진지한 그의 눈빛에 피식 웃으며 물었다.

"우리 친구에서 연인이 된 지 겨우 이틀이라는 거, 알고 있어?"

"응."

"그런데도 나한테 결혼하자고 하는 거야?"

"응."

"너, 정말로 나 사랑하는구나."

"응."

"풋."

웃음이 났다. 그녀의 물음에 단 1초의 망설임도 없이 고개를 끄덕이는 그가 너무 사랑스러워 참을 수가 없었다. 진현은 갑자기 웃음을 터뜨리는 그녀를 보고 얼굴을 일그러뜨렸다.

"뭐가 웃겨?"

은재는 말했다.

"친구에서 바로 연인이 되는 것도 어려운데, 거기다 부부까지 되면 어쩌면 너무 빨리 질릴지도 몰라."

그런 그녀의 말에 진현은 냉정한 얼굴로 대답했다.

"그럴 일은 없어."

"어떻게 장담해?"

"13년간, 한 번도 너를 사랑하지 않은 적은 없었으니까."

울컥, 눈물이 쏟아질 뻔한 것을 겨우 참았다. 은재는 코끝이 찡해서 얼른 코를 매만졌다. 진현은 부드러운 목소리로 말을 이었다.

"아마 당장 식을 올리기는 힘들 거야. 한국 시리즈가 끝나야 결혼 발표를 할 수 있을 테지. 그러니 일단 혼인 신고부터 하자."

그의 말은 거침이 없었다.

"하루라도 빨리 널 내 여자라고 밝히고 싶지만 너무 서두르면 네가 혼란스러워 할 수도 있으니 참을게."

"……."

"널 위해서 꼭 우승할게. 널 향한 내 마음, 증명할게. 경기 끝나고 다음 날, 나랑 혼인 신고하러 가자. 반드시 우승할 거니까 괜히 의심하지 않아도 돼. 그리고 그 다음에 양가에 인사드리러 가는 거다. 두 집 다 우리 결혼에 열을 올리고 계시니 아마 먼저 혼인 신고를 했다고 화내시진 않을 거야."

은재는 그를 물끄러미 응시했다.

"진현아."

"응."

"이걸 다…… 언제 생각한 거야?"

설마 그 생각할 것이 바로 이런 것이었던가? 진현은 은재의 물음에 그저 빙긋 웃었다. 묘한 미소를 지으며 그녀의 대답을 회피하던 그는 다시 그녀의 이마에 입을 맞추며 속삭였다.

"홍은재. 나랑 결혼해 줄래?"

CHAPTER 6
ENGAGEMENT

1. ENGAGEMENT(A)

"바로 대답해야 하는 건 아니지만, 솔직한 심정으론 지금 말해 줬음 좋겠어."

침착한 진현의 목소리가 고요히 방안을 울렸다. 은재는 묘하게 일렁이는 눈으로 그를 응시하며 꽤 오래 입술을 다물고 있었다. 꿀꺽. 그녀는 그를 뚫어져라 바라보며 생각에 잠겼다. 그런 은재를 보자니, 왠지 초조해졌다. 가슴이 답답해졌다. 마른 침이 목구멍을 타고 넘어가자 갈증이 났다.

그녀와 사귀기 시작한 바로 그날.

지인에게 부탁하여 미리 준비한 반지를 이렇게 빨리 건네 줄 것이라곤 예상하지 못했다. 적당한 타이밍을 맞추어 건네 줄 생각이었다. 그러나 은재와 진한 키스를 하고 나니 다급해졌다. 그녀가 또 빠져나가기 전에 빼도 박도 못하게 만들어야만 했다.

자신이 생각하기에도 꽤 멋없는 청혼이었다. 어디로 튈지 모르는 은재가 받아 줄지 걱정이 되기는 했지만 설마 실패를 한다 할지라도 다시금 도전할 생각으로 그는 그녀의 대답을 기다렸다. 은재는 굳은 의지를 표하듯 손에 살짝 힘을 주고 있는 진현을 향해 피식 웃었다.

"그러니까, 일단 내 대답만 먼저 받겠다, 이거네?"

그는 살짝 고개를 끄덕였다.

"그래."

은재는 흐음, 하고 낮은 신음을 내뱉더니 고개를 갸웃거리며 묻는다.

"만약 내가 허락하기만 하면 그 후로 난 이제 네 약혼자가 되는 거야?"

"그렇지."

"친구로 13년, 연인으로 2일, 그리고 약혼자로 쭉?"

진현은 연신 고개를 끄덕이며 대답했다.

"한국 시리즈 전까지는."

그녀는 또 다시 흐음, 하고 고민하는 시늉을 비췄다. 진현은 자꾸만 뜸을 들이는 그녀를 보고 애가 탔다. 반지를 매만지더니 다시 진현을 보고, 또 다시 반지를 보기를 반복하는 은재를 보던 그는 결국 참지 못하고 그녀를 재촉했다.

"나 진지해."

은재는 두 눈을 반짝이며 반지를 쓰다듬더니 중얼거린다.

"하긴. 13년간 볼 장을 다 본 사이니…… 결혼까진 뭐, 그냥 직행해도 되겠지."

"어?"

"유진현."

으응. 은재는 진현의 흔들리는 눈을 직시하며 씨익 웃었다.

"좋아. 결혼하자!"

그렇게도 그녀에게서 듣고 싶은 말이었는데, 왜 이렇게 충격적인지 모르겠다. 진현은 넋이 나간 얼굴로 멍하니 그녀를 바라봤다.

"축하해. 오늘부로 유진현은 홍은재의 약혼자야."

왼손을 슥 내밀며 빙긋 웃는 은재의 얼굴이 반짝거려 진현의 가슴이 크게 일렁였다. 그는 어서 안 잡고 뭐하냐는 듯 제 앞에 손을 휙휙 젓는 그녀의 왼손을 향해 손을 뻗었다. 악수를 하자는 시늉을 보이던 은재는 제 손을 잡더니 품속으로 그녀를 끌어당기는 진현의 무지막지한 힘에 이끌려 그의 가슴으로 몸을 숙여야만 했다.

두근두근하고 심장이 울린다. 그녀와 있으면, 도무지 주체할 수가 없다. 이 끓어오르는 마음을 식힐 수가 없어 그를 어지럽게 만든다. 사랑스럽고, 소중하다. 그녀는 너무도 아름다워 그의 머리를 잠식한다. 그를 지배하는 그의 연인에게 제 모든 걸 바칠 수 있을 만큼, 그는 홍은재라는 여자에게 온 정신을 빼앗겨 버린다.

진현은 그녀를 세게 끌어안으며 조금씩, 조금씩 박차를 가하는 심장의 박동 수를 느끼며 눈을 감았다. 은재는 서서히 그의 허리를 향해 손을 뻗어 진현을 안았다.

절대로, 너를 놓치지 않겠다.

무슨 일이 있어도, 너를 놓치지 않을 거야.

너를 사랑한다.

너만을 사랑한다.

나는…… 이제 너 없이 살지 못해.

"너, 그거 알아?"

은재는 그의 품에 쏙 안겨 앙증맞은 붉은 입술을 움직였다. 사랑스럽고 달콤한 그녀의 목소리에 진현이 뭐? 하고 작게 묻는다.

"우리, 다른 사람들한테는 완전히 연인 사이처럼 보였던 거."

그녀는 꽤 재미있는 사실을 이야기라도 하는 듯, 킥킥 웃었다.

"알아."

진현의 낮은 대답에 은재의 어깨가 살짝 들썩인다.

"다른 사람들은 우릴 연인으로 의심했다는 것도?"

"응."

"그런데도…… 우리만 그 사실을 몰랐다는 것도? 아니, 알면서도 모른 척했던 거?"

그녀의 말대로, 어쩌면 우린 서로의 마음을 알아차렸는지도 모른다.

서로에게 친구 이상의 감정을 품고 있었다는 것.

과연 두 사람 사이를 맴돌던 그 기묘한 감정이 사랑인지는 확신할 수 없으나 우정 이상의 감정을 느끼고 있었다는 것.

다른 사람들이 충분히 의심할 만큼.

누가 보아도 연인들이라 생각할 만큼, 서로에만 집중했었던 그 감정에 대해.

그러나 쉽게 그것을 언급할 수 없었던 것은…… 아마 우리를 가로막고 있는 단 하나의 장벽 때문이었는지도 모른다.

그 장벽을 끝내 허물어뜨린다면 무슨 일이 일어날지 몰랐으니까.

겁 없이 무너뜨렸다간 두 번 다시 되돌릴 수 없을지도 모른다는 쓸데없는 생각이…… 너무 많아서였겠지.

진현은 굳이 대답하지 않았다. 은재는 낮게 웃었다.

"진짜 우리 바보 맞다. 그치?"

그래, 바보였다.

너와 나는 너무 바보 같아, 이렇게 시간을 돌아왔다.

조금만 마음을 먹었다면 이렇게 금방 이루어지는 것을.

숨기는 데만 급급하여 길고 긴 시간을 돌아왔어.

그러니까, 난 이젠 더 이상 숨기지 않을 거다.

너를 사랑하는 내 마음을, 더 이상 숨기지 않을 거야.

고개를 드는 은재의 눈동자는 은은하게 빛나는 보석 같았다. 그녀의 새까만 눈동자를 내려다보며 진현은 속삭였다.

"리모델링 끝나면, 우리 집으로 아예 들어와."

"어?"

"같이 살자. 나는…… 아주 잠깐이라도 너와 떨어지기 싫다."

그의 시야에 그녀를 두고 싶었다. 다른 마음은 품지 못하고 오직 그만 바라볼 수 있도록. 다른 사람들은 아무도 볼 수 없게. 그녀의 세상에 존재하는 남자는 유진현 하나면 된다고 생각했다. 은재는 짙은 소유욕이 느껴지는 그의 말에 어이없는 웃음을 지으며 물었다.

"그럼 내 집은 어떡하고? 네 말따나마 리모델링까지 했는데 그냥 내버려 두라고?"

진현은 대수롭지 않은 듯 대답한다.

"팔아. 비싼 값 주고."

"뭐?"

"내 집이 훨씬 더 커. 그냥 들어와서 살아."

은재는 당연한 표정으로 말을 내뱉는 진현을 보고 깔깔 웃어댔다.

"유진현, 급하긴 한가 보구나?"

그녀의 말에 진현이 망설이지 않고 고개를 끄덕인 건 말할 필요도 없는 사실. 은재는 그의 숨결을 느끼며 골똘히 생각하더니 어깨를 으쓱였다.

"그러지 뭐. 대신, 침대는 바꾸자. 더 폭신폭신한 걸로."

♥ ♥ ♥

단 이틀 새에 홍은재의 13년 지기에서 연인으로, 그리고 약혼자로까지 신분이 상승한 진현의 하루는 활기차게 시작되었다. 그녀의 출근 시간에 맞춰 민박집에서 나오던 그의 정신은 맑다 못해 또렷할 지경이었다. 밤새도록, 함께 살 거라면 아예 그의 집 구조를 바꾸겠다며 수다를 늘어놓는 은재의 말을 받아 주느라 진이 빠질 만도 하건만 어째 더욱 생기가 돈다.

사랑의 힘인가?

진현은 조수석에 앉아 꾸벅꾸벅 졸고 있는 은재를 흘깃거리며 생각했다.

"쉬는 날에 부동산에 가야겠어. 하루라도 빨리 들어오라니 들어가 주지 뭐."

임시 동거가 아닌 정식 동거를 시작하게 되더라도 크게 위화감은 없을 거라고 여겼다. 연인 사이가 아닌 친구 사이일 때도 시도 때도 없이 서로의 집을 들락거렸던 그들이었으니까. 대신 그의 마음을 들썩이게 만드는 큰 변화는 있을 것이다. 사랑하는 사이가 되어 정식으로 한 침대에 눕는 것. 생각만 해도 그의 혈관을 자극하는 일에 슬며시 입꼬리가 올라가는 건 도통 막을 수가 없었다.

아무리 철인이라 할지라도 그도 어엿한 성인이다. 게다가 일반인들보다 혈기 왕성한 운동선수. 이제 허벅지를 꼬집어 가며 참지 않아도 될 날이 머지않았다는 생각에 음흉하게 웃던 진현은 어느새 도착한 그녀의 학교 정문을 발견하곤 차를 세웠다.

"은재야."

그는 새근새근 자고 있는 은재를 향해 부드러운 목소리를 내뱉었다.

"으음……."

은재는 고운 미간을 살짝 찌푸리더니 눈을 부르르 떤다. 진현은 그녀의 앞머리를 쓸어 넘기며 은재의 귓가에 입술을 가져다 댔다.

"홍은재. 학교 다 왔어."

"으으……."

"흐음. 지금 안 일어나면, 여기서 덮친다?"

"으악!"

몸을 뒤척이던 은재의 눈이 번쩍 뜨이자 진현의 얼굴이 휴지 조각마냥 일그러졌다. 그는 좌우를 두리번거리며 눈을 깜빡이는 그녀를 바라보며 물었다.

"깼어?"

"아, 으응."

"덮친단 소리에 일어난 거야?"

"어? 아니! 아, 아니……."

얼굴이 시뻘개져선 고개를 가로젓는 그녀를 보며 진현은 희미하게 웃었다. 은재는 학교를 향해 들어가는 학생들의 모습을 힐긋거리며 옷매무새를 가다듬었다. 불현듯 스치는 생각에 진현은 입술을 연다.

"옷, 갈아입고 가야 하지 않아?"

"괜찮아. 학교에 남는 재킷 있어."

"그래?"

"응."

"그럼…… 나중에 데리러 올까?"

오늘까지 휴무인지라 시간이 남는다. 게다가 지금 이 차는 은재의 차. 돌아올 차편이 마땅치 않을 것 같단 생각에 말하자 은재의 얼굴을 활짝 펴졌다.

"당연히 그래야지!"

미소를 그리는 그녀를 보자니 기분이 좋아졌다. 그는 알겠다는 듯 고개를 끄덕였다. 은재는 핸드백을 들고 차에서 내리려다 진현을 바라봤다.

"참. 나…… 너한테 소개시켜 주고 싶은 사람 있는데, 만나 볼래?"

"누군데."

"우리 최샘! 내 조언자."

"조언자?"

"응. 최샘도 네 열렬한 팬이야. 보고 싶다고 난리더라. 그러니까 나중에 저녁 같이하자. 좋은 사람이야."

진현은 눈썹을 까딱였다.

"그러든가."

"오케이! 그럼 나, 갈게! 나중에…… 어?"

손가락으로 동그라미를 그리며 하얀 이를 드러내더니 차에서 내리려는 그녀의 팔을 황급히 잡았다. '왜 그래?' 하고 고개를 갸웃거리는 은재를 보던 진현은 사뭇 진지한 표정을 지었다.

"잊은 거, 없어?"

"뭘?"

"……."

"뭔데?"

영문을 모르겠다는 듯 고개를 갸웃거리는 은재를 보며 후우, 하고 한숨을 쉬던 진현은 엄지로 입술을 가리켰다.

"해 주고 가야지."

의아해하던 은재의 얼굴이 빨갛게 익었다.

"여, 여기 학교 앞이야!"

진현은 막무가내였다.

"해 줘."

"유진현!"

"약혼자한테 그것도 못 해 줘?"

그러자 은재는 입술을 부르르 떨었다. 그녀는 눈을 가늘게 뜨며 진현을 응시했다.

"어이, 유진현이. 너, 진도 빼기로 결정했다고 너무 능글맞아진 거 아냐?"

"그럴지도."

"그, 그러다 다른 사람들한테 들키면 어떡해?"

"들켜도 돼."

"뭐?"

"조금 시끄럽겠지만 난 견딜 수 있어."

"어이구, 잘나셨다 정말."

"그래서 해 줄 거야, 안 해 줄 거야?"

은재는 뻔뻔하게 얼굴을 들이미는 진현을 한참을 보고 있었다. 네가 이런 앤 줄 몰랐다. 하고 고개를 절레절레 젓던 그녀가 조용히 물었다.

"뺨에?"

"뺨은 안 쳐 줘. 당연히 입술 위지."

"이, 입술?"

진현은 그녀를 향해 입술을 쭉 내밀었다. 은재는 망설이며 차안을 보고 있는 학생들이 없는지 두리번거리더니 푹 한숨을 내쉰다. 그러다 결국 촉, 하고 그의 입술에 제 입술을 살짝 맞추며 물었다.

"돼, 됐……!"

아마 "됐지?" 라는 말을 내뱉고 싶었을 거다. 하지만 은재의 말은 그녀가 입을 열기 무섭게 달려드는 진현에 의해 삼켜지고 말았다. 그는 어느새 손을 뻗어 은재의 머리를 제 얼굴 쪽으로 끌어당기며 그녀의 입술을 머금었다. 화염과 같은 그의 혀는 그녀의 치열을 쓸어내리며 은재의 입안을 침략하기 시작했다. 도망치려 해도 자꾸만 옭아매는 진현의 혀로 인해 그녀는 저도 모르게 옅은 신음을 내뱉었다.

어느새 그의 행동에 모든 것을 맡기며 몸 안의 힘이 빠져나가는 것을 느끼던 은재는 스르르 눈을 감았다. 온몸의 털들이 쭈뼛쭈뼛 서는 느낌이었다. 아찔하고 달콤하여 자꾸만 더 탐하고 싶은 진한 키스에 몸이 달아올랐다. 진현은 헤어나고 싶지 않은 그녀의 입안을 휘젓다 겨우 떨어져 나왔다.

"하아, 하아."

은재는 거침없이 그녀의 안을 파고들던 그의 혀가 사라지자 거친 숨을 내뱉는다. 진현은 왠지 모르게 야릇하게 느껴지는 그녀의 표정을 보며 다시금 덮치고 싶다는 충동을 느꼈지만 꾹 참았다. 대신 반들반들해진 입가를 슥, 닦으며 씩 웃었다.

"이제 됐어."

은재는 그의 가슴을 툭, 치며 외쳤다.

"못됐어! 립스틱 다시 발라야 하잖아!"

그가 대답 대신 어깨를 으쓱이자 길게 한숨을 내뱉던 은재는 핸드백 안에서 거울과 립스틱을 꺼내들더니 화장을 고친다.

"이제 진짜 갈 거야!"

한참이나 입술을 삐끔거리는 그녀를 향해 무어라 말을 하려는 순간 은재는 휙 고개를 돌려 말하곤 차에서 내렸다.

"어어? 샘! 방금 누구 차에서 내린 거예요?"

"남자였어! 나 얼핏 봤다!"

"헉. 진짜 남친이에요?"

"누구지? 잘생겼어요?! 야, 어째 생겼디?"

"선팅이 왜 이렇게 짙어? 이봐요! 창문 좀 내려 봐요!"

황급히 문을 닫았지만 진현의 모습이 얼핏 보였나 보다. 등교를 하던 학생들은 갑자기 나타난 은재의 존재에 꽤나 호기심을 가지는 것 같았다. 창문까지 똑똑 두드리며 말하는 여러 목소리에 진현은 풋, 웃음을 터뜨렸다. 은재의 뒤를 졸래졸래 쫓아가며 물어대는 아이들을 향해 "몰라!"라고 외치며 정문으로 들어가는 그녀의 뒷모습을 한동안 바라보던 그는 곧 핸들을 부여잡았다.

♥ ♥ ♥

"축하연?"

그녀를 기다리다 걸려온 전화에 진현은 다시 되물었다. 희찬은 진현의 말이 끝나자마자 꽤나 큰 목소리로 답했다.

—그래. 조금 있다 8시에 T호텔 뷔페에서 열린다더라. 감독님 취임하시고 처음으로 우승한 거라서 구단에서 신경 좀 썼나 봐. 오후 시간 통째로 빌린 것 같던데?

"아."

—어제 미리 말한다는 걸 내가 깜빡했어. 별일 없지? 구단 관계자들도 다 오니까 웬만하면 다들 참석해라. 아, 맞다. 오늘은 특별히 가족이나 파트너도 동석 가능하니 은재도 데려와.

희찬은 쉬지 않고 말했다. 왠지 웃음이 나오려는 것을 꾹 참고 있던 진현은 살짝 고개를 끄덕였다.

"알겠어."

진현의 확답을 들은 희찬은 길게 한숨을 내쉬었다.

—후우, 다행이다. 너 안 온다고 하면 모양새가 영 이상할 뻔했어. 명색이 팀의 고참이자 에이스인데 안 오면 이상하잖냐.

"왜 안 올 거라 생각했는데?"

—아니. 그냥, 조금 멀리 있을 줄 알았지. 은재랑 나가는 뒷모습이 심상찮아서. 아, 맞다. 너 어젠 대체 어떻게 된 거냐? 은재랑 데이트? 자식아. 너 오늘 나랑 만나면 이거 꼭 얘기해야 한다. 알았어?

"그래. 알겠어."

—간만에 우리 예쁜 마누라 얼굴도 보고 아부 좀 떨어 줘라. 요새 네가 집에 통 놀러 안 온다고 투정부리고 난리다.

"아, 형수님도 오셔?"

—그래, 인마. 너 보고 싶다고 무거운 몸 끌고서라도 오겠단다.

혀를 끌끌 차는 희찬의 부인은 임신 7개월이었다. 큰 산 하나는 짊어진 듯한 배를 끌고 기어이 진현을 보러 오겠다는 그녀를 못마땅해하는 희찬의 기분을 알 수도 있을 것 같아 진현은 끝내 큭, 웃었다.

—어쨌든, 나중에 보자.

만일, 결혼을 하게 된다면. 그라운드 내에선 유일하게 마음을 나눌 수 있는 존재이자, 제 모든 걸 맡길 수 있는 TJ의 안방마님 희찬처럼 살고 싶다는 생각을 할 만큼 희찬은 꽤 부러운 부부 생활을 이어 나가고 있는 중이다. 알겠다고 대답하며 전화를 끊은 그의 얼굴엔 여전히 미소가 드리워져 있었다.

똑똑.

현재 시각 5시. 보통 때보다 일찍 마친다고 하던 그녀의 퇴근 시간에 맞춰 학교 정문 앞에 차를 세워둔 진현의 귀에 창문을 두드리는 소리가 들렸다. 살짝 고개를 돌리니 은재가 몸을 살짝 숙이고 있는 모습이 들어온다. 진현은 손을 뻗어 문을 열었다.

"언제부터 와 있었어?"

손을 흔들며 인사를 하던 은재는 조수석에 올라타며 물었다.

"4시 조금 안 돼서."

"왜 그렇게 일찍 왔어?"

진현은 대답 대신 빙긋 웃었다. 이제 출발해도 된다며 손짓하는 그녀에게 그는 방금 전에 걸려온 전화에 대한 이야기를 해 주었다. 은재는 그의 말을 들으며 고개를 끄덕이다 두 눈을 동그랗게 떴다.

"파티?"

"응."

"아. 조, 좋긴 한데…… 입고 갈 옷이……."

평범한 정장이 꽤 마음에 들지 않나 보다. 진현은 머뭇거리는 은재를 빤히 바라보며 차 안의 시계를 응시했다.

"아직 시간 있어. 지금 옷이 맘에 안 들면, 샵에 들렀다 가지 뭐."

"어휴. 오늘 야자 감독 아니어서 천만다행이네. 오케이!"

맑게 웃는 그녀를 가만히 응시하던 진현은 차를 움직이지 않고 말을 건넸다.

"오늘 뭐 했어?"

화장을 고칠 곳이 없는지 찾으며 거울을 꺼내들던 은재는 미간을 찌푸리며 생각했다.

"그냥, 별거 없었어. 1교시엔 애들 퀴즈 내고, 2교시부터 3교시까진 수업이 없어서 최샘이랑 이야기 나눴지. 너 소개시켜 준다고 하니까 엄청 좋아하더라."

아, 그렇지.

"그 최샘이라는 사람, 여자 맞지?"

물어본다는 걸 깜빡했다. 평소에도 늘 최샘, 최샘 하는 게 여간 신경 쓰이는 게 아니다. 은재는 가늘게 눈을 뜨며 의심스럽다는 표정을 짓는 그를 보더니 짓궂은 표정을 지었다.

"왜? 남자일 것 같아 의심돼?"

진현은 고개를 끄덕이며 대답했다.

"남자면 가만히 안 두게."

네 입에서 자꾸 오르내리는 건 나 하나로 족해.

은재는 질투의 눈빛을 쏘아대는 진현을 응시하며 키득거렸다.

"큭큭. 여자 맞아."

진현은 안도의 한숨을 내쉰다.

"조금 안심이 되는군."

남자면 정말로 가만 두지 않으려 했다. 진현은 슬그머니 경계심을 풀며 운전을 하기 위해 고개를 돌리려고 했다. 그 순간, 은재가 그를 향해 묻는다.

"너는 뭐 했는데?"

"나?"

그녀는 웃으며 고개를 끄덕였다.

"응, 너."

그는 잠시 망설였다. 지금 건네 줘야 하는 걸까? 그녀를 학교에 데려다 주고 한 일에 대해 잠시 떠올리던 진현은 이내 턱짓으로 조수석을 가리켰다.

"거기 열어 봐."

응? 묻는 대답엔 답하지 않고 뜬금없이 조수석을 열라는 진현을 의아하게 바라보던 그녀는 서랍 안에서 무언가를 발견하곤 그를 향해 얼굴을 돌렸다. 그는 꽤 쑥스러운 표정을 지으며 말했다.

"그거 받으러 갔다 왔어."

은재는 쉬이 입술을 열지 못하고 손에 들린 종이를 뚫어져라 응시했다.

"인터넷으로 다운 받을까 하다가, 이렇게 직접 서류로 보면 더 실감날 것 같아서."

"……."

"한국 시리즈, 빨리 왔으면 좋겠다."

진현은 떨리는 눈으로 저를 바라보는 은재를 향해 웃었다.

그녀가 들고 있는 것은 그와 그녀의 이름이 적힌 혼인 신고서였다.

2. ENGAGEMENT(B)

"어때?"

T호텔로 가는 길에 들른 로드샵에서 몸에 딱 달라붙는 블랙 드레스를 입어 보기 위해 피팅룸으로 들어갔던 은재는 들어간 지 1분쯤 지나서 진현의 앞에 나서며 물었다. 아랫배가 꽤 신경 쓰여 배에 힘을 꽉 주고 있던 은재는 마냥 저를 바라보고 있기만 하는 진현을 바라보며 미간을 찌푸렸다.

'역시, 이상한가?'

마운드에 올라 상대 타자에게 투구를 하기 전과 마찬가지의 모습.

입술을 꾹 다물고 생각은 전혀 읽을 수 없는 그의 표정 변화 없는 얼굴에 은재는 걱정이 들기 시작했다. 그녀는 몸을 쭈뼛거리며 배배 꼬더니 어색하게 웃으며 물었다.

"이, 이상해?"

그는 여전히 말이 없었다. 은재는 하는 수 없이 진현의 코앞까지 다가갔다.

"어이, 내 말 듣고 있어?"

눈은 분명 그녀를 좇기는 하지만 입술을 열 생각을 하지 않는 그의 앞에 서선 손을 휘휘 내젓자 진현은 그제야 정신을 차리는 듯 아,

하고 낮은 탄성을 터뜨렸다. 그는 이내 고개를 살짝 저으며 말했다.

"아니. 예뻐."

사실, 그에게서 그 말을 듣고 싶었다. 가슴이 간질거려 흐뭇한 미소를 짓던 은재는 배에 들어갔던 힘을 살짝 풀며 되물었다.

"진짜?"

"응."

"훗. 뭐, 내가 옷걸이가 좀 되지."

정말로 사랑해 주는 눈빛으로 저를 바라보고 있는 진현을 보자니 기분이 좋아졌다. 어깨를 으쓱이며 고개를 들자 그가 피식 웃는다. 한때는 너무 숨이 막혀 힘겹기만 했던 그와의 시간이 즐거워 은재는 계속 웃었다.

"정말 잘 어울리시네요."

두 사람의 행동을 가만히 지켜보고 있던 점원이 보다 못해 말을 건넸다. 그리고는 그녀의 옷매무새를 만져 주며 진현을 흘깃거리더니 조심스레 입술을 연다.

"그런데…… 유진현 선수 맞으시죠?"

아무래도 그것이 못내 걸렸나 보다. 궁금증을 참지 못하고 결국은 말을 꺼내는 점원의 말에 진현이 살짝 고개를 까딱이자 은재는 절레절레 얼굴을 흔들며 한숨을 내쉰다.

여기서도 알아보는 얼굴이라니. 대체 얼마나 유명한 거야?

옷을 사러 와서도 남의 눈치를 봐야 한단 사실에 마음이 상해 눈을 반짝반짝 빛내는 점원을 흘깃거리던 은재는 은재와 진현을 향해 묻는 그녀의 말에 입을 다물었다.

"두 분, 대체 무슨 사이세요? 가족? 아님…… 애인?"

후자는 아니길 바라는 눈치다. 은재는 뭐라 대답해야 할지 망설였다. 그때 진현은 손을 뻗어 은재의 허리를 잡더니 그를 향해 끌어당기며 빙긋 웃었다.

"약혼잡니다."

뭐?

혹 그의 경기력에 영향을 미칠까 두려워 아무래도 두 사람의 사이는 지인들 말고는 알리지 말아야겠다 생각하던 은재는 아무렇지도 않게 둘 사이를 밝히는 진현을 보고 두 눈을 동그랗게 떴다. 물론 놀란 것은 비단 은재뿐만은 아니었다. 사실이냔 표정을 지으며 점원이 은재를 바라보았다. 그녀는 어색하게 웃어야만 했다. 진현은 태연한 얼굴로 지갑을 꺼내들더니 물었다.

"얼마죠?"

이렇게 막 받아도 되는 것인지.

진현은 놀라는 점원과 함께 카운터로 가 그녀의 옷을 계산하고 은재의 손을 붙잡고 나왔다. 축하연이 열리는 장소인 T호텔을 향하던 그의 차 안에서 아랫배를 슬슬 만지작거리던 은재는 앞을 보며 운전하고 있는 진현의 얼굴을 흘깃거렸다.

"왜."

저를 향한 끈덕진 시선을 느꼈는지 그가 옆을 바라보지 않고 그녀를 향해 묻는다. 은재는 그의 반응에 살짝 놀라다 조심스레 입술을 뗐다.

"너…… 사람들한테 내가 약혼자라고 말하고 다녀도 돼?"

일주일 후면 포스트 시즌(정규 리그가 끝난 다음 우승 팀을 가리기 위하여 벌이는 경기. 정규 리그 순위 3, 4위가 붙는 준 플레이오프,

준 플레이오프 승자와 리그 2위가 붙는 플레이오프, 그리고 플레이오프의 승자와 리그 1위가 경기를 붙는 한국 시리즈가 있음)이 시작된다. TJ 크라운즈가 그동안 아직 정해지지 않은 상대팀들의 경기를 마냥 보고만 있을 수는 없기에 다음 주부터 합숙을 가진다는 이야기도 들었다. 경기 당일까지 심신 모두 최상의 컨디션을 유지해야 했던 그에게 열애설이라는 기자들에게 시달릴 수도 있는 꽤 피곤한 걱정거리를 안겨주고 싶지 않았던 은재의 물음에 진현은 짧게 돼, 라고 답한다.

은재는 눈을 동그랗게 뜨고 그를 바라봤다. 진현은 여전히 정면을 향해 시선을 두고 말을 이었다.

"어차피 한 사람이 하는 말은 아무도 안 믿어. 기자들이 우연히 알게 된다 할지라도 뭐, 상관은 없지만."

"아."

"한국 시리즈 끝나고 공식 기자회견할 거니까 난 괜찮아. 하지만…… 그전까진 네가 피곤해질 수도 있으니 더 이상 언급하는 건 자제할게."

그의 얼굴을 물끄러미 응시하던 은재는 왠지 모를 묘한 통증에 가슴 부근에 손을 가져다 댔다. 이런 상황에서까지 그는 스스로가 아닌 그녀를 걱정한다. 그리고 은재는 그것이 싫지 않다.

그녀는 대답 대신 슬며시 웃으며 고개를 끄덕였다. 그리고 무릎 위에 놓인 핸드백 사이로 삐져나온 혼인 신고서 서류를 바라봤다.

확실히.

너무도 빨리…… 우리 관계가 변하긴 했구나.

단단하고 굳건해서 변하지 않을 것 같던 벽이 허물어지고 나니 스며드는 건 한순간이다. 은재는 크게 일렁이는 눈으로 그를 응시하며 입꼬리를 말아 올렸다.

그렇지만, 그게 싫지는 않아.

♥ ♥ ♥

"우와! 은재 씨 맞죠?!"

8시에 시작된 TJ의 정규 시즌 우승 축하연에 30분 정도 늦게 도착한 은재는 진현의 에스코트를 받으며 T호텔로 들어섰다. 로비로 들어가자마자 두 사람을 발견한 웬 남자가 그들을 향해 걸어오는 모습을 의아하게 바라보던 은재는 지나치게 환한 미소를 짓는 영대를 발견하곤 인사를 건넸다.

"영대 씨, 오랜만이네요."

영대는 사람 좋은 웃음을 지으며 두 사람의 앞을 가로막고는 진현이 아닌 은재에게만 시선을 고정시키며 말을 이어 나갔다. 진현은 그것이 마음이 들지 않는지 탐탁찮은 시선으로 영대에게 불쾌한 심정을 마음껏 드러내고 있었다. 영대는 제게 인사를 하는 그녀를 보고 흐흐, 하고 낮게 웃더니 말을 이었다.

"그러게요! 왜 요새 통 보기가 어려워요?"

"아."

"그거 알아요? 나 진짜 은재 씨 보고 싶어 죽는 줄 알았다구요. 그러니까 경기 좀 자주 보러 와요. 티켓도 마련해 볼게요! 은재 씨 오는 날, 기념으로 내가 홈런도 하나 날리고! 어때요?"

"정말요?"

눈을 반짝반짝 빛내며 그녀에게 능글맞은 말을 하는 영대를 향해 묻자 연신 고개를 끄덕인다. 꽤 유쾌한 진현의 동료를 보자니 실없이 나오는 웃음을 참을 수 없어 큭큭거리는 은재를 흘깃거리던 진현은 미간을 찌푸리며 영대를 향해 말했다.

"조영대."

"어?"

영대는 진현의 살벌한 목소리에 뜨끔하며 그를 바라봤다. 진현은 무시무시한 눈빛을 쏘아댔다.

"너, 안 가냐?"

"뭐? 어딜 가?"

"가, 그냥. 내 눈앞에서 사라져."

심드렁한 말투로 입술까지 삐죽이는 진현은 영대를 향해 손을 휙휙 저었다. 황당하단 표정을 지으며 미간을 찌푸리는 영대와는 달리 그런 진현이 귀여워 은재는 기분 좋은 웃음을 흘렸다.

왜 진작, 알아차리지 못했을까.

아무리 생각해도 나는 너무 둔했어.

예전에도 진현이 구장에 찾아간 그녀의 앞에서 꼬리를 살랑살랑 흔드는 영대를 지나치게 경계하던 적이 있었다는 것이 뒤늦게 떠오른다. 영대는 진현의 살벌한 반응에 돌연 은재의 팔을 낚아채더니 구석으로 그녀를 끌고 가선 그녀의 귀에 대고 작게 속삭였다.

"은재 씨, 그거 알아요?"

졸지에 그에게 잡힌 꼴이 된 은재는 눈을 동그랗게 뜨고 영대를 바라봤다. 영대는 혀를 끌끌 찼다.

"저 녀석이 은재 씨 앞을 가로막고 있다는 거?"

"네?"

영문 모를 그의 말에 은재는 되물었다. 그는 뭐하는 거냐고 싸늘한 목소리를 내뱉는 진현을 흘깃거리며 말을 이어 나갔다.

"지가 무슨 은재 씨 친오빠도 아니고, 시스콤이 장난이 아녜요! 거의 집착 수준이야, 집착!"

"풋."

"아니. 은재 씨를 향한 멋진 남성의 관심을 제가 나서서 차단하려 든다니까요? 은재 씨. 앞으로 저 녀석이랑 친구 하지 마요. 알았죠?"

진현을 손가락질하며 단단히 경고하는 영대를 보고 그녀는 어색하게 하하 웃었다. 그녀를 가만히 바라보던 영대는 이윽고 결심이라도 한 듯 묘한 미소를 짓더니 갑자기 재킷 주머니에서 메모지와 펜을 꺼내들면서 뭔가를 적어내려 가기 시작했다.

"이거 받아요."

은재는 손바닥에서 까칠한 느낌이 들자 고개를 들어 영대를 바라봤다.

"쨌든, 연락해요. 난 은재 씨랑 아주 절친한 사이가 되고 싶으니 은재 씨 연락만 기다릴게요."

한쪽 눈을 찡긋거리며 씩 웃는 영대의 하얀 이가 빛났다. 아. 진현이 더 시끄럽게 굴기 전에 먼저 가겠다며 은재에게 손을 흔들고 사람들이 와글거리는 곳으로 발길을 돌리던 영대의 뒷모습을 멍하니 응시하던 그녀는 어느새 다가온 진현의 시선이 느껴지자 고개를 돌렸다.

"줘."

진현은 다짜고짜 은재를 향해 말했다.

"뭘?"

그녀는 뜬금없는 그의 말에 고개를 갸웃거렸다. 그의 미동 없는 눈동자는 은재를 잡아먹기라도 할 듯 번뜩였다.

"저 녀석이 준 거."

진현의 고운 미간이 꿈틀거렸다. 은재는 무슨 소리를 하는 건지 모르겠다는 듯 입을 꾹 다물었다.

"안 봐도 뻔해. 분명 연락하라고 휴대전화 번호를 쥐어 줬겠지. 그거, 그 녀석이 여자 꼬실 때 맨날 쓰는 수법이야."

"어머. 그래?"

"그래. 그러니까 얼른 내놔."

질투하는 것이 분명했다. 은재는 웃음을 꾹 참으며 눈을 몇 번 깜빡이더니 물었다.

"주면 뭐할 건데?"

진현은 조금의 망설임도 없이 대답한다.

"버려야지."

괜히 조금 더 놀리고 싶어져 은재는 어깨를 으쓱였다.

"싫다면?"

"화낼 거다."

"진짜?"

"그래. 너한테 남자는 나 하나로 충분해. 친구든, 연인이든."

이런. 진현의 말에 가슴이 쿵쿵 뛰기 시작했다.

너는, 정말로 예측하기가 어려워.

대체 그가 무슨 말로 그녀의 마음을 사로잡을지 도통 짐작할 수가 없다. 은재는 멍하니 그를 바라봤다. 짙게 일렁이는 그의 검은 눈동자는 은재의 정신을 장악한다. 두근거리게 만든다. 사랑을 할 수밖에 없게 만든다.

"나에 대한 소유욕이 너무 강한 거 아니야?"

은재는 두근거리는 가슴을 진정시키며 짓궂은 미소를 지었다. 진현은 그런 그녀를 내려다보며 답했다.

"그동안 드러내지 않았던 게 억울할 뿐이다."

진지한 그를 놀리는 건, 이제 그만하자고 결심했다. 은재는 얼른 달라고 손짓하는 그의 손바닥 위에 영대가 건네 준 메모지를 건네주며 중얼거렸다.

"에이, 아쉽다. 영대 씨 정도면 꽤 괜찮은 배우자감인데……."

진현은 두 눈을 치켜뜨며 그녀를 노려봤다.

"홍은재. 너 그 말 취소…… 윽."

"어이. 여기 있었냐?"

그녀에게 다가오는 그를 피해 뒤로 물러나려는 순간 진현이 고개를 숙였다. 신음까지 내뱉는 그를 의아하게 바라보던 은재는 이윽고 들리는 낯익은 목소리에 빙긋 웃는다.

"한참 찾았잖아. 대체 여기서 뭐하고 있어, 안 들어오…… 우와. 이게 누구야. 홍은재 아냐?"

희찬이었다.

"너도 꾸미면 예쁘구나? 못 알아볼 뻔했다?"

은재는 눈을 가늘게 뜨며 통명스럽게 말했다.

"말 다 했어요?"

희찬은 피식 웃더니 고개를 저었다.

"아냐. 진짜 예뻐. 유진현이 얼굴이 이렇게 살벌한 이유를 알았군.

너한테 꼬일 벌레들 쫓느라 바쁘겠는데?"

희찬은 진현의 어깨를 툭툭 두드렸다. 은재는 그 모습을 가만히 지켜봤다.

"형. 할 말 있어서 온 거 아냐?"

아무리 희찬일지라도 은재를 계속 보고 있는 것이 마음에 걸렸는지 진현은 날카로운 말로 희찬을 쫓으려 했다. 희찬은 그제야 손을 탁 치더니 말한다.

"맞다! 윗분들이 너 좀 데려오래."

"아."

아는 사람이 많지 않은 이곳에서 진현과 떨어져야 한다는 사실에 은재의 얼굴이 금세 시무룩해졌다. 희찬은 그것을 빠르게 간파하곤 두 손을 모으더니 그녀를 향해 고개를 숙였다.

"은재야. 진현이 잠시만 데려가자. 방해해서 미안하지만 윗분들이 유진현이를 만나기를 고대하고 계시거든."

행사장 안으로 들어가지 않고 밖에서 서성이기만 했으니 관계자들이 진현을 찾는 건 당연하다.

"혼자 괜찮겠어?"

진현은 흐음, 하고 낮게 중얼거리며 주위를 둘러보던 은재를 걱정스러운 듯 바라봤다. 은재는 활짝 웃으며 손을 휘휘 저었다.

"어휴, 내가 무슨 앤가? 괜찮으니 다녀와. 난 여기저기 좀 기웃거려야겠다."

안 그래도 배가 고프기도 했고. 뷔페 탐방이나 다녀야지.

연회장 안에서 슬쩍슬쩍 보이는 음식들이 식욕을 자극했다. 점심 이후로 우유 한 잔 마신 게 전부라 배가 꼬르륵거렸다. 사람들의 시선을 의식하여 튀어나온 아랫배를 억지로 집어넣고 있던 은재는 밥을 달라 요동치는 배의 욕구를 충족시키기 위해 먼저 밥을 먹기로 결심했다.

"다른 놈한테 연락처 받으면 모조리 휴지통에 넣어. 그리고 누가 너한테 연락처 줬는지 내가 오면 말해."

"말하면. 애들한테 겁이라도 주게?"

섬뜩한 그의 말에 희찬이 살짝 거들자 진현은 당연하지, 하고 대답한다. 은재는 피식 웃으며 진현의 등을 떠밀었다.

"오빠. 빨리 애 좀 데려가요. 무서워서 같이 있을 수가 있나. 나에 대한 집착이 장난이 아니야!"

"그러게 말이다. 뭐 이런 놈이 다 있냐?"

은재는 혀를 차는 희찬과 주거니 받거니 맞장구를 쳐댔다. 못미덥다는 얼굴로 한참을 망설이던 진현이 이윽고 희찬과 함께 구단 관계자들이 있는 곳으로 사라지자 은재는 입맛을 다셨다. 그리고 그녀가 막 뷔페를 즐기기 위해 연회장 안으로 들어서려는 순간, 그녀의 발을 잡는 웬 여자의 목소리에 은재는 몸을 돌려야만 했다.

"홍은재 씨죠?"

그녀를 잡은 사람은 다름 아닌 효영이였다.

♥ ♥ ♥

'이 여자가 대체 왜 여기에…….'

분명 그녀의 기억으론 오늘의 축하연엔 TJ 구단과 관계된 사람들만 참석할 수 있다고 들었다. 이번은 특별히 선수의 가족들이나 연인도 함께 참석이 가능하다고도. 그런데 아무런 연관이 없는 효영을 이곳에서 볼 줄은 꿈에도 몰랐다. 뭐지? 자신을 잘 아는 사람처럼 친근한 미소를 지으며 저에게 다가오는 효영을 보고 은재는 저도 모르게 미간을 찌푸렸다.

대체 왜.

주위를 두리번거리던 은재는 그녀의 방송사의 마크가 찍힌 카메라를 들고 분주하게 움직여대는 스태프를 발견했다. 아마 TJ의 축하연 취재를 위해 나온 것이 틀림없다. 왜 그녀가 이곳에 있는지 확인한 은재는 화사하게 웃는 효영을 가만히 바라봤다.

정말 솔직하게 말해, 효영은 무척이나 호감 가는 인상이다. 아무리 은재가 예쁘게 꾸며봤자 효영의 아름다움을 따라잡을 수는 없을 것이다. 아나운서다운 단정한 정장을 입고 저를 향해 다가오는 효영의 미모가 질투가 나 기분이 나빠졌다. 꾸미지 않아도 충분히 아름다움을 뽐내는 그녀가 미웠다.

어느새 그녀의 앞에 선 효영은 은재를 향해 손을 내밀며 말했다.

"한효영이에요."

분명 거울을 비춰준다면 은재는 떨떠름한 표정을 짓는 자신을 발견할 수 있었을 것이다. 내색하지 않으려 했지만 이상하게 신경이 쓰였다. 쉰 목소리가 나올까 두려워 잠시 머뭇거리던 은재는 그녀의 손을 슬쩍 잡으며 대답했다.

"……홍은재입니다."

효영은 고개를 끄덕였다.

"진현 씨한테 말씀 많이 들었어요. 듣던 대로 미인이시네요."

미인에게 미인이란 소리를 들어 봤자 기분이 하나도 좋질 않다. 은재는 어색하게 웃었다.

"고마워요."

그나저나, 그녀의 '진현 씨' 라는 살가운 호칭이 마음에 들지 않는다.

가까워 보여.

과거는 어떨지 몰라도 현재는 아무런 사이가 아니라는 것은 알지만 얼마 전, 그의 집 앞에서 보았던 그녀의 모습이 떠올랐다. 마음이 왠지 상해 효영과의 만남을 끝내고 싶어져 대충 인사를 하고 떠나려던 은재는 자꾸만 자신을 향해 말을 거는 효영이 부담스러웠다. 효영은 정말로 만나 보고 싶었다는 둥, 이런 곳에 올 줄은 몰랐다는 둥의 말을 해댔다.

'미치겠네.'

껄끄러운 사람. 좋은 쪽으로 바라볼 수 없게 만드는 그녀의 얼굴을 더 이상 마주할 수 없을 지경까지 이르려고 할 때, 효영이 유려한 미소를 그리며 말했다.

"은재 씨, 우리 친하게 지내요."

이상하게 살갑게 군다고 했다. 오늘 처음 보는데도 마치 몇 년은 알고 지낸 사람처럼 스스럼없이 다가오는 그녀의 내막이 궁금하기도 했고. 대체 이 여자가 왜 이런 행동을 보이는 것인가 하고 의심스러워 할 때쯤, 결국 본심을 드러내는 그녀를 보고 은재는 퉁명스러운 표정을 짓는다.

"한효영 씨. 저한테 뭐 바라는 거라도 있으세요?"

효영은 둘러대지 않고 본론을 꺼내는 은재를 보며 조금 놀란 듯했다. 그러나 이내 놀란 기색을 감추며 묘한 미소와 함께 답했다.

"들켰네요."

좋았던 기분이 점점 더 아래로 내려간다. 효영의 대답에 입을 다무는 은재를 향해 그녀는 말을 이어 나갔다.

"은재 씨가 바쁜 것 같으니, 그냥 본론으로 들어가죠."

살짝, 가슴이 떨려왔다. 그녀가 무슨 말을 내뱉을지 조금 무서워졌다고 할까. 은재는 대답 대신 효영의 말을 기다렸다. 효영은 흠흠, 하고 몇 번의 헛기침을 내뱉으며 숨을 골랐다.

"은재 씨도 알겠지만…… 저 진현 씨랑 예전에 잠깐 만났어요."

알지. 너무도 잘 안다.

하지만 당신은 모를 거야. 두 사람을 막지 못하고 그저 바라보기만 해야 했던 내 심정을, 그로 인해 내 가슴이 얼마나 찢어졌는지를.

그때를 떠올리면 여전히 심장이 아려와 은재는 입술을 깨물었다

"3년이나 지났지만, 그에 대한 제 마음이 변하지 않았다는 걸 깨달았죠."

은재의 속마음을 알 리 없는 효영은 머뭇거리다 입을 열었다.

"전, 다시 한 번 진현 씨랑 잘 해 보고 싶어요. 다시 그를 만나고 싶어요."

"……."

"은재씬 진현 씨의 제일 소중한 친구라 들었어요. 해서…… 부탁……을 좀 하려구요. 염치없지만, 절 도와주실 수 있나요? 제가 진현 씨의 마음을 돌릴 수 있도록, 말예요."

수줍게 웃는 효영의 얼굴에선 빛이 났다.

은재는 꾹 다문 입술이 열리지 않아 얼굴을 일그러뜨렸다.

예쁜 여자였다.

너무 사랑스러워 어느 남자도 반하지 않을 수 없는.

사랑 앞에서 당당한 그녀처럼, 은재도 진현을 향한 제 마음을 조금이라도 드러냈더라면 아마 그와 효영은 아무런 인연을 맺지 않았을지도 모른다.

그때의 은재는 이기적이었다.

자신이 상처받을 것이 두려워 결과적으로는 다른 이에게 상처를 주는 행동을 초래하고 말았다.

만약 그 당시로 돌아가게 된다면 지금과 같은 마음을 가질 수 있을까? 효영과 사귀는 진현을 막을 수 있을까?

아니.

어찌되었든 은재는 효영과 사귀는 진현을 보고 있어야만 할 것이다. 그녀는 쉽게 친구라는 틀을 깰 수 없을 테니까. 그런 의미에서는 주위의 힘을 빌려서라도 그를 차지하려는, 사랑을 대하는 자세에 있어 이렇게 적극적인 효영이 부럽다.

꽤 간절한 얼굴로, 그러나 조금의 움츠러듦 없이 은재를 직시하던 효영은 심각한 표정을 짓는 은재를 향해 고개를 갸웃거렸다.

"은재 씨?"

은재는 제 대답을 기다리는 효영을 직시하며 느릿하게 입술을 움직였다.

"한효영 씨."

"편하게 불러요."

"한효영 씨."

"……."

제 말을 듣지 않는 은재를 보며 효영은 입술을 다물었다. 왠지 죄책감이 들어 잠시 망설였지만 은재는 속에 담고 있는 말을 내뱉기 위해 소리를 냈다.

"전, 효영 씨랑 친하게 지내고 싶지 않아요."

눈썹 하나 까딱이지 않는 냉정한 은재의 말에 효영은 멍하니 그녀를 바라본다.

마음을 굳게 먹어야 했다. 이런 말을 하는 것은 홍은재답지 않겠지만 그녀에게서 그를 지켜내야만 했다.

그녀는 겨우 3년이지만 은재는 13년이다. 다시는, 그를 잃을 수가 없다. 다른 여자에게 떠나 보낼 수가 없다. 이기적이어도 어쩔 수 없다.

은재는 굳은 얼굴로 말을 이어 나갔다.

"괜한 죄책감을 가지긴 싫거든요."

효영의 얼굴이 미묘하게 떨렸다.

"그게 무슨 소리죠?"

은재는 후우, 하고 길게 한숨을 쉬더니 말했다.

"당신한테…… 진현이를 주기 싫어요."

하루를 달리하고 터져 나오는 그와 그녀의 열애기사를 보던 매일 매일.

당장이라도 그녀에게 달려가 무릎을 꿇고, 빌고 싶었다.

제발, 그를 데려가지 말라고. 내게서 그를 빼앗아가지 말라고. 눈물을 흘리며 애원하고 싶었다. 그러나…… 차마 할 수 없었다.

그러기엔 그녀의 위치가 애매했다.

친구.

단지 절친한 친구라는 입장에서 그의 애인인 그녀에게 사정하는 것은 우스운 일일 뿐이었다.

하지만 이젠 다르다. 진현과 은재는 더 이상 친구라는 벽에 막혀 있지 않았다. 두 사람은 이제 사랑하는 사이다. 그 누구도 막을 수 없는. 아주 오래전부터 서로를 마음에 품고 살아온.

하여 그의 사랑을 확인한 은재는 다른 여자가 그에게 다가오는 것을 가만히 두고 볼 수만은 없다.

은재는 눈을 크게 뜨는 효영을 직시했다. 그녀는 동요하는 효영을 향해 서늘한 음성을 내뱉었다.

"유진현은…… 제 남자여야 해요."

효영은 무슨 소리를 들었냐는 듯 두 눈을 깜빡였다. 은재는 또박또박, 말했다.

"그 누구에게도, 빼앗길 수 없어요."

"……!"

"마음 같아선 한효영 씨와 보냈던 몇 개월마저 뺏어오고 싶은 심정이에요."

효영의 얼굴이 점점 흙빛으로 물들어갔다.

"전 그 남잘 사랑해요. 유진현을, 사랑해요."

특히 사랑이라는 단어를 언급할 때, 은재는 힘을 주었다.

"그래서 날 이용해 그의 환심을 사려는 효영 씨의 계획엔 동참할 수가 없네요."

효영의 입술 사이로 아무런 목소리도 새어나오지 않는다. 그녀의 속눈썹이 파르르 떨리는 게 보였다.

은재는 새하얗게 질린 얼굴로 저를 응시하는 효영을 바라봤다.

"진행하시는 프로그램은 잘 보고 있습니다. 앞으로도 왕성한 활동

기대할게요."

유유히 몸을 돌리려고 했다. 차마 은재를 잡질 못하는 효영에게서 멀어지려고 몸을 돌리려는 순간 은재는 행동을 멈췄다.

"아. 잊은 게 있네요."

그녀의 말에 효영이 숨을 돌리려다 은재를 응시했다. 할까 말까, 조금 망설였지만 은재는 천천히 왼손을 들어 올리며 반짝 빛나는 반지를 효영에게 보였다.

"저랑 진현이, 약혼했어요."

그리고 은재는 빙긋 웃었다.

"축복, 해 주실 거죠?"

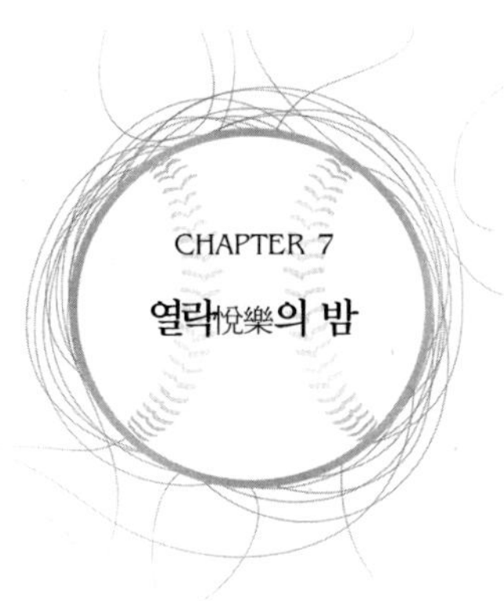

CHAPTER 7

열락悅樂의 밤

1. 열락悅樂의 밤(A)

"유 군의 피칭은 시원시원해서 좋아."

진현은 자신을 향해 껄껄 웃으며 어깨를 두드리는 구단주의 말에 어색한 미소를 지었다. 힘들군. 타인에게 손을 삭삭 비비며 아부를 떠는 것에 익숙하지 않아 저 멀리 떨어진 입장에서 지켜보던 때와는 달리 직접 앞에 서 있는 입장이 되니 정신적으로 힘이 든다.

"앞으로도 우리 TJ를 위해 애써 주게. 코시, 기대하지."

구단주를 비롯한 단장, 팀 관계자, 그리고 감독 등등 TJ의 고위급 인사들과 이야기를 나누고 있던 그는 자꾸만 은재가 있는 곳으로 시선이 향하는 것을 막을 수가 없었다.

"어이구. 우리가 너무 유 군을 잡았나?"

"예?"

"아까 보니 웬 여성과 함께 들어오는 것 같던데. 애인인가?"

그들의 말을 들으면서 은재의 위치를 파악하고 있던 진현의 다급한 마음을 알았는지 구단주가 두 눈을 빛내며 물었다. 동시에 그 자리에 있던 모든 이들의 시선이 자신을 향하자 잠시 망설이다 살짝 고개를 끄덕였다.

"아쉽군. 애인이 없다면 우리 조카를 소개시켜 주려고 했었는데."

진현은 입맛을 쩝쩝 다시며 말하는 구단주를 물끄러미 바라봤다. 그의 조카는 연예인으로 꽤 유명세를 치르고 있는 여자였다. 진현이 호오, 하고 낮게 탄성을 내지르는 주위의 시선에 부담감을 느끼며 아무런 말도 하지 않자 그는 피식 웃으며 말을 이었다.

"우리가 너무 잡아두는 것도 예의가 아니지. 이야기는 다음에 또 하세. 애인에게 가 보게."

구단주의 말이 끝나자마자 진현은 서둘러 인사를 하곤 은재가 있는 곳으로 발걸음을 옮겼다.

어디 있는 거지?

그들과 이야기를 하다 잠시 놓친 것이 문제였다. 오늘따라 그의 시선을 자극하는 은재가 동료들에게 둘러싸여 웃고 있는 모습이 떠오르자 기분이 급격하게 나빠진다. 미간을 찌푸리며 도통 보이지 않는 은재의 존재를 찾으며 두리번거리고 있을 때 진현에게 다가오기 위해 타이밍을 잡던 희찬이 다가왔다.

"뭘 그렇게 찾아?"

진현은 그제야 희찬이 바로 옆에 서 있다는 사실을 알아차리고 한숨을 내쉬었다.

"혹시 은재 봤어?"

"은재?"

"어디 있는지 안 보이네. 대체 뭐하고 있는 거야."

희찬은 얼굴을 잔뜩 일그러뜨리고 있는 진현을 물끄러미 바라봤다. 무사 만루 상황에서도 표정 하나 변하지 않는 이 냉정한 놈은 어찌 된 영문인지 '홍은재'라는 여자와 관련된 일이라면 얼굴에 모든 생각이 드러날 정도로 달라진다. 안절부절못하는 진현의 모습에 희찬은 고개를 절레절레 흔들며 혀까지 끌끌 찼다.

"공식적으로 사귀기로 하고 난 이후로 그놈의 독점욕이 하늘을 찌를 정도구만."

희찬은 희번덕거리는 눈을 진현을 향해 들이댔다. 순식간에 돌변한 희찬으로 인해 진현은 조금 당황했다.

"그래. 대체 어떻게 된 거야? 얼마 전까지만 해도 홍은재, 홍은재 하면서 끙끙 앓던 녀석이. 애인? 얌마. 이 형님 속일 생각 하지 말고 처음부터 끝까지 불어 봐!"

처음부터 끝까지?

그러나 이내 냉정한 그로 돌아와 입가에 살짝 미소를 짓는 여유까지 보인다.

"어랍쇼?"

희찬은 뭔가를 생각하는 진현의 얼굴이 밝아지자 고개를 갸우뚱거렸다. 진현은 머릿속을 정리한 듯 희찬의 호기심 어린 눈을 직시했다. "형, 나 행복해"라고 말하고 있는 그의 모습에 말을 잃은 희찬은 얼떨결에 고개를 끄덕였다.

"나, 은재랑 약혼했어."

"아아, 그래서 그런 거…… 뭐?"

희찬은 두 눈을 동그랗게 떴다. 기껏해야 13년 우정을 드디어 벗어나 사귀기로 했다는 정도의 이야기가 나올 줄 알았던 진현의 입에서 약혼 소리가 나왔으니까. 너무 놀라 입을 다물지 못하는 그를 바라보며 진현은 말을 이었다.

"그러니까 반드시 우리가 우승해야 해. 우승하면 혼인 신고서를 내러 가기로 했거든."

"어? 뭐? 응?"

"형. 난 형만 믿어. 형이 던지라는 곳으로 무조건 던질게. 내가 은재랑 결혼할 수 있도록, 형이 좀 도와줘."

"아. 나, 난…… 저기…… 뭐?"

희찬은 약혼에 이은 혼인 신고서와 결혼이란 단어에 정신을 못 차렸다. 자기가 들은 말이 과연 진현의 입에서 새어나온 말이 맞는가에 대한 것부터 의심하고 있는 그를 보며 진현은 결정타를 날렸다.

"부탁해."

망치로 머리를 서너 대는 맞은 것 같다. 제 손을 부여잡은 진현의 눈빛이 더할 나위 없이 반짝거린다는 것을 알면서도 희찬은 아무런 말도 하지 못하고 입만 뻐끔거렸다. 진현은 빙긋 웃으며 고개를 돌리다 은재와 효영이 함께 있는 모습을 발견했다.

'뭐지?'

서로를 마주 보며 대치된 상황인 두 여자의 모습에 왠지 불길해졌다. 효영이 이곳에 올 줄은 예상치 못했던 진현은 미간을 찌푸리며 서둘러 눈을 깜빡이는 희찬을 향해 말했다.

"형, 그럼 그런 줄 알고. 자세한 건 다음에 이야기해."

"어? 어어."

"나 간다."

말도 제대로 하지 못하는 희찬을 내버려 두고 진현은 은재와 효영이 있는 곳으로 발걸음을 옮겼다.

무슨 일이지?

얼마 전, 자신을 찾아온 효영의 모습이 떠올라 본능적으로 불길한 예감이 들어 얼굴이 일그러진다. 진현은 꽤나 무시무시한 눈빛을 빛내며 성큼성큼 발을 움직였다.

한 걸음, 두 걸음.

혹 효영이 쓸데없는 이야기를 은재에게 하지 않을까. 진현은 은재가 괜한 오해를 하기 전 두 사람은 아무런 사이도 아니라고 밝히기 위해 바삐 발걸음을 옮겼다. 가슴이 두근거려 미간을 찌푸리던 진현은 어느새 사라진 은재를 대신해 홀로 멍하니 서 있던 효영의 팔을 잡아끌었다. 앗! 하고, 효영이 그의 손에 의해 끌려오자 진현은 서늘한 두 눈을 빛내며 효영을 내려다봤다.

"은재한테 뭐라고 한 거야."

그녀의 마음을 조금이라도 상하게 만들었다면 아무리 여자라도 봐주지 않겠다. 차갑기 그지없는 진현의 날카로운 눈빛에 가로막힌 효영은 갑자기 나타난 걸로도 모자라 적대적인 눈길을 쏘아대는 그를 보며 허탈한 숨을 토해냈다. 효영은 고운 미간을 살짝 일그러뜨리며 붉은 입술을 움직였다.

"내가 은재 씨를 위협이라도 한 것처럼 행동하네?"

진현은 그녀의 말에 으르렁거렸다.

"위협했어?"

그러자 효영은 하! 하고 어이없다는 신음을 내뱉었다.

"아니. 오히려 당한 건 나지."

효영은 씁쓸한 목소리로 중얼거렸다.

“그런 사람인 줄 몰랐는데, 되게 무섭더라.”

그녀의 말을 이해하지 못하겠다. 진현은 자신에게 잡힌 손을 억지로 풀어내는 효영을 바라봤다.

“무슨 소리야.”

싸늘한 그의 목소리에 입술을 삐죽이던 효영이 돌연 눈을 치켜뜨며 진현을 향해 물었다.

“한 가지만 물을게. 유진현, 당신 약혼했어?”

“……!”

“맞구나. 제길.”

길게 한숨을 내쉬는 효영을 향해 아무런 말도 하지 못했다. 그녀가 대체 어떻게 안 거지? 분명 그의 약혼 사실을 아는 것은 은재와 자신, 그리고 방금 전 그 사실을 알려 준 희찬밖에 없었다. 눈을 동그랗게 뜨는 진현을 아니꼬운 눈빛으로 응시하던 효영이 두 사람만의 이야기를 알게 되었다는 사실에 꽤 불쾌해졌다.

그가 입술을 쉬이 움직이지 못하는 사이 효영은 짜증 섞인 목소리로 중얼거린다.

“며칠 전만 하더라도 친구다 뭐다 하며 쩔쩔 매더니. 대체 언제 약혼까지 한 거야?”

정신이 번쩍 든다.

“알 거 없어.”

진현은 한 발자국 뒤로 물러나며 말했다. 효영은 서늘한 그의 태도에 씁쓸한 표정을 지었다.

“그래. 뭐, 내가 알 바 아니지.”

그녀의 변화가 꽤 낯설어 진현은 가만히 그녀를 바라봤다.

“어쨌든, 충격이야. 그래서 내 전화를 그렇게 씹어댔던 거였어.”

효영은 자조 섞인 말을 내뱉으며 진현을 응시했다.

“별로 해 주고 싶지 않지만…… 축하해. 드디어 소원 성취한 거. 빌빌 기다가 갑자기 날아다니는 이유가 있었네.”

효영은 자신을 말없이 쳐다보고 있는 진현의 두 눈이 미동조차 하지 않는다는 것을 발견하곤 또 다시 길게 한숨을 내쉰다.

“걱정 마. 은재 씨한테 뭐라고 한 거 아니니까.”

무시무시한 눈길로 자신을 추궁이라도 하는 진현을 향해 고개를 가로젓던 그녀는 자신만만한 표정을 지으며 왼손의 약지를 보여 주던 은재의 얼굴을 떠올렸다.

“다른 여자를 마음에 품고 있는 솔로의 마음을 돌릴 자신은 있어도, 결혼 약속까지 한 행복한 커플을 깨뜨릴 마음은 없어. 가슴이 엄청 아프지만, 물러날 거야.”

효영의 말에 고요하던 진현의 눈동자가 살짝 흔들렸다. 효영은 입꼬리를 살짝 말아 올렸다.

“혹시 알아? 은재 씨한테 질리면 나한테 올 수도 있잖아. 그때를 기다리…….”

“그럴 리는 없어.”

미련조차 단칼에 잘라 버리는 진현을 보고 효영은 피식 웃었다.

“참, 빨리도 대답하네. 사람 무안하게.”

일말의 희망도 갖지 못하게 한다. 언제나 그랬다. 그랬기에 더욱 안달을 낸 건지도 모른다. 가질 수 없는 사람처럼 보였으니까.

다른 여자에게 마음을 품고 있다고 하더라도 시간이 지나면, 모든 남자들이 그랬듯 그녀를 바라봐 줄 것 같았으나 진현은 달랐다. 오직 한 사람, 길고 긴 시간이 지겹지도 않는지 한 사람만 바라보던 그의 마음은 도통 달라질 것 같지가 않다.

혹시나 마음이 변할까 싶어 3년을 기다렸지만 여전히 그대로다. 그런 상황에서 어긋나기만 하던 그의 사랑이 드디어 얼굴을 마주 봤단다. 그렇다면 자신이 서 있을 곳은 아예 없지 않은가. 아니, 처음부터 없었지만.

가슴이 욱신거렸지만 효영은 굳게 마음을 먹고 뒤돌아섰다. 그리고 냉정하게 발걸음을 옮겼다. 아마 자신의 이런 차가운 말에도 그녀를 품고 있지 않은 그의 가슴엔 생채기조차 나지 않을 테지만, 왠지 비아냥거리고 싶어졌다.

"콩깍지가 제대로 씌었어. 흥."

진현은 자신을 스쳐 지나가며 중얼거리는 효영의 말에 고개를 돌렸다. 뚜벅뚜벅 사람들이 있는 곳으로 걸어가는 효영의 뒷모습을 가만히 쳐다보던 그는 한숨을 내쉬었다. 그러다 그의 예상대로 자신의 동료들에게 둘러싸여 칵테일 잔을 하늘 높이 치켜뜨고 있는 은재를 발견했다.

무척이나 어두웠던 효영의 얼굴과는 꽤 차이가 있는 태양같이 빛나는 밝은 그녀의 모습에 잠시 놀라던 그는 그녀에게 달려드는 날파리들을 제거하기 위해 걸어갔다. 은재의 꾸민 모습에 눈에 불을 켜고 입을 움직이고 있는 동료들을 떼어내며 진현이 그녀의 어깨에 손을 얹자 은재가 고개를 돌린다.

"어, 왔어?"

진현을 보며 은재는 웃었다.

♥ ♥ ♥

"어……땠어?"

효영 때문에 쉽게 말을 건넬 수 없었던 그의 첫 말은 위와 같았다. 그녀의 눈치만 슬금슬금 살피며 한참을 고민하던 진현은 왠지 모르게 긴장하며 그녀의 말이 떨어지길 기다렸다.

"너무 재밌었어! 오랜만에 영우 언니도 보고. 전반적으로 좋았어!"

은재는 그의 걱정이 무색하게 태양보다 환한 미소를 지으며 외쳤다.

집으로 가는 엘리베이터 안.

한 층, 한 층이 엘리베이터가 올라가는 모습을 지켜보다 은재를 품에 안은 진현의 속삭임에 그녀가 답하자 가슴이 쿵쿵 뛴다. 은재의 미소는 언제나 그렇듯 그의 가슴을 설레게 만들었다.

엘리베이터 안에서도 이어지는 애정행각이 이젠 조금 익숙한지 편안한 표정을 지으며 그의 품에 안겨 있던 은재는 웃다 말고 머뭇거리는 진현을 올려다봤다.

"왜 그래?"

진현은 동그랗게 눈을 뜨며 고개를 뒤로 젖히는 그녀의 말에 잠시 망설였다.

물어봐야 하는 걸까.

효영을 보내고 나서 은재의 밝은 얼굴을 보며 잠시 고민했다. 무슨 일이 있었던 건지 꽤 걱정이 됐다. 당한 것은 효영이라고 할지라도 은재가 오해할 만한 일이 있었던 건 아니었는지, 혹 그녀의 마음에 상처를 받을 만한 말을 효영이 한 것은 아닌지 의심이 들었으니까. 연회장에서 물어보고 싶었지만 기분이 좋은 은재의 마음을 상하게 하고 싶지는 않았다.

은재는 말없이 저를 내려다보는 진현을 향해 "진현아?" 하고 되묻는다. 진현은 머뭇거리다 끝내 말을 내뱉었다.

"아까…… 효영이랑 있는 거 봤어."

은재는 친근하게 효영의 이름을 부르는 진현의 말에 미간을 일그러뜨렸다. 순식간에 그녀의 표정이 변하자 역시 무슨 일이 있었던 것이라 짐작한 진현은 서둘러 물었다.

"효영이가 너한테 뭐라고 한 거야?"

"……."

"무슨 일이었……."

"유진현."

"응."

"너, 그 여자랑 어디까지 나갔어?"

……뭐?

땡, 하고 엘리베이터가 서자마자 들리는 은재의 목소리에 진현은 두 눈을 동그랗게 떴다. 은재는 놀란 진현을 서늘한 눈으로 바라보다 묻는다.

"키스는 했어? 설마, 같이 잔 건 아니지?"

갑작스런 그녀의 물음에 진현은 미간을 일그러뜨렸다.

"무슨 소리야."

대답이 마음에 들지 않았는지 은재는 입술을 삐죽이더니 진현의 넥타이를 향해 손을 뻗었다.

"뭐하는…… 읍!"

진현의 품에서 벗어난 은재는 활짝 열리는 엘리베이터에서 먼저 빠져나와 진현의 넥타이를 잡아끌었다. 그녀의 우악스런 힘에 의해 졸지에 엘리베이터를 벗어난 진현은 갑자기 저를 벽에 몰아붙이며 제 몸을 숙이게 만드는 그녀의 행동에 따를 수밖에 없었다.

거친 은재의 혀가 놀란 진현의 입술을 파고든다. 눈 깜짝할 새 일어난 그녀의 기습 키스에 멍하니 두 눈을 깜빡이고 있을 때 은재가 그의 넥타이를 더 세게 움켜쥐며 진현의 얼굴을 제 쪽으로 잡아당겼다. 차가운 벽의 느낌이 등을 타고 온몸으로 전달됐지만 그보다 더 강렬하고 뜨거운 은재의 혀가 입안을 휩쓸고 지나가자 진현은 아무런 생각도 할 수가 없었다.

그의 입안 곳곳을 탐험하는 붉은 뱀이 고른 그의 치열을 훑어 내렸다. 당황한 그의 혀가 이러지도 저러지도 못하고 방황하자 건들면 녹아내릴 것 같은 그녀의 혀가 진현의 혀를 옭아맸다. 서로의 타액이 뒤죽박죽 섞여 누구의 것인지 분간할 수 없을 것 같은 시간이 이어졌다.

한참 동안 그를 잡아먹을 것처럼 진현을 탐하던 은재의 입술이 떨어져 나간 것은 오랜 시간이 지난 후였다. 하아, 하고 낮게 숨을 내뱉는 진현을 바라보던 은재는 꽤 풀린 눈으로 저를 응시하는 진현을 향해 물었다.

"내가 더 잘하지?"

입가를 슥, 닦는 그녀의 립스틱이 번졌다. 진현은 멍하니 그녀를 바라봤다. 묘하게 섹시한 은재의 눈은 너무도 당당해 더욱 그를 숨막히게 만든다. 사귀게 된 이래로 키스를 요구하는 것은 자신이었다.

먹어도 먹어도 식욕을 자극하는 탐스러운 과실처럼 그의 욕망을 자극하는 그녀의 붉은 입술을 탐내는 건 제가 먼저라 여겼다. 그러나 방금 전의 키스를 보아 굶주린 건 저 혼자만이 아닌 것 같다. 왠지 기분이 좋아진 진현이 아무런 말도 하지 않자 은재가 미간을 찌푸린다.

키스를 하는 입장이 아닌 당하는 입장도 생각 외로 즐겁다는 것을 깨닫고 있던 진현이 말을 잇지 않는다는 사실에 화가 났는지 은재는 또 한 번 그의 넥타이를 잡아끌며 외쳤다.

"왜 말을 못 해?"

졸지에 그녀에게 끌려가게 된 진현은 놀란 얼굴로 중얼거렸다.

"무, 무슨……!"

은재는 급히 현관의 비밀번호를 꾹꾹 누르더니 그를 향해 소리쳤다.

"제길. 너, 따라와!"

진현을 잡아끈 은재는 그가 신발을 벗을 사이도 없이 그를 끌고 침실로 향했다. 꽤 흥분한 은재의 갑작스런 행동에 당황한 진현은 속절없이 그녀의 힘에 끌려갔다.

쾅! 은재는 우악스런 힘으로 침실 문을 열어젖히곤 그의 침대 위로 진현을 눕혔다. 워낙 순식간에 일어난 일이라 그저 그녀의 행동을 바라볼 수밖에 없었던 진현의 심장이 쿵쾅거리기 시작했다. 은재는 드레스 위에 걸치고 있던 재킷을 바닥으로 내던지며 그의 배 위에 올라탔다.

"그 여자 흔적, 모조리 다 지워줄 거야!"

눈을 빛내고 있는 은재는 조금 화가 난 듯하다. 그제야 은재가 효영을 질투하고 있다는 사실을 깨달은 진현은 목구멍을 간질이는 웃음을 참기 위해 숨을 크게 들이마셨다.

'이거, 일이 재밌게 돌아가는데.'

씩씩거리는 그녀의 질투하는 모습이 무척 귀엽다.

그녀는 진현이 키스든 뭐든 짙은 애정행각은 은재와 처음으로 하고 있다는 것을 모르는 것 같았다. 하긴, 아직 말하지 않았으니 당연히 오해할 수밖에. 아마도 효영이 은재의 심기를 자극하는 말을 내뱉은 것이 분명하다. 그것이 대체 어떤 말이었을지 상상은 가지 않지만 진현은 비싼 드레스를 벗으려 애쓰는 은재를 바라보며 잠시 고민했다.

'그냥…… 내버려 둘까?'

덮침을 당하는 입장이라는 것이 예상외로 그의 신경을 자극한다. 그녀의 당돌한 행동으로 인해 온몸의 피가 들끓었다. 자꾸만 한곳으로 피가 쏠리는 것을 애써 참아 보지만 이것이 얼마나 지속될는지는 장담할 수가 없었다.

그는 어느새 중요 부분만 가리는 속옷만 남겨둔 채 거추장스러운 옷들을 모조리 바닥으로 집어던진 은재가 허겁지겁 제 셔츠의 단추를 풀려 낑낑거리는 모습을 지켜봤다.

후우, 미치겠군.

"홍은재."

그래도 저렇게 이성을 잃은 그녀를 조금 진정시킬 필요가 있었던 진현은 그의 셔츠 마지막 단추를 풀어내려 가는 은재의 팔목을 잡았다.

"왜!"

은재는 일이 방해를 받자 미간을 찌푸린다. 진현은 짙은 숨을 토해내며 이글거리는 눈빛을 쏘아댔다.

"지금 시작하면, 나…… 못 참을지도 몰라."

그녀는 끝내 그의 셔츠를 벗겨내며 외쳤다.

"안 참아도 돼."

"……진심이야."

"나도 진심이야! 못 들었어? 그 여자 흔적 다 지워 준다니까?"

이거 오해해도 꽤 잘못된 방향으로 오해하는 것이 틀림없다. 열망에 타오르는 은재의 눈동자가 점점 붉은빛으로 물들어간다. 진현은 피식 웃으며 말했다.

"지울 흔적 같은 건 없어. 나, 네가 처음이다."

"처음이고 뭐고 얼른…… 뭐?"

그의 말을 들은 은재는 두 눈을 동그랗게 떴다. 진현은 쿵쿵 뛰는 심장을 진정시키며 그의 가슴에 닿는 은재의 머리칼을 쓸어 올렸다.

"처음이라고, 네가."

"……!"

"그러니까 못 참아. 이렇게 자극하면."

뜨끈한 중심 부분이 언제 하늘 높이 치켜뜰지 모르겠다. 그녀를 정신없이 탐하라 머리는 그를 향해 외치고 있었지만 일단은 그보다 먼저 오해한 그녀의 마음을 풀어 줘야겠다 여겼다. 은재는 멍하니 그를 내려다보며 미간을 찌푸렸다.

"처음?"

"그래."

"진짜?"

"그래."

"……아."

충격을 받은 얼굴로 은재는 말을 멎었다. 진현은 허리를 들어 멍한 그녀의 입술 위로 제 입술을 포갰다. 한껏 달아올라 뜨겁기까지 한 그녀의 부드러운 입술을 쓸어내리며 점점 더 아찔해지는 감정을 느끼던 진현은 키스가 끝나자 몽롱한 눈빛을 띄는 그녀를 향해 말을 이었다.

"지금 시작하면…… 중간에 그만두지 않아."

아니. 못 그만둬.

이렇게 자극하고, 내빼게 할 수는 없으니까.

"아무리 울고 떼써도 끝까지 갈 거야."

"……."

"여기서 끝내면, 혼자 참을 수는 있어."

꽤 힘들겠지만, 참아 볼게.

"그러니까 네가 결정해. 선택은 네 몫이야."

이성을 잃은 그녀에게 덮침을 당하고도, 덮치고 싶지도 않았다. 서로를 생각하는 마음이 가득한 상태에서 서로를 갈구하고 사랑을 나누고 싶었다.

은재는 강한 열기를 집어삼키는 진현의 두 눈을 빤히 바라보며 입술을 오물거렸다. 그 붉은 입술마저 핥고 싶은 욕구를 억지로 참던 진현이 크게 숨을 내쉬자 은재는 돌연 오른쪽 검지로 진현의 콧등을 쓸어내렸다.

"처음이라……."

무척 야릇하게 들리는 목소리. 그녀가 그런 목소리를 내뱉을 거라곤 생각하지 못했던 진현의 몸이 부르르 떨렸다. 은재는 생각을 마친 듯 희미한 미소를 지으며 그의 입술 위에 닿은 검지를 슬며시 움직였다.

"그거, 다행이네."

반달 같은 눈웃음을 지으며 부드럽게 그의 입술을 지나 목을 타고 내려오던 그녀의 손가락이 진현의 심장 부근에 멈춘다. 두근두근. 발작처럼 뛰기 시작하는 심장으로 인해 진현은 말을 내뱉지 못했다. 그녀에게 박힌 듯 떨어지지 않는 진현의 시선을 마주하던 은재는 고개를 숙여 앵두 같은 입술을 그의 가슴에 가져다 댔다. 촉, 하는 소리가 울려 퍼진다.

"참지 않아도 돼."

은재는 제 행동에 입술을 꾹 깨무는 진현을 향해 속삭였다.

"아니, 참지 마."

점점 더 열망에 이글거리는 진현의 눈동자를 발견하지 못했는지 작게 중얼거리는 그녀의 목소리엔 그의 정신을 어지럽히는 마력이 담겨 있었다. 그의 가슴팍을 혀로 핥아 내리고 짧은 키스를 하며 제 흔적을 남기는 은재의 짙은 유혹에 가쁜 호흡을 내쉬고 있던 진현은 이내 싱긋 웃는 그녀의 말에 눈을 빛냈다.

"사랑해."

은재의 속삭임이 끝나자마자 진현은 크게 숨을 내뱉었다. 그리고 제 몸에 올라탄 그녀의 허리를 잡아당기며 몸을 일으켰다.

"시작한 건 너야."

그는 순식간에 상황을 역전시키곤 그녀를 침대에 눕히며 중얼거렸다. 은재의 목덜미로 돌진하는 그의 새빨간 혀가 쓸고 지나간 흔적은 그녀의 속눈썹을 파르르 떨리게 만들었다. 그는 한층 더 짙어진 눈동자로 그녀를 응시했다.

그의 목에 기다란 팔을 두른 채 저를 바라보고 있는 은재의 모습은 낯설기만 하다. 유혹하는 눈빛으로 아찔한 신음을 토해내고 있는 그녀는 확실히 그의 혈관 속을 헤엄치는 혈구 하나하나까지 자극한다.

진현은 허겁지겁 제 허리춤에 손을 대려는 은재의 팔목을 부여잡고 고개를 저었다. 시작한 건 그녀였지만 리드는 자신이 하고 싶었다. 은재는 진현을 보고 두 눈을 깜빡였다. 그는 빙긋 미소 지으며 그녀의 허리를 안아들었다.

"흡!"

살짝 들린 허리로 인해 진현의 손이 그녀의 등 뒤로 향하자 은재는 숨을 크게 들이쉰다. 진현은 후크 쪽을 만지작거리며 한참을 머물렀다.

"아!"

딱 소리를 내며 그녀의 가슴을 가리고 있던 브래지어가 풀리자 은재가 탄성을 질렀다. 진현은 입가를 슬며시 올렸다.

"풀렸어."

서서히 그녀의 허리를 침대 위로 내려놓는 진현의 중얼거림에 은재는 손을 뻗어 그의 눈을 가리고 있는 앞머리를 쓸었다.

"알아."

그녀는 빙긋 웃으며 그의 바지 앞을 조이던 벨트를 잡아당겼다. 철컥거리는 소리와 함께 벨트가 풀려나오자 진현은 멍한 눈으로 그녀를 내려다봤다.

자극적이다. 너무나 자극적이라 이성을 잃게 만든다.

조금만 더. 정신없이 몰아치지 않기 위해 마지막 남은 이성의 끈을 억지로 붙들어야 하건만 그것이 쉽지 않다. 도대체 너는 무슨 생각을 하고 있는 것일까. 나를 자극해서 점점 더 달아오르게 하면 힘들어지는 건 너일 텐데.

진현은 후후, 하고 낮게 웃는 그녀의 입술을 집어삼켰다.

"흐응."

달콤한 체액을 모조리 쓸어내리듯 그녀의 입안을 휘젓는 그의 혀로 인해 은재의 몸이 서서히 들썩였다. 낯간지러운 은재의 신음 소리가 그의 귓전을 울렸다.

"진현아……."

은재는 흐느적거리는 몸을 주체하지 못하고 진현을 향해 속삭였다. 참기 힘든 그 목소리에 진현은 거칠게 아슬아슬하게 그녀의 가슴을 가리고 있던 가리개를 잡아당겼다.

"큭."

눈앞이 어질하다. 주체할 수 없을 정도로 치밀어 오르는 욕망이 그의 정신을 장악한다. 진현은 눈에 비치는 두 개의 언덕을 발견하고 숨을 들이마셨다. 그의 손에 들어갈 두 개의 핑크빛 언덕은 너무도 아름다웠다.

"하아."

저도 모르게 가슴을 살포시 쥐는 진현의 손길에 은재가 얕은 탄성을 내지르자 점점 더 참을 수가 없다. 혈관을 타고 흐르는 붉은 액체가 한곳으로 집중되는 것을 막을 수가 없다.

진현은 붉은 입술을 오물거리고 있는 그녀를 내려다보다 결국 은재의 가슴팍으로 얼굴을 묻었다. 뜨거운 그의 혀가 가슴골에 닿자 은재는 살짝 미간을 찌푸렸다.

부드럽게, 그리고 천천히. 그의 행동 하나하나를 그녀의 머릿속에 각인이라도 시키려는 듯 진현은 느릿하게 혀를 움직였다. 볼록 솟아 있는 그녀의 유두에 그의 혀가 닿자 은재는 꽉 쥐고 있던 두 주먹을 펴 진현의 머리 숲으로 손을 집어넣었다.

"하아아."

정신없이, 탐했다. 그녀의 과실을 모조리 집어삼키려는 듯 허겁지겁. 폭풍처럼 몰아치는 그의 매서운 혀 놀림에 은재는 야릇한 신음을 내지른다. 목마른 야수마냥 그녀의 가슴을 핥아 내리던 진현은 꽤 오랜 시간 가슴을 농락하다 조금씩 몸을 내렸다. 은재는 숨을 고르고 있는 진현을 거친 숨결을 내뱉으며 응시했다.

"미치……겠지?"

야릇한 미소까지 짓는 그녀는 섹시하다 못해 색스럽다. 진현은 붉은 빛깔이 감도는 눈으로 그녀를 바라보며 고개를 끄덕였다. 은재가 무슨 생각을 하는지 읽을 수는 없지만 이것 하나만은 확실하다.

현재 진현이 그녀를 죽도록 원하는 것만큼이나, 은재 역시 그를 원한다. 뒷일은 생각하고 싶지 않을 정도로, 간절히.

오직 원하는 건…… 서로뿐.

생각하면 복잡해져 그냥 입술을 꾹 다무는 진현을 바라보며 은재가 웃었다.

"나도, 미치겠어."

그녀의 유혹 아닌 유혹에 진현은 거친 손놀림으로 그녀의 여성을 가리는 팬티를 내린다.

무의식적으로 숨이 찬다. 가쁘게 뛰는 심장 소리가 아마 은재에게 들릴 것이다. 진현은 완전한 나신으로 침대 위에 누워 있는 은재를 내려다보며 침을 삼켰다. 머리가 아프다. 지끈거려 아무런 행동도 할 수가 없다. 너무도 소중한 그의 사랑이 떨리는 눈으로 자신을 응시하고 있다.

어떻게 해야 하는 것일까. 진현은 한참이나 망설였다.

"왜 그래."

은재는 부끄러운 듯 말없이 웃다 진현의 목을 끌어당기며 속삭였다. 진현은 눈을 질끔 감으며 대답했다.

"눈부셔서 숨이 막혀."

토해내듯 말을 내뱉는 그의 말에 은재는 깔깔 웃었다.

"아부는."

"진짜로. 제대로 못 보겠어."

발작처럼 뛰는 심장을 안정시킬 수가 없다. 빛나는 그녀의 나신은 그의 정신을 빼앗아 버린다. 현혹시킨다. 끝내 고개를 돌리는 그를 바라보던 은재가 진현의 얼굴을 제게로 고정시키자 진현은 눈을 떴다.

"안 돼."

은재는 흔들리는 그의 눈을 응시하며 단호하게 말한다.

"널 원해."

"뭐?"

"지금, 널 원해."

"……."

"그러니까 안아 줘."

쿵쾅쿵쾅. 으스러질 것처럼 가슴이 두근거린다. 온몸이 녹아내릴 것 같았다. 그의 몸을 제게로 끌어당기는 은재의 손이 덜덜 떨렸지만 그녀의 눈동자는 미동조차 없다. 은재는 당황하는 진현을 향해 붉은 입술을 움직였다.

"나도 처음이니까, 너무 아프겐 하지 말고……."

은재는 숙인 그의 어깨를 살짝 깨물며 중얼거린다. 그녀의 가지런한 치열이 그의 어깨에 찍히자 그는 결국 이성의 끊을 놓을 수밖에 없었다.

원한다. 내 모든 걸 내줄 만큼 간절히…… 널 원한다.

참을 수 없었다. 말초신경까지 자극하는 그녀의 중얼거림이 그의 정신을 지배한다. 진현은 천천히 허리를 움직일 때마다 제 등을 파고들 것처럼 손톱을 치켜세우는 은재를 내려다봤다.

불과 며칠 전까지만 하더라도 네게 다가갈 수 없을 줄 알았다. 너와 나의 거리는 너무도 멀어 보여, 평생 꿈만 꾸고 살 줄 알았다.

"은재야……."

이렇게 애달아하는 얼굴로 너를 내려다보며, 사랑한다는 말을 내뱉을 수 있을 거라고는 생각하지 못했다. 죽을 때까지 혼자 품고 살아야 할 감정이라고만 생각했다.

"사랑해."

사랑한다. 과거도, 현재도, 미래도.

오직 내 심장의 주인은 네가 될 수 있도록……. 내 심장이 망가질 때까지, 나는 너를 사랑할 거다. 서로를 향해 내뱉는 사랑한다는 그 말이 침실 안을 가득 울리고 있었다.

2. 열락悅樂의 밤(B)

문득, 떠올라 버렸다.

너를 사랑한단 그 여자의 말을 듣고, 그 여자를 품에 안고 있는 너의 모습이.

그 여자에게 시원하게 일격을 날린 후 돌아서면서도 마음 속 한쪽이 못내 찜찜했던 것은…… 바로 그 이유 때문이었다.

너의 입술의 감촉을 알게 되었고, 너의 체취를 느낄 수 있게 되었지만 나는 네가 어떤 얼굴로, 어떤 표정을 지으며, 어떻게 사랑의 행위를 나누는지 알지 못했다.

궁금해졌다.

침대 위에서 나른하게 나를 향해 손짓할 네 모습이. 격정에 휩싸여, 내 몸을 탐하고 느낄 너의 모습이. 내게 사랑한다 속삭이며, 내 안을 너라는 존재로 가득 채워 줄 네 모습이.

그래서, 지나치게 질투를 했는지도. 과장된 행동을 취하며 네게 속삭였는지도……. 너를 향해 유혹의 손길을 뻗는 것을 조금도 망설이지 않았는지도, 모른다. 달아오른 얼굴로 나답지 않은 목소리를 뱉어낸 것도, 너를 원한다는 내 마음을 조금도 숨기지 않았던 것은…… 바로 그 때문이었다.

정신없이 탐하고, 또 탐해 시간의 흐름마저 무뎌질 때쯤 숨을 고르기 위해 잠시 서로에게서 벗어난 두 사람 중, 멍하니 천장을 올려다보던 은재가 중요 부위만 이불로 살짝 걸쳐둔 진현을 향해 몸을 돌리며 물었다.

"처음이라며."

아직까지 열기가 가시지 않은 진현의 이마에는 이슬처럼 빛나는 방울이 맺혀 있다. 손을 뻗어 그의 땀을 슥, 닦아 주는 그녀의 야릇한 손놀림에 가만히 지켜보던 진현은 닫혀 있던 입술을 열었다.

"처음 맞아."

은재는 뚱한 얼굴로 한동안 그를 바라보다 말을 이었다.

"진짜?"

"그래."

"흐음……. 한효영 말고도 두어 명 정도 사귀지 않았어?"

"그랬지."

"그런데…… 처음이다?"

"뭘 묻고 싶은 거야."

은재의 찌푸려진 미간을 쿡 찍으며 그가 묻자, 그녀는 입술을 오물거리다 말을 내뱉었다.

"처음치고는…… 너무 잘하잖아."

좋았다.

사랑하는 사람과 하나가 되는 행위의 즐거움에 대해선 익히 들었던 일이지만, 생각보다도 훨씬.

분명 처음이라던 진현의 몸놀림이 예사롭지 않았기에 더더욱 그렇게 느꼈던 건지도 모르겠다. 그녀의 여성 입구를 찾지 못해 당황하던 모습은 온 데 간 데 없이 사라지고 능숙한 허리놀림으로 은재의 혼을 쏙 빼놓는 진현은 난생 처음으로 남자와 잠자리를 갖는 은재가 느끼기에도 능수능란해 보였다.

때문에 의심이 간다. 혹, 그녀의 마음을 상하지 않게 하기 위해 그가 선의의 거짓말을 한 것이 아닐까 하고.

침대 위에서의 그는 때론 무시무시한 야수 같았고, 때론 달콤하고 부드러운 솜사탕처럼 은재를 안았다. 헤어날 수 없는 늪에 빠져 버린 은재의 머릿속을 텅 비게 만드는 그의 몸짓은 충분히 유혹적이었고 매력적이었다.

진현은 퉁명스럽게 말을 내뱉고는 입을 쭉 내밀고 있는 은재의 입술을 기다란 손가락으로 밀어 넣으며 피식 웃었다.

"그걸 네가 어떻게 알아?"

……어?

"너도 처음이라며."

"……!"

"처음인 녀석이 내가 잘하는지 못하는지, 어떻게 알지?"

"아."

은재는 아무 말도 하지 못했다. 눈을 가늘게 뜨며 저를 바라보는 진현의 눈매가 매서워 가만히 입술만 빼끔거릴 뿐. 그런 그녀를 향해 슬금슬금 다가오던 그는 말을 이었다.

"설마, 거짓말이었던 거야?"

"아니야!"

"……."

"처음, 맞아."

어쩌다 보니 스물아홉이 되도록 섹스 한 번 못 해 본 처녀가 되었지만, 후회하지는 않는다. 반드시 사랑하는 사람과 사랑의 행위를 나눠야 한다는 생각을 갖고 살아왔던 그녀였으니까.

평생을 기다렸지만, 안타깝게도 진현보다 사랑하는 사람을 만나지 못했다. 그녀의 마음속에 그보다 더 강렬한 인상을 심어 준 사람은 없었으며, 그만큼 사랑할 만한 사람도 없었다. 그간 사귄 사람도 여럿 있었고, 결혼까지 갈 뻔한 사람도 있었으나 순결을 지켰던 것은 그런 이유 때문이었다.

빨갛게 변한 얼굴을 숨기기 위해 고개를 푹 숙이며 중얼거리는 은재를 바라보던 진현은 손을 뻗어 그녀의 뺨에 제 손바닥을 가져다 댔다.

"알아."

차갑지만 뜨거운 열기가 전해지는 그의 손길에 놀라 고개를 든 은재를 바라보며 진현이 눈웃음을 짓는다. 가슴이 두근거려 저도 모르게 숨을 크게 들이키자 진현은 은재를 향해 속삭였다.

"그래서…… 더 행복한가 봐. 네 첫 남자가 되는 영광을 내게 줘서."

"……."

"그리고, 나도 처음 맞아."

"……."

"나 원래 뭐든지 처음부터 잘하잖아. 잊었어?"

혼전순결주의자는 아니었지만 고이 지켜온 순결을 그에게 바칠 수 있어서, 행복하다고 생각했다. 고마워, 하고 낮게 속삭이는 그의 목소리가 가슴을 울렸다. 은재는 제 입술을 쓸고 지나가는 그의 손가락의 움직임에 심장이 벌렁거리는 것을 느꼈다.

그래. 처음치고 잘하는 것이 뭐가 문제냐. 원래 유진현이란 남자는 처음부터 못하는 것이 없는 사람이니, 섹스도 너무 잘한다고 해서 이상할 게 없지.

은재는 저를 향해 부드럽게 웃는 진현의 얼굴을 직시하다 돌연 미간을 찌푸렸다.

'하여간 얄미워.'

몇 시간 전만 하더라도 그녀가 제 품에서 으스러질까 두려워하던 그의 얼굴에 비친 다급함은 언제 사라졌는지 도통 보이지 않는다. 이젠 그녀보다 훨씬 여유로운 미소까지 짓고 있는 진현의 뺨을 세게 꼬집자 진현이 얼굴을 일그러뜨렸다. 촉! 은재는 인상을 쓰고 있는 그의 입술 위에 제 입술을 살짝 가져다 댄 후 뗐다. 그는 갑작스런 그녀의 행동에 눈을 동그랗게 뜬다.

"왜."

얄밉지만 또한 그 만큼 사랑스러운 것은 사실이다. 이렇게 두 눈을 마주 보고 있어도 금세 그리워질 정도로 그를 그리는 것 또한. 은재는 저를 바라보며 입술을 깨무는 그를 향해 콧대를 세웠다. 진현은 말없이 그녀를 바라보다 천천히 입술을 움직였다.

"후우. 진짜…… 미치겠군."

"응? 무슨…… 으악!"

길게 한숨을 내쉬는 그의 중얼거림을 이해하지 못한 은재가 고개를 갸웃거리는 사이, 진현이 돌연 몸을 일으켰다. 덩달아 고개를 들던 은재가 자신을 향해 손을 뻗는 그로 인해 단발마의 비명을 내지른 이유는 졸지에 그의 품에 안겨 버렸기 때문이다. 향긋한 그의 숨결이 코끝을 자극할 만큼 가까워지자 은재는 말을 멈추었다. 진현은 일명 '공주님 안기' 자세로 그녀를 안아 침대에서 벗어났다.

간신히 두 사람의 몸을 가리고 있던 부드러운 이불자락이 스르륵 바닥으로 흘러내린다. 은재는 이불처럼 바닥으로 떨어지지 않기 위해 그의 목을 꽉 끌어안으며 결연한 표정을 짓고 있는 진현을 바라봤다.

"어, 어디 가는 거야?"

성큼성큼 침실을 나선 진현의 발걸음엔 거침이 없다. 조심스레 묻는 와중에도 살짝 스치는 그의 살결이 느껴져 눈앞이 어지러웠다. 미친 듯이 뛰기 시작하는 심장 소리가 그의 귀에 닿을 것이 분명했다. 진현은 그녀의 물음에 말없이 강렬한 눈빛을 쏘아댄다. 왠지, 그의 발길이 향하는 곳을 짐작할 수도 있을 것 같아 잠시 망설이던 은재는 피식 웃었다.

"유진현."

"응."

"아직도…… 만족 못 했어?"

축하연에서 돌아오고 난 이후로 줄곧 서로에게 들러붙어 있었던 터라 시계를 정확히 보지는 못했지만, 예상컨대 자정은 훌쩍 넘겼으리라. 그동안 절정을 몇 번을 맞았는지도 잊을 만큼 정신없이 서로를 갈구하는 맘을 맘껏 드러냈다. 천천히 열기가 식어 간다고 생각하며 이제 겨우 진정이 되는가 싶었는데 다시금 불타오르는 그의 눈빛을 보자니 그것이 또 아닌 듯했다. 어느덧 욕실 앞에 서선 문고리를 잡아당기려 애쓰는 진현의 끙끙거리는 신음 소리를 가만히 듣고 있던 은재의 물음에 그의 검은 눈동자가 그녀를 향했다.

"처음이라니까."

그는 욕망에 가득 찬 눈으로 말했다.

"자꾸 자극하는 너 때문에, 조절하기가 어려워."

거칠게 숨을 내쉬는 진현의 눈에서 그녀를 향한 짙은 열망을 느낄 수 있다. 은재는 결국 욕조에 그녀를 뉘이곤 물을 받기 위해 잠시 떨어져나간 그의 행동을 턱을 괴고 지켜봤다.

"내가 운동선수의 체력을 너무 얕본 거야, 아님 유진현이란 남자를 얕본 거야?"

그의 손이 움직이자, 쏴아아, 소리와 함께 수도꼭지에서 뜨거운 물이 쏟아져 내렸다. 진현은 저를 빤히 응시하는 그녀의 눈에 살짝 키스를 하며 웃었다.

"둘 다."

"무섭다…… 너."

번뜩이는 그의 눈동자 속으로 속절없이 빨려 들어간다. 은재는 숨을 크게 내쉬었다. 따뜻한 물이 욕조 바닥에서부터 천천히 차오르는 것을 확인한 그는 그녀가 앉아 있는 곳으로 다가왔다. 절레절레 고개를 젓는 그녀를 일으켜 제 위에 앉힌 다음, 등을 눕는 그의 가슴에 살짝 기댄 은재가 물었다.

"도대체 몇 번을 할 생각인데?"

그의 현란한 몸놀림에 탈진 지경까지 이르러 숨을 고른 지 한 시간도 되지 않았건만, 엉덩이 근처에서 느껴지는 딱딱한 그의 남성이 그녀를 조금도 쉬지 않게 하려는 듯 꿈틀거렸다. 진현은 그녀의 투덜거림에 낮게 웃으며 은재의 귓불을 살짝 깨문다.

"글쎄. 아마…… 이 녀석이 조금 잠잠해질 때까지?"

♥ ♥ ♥

열락(悅樂)

1. 기뻐하고 즐거워함

2. 유한한 욕구를 넘어서서 얻는 큰 기쁨.

면 훗날, 오늘 밤의 일을 떠올려 본다면 아마 이 날을 지칭하는 용어로 '열락' 이라는 것을 사용할 수도 있을 거라 생각했다.

현재의 그녀는 기쁘고, 즐거웠다. 그의 품에 안겨 진현의 모든 것을 받아들이는 것은 은재에게 있어선 커다란 행복이었으며 희열이었다. 몸과 마음이 모두 하나가 되는 것이 어떠한 느낌인지 무엇인지 알 수 있었다.

서로의 안에 서로를 채우는 그 시간만큼은 다른 누구도 아닌 오롯이 그들 자신만을 바라보았다. 뜨거운 눈으로 몸을 훑어 내리는 그의 시선을 피하지 아니하고, 온몸에 각인이라도 시키듯 열렬히 대응하는 은재의 몸은 잔뜩 달아올랐다.

오직 서로에게만 집중하는 열락의 시간.

강렬하고 아찔한 숨결과 체취를 고스란히 느낄 수 있었던 그 뜨거운 향연 속에서 은재는 그만의 여자가 되어 갔다.

"자?"

열락의 시간 끝에서 서로의 이름을 열렬히 불러대던 진현과 은재는 지금은 입술을 꾹 다물고 부둥켜안고 있다. 이곳이 꽤 비좁은 욕조 안이라는 것이 믿어지지 않을 만큼 아늑했다. 달콤한 그의 숨결이 정수리에서 느껴졌다. 은재는 눈을 감고 있던 귓가를 향해 작게 속삭이는 진현의 목소리에 슬며시 눈을 떴다.

"아니."

도통, 잠이 오질 않는다. 너와 내가 하나가 되었다는 희열로 인해. 그 흥분에 휩싸여 온몸이 녹초가 되었음에도, 피곤하지가 않다.

고개를 가로젓는 은재의 어깨에 물을 흩뿌리던 그는 파르르 떨리는 그녀의 어깨에 입을 맞추며 말했다.

“너는 샘 같아.”

샘?

“내 목을 축여줄, 마르지 않는 샘. 너무나 달콤한. 아무리 마셔도 전혀 질리지 않는…… 그런 샘.”

은재는 뒤로 고개를 젖히며 그를 바라봤다.

“그래서. 지금은?”

“응?”

“갈증이 좀…… 해소됐어?”

육체적인 사랑의 행위가 예상보다 이렇게 길어질 줄 몰랐다. 피곤하지 않았지만 이상하게 손가락을 움직일 수가 없다. 그럼에도 불구하고 정신은 점점 또렷해진다는 사실이 신기했다. 미약한 숨을 내뱉으며 다소곳이 그의 품에 안겨 있던 은재의 물음에 진현은 피식 웃었다.

“그러면 좋겠는데, 아직도 목말라.”

“아직도?”

은재의 두 눈이 튀어나올 정도로 커졌다.

“당연하지. 얼마나 참았는데.”

“하아!”

“그러니까 홍은재. 날 만족시키려면 체력 좀 길러.”

유려한 그의 미소에 눈앞이 아찔해졌다. 진현은 은재의 배를 슬슬 문지르며 속삭였다. 은재는 얼굴을 찌푸리며 대답했다.

“체력? 섹스하려고 운동도 해야 한단 말이야?”

세상에서 가장 싫어하는 것들 중 하나가 바로 운동이었으므로 괜히 투정을 부리는 그녀의 코끝을 톡, 건드리며 진현은 말한다.

"적어도 하다가 졸도하는 일은 없어야 하잖아."

"아."

맞는 말이었다. 아직 절정을 맞지 못한 그를 내버려 두고 먼저 환희를 느끼는 일은 없어야 했다. 두 사람 다 만족하는 관계를 맺어야 평생이 즐거울 것이다.

"그래. 운동, 한다!"

은재는 주먹을 불끈 쥐며 고개를 끄덕였다. 진현은 그녀의 정수리에 입을 맞추며 말했다.

"나, 너무 행복하다."

은재는 빙긋 웃었다.

"나도."

행복해서, 깨어나고 싶지 않은 꿈처럼…….

너와 함께하는 이 시간이, 너무 좋아.

"은재야."

"응."

"우리, 꼭 결혼하자."

"응."

"우승할 테니까, 조금만 더 기다려."

"응."

"사랑해."

"응."

"사랑해……."

"응……."

몇 천 번을 반복해도, 질리지 않는 말.

사랑한다는, 너의 말. 그리고 사랑한다는 나의 말.

나는, 너를 사랑해.

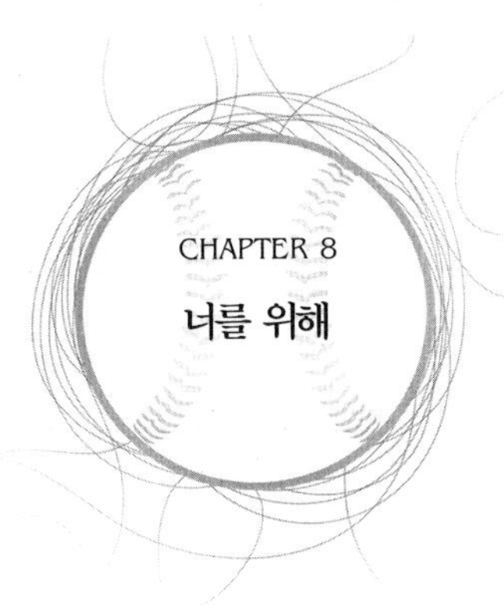

CHAPTER 8

너를 위해

1. 너를 위해(A)

"심정이 어떻습니까? 자신 있습니까? 팬들을 위해 한마디 해 주시죠!"

쏟아지는 카메라 플래시 세례 사이에서 누군가가 크게 외쳤다.

몇 시간 후 열릴 경기에 대해 묻는 질문이었다. 동료들을 따라 발걸음을 옮기려던 진현은 무심히 고개를 돌려 질문을 던진 기자를 응시했다.

"이기겠습니다."

라는 말 이외엔. 그 어떤 말도, 필요치 않았다. 이겨야 한다. 반드시 이겨서, 우승을 해야 한다. 지금껏 성원해 준 팬들을 위해서라도.

경기를 보고 응원해 줄 그녀를 위해서라도.

그리고…… 나 자신을 위해서라도.

"유진현 선수!"

다시 경기장 안으로 들어서려는 그를 또 다른 기자가 불렀지만, 진현은 망설임 없이 멈췄던 발을 움직이기 시작했다. 인터뷰는 "제가 받겠습니다." 하고, 그의 뒤를 따라오던 희찬이 기자단에게 크게 외치는 소리가 들렸다.

터벅터벅. 오늘따라 락커룸으로 향하는 길이 왜 이렇게 멀게 느껴지는 건지 모르겠다. 진현은 제게 인사를 건네는 선수들을 발견하고 고개를 까딱여 주면서 두근거리다 못해 터질 것 같은 심장의 뜀박질을 고스란히 느끼고 있었다. 평정을 유지해야 하건만, 그것이 쉽지 않다. 그날이 다가오면 평소처럼 행동할 수 있을 거라 여겼는데 실상은 그게 아니다. 진현은 후우, 하고 길게 숨을 내쉬며 가방 안에 든 글러브를 꺼내들었다.

"며칠만 더 부탁하자."

올 시즌, 수많은 경기를 함께 하며 완벽하게 제 것으로 길들여진 글러브를 내려다보며 그는 낮게 중얼거렸다. 그에게 승리의 기쁨을 안겨 줄 그것에 살짝 입을 맞추며 앉은 곳 옆에 살짝 내려놓던 진현은 가방 안에 든 파우치 하나를 꺼내 들었다. 어제 연습 투구를 하면서 느꼈던 이질감을 정리하고, 또 살짝 삐져나온 손톱도 정리할 겸 손톱깎이로 손톱을 다듬기 위해서였다. 손톱이 갈리는 서걱거리는 소리를 가만히 들으며 마음의 평안을 찾으려던 그의 몸이 육중한 무게에 돌연 흔들린 것은 얼마의 시간이 흐른 후였다.

"뭘 그리 묻고 싶은 게 많은지. 지금 심정이 어떻냐니. 어휴. 매번 같은 질문, 진짜 지겹다."

어느새 인터뷰를 마치고 락커룸으로 돌아온 희찬이었다. 투덜거리는 소리에 고개를 든 진현의 눈에 얼굴을 흔들고 있기는 하지만 입가엔 환한 미소를 짓고 있는 희찬이 들어왔다. 진현은 희찬이 내뱉는 얼굴과 말이 매치가 되지 않는다고 생각했다. 희찬은 손톱손질을 하고 있는 진현을 물끄러미 바라봤다.

"유진현. 너, 긴장하고 있지?"

"티 나?"

"엄청."

고개를 끄덕이는 희찬을 보고 진현은 길게 한숨을 쉬었다.

"너무 잘하려고 노력할 필요는 없어. 그냥 평소대로, 하던 대로만 던져. 그럼 우린 이겨."

그럴까? 신인이 아니기에 희찬의 말이 틀리지 않다는 것을 잘 알고 있지만 이번 시리즈엔 꽤 많은 의미가 담겨 있으므로 진현은 쉬이 대답할 수가 없었다. 감독님의 첫 우승이 걸려 있었고, 진현의 해외 진출도 걸려 있었으며, 무엇보다도 중요한 그녀와의 결혼이 걸려 있다.

희찬은 경직된 진현의 얼굴을 쳐다보며 풋, 하고 웃음을 터뜨리더니 그의 어깨를 톡톡 두드려주며 말했다.

"이긴다니까? 오늘 너, 분명히 이길 거야."

그렇게 독기를 품고 있으니까. 적어도, 내가 잡을 정도로만 던져 주면…… 말이지. 희찬은 떨리는 눈으로 저를 응시하는 진현을 향해 웃어 주었다. 승리의 여신은 분명히 TJ의 손을 들어 줄 것이라는 것이다. 어제 연습 투구로 던졌던 구속이 무려 159km였다는 것을 똑똑히 지켜본 희찬이기에 장담할 수 있다.

언론에선 플레이오프를 3승으로 무난하게 치르고 올라온 상대팀인 로젠 울프즈의 1선발 윤현승을 유진현의 라이벌이라 치켜세우고 있는 것 같은데, 말도 안 되는 소리. 적어도 희찬이 생각하기엔 현 한국 야구에서 유진현의 라이벌이라 불릴 만한 투수는 없었다. 구속과 제구력을 모두 갖춘 투수는 흔치 않았으니까. 팀 타율 1위를 자랑하는 TJ의 타자들이 충분히 윤현승을 공략하고, 또 진현이 평소대로만 던져 준다면 오늘의 승리는 분명히 TJ 크라운즈의 것이다.

"적당히 긴장하고 마음 가라앉혀."

적어도 TJ의 팀 관계자들은 이번 시리즈 첫 경기의 승리는 당연히 TJ가 가져갈 것이라고 믿어 의심치 않았다. 막판에 살짝 흔들리기는 했지만 올 시즌, 명실상부 에이스 유진현이 던졌던 경기에서 패배한 적은 없었으니까. 희찬은 자신의 말을 되새기며 숨을 고르고 있는 진현을 향해 말하곤 자리에서 일어났다.

"좋아."

제자리로 가 가방을 정리하는 그를 물끄러미 바라보던 진현은 두 주먹을 불끈 쥐었다. 시리즈는 총 7전 4승제로 운영된다. 4승만 먼저 이기게 된다면 꿈에 그리던 우승을 할 수 있다.

하늘 높이 들어 올릴 우승 트로피. 그 트로피를 쥐고 있는 사람은 다름 아닌 그를 포함한 TJ의 선수들일 것이라 믿어 의심치 않으며 진현은 머릿속에 맴도는 말을 크게 내뱉었다.

"해내자!"

그와 동시에 락커룸 내의 동료 선수들이 피식 웃으며 환호성을 내지른다.

오늘은, 기다리던 한국 시리즈의 1차전이 열리는 날이다.

♥ ♥ ♥

 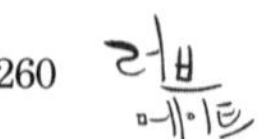

야구공.

중량은 보통 141.7~148.8g이며 둘레는 22.9~23.5cm이어야 한다. 공을 만들기 위해서는 먼저 코르크 심 위에 고무를 덧씌워 청회색과 흰색의 모사를 감아 다시 그 위에 면 겹사를 감는다. 그 다음 여기에 적색사로 108번 바느질을 하여 흰색 말가죽이나 쇠가죽 두 쪽을 잇는 공정이 이어진다.

108번의 바느질을 통해 만들어진 야구공을 보며 누군가는 불교의 교리와도 비교하기도 하고 우리의 인생사와도 비교하기도 한다. 성인 남성의 손안에 꽉 들어차는 작은 공. 이 공은 선수들의 손에서 빠져나갈 때, 비로소 많은 의미를 가지게 된다.

마운드 위에 서서 공을 던지는 투수부터 시작하여 그 공을 받는 포수, 그리고 그 공을 쳐내야 할 타자, 마지막으로 언제 어디로 날아올지 모르는 공의 위치를 알아내야 할 내, 외야를 포함한 수비수들까지. 아주 작은 크기이긴 하지만 각기 다른 수많은 의미를 지닌 이 공은 선수들의 인생까지 좌지우지할 큰 의미를 가지고 있다.

그리고 그런 많은 의미를 담은 어디로 튈지 모르는 공을, 마음대로 움직일 수 있는 사람은 극히 드물었다.

"후우우."

현재 볼 카운트는 투 스트라이크, 쓰리 볼.

진현은 크게 숨을 내쉬며 글러브 안에 든 공을 이리저리 움직였다. 소리를 지르는 관중의 함성소리가 점점 먹먹해진다.

단 네 사람. 그가 생각하기에 지금 이 커다란 경기장에 있는 사람은 오직 네 사람밖에 없었다. 공을 던지려는 그와 치려는 상대팀 4번 타자, 제 공을 기다리는 희찬, 마지막으로 이 모든 일을 지켜보고 있는 심판까지. 3만 명의 관중의 함성소리는 들리지 않았을 만큼 고요했고, 제 눈앞에 서 있는 사람들을 제외한 모든 것은 새까맸다.

어떤 공을 던질까. 어떻게 그의 스윙이 나오도록 유도해야 할까.

희찬의 사인을 보며 고개를 가로젓길 반복하던 진현은 그 짧은 시간 스쳐 지나가는 수많은 생각에 눈썹을 꿈틀거렸다. 몇 번의 사인을 주고받은 후 겨우 고개를 끄덕인 진현은 천천히 와인드업(야구나 소프트볼에서, 투수가 공을 던지기 전에 팔을 크게 돌리거나 양손을 머리 위로 높이 쳐드는 동작)자세를 취했다. 그리고 있는 힘껏 모든 힘을 실어가며 희찬의 포수 글러브로 공을 던졌다.

퍽!

"스트……라이크! 타자, 아웃! 쓰리 아웃, 체인지!"

진현이 숨을 토해내며 판정을 기다리기 위해 고개를 드는 순간 심판의 커다란 목소리가 경기장에 가득 울려 퍼진다.

와아아!

그리고 그의 말이 떨어지기가 무섭게 들리지 않던 관중의 환호성이 일제히 터져 나왔다. 스트라이크 존에 꽉 들어차는 공을 멀뚱히 바라보고만 있던 상대 타자가 성질을 내며 바닥으로 배트를 집어던지는 모습을 바라보던 진현은 겨우 위기를 넘겼다는 사실에 한숨을 내쉬며 마운드를 내려갔다. 터덜터덜 움직이며 숨을 고르고 있는 그를 기다리던 희찬은 더그아웃으로 향하고 있는 진현을 잡아끌며 속삭였다.

"이리 와 봐."

그의 공을 받아낸 희찬의 얼굴은 꽤 무시무시했다. 빠르게 공수전환 준비를 하는 동료들이 수고했다며 자신의 어깨를 두드리고 가는 것을 느끼던 진현은 희찬의 표정에 고개를 갸웃거렸다. 감독이 엉덩이를 두드려 주며 웃는 것을 보고 진현을 더그아웃 구석으로 데려온 희찬은 험악한 얼굴로 입술을 움직였다.

"너…… 미, 미쳤어?"

진현은 뜬금없는 희찬의 말에 얼굴을 구겼다.

"무슨 소리야."

희찬은 더그아웃으로 들어오기 전 전광판에서 보았던 문구를 떠올리며 말했다.

"아까 네가 던진 공, 몇 킬로였는지 알아?"

"아니."

입술을 꽉 다무는 희찬의 태도에 진현은 고개를 갸웃거렸다. 왜. 희찬은 쉽게 말을 내뱉기가 어려운지 한참을 머뭇거리다 대답했다.

"160."

"어?"

"거기다…… 너, 지금까지 퍼펙트야."

홈으로 상대 팀을 불러들였으므로 방금 전까지 던진 것을 계산하면 8회 초가 끝이 났다. 이제 단 한 번의 공격 기회를 가진 로젠의 9회 초까지 무사히 넘긴다면 한국 야구 역사상 1군 게임에서는 전무한 퍼펙트게임(야구에서 선발 등판한 투수가 한 명의 타자도 진루시키지 않고 끝낸 게임을 가리키는 용어)까지 기록할 수 있었다. 진현이 눈치를 채고 있지 않는 것 같았기에 주위 선수들을 비롯한 감독까지 입을 다물었지만 희찬은 왠지 모르게 불안해지는 것을 감출 수가 없었다. 그런 상황에서 구속이 160km를 찍자 결국 진현을 불러 세운 것이다.

"오늘 하루 이기고, 모든 걸 끝낼 작정인 거야?"

생각 외로 상대 투수로부터 점수를 뽑아내기가 쉽지 않았기에 현재 스코어는 1대0. 다행히 영대의 홈런으로 인해 한 점을 앞서고는 있지만 언제 어디서 뒤집어질지는 알 수 없는 상황이다. 적당히 던지라고 했더니 너무 잘 던지는 진현으로 인해 언제 갑자기 무너질지에 대한 걱정이 스멀스멀 기어오른다. 진현은 희찬의 타박에 아아, 하고 낮은 신음을 내뱉었다.

몇 개의 공을 던졌는지, 기억나지 않는다. 여태껏 몇 명의 타자를 상대했는지도. 이닝이 바뀌면 마운드로 올라갔고, 선수들이 아웃되면 마운드에서 내려왔다.

잘 던지자.

경기가 시작되고부터 지금까지. 그의 머릿속에 들어찬 생각은 단 하나밖에 없었다. 이렇게 집중했던 경기가 과연 그의 생애에 있었을까, 란 생각이 들 정도로 한 구, 한 구 최선을 다해서 던졌다. 숨 막히는 고요함 속에서 주자는 허용하지 않겠다고 중얼거리며 힘을 냈다. 그러다 보니 어느덧 마지막 회를 남겨 두고 있었다. 승리가 코앞이란 생각에 조금씩 들뜬다고 여기려는 순간 들은 희찬의 말은 진현을 현실로 돌아오게 만들었다.

"어쩐지. 그래서…… 다들 날 이상하게 바라보는 거였군."

평소보다 힘이 실린 다독거림. 자신을 괴물 보듯 바라보는 코칭스태프들. 9회까지 진짜 던질 수 있겠냐며 조심스레 그를 향해 묻던 감독님과 경기장이 흔들릴 만큼 터져 나온 홈 관중의 커다란 함성.

진현은 아무렇지도 않게 내뱉는 제 말에 눈을 크게 뜨는 희찬을 보고 피식 웃었다.

"평소보다 잘 긁히더라고.(공이 투수가 원하는 곳으로 잘 들어갈 때 선수들이 자주 사용하는 표현)"

희찬이 요구하는 방향으로 던질 수 있었다. 머릿속에 있던 공이 실제로 튀어나온 것처럼 마음대로. 희찬은 낮게 웃는 진현을 보며 입을 쩍 벌렸다.

"형."

아무 말도 하지 못하는 희찬을 보며 진현은 다시 말을 이었다.

"나 오늘 이겨야 해."

승리. 그것을 제외한 그 어떤 단어도 떠오르지 않았다. 희찬은 굳은 의지를 표하는 진현의 두 눈을 멍하니 바라보기만 했다. 진현은 이닝이 바뀌었다고 얼른 준비해라 외치는 동료 선수의 말에 희찬의 가슴을 툭, 치며 말했다.

"그러니까…… 이길 거야."

반드시.

♥ ♥ ♥

아침 일찍부터 어디서 이렇게 맛있는 냄새가 나나 싶었더니 다름 아닌 부엌에서였다. 진현은 코를 찌르는 향긋한 냄새에 눈을 비비며 침대에서 일어나 부엌을 향해 걸어갔다. 그러자 보이는 건 보글보글 끓고 있는 그가 제일 좋아하는 된장찌개와 식탁 위에 신문을 펴고 앉은 은재의 모습이었다.

"뭘 그렇게 열심히 봐?"

"어, 왔어?"

잠옷 바람으로 터벅터벅 걸어온 진현이 그녀의 입술에 입을 맞추자 그제야 뚫어져라 바라보던 기사에서 시선을 뗀 은재가 고개를 들며 그를 향해 빙긋 웃었다. 진현은 그녀의 앞에 털썩 앉으며 은재가 한참 동안 보고 있던 신문 기사를 흘깃거렸다.

160km, 퍼펙트! 눈부신 역투! 유진현, 한국 야구 역사를 새로 쓰다!

"아직도 보고 있어?"

며칠 전 조간신문 1면을 장식한 기사였다. 투구하는 진현의 모습을 클로즈업해서 대문짝만하게 찍힌 타이틀을 건 그 기사를 도대체 몇 부나 산 것인지. 가위로 조심스레 잘라 스크랩을 하고는 학교에 들고 가 자랑하겠다며 신문을 가방 안에 집어넣는 모습을 지켜보기는 했지만 그것도 모자랐던 것인지 며칠이 지난 지금 다시 그 기사를 꺼내들고 있는 은재를 보자니 웃음이 난다.

은재는 진현의 타박에 씩 웃으며 중얼거렸다.

"좋은 기사는 몇 번을 봐도 질리지 않으니까. 왜, 기억나? 예전에 네가 롤코(롤러코스터. 선수들의 피칭이 일정하지 않고 오르락내리락 할 때 사용하는 표현)라며 매번 까던 RK일보의 이준상 기자, 이제 완전 네 팬 됐더라?"

진현에 대한 찬양 일색인 기사 내용을 콕콕 가리키며 웃는 은재가 귀여워 그는 몸을 일으켜 그녀에게로 걸어갔다. 클클거리며 묘한 웃음소리를 내던 그녀는 갑자기 제 입술을 머금는 진현의 태도에 놀라 눈을 깜빡였다. 붉은 혀가 그녀의 입안을 파고들어 속에 든 것을 몽땅 다 빨아들이자 저도 모르게 샌 소리가 밖으로 새어나왔다. 진현은 으으, 하고 얕은 신음 소리를 내뱉는 은재의 입안을 깨끗이 청소해 주고 난 후 천천히 얼굴을 뗐다.

"하아, 아, 아침부터…… 꽤 세, 센데?"

은재는 머리를 어지럽게 만들 만큼 강한 그의 키스에 겨우 숨을 골랐다. 빨갛게 달아오른 얼굴을 휙휙 내저으며 중얼거리는 그녀를 가만히 바라보던 진현은 입꼬리를 위로 말아 올렸다.

"그러게. 누가 아침부터 그렇게 예쁘래?"

팬티 바람 위에 그의 하얀 셔츠를 입고 있는 그녀의 모습은 확실히 자극적이었다. 오늘이 경기를 치르는 날만 아니었더라면 당장이라도 덮쳐 버리고 싶을 정도로. 거기다 그를 찬양하는 기사를 보며 제 일인 양 행복해하는 그녀는 충분히 사랑스럽기만 하다.

"모, 몰라! 밥 해 줄 테니까 잠깐만 기다려!"

진현의 뻔뻔한 대답에 은재는 그의 가슴을 툭 치며 자리에서 일어났다. 진현은 말없이 그녀의 뒷모습을 지켜보다 신문을 향해 시선을 돌렸다.

며칠 전, 홈에서 벌어졌던 한국 시리즈 1차전은 TJ 크라운즈의 승리로 돌아갔다. 1대0의 승리. 철저한 투수전이었기에 상대 팀 선발이었던 윤현승 투수에게도 스포트라이트가 돌아갈 만도 한데 그 누구도 윤현승을 주목하는 사람이 없었다. 그도 그럴 것이 1차전의 주인공인 진현이 메이저리거도 울고 갈 만한 무시무시한 구속과 퍼펙트게임이라는 대기록을 달성했기 때문이었다.

그 스스로도 마지막 공은 어떻게 던졌는지 뇌리에서 까맣게 지울 만큼, 정신이 없었던 경기였다. 노히트 노런(무안타 무실점 경기. 투수가 상대 팀 선수에게 무안타, 무실점인 상태로 경기에서 승리했을 경우)경기는 있어도, 한국 야구가 출범한 이래로 역사상 1군에선 단 한 번도 일어나지 않았던 퍼펙트게임의 주인공이 바로 자신이 되었다는 사실이 실감이 나지 않았다. 우승을 확정 지은 것도 아닌데 경기가 끝나자마자 자신을 향해 뛰어오는 동료들과 관계자들을 보며 진현은 마운드 위에 서서 멀뚱히 서 있었다.

'아, 끝났구나.'

반드시 이겨야 한다고만 생각했으므로 상대 타자가 칠 수 없는 방향으로 세게, 공을 꽂아 넣다 보니 경기가 끝났다. 진현은 자신을 끌어안는 동료들과 하늘이 무너져라 환호를 내지르는 관중의 함성소리를 듣고 중얼거렸다. 기다리던 1승을 먼저 가졌다는 것이 그렇게 기쁠 수가 없었다.

'그리고…… 오늘이군.'

유진현의 완벽한 투구, 역사상 전례 없던 퍼펙트게임까지 달성하며 1승을 올린 TJ의 바람은 매서웠다. 홈에서 열린 2차전을 모두 승리로 이끌어 간 걸로도 모자라 로젠 울브즈의 홈 구장으로 가서도 1승을 더 추가함으로써 4승 중 3승을 먼저 챙기게 되었다.

그러나 스포츠 경기의 결과는 누구도 알 수 없는 법. 한껏 달아오른 기세로 인해 4차전의 1승만 더 올린다면 4승 무패의 성적으로 한국 시리즈를 마감할 수 있었으나 안타깝게도 로젠과의 4차전은 3대4로 아쉽게 역전패를 당하고 말았다.

원래 3선발 체제로 경기를 운영하려던 TJ의 감독 장지성이 1차전에 워낙 힘을 뺀 진현을 쉬게 해 줄 생각으로 4차전 선발을 유진현이 아닌 김동화를 올린 것이 실수라면 실수였을까. 덕분에 다시 홈으로 돌아와 마지막이 될 수도 있는 5차전을 치를 수 있다는 것이 다행이라면 다행인지도 모른다.

진현은 몇 시간 뒤면 열릴 5차전 경기를 준비하기 위해 구장으로 나가기에 앞서 하염없이 움직이고 있는 시계를 응시하며 중얼거렸다.

공도 세게 쥐기 어려워 평소와는 달리 덜덜 떨었던 1차전보다 이상하게 마음이 평화롭다. 시간이 흐를수록 느껴지던 압박감도 느껴지지 않는다.

'이상하군.'

들썩이던 가슴이 더 이상 뛰지 않는다고 느낄 만큼, 진현의 마음은 고요했다. 떨리지도 않았고 숨이 막히지도 않았다. 그는 가슴을 슥슥 매만지며 국자로 된장찌개의 맛을 보고 있는 은재를 흘깃거렸다.

"다 됐다!"

자신이 그녀를 보고 있다는 사실을 알고 있는 것인지, 은재는 과장된 행동을 취하며 돌연 외쳤다. 밸브를 잠그고 진현이 앉아 있는 곳으로 걸어와 상을 차리는 그녀의 행동을 가만히 지켜보던 그는 얼마 뒤 된장찌개와 새하얀 쌀밥, 그리고 각종 반찬으로 가득 찬 식탁을 발견했다.

"많이 먹고, 힘내."

은재는 그를 향해 수저를 건네주며 방긋 웃었다.

"맛있어?"

"응."

"다행이다."

정성을 다한 그녀의 음식은 맛이 있었다. 진현은 눈을 반짝이며 제가 음식을 먹고 있는 은재를 보고 생각했다. 아마, 그녀는 충분히 좋은 아내가 될 것이다. 간혹 아이 같은 구석이 있기는 하지만 그것마저 사랑스러우니까. 그리고 오늘이 지나면, 어쩜 그녀의 남편은 자신이 될지도 모른다. 그렇게 생각하니 웃음이 나와 그는 낮게 쿡쿡거렸다.

"왜 그래?"

은재는 밥을 먹다 말고 웃는 진현을 보고 의아한 듯 미간을 찌푸렸다. 진현은 대답 대신 어깨를 으쓱이며 다시 수저를 움직였다.

"어때?"

한참을 밥을 먹던 진현을 응시하던 은재는 그가 마지막으로 숟가락을 움직이기 전 돌연 말을 꺼냈다. 무슨 말인가 싶어 고개를 들자 오늘 경기, 하고 그녀가 말하는 것이 보였다. 진현은 여전히 두근거리지 않는 심장이 뜀박질에 의아해하며 중얼거렸다.

"모르겠어."

정말로, 모르겠다.

긴장도 되지 않고, 경기에 나선다는 사실이 맞는 건지 의심될 정도로. 그냥 평소와 같은 하루. 단지 그렇게 느껴지는 오늘이 꽤 이상하다. 은재는 미묘한 표정을 짓는 그의 볼을 향해 손가락을 가져다 대며 그의 뺨을 쿡, 찔렀다. 진현은 눈을 동그랗게 뜨며 그녀를 바라봤다.

"그래도…… 우승을 결정짓는 게 너라서 다행이다."

"어?"

"사실 우리 결혼이 다른 사람 손에 달려 있는 건, 꽤 우습잖아."

그것도 그랬다. 1차전을 승리한 걸로도 모자라 내리 3연승을 하는 TJ의 페이스를 보고 남모르게 제발 5차전까지 오게 해달라고 얼마나 빌었는지. 아마 동료 선수이나 팀의 관계자가 들었다면 꽤 화를 낼지도 모르겠지만 우승을 결정짓는 건 자신이 되길 바랐다. 4차전에 나갈 수 있다고 말했음에도 끝내 5차전까지 기다리라며 그를 말리던 감독님이 얼마나 야속해 보였던가. 그럴 줄 알았으면 퍼펙트고 뭐고 7

회만 던지고 내려오는 건데, 하고 감독님을 욕하던 제 모습이 떠올라 다시 큭큭거리던 그는 수저를 내려놓으며 은재를 불렀다.

"은재야. 오늘, 올 거지?"

그에게는 그녀에겐 꽁꽁 숨기고 있던 계획이 있었다. 오늘 경기가 끝나면 아마 자신에게 달려들 기자들 앞에서, 그리고 여러 대의 카메라 앞에서 더 이상 그녀와 자신과의 관계를 숨기지 않을 것이다. 진현은 그 상황을 은재가 지켜봐 주길 원했다. 물론 그 계획을 실천하기 위해서는 반드시 오늘 경기를 승리로 장식해야 할 터이지만.

은재는 진현의 말에 방긋 웃었다.

"당연하지! 교감 선생님한테 양해 부탁드렸어. 어쩌면 오늘 결혼할지도 모르니까, 야자 감독은 다른 샘한테 시키라고."

그녀는 장난스런 미소를 지으며 대답했다. 살짝 흔들리는 것 같은 그녀의 검은 눈동자가 머릿속에 박힌다.

"유진현."

쉬이 말을 내뱉지 못하고 가만히 저를 응시하는 진현을 향해 은재는 말을 이었다.

"반드시 이겨. 이겨서, 나랑 결혼하자."

거침없는 그녀의 말. 얼마 전, 서로의 가족들에게도 두 사람의 연애 사실을 털어놨었기에 한국 시리즈만 끝이 나면 하루라도 빨리 날을 잡아 결혼식도 올리자는 이야기도 오가고 있었다. 남은 것은 그렇게 기다리는 우승뿐. 진현은 속삭이는 그녀를 보고, 세차게 고개를 끄덕였다.

그는 팀의 우승을 확정 짓는 마지막 공을 던지고, 그녀는 그 공이 스트라이크 존 한가운데에 박히는 모습을 보고 환호성을 내지르는.

경기가 끝나기가 무섭게 서로를 부둥켜안고 영원히 끝나지 않을 길고 긴 입맞춤을 나누는, 생각만 해도 기분이 좋아지는 뜨거운 밤.

적어도, 오늘 밤은 머릿속에 둥둥 떠다니는 상상처럼……. 그런 뜨거운 밤을 보내게 될 것이라고.

그는 믿어 의심치 않았다.

2. 너를 위해(B)

“하아아.”

그녀는 자리에 앉아 멍하니 한숨을 내쉬었다.

이상할 정도로, 가슴이 두근거렸다. 왜 이러지? 터져 버릴 정도로 뛰는 심장으로 인해 머리가 지끈거릴 지경이다.

“홍은재. 진정해. 네가 던지는 것도 아닌데 왜 이렇게 난리 법석이야…….”

도통 진정할 생각을 하지 않는 뜀박질. 평소보다 과다하게 분비되는 아드레날린. 은재는 가슴 부근을 문지르며 중얼거렸다.

“드디어…… 오늘이야.”

미간을 찌푸리며 저 자신을 진정시키기 위해 작은 목소리로 중얼거리던 그녀의 입가가 살짝 흔들렸다. 아마 오늘이 평소와는 조금 다른 날이라서. 보통 날들과는 달리 제 인생에 남을 만한 그런 큰일을 겪을지도 모르는 날이라서, 그렇게 느끼는 건지도.

숨을 몇 번 크게 들이마시며 은재는 천천히 마우스를 움직였다.

한반도가 들썩일 정도로, 벌써 며칠이나 지났건만 1차전에 있었던 진현의 퍼펙트게임에 대한 관심은 수그러들지 않았다. 경이롭다, 존경스럽다, 대단하다, 역사적 기록 등등 각종 미사여구로 칭찬해놓은 진현에 관한 기사는 몇 번을 봐도 질리지 않는다. 볼 때마다 기분이 좋아져 그가 보고 싶을 때나 혹은 왠지 모르게 우울할 때, 저도 모르게 클릭하고 있었다.

찬양 일색인 그의 기사들을 전부 읽겠다는 생각으로 컴퓨터를 켜 뉴스 창을 띄어놓았던 은재는 공을 던질 자세를 취하는 진현의 모습이 찍힌 사진을 바라보며 중얼거렸다.

"짜식, 누구 남자 아니랄까 봐. 잘생겼네."

이제 곧, 겨우 몇 시간만 지나면.

모든 여자들이 안기고 싶어 하는 저 남자는 공식적으로 이 홍은재의 남자가 된다.

영원히. 그리고…… 평생토록.

간절하게 꿈꾸기만 했던 일이 현실로 이루어지게 되는 것이다. 그래서인지 급해진다. 자꾸 원하게 되고, 초조한 마음을 품게 된다. 은재는 느릿하게 시선을 돌려 벽에 걸린 시계를 바라봤다.

지금 시각은, 오후 네 시.

몇 분 후면 학생들의 보충 수업이 시작된다.

사실상 오늘 가르쳐야 할 수업은 모두 끝났으므로 은재는 퇴근 시간까지 기다리기만 하면 된다. 교감에게 그녀의 사정을 말해 미리 양해를 구해 놨기에 은재의 퇴근 시간은 오후 다섯 시. 5차전은 오후 여섯시부터 열리므로 그때 학교에서 출발하더라도 경기장까지 아슬아슬하게 도착할 수 있을 것이다.

그러나 조금 더 빨리, 그에게 다가가고 싶다. 혹시나 긴장하고 있을 그에게 기를 불어 넣어 주고 싶다.

"빨리 좀 가라. 응?"

대체, 왜 이렇게 느리게 움직이는 것일까. 유독 천천히 흐르는 것 같은 시침과 분침이 야속하게만 느껴져 그녀는 속으로 중얼거렸다.

"보내기 싫다. 나랑 더 있다 가."

그러다 문득, 은재는 출근을 해야 하는 저의 손을 잡아끌며 조금만 더 있다 가라며 속삭이던 진현의 모습을 떠올랐다. 하마터면 수업 시간에 맞추지 못하고 지각을 할 정도로, 제게 달라붙어 떨어질 생각을 않던 그를 떼어놓느라 얼마나 힘들었던가. 키스를 해 주지 않으면 보내지 않겠다며 칭얼대는 진현에게 진한 키스를 퍼부어 주고 나서야 집을 벗어날 수 있었다.

몇 달 전만 하더라도 그저 바라보기만 했었는데. 어느덧 그와 함께 지내는 일상에 익숙해져 버린 걸까. 이제 진현의 품에서 깨어나지 않는 제 모습을 떠올리기도 힘들다.

은재는, 행복했다.

지금 이 행복이 유리장처럼 와르르 무너질 거란 생각을 단 한순간도 해 본 적이 없을 정도로. 혼인 신고서를 유니폼 안쪽에 넣어두고 던질 거라는 우스갯소리를 늘어놓던 진현의 말처럼, 오늘이 지나면 두 사람의 친구 사이는 끝이 난다. 대신 평생의 반려라는, 새로운 인연을 맺게 될 것이다. 기뻤다. 그날이 멀지 않았다는 사실이.

"샘!"

낮게 웃으며 입꼬리를 올리고 있는 은재의 얼굴은 밝았다. 그녀 주위에 앉은 선생들이 의아한 눈으로 자신을 바라보고 있다는 사실마저 잊을 만큼. 은재는 곧 있으면 열릴 경기에 대한 기대감으로 가득 차 있었다.

그런 그녀의 달콤한 상념을 깨게 만든 건, 다름 아닌 문제집을 들고 그녀에게 도움을 구하기 위해 찾아온 한 학생이었다.

“아아.”

실실 웃고 있던 은재를 보며 눈을 가늘게 뜨는 아이를 뒤늦게 발견한 그녀는 정신을 차려 고개를 들었다. 이과에서 전교 10위권 안에 드는 모범생, 진영수는 넋을 놓고 있던 은재를 바라보며 눈을 가늘게 떴다.

“대체 무슨 생각을 하시고 계셨길래 그렇게 음흉하게 웃으세요?”

“어?”

“야한 생각 하셨죠?”

킬킬거리는 영수의 머리를 쥐어박으며 은재는 눈을 매섭게 빛냈다.

“진영수. 혼날래?”

“히잉. 잘못했…… 어! 유진현?”

장난기 다분했던 말을 내뱉으며 울상을 짓던 영수는 은재의 곁으로 와 고개를 빠끔히 내밀더니 모니터에 비친 기사를 발견하고 고개를 갸웃거렸다.

화학 교사 홍은재가 TJ 크라운즈의 좌완 투수 유진현의 둘도 없는 친구라는 것은 공일고 내에서는 꽤 유명한 이야기다. 은재의 부탁으로 TV나 경기장에서만 보던 진현이 학교 축제에 놀러 오거나, 일일 특강 선생으로 초빙되어 온 적도 있었으니까.

“맞다! 오늘 5차전 열리는 날이지. 샘, 혹시 여기 가세요?”

은재는 영수의 물음에 살며시 고개를 끄덕인다. 그러자 영수는 입을 삐죽였다.

"칫. 우리도 좀 데려가지."

"수능도 얼마 안 남았는데 무슨. 넌 딴생각 말고 공부나 해."

영수는 어깨를 으쓱이는 은재를 얄밉다는 눈으로 흘겨봤다.

"그래, 왜 온 거야?"

은재는 투덜거리는 영수의 손에 들린 문제집을 보고 물었다. 그제야 영수는 자신이 은재를 찾아온 이유를 생각해내며 그녀의 책상 앞에 문제집을 펼쳤다.

♥ ♥ ♥

영수의 질문을 받고 학교에서 벗어나면 된다고 생각했던 것이 오산이었을까.

그에게 답변을 해 주고 보니 시간이 꽤 흘러 있었다. 지체하다간 늦을지도 모른단 생각에 서둘러 자리에서 일어나려는 은재의 발목을 잡아 버린 수능을 앞둔 학생들만 아니었더라면 어쩌면 시간에 맞추어 경기장에 도착할 수 있었을지도. 그러나 불행히도 만족할 만한 답변을 얻고 교실로 돌아가려던 영수가 몸을 돌리자마자, 이번엔 화학책을 들고 떼로 몰려온 학생들이 보였다. 서너 명이나 되는 학생들에게 내 일이 급하다고 다음에 질문을 하라고 말할 수 없었기에 하는 수 없이 다시 자리에 앉아야만 했다.

째깍째깍. 시간은 속절없이 흘러갔다. 속이 타들어 갔지만 곧 수능을 앞둔 학생들에게 피해를 끼칠 수는 없어서 감히 티는 내지 못했다. 덕분에 눈빛을 빛내고 있는 마지막 학생의 질문까지 친절히 답해 준 그녀가 학교를 벗어난 시간은, 예정보다 한 시간이나 늦은 후였다.

고맙게도, 함께 응원을 가 주기로 한 세원과 교직원 주차장으로 향한 은재는 서둘러 운전대를 잡았다. 여섯시를 갓 넘겼던 터라 이미 경기는 시작한 상황. 다행히 지정좌석제라 늦게 가더라도 자리는 남아 있겠지만 처음부터 끝까지, 그의 투구 모습을 지켜보기로 한 약속은 지킬 수 없었다.

엎친 데 덮친 격이었을까.

하필이면 그녀가 도로로 차를 몰고 나온 시간이 직장인들의 퇴근시간과 맞물린 데다, 지역에서 제일가는 인기 팀인 두 팀 간의 한국시리즈라 경기장으로 향하려는 관중이 몰리는 바람에 길이 막히기 시작했다. 해서 은재의 차는 학교에서 나온 지 꽤 시간이 흘렀음에도 불구하고 아직도 학교 근처를 벗어나지 못했다.

"많이 밀리네."

이러다 너무 많은 것을 놓치는 것이 아닐까라는 좋지 않은 기우마저 스멀스멀 기어오를 때쯤, 굳어 있는 은재의 얼굴을 흘깃거리며 세원이 말을 걸어왔다. 은재는 초조한 표정으로 도통 움직일 생각을 않는 앞차를 바라보며 한숨을 내쉬었다.

"그러게. 경기 끝나고 도착하는 건 아닌가 모르겠어."

평소 같으면 30분이면 충분한 거린데 왜 이렇게 밀리는 건지. 어느덧 여섯 시 이십 분이 되어 버린 시계가 깜빡이자 더욱 다급해졌다.

"라디오라도 틀까?"

"어?"

"잠깐만. 나 주파수 알아."

세원은 어두운 얼굴의 은재를 달래 주기 위해 걱정 말라는 듯 고개를 저으며 손을 뻗었다. 볼륨을 올림과 동시에 지직거리던 잡음은 세원의 조작으로 인해 사라진다. 나지막하게 들리는 누군가의 음성을 듣고 있던 은재는 묘하게 심장이 뛰는 것을 느꼈다. 그러다 서서히 움직이기 시작하는 앞차를 발견하고 핸들을 잡는다.

〈……네요. ……는 거 아닌가요? ……군요.〉

운전을 하고 있는 중이기에 DMB를 볼 수는 없었다. 그런 은재를 생각해 라디오 중계를 선택한 세원의 배려는 확실히 깊었다. 그러나 도통 들려야 말이지. 은재는 아주 작은 소리로 들리는 해설진의 목소리에 미간을 찌푸리다 참지 못하고 세원을 향해 말했다.

"최샘."

"응?"

"미안한데, 볼륨 조금만 더 높여 줘."

"오케이."

세원이 씩 웃으며 볼륨 키를 만지작거렸다.

〈……수 없군요. 믿을 수 없어요.〉

가끔, 은재도 자주 듣던 지역 방송국의 중계였다. 걸걸한 목소리의 사람은 구장에도 자주 들락거릴 정도로 TJ와 깊은 인연을 이어가고 있는 과거 TJ 출신의 해설위원이었다. 몇 번 경기장에 놀러갔을 때 마주친 적이 있어 인사를 나누곤 했던 그의 목소리가 들리자 은재는 슬며시 미소를 지었다.

〈오늘 경기 쉽지 않겠는데요. 5차전으로 끝낼 수 있을는지 모르겠습니다.〉

〈한주원 캐스터도 그렇게 생각하죠?〉

〈네. 이제 겨우 2회 초인데 너무 흔들리고 있는 것 같습니다.〉

"어?"

〈이제 막 방송을 청취하시는 분들을 위해 앞선 상황에 대해 설명해 드리겠습니다. XX구장에서 오후 여섯시부터 열린 TJ 크라운즈와 로젠 울브즈의 한국 시리즈 5차전 경기. 양 팀 선발은 1차전 때 눈부신 피칭과 퍼펙트게임이라는 한국 최초의 대기록을 달성했던 좌완투수, 유진현과 아쉬운 1점 차 패배를 안게 된 우완투수, 윤현승의 재대결입니다. 이미 3승을 거두고 있는 TJ 크라운즈는 오늘 경기만 이기게 된다면 꿈에 그리던 한국 시리즈 우승을 달성하게 되는데요. 1회는 양 팀 다 득점을 뽑아내지 못했고, 현재 2회가 진행 중입니다. 그런데…….〉

쏟아지는 말을 내뱉고 호흡을 고르는 캐스터의 말에 저도 모르게 숨이 막혔다. 눈은 정면을 향하고 있음에도 온 신경이 귀로 쏠리는 느낌. 은재는 뜸을 들이는 캐스터가 얼른 말을 내뱉길 기다렸다.

〈1차전에서 너무 힘을 뺐던 것일까요? 유진현 선수, 제 기량을 펼치지 못하고 있습니다. 2회 초가 되자마자 포수가 잡기 힘든 곳으로 공을 던지며 세 타자 연속 볼 넷을 내주고 말았습니다.〉

'뭐?'

그녀는 핸들을 쥔 손에 힘을 주었다. 불안해졌다. 다음 말을 듣기가. 은재의 얼굴은 조금씩 어두워지기 시작했다. 캐스터는 말을 이었다.

〈그 상황에서 로젠의 타석은 5번 타자 박웅진. 올 시즌, 난공불락이었던 유진현에게서 홈런을 쳐낸 몇 안 되는 강타자 중 하나입니다. 볼 카운트는 투 볼. TJ, 2회 초부터 위기를 맞고 있습니다.〉

덜컹, 하고 가슴이 내려앉는다.

물론 이제 겨우 2회 초이다. 세상 모든 스포츠 경기의 결과는 그 누구도 알 수 없는 법. 특히 야구는 9회 말 2아웃 상황에서도 역전이 가능한 스포츠였으므로 일찍 위기를 맞는다 할지라도 극복은 가능하다.

그러나 이상하게…… 손끝이 미약하게 떨렸다.

"호, 홍샘."

창백하게 질린 은재의 얼굴을 발견한 세원이 자신의 이름을 나지막하게 불렀지만 아무런 말도 할 수가 없었다.

퍼펙트게임을 달성한 이후로 진현에게 꾸준한 관심을 드러냈던 메이저리그의 스카우터들이 대거 오늘 경기를 보러 온다는 기사를 봤다. 당연히 진현이 이번 시리즈를 끝내줄 거라 믿어 의심치 않던 TJ의 팬들의 염원 또한 알고 있다. 5차전에 쏟아질 커다란 관심의 주역은 진현이 될 거라 생각했지만, 이런 식의 관심은 원치 않았다.

'분명 괜찮았는데…….'

오늘 아침 은재의 기억 속 그는 대기록 따윈 신경 쓰지 않고 제 공을 던지겠다고 말하며, 그 어느 때보다 강한 자신감을 드러냈었다. 대체 무슨 일이 있었던 걸까. 다시 멈춰 선 앞차로 이내 짜증 게이지가 머리끝까지 차오른 은재는 얼굴이 심하게 구겼다.

〈제구가 안 돼서 그렇지 구속은 150대 후반으로 평소보다 더 좋은 편입니다. 제구만 된다면 오히려 퍼펙트를 달성했던 전 경기보다 더 좋은 경기력을 보일 수 있을 텐데…… 그것이 꽤 아쉽군요.〉

〈아, 김 위원님께서 말씀하시는 순간 유진현 선수가 공을 던졌습니다. 아아. 이번에도 볼. 몸 쪽 깊은 볼! 쓰리 볼입니다. 밀어내기(야구에서 주자 만루 상황에서 사사구—볼넷—가 나왔을 때 유효. 밀어내기로 인해 공격 팀은 1점을 득점하게 됨)가 나올 수도 있습니다.〉

〈그러네요…….〉

〈그나저나 이번 건 조금 애매하지 않았나요? 스트라이크존(야구에서, 투수가 던진 공이 스트라이크로 판정되는 범위. 타자가 타격 자세를 취하였을 때에 겨드랑이와 무릎 사이에 해당하는 높이의 홈 플레이트 위의 공간)에 걸쳤다고 생각했는데 말이죠.〉

〈하아아. 심판이…… 제대로 못 보네요. 이번 건 스트라이크가 맞습니다.〉

〈결국 서희찬 포수가 마운드로 올라갑니다.〉

말만 들어선 현재 그가 어떤 상황인지 알아차릴 수가 없다. 어서 빨리 경기장에 도착해 그에게 힘을 실어 주어야 하건만 이도저도 하지 못하는 현실이 답답하기만 하다. 젠장! 은재는 진현의 어깨가 좋지 않은 것이 아니냐는 둥의 말을 내뱉고 있는 중계진의 이야기를 듣다 돌연 좌우를 살폈다. 그리곤, 세차게 핸들을 꺾었다.

끼이익!

"……!"

몸이 갑자기 기울어지자 세원은 깜짝 놀라 고개를 돌렸다. 은재는 딱딱하게 굳은 얼굴로 핸들을 잡고 차를 반대 방향으로 돌려 가속을 밟고 있다.

"홍샘! 이 길이 아니잖아?"

신호도 받지 않았는데 마구 차를 움직이는 은재를 보며 세원이 크게 소리 지르자 그녀는 험악한 얼굴로 대답했다.

"도통 움직일 생각을 안 하잖아. 기어가도 벌써 도착했겠다."

"어어?"

"여기서 계속 있다간 경기 끝날 때까지 못 가. 다른 길로 가야겠어."

섬뜩한 은재의 표정에 세원은 입술을 다물었다. 어지간히 화났나 보군. 경기 시간에도 못 맞춰, 차는 밀려, 게다가 사랑하는 남자의 부진 소리까지 듣고 있다 보니 화를 주체할 수 없었나 보다. 세원은 입술을 꾹 다문 채 앞을 바라보고 있는 은재를 흘깃거리다 한숨을 푹 쉬며 다시 고개를 돌렸다.

Rrrr. Rrrr.

캐스터가 마운드에서 내려오는 희찬에 대해 이야기를 시작할 무렵, 쥐 죽은 듯이 조용하던 차안에 시끄러운 벨소리가 울려 퍼진다. 세원은 얼굴을 일그러뜨리는 은재의 눈치를 보며 어색한 미소를 지었다.

"여보세요?"

〈무슨 얘길 나누었을까요?〉

"나? 말했잖아. 오늘 야구장 간다고."

〈박웅진, 다시 타석에 들어섭니다.〉

"누구? 저번에 말했던 우리 동료샘. 그래, 학교."

〈유진현, 던질 준비를 합니다!〉

"시간은 잘 모르겠는데…… 꽤 늦지 않을까? 데리러 온다고? 진짜?"

미치겠군.

아무리 목소리를 죽인다 할지라도 보통 사람들 보다 배는 큰 세원의 목소리와 맞물려서 그런지 중계가 제대로 들리지 않는다. 은재는 슬쩍 시선을 돌려 세원을 바라봤지만 그녀는 은재에게 피해를 줄까 봐 창가에 들러붙어서 통화를 나누느라 정신이 없다.

은재는 핸들을 꾹 잡고 앞을 바라봤다. 퍽! 하는 소리와 함께 스트라이크라고 외치는 듯한 심판의 목소리가 세원의 목소리와 중첩된다.

순간…… 그녀의 머릿속에 수만 가지의 생각이 들어차기 시작했다.

이제 곧, 사거리로 접어들려는 시점.

맘만 먹고 손을 뻗으면 볼륨을 높일 수 있었다. 세원에게 부탁해 볼까도 싶었지만 그녀는 전화 통화에 전념하고 있다.

어떻게 할까. 입술을 잘근 깨물며 고민하던 그녀는 운전석과 얼마 떨어지지 않은 볼륨 키를 흘깃거렸다. 충분히 제 힘으로도 가능한 일이다. 아주 잠깐 동안. 1초면 성공할 수 있는, 그런 간단한 일.

그래.

은재는 앞으로 일어날 상황에 대해 큰 걱정을 하지 않으며 라디오 볼륨 키를 향해 손을 뻗었다.

그러나…….

"호, 홍샘!"

살짝 고개를 숙인 은재를 향해 귀가 찢어지도록 세원이 크게 외친 것은, 또 그 외침에 놀라 고개를 든 은재가 신호를 받고 움직이는 눈앞의 트럭을 발견해 브레이크를 밟으며 핸들을 돌렸던 것은, 불과…… 1초도 되지 않은 짧은 시간에 일어난 일이었다.

1. 안개 속에서, 너를 찾다(A)

처음 마운드로 올라와 크게 숨을 쉬고 공을 던졌을 때, 오늘이 평소완 조금 다르다는 것을 알아차렸다.

몸은 깃털처럼 가벼웠고, 시야는 밝았다. 쌀쌀한 공기가 얼굴을 때렸지만 그것마저도 상쾌하게 느껴질 만큼의 최상의 컨디션. 오전에 던지는 족족 공이 생각했던 곳으로 박힐 만큼 구위 조절도 가능했다. 한국 시리즈에서의 두 번째 등판이지만 긴장하여 크게 마음이 흔들리거나 하지 않았다.

편안함. 그간 느꼈던 초조함과 불안함이 사라진 지금, 마치 실전 감각을 익히기 위해 가졌던 연습 경기처럼 오늘의 경기가 익숙하게 다가왔다.

160km.

퍼펙트게임.

여태까지의 그는 특정한 기록을 바라고 경기에 임하지 않았다. 단지 최선을 다해서, 타석에 선 그 누구도 제 공을 칠 수 없도록 던지자. 오직 그 생각만을 하며 공을 던지다 보니 그런 좋은 결과를 얻게 되었다. 역사에 길이 남을 기록을 세웠다는 것으로 야구계 선배들도 그를 친히 찾아와 독려해 주고 하루를 멀다 하고 찬양 일색인 기사를 쏟아내는 언론들을 비롯하여 그의 등판만을 기다리고 있는 팬들이 있다는 사실을 알고 있었지만 크게 와 닿지 않았다. 우연. 1차전의 기록이 어쩌다가 생긴 우연으로 인해 만들어진 것일 뿐이라 생각했기 때문이었다.

그러나 경기장에 들어서고 희찬과 공을 주고받으면서 생각이 바뀌었다.

오늘의 이 중요한 경기에서. 사랑하는 팬들 앞에서, 그리고 그녀 앞에서. 그의 생애 최고로 기억될 빠르고, 힘 있는 공을 던지고 싶어졌다. 먼 훗날 누군가 그의 선수 시절에 대해 회상을 한다면…… 반드시 오늘의 경기를 빼먹지 않고 기억할 정도의 최상의 투구.

"뭐해? 곧 시작하니까 어서 나와."

진현은 영대의 목소리에 얼마나 많이 봤는지 이젠 너덜너덜해진 종이를 락커룸에 밀어 넣고는 깊게 숨을 들이마셨다. 야구도, 그리고 '그것' 도 멋지게 해 낼 수 있다는 자신감이 들었다. 그는 초대 가수가 부르는 경건한 애국가 소리를 들으며 마음을 다잡았다. 직접 마련해놓은 은재의 자리는 비어 있었지만 그녀가 경기를 보고 있을 거라는 생각은 변하지 않았다.

경기 시작을 알리는 심판의 큰 호령소리가 넓게 울려 퍼지고 상대팀 첫 타자가 그의 초구를 맞이하기 위해 타석에 들어서는 모습을 보는 순간, 진현의 머릿속은 새하얗게 비어 갔다.

그리고 얼마 후. 그 텅 빈 머릿속으로 서서히 결의를 다진 생각들이 채워지기 시작했다.

그 어느 때보다 빛나는 내 모습을 보여 주겠다. 모든 이들의 앞에 선 네가 부끄럽지 않도록. 네가 사랑하는 남자는 이토록 완벽하다는 사실을 똑똑히 알 수 있게.

너를 위해, 그리고 나를 위해 공을 던진다.

마운드 밑을 다지며 숨을 고르고 있던 그는 그렇게 중얼거렸다.

♥ ♥ ♥

"너 지금 뭐하는 거야?"

포수 글러브로 입을 가린 채 저를 노려보는 희찬의 눈은 꽤 매서웠다. 그도 그럴 것이 겨우 2회 초 상황이건만 무사에 만루를 채워 준 걸로도 모자라 상대 타자에게 쓰리 볼로 쫓기고 있었으니까. 자칫하다간 안타 하나 내주지 않고 밀어내기 득점으로 상대팀이 선취점을 올릴 수 있는 상황. 희찬이 타임을 요청하고 마운드로 올라온 건 바로 그 때문이었다.

진현은 로젠의 선수들이 그와 희찬의 대화를 읽을 수 없게 글러브로 입 근처를 가리키며 희찬을 바라봤다. 들킨 건가? 잠시 걱정이 일기는 했지만 그를 잡아먹을 듯이 응시하고 있는 것을 보면 자세한 내막은 알지 못하는 듯싶다.

"유진현."

으르렁거리며 이를 가는 희찬의 날카로운 눈빛에 그는 조금 안도

했다. 희찬은 상황이 상황인데도 불구하고 땀을 뻘뻘 흘리는 자신과는 달리, 꽤나 여유로워 보이는 진현의 모습에 당황하면서도 화를 내는 것을 멈추지 않았다.

"왜 사인대로 못 던져? 긴장해서 그래? 사인 다 잊어버렸어?"

희찬의 말은 거침없었다.

"왜 슬라이더(투수가 공을 타자 가까이에서 미끄러지듯 바깥쪽으로 빠지게 던지는 일)를 던지라면 커브(투수가 던진 공이 타자 가까이에 와서 변화하면서 갑자기 꺾이는 일)를 던지는 거야? 오늘 경기가 장난이야? 얼마나 중요한진 네가 더 잘 알면서, 프로답지 않게 왜 이래!"

희찬은 콧김을 씩씩 내뿜었다. 진현은 대답 대신 그의 무시무시한 눈길을 담담히 받아냈다. 희찬은 속을 알 수 없는 그를 보며 미간을 찌푸리더니 진현의 가슴을 툭, 쳤다.

"쓰리 볼이야. 한 점 내줘도 좋으니 병살 유도하게 낮은 공 던져. 밀어내기로 점수 내주기 싫으면."

"형."

진현은 간담이 서늘해지는 경고를 하고 마운드를 내려가려는 희찬을 조용히 불렀다. 희찬은 획 하고 뒤돌아보더니 날카로운 칼날을 세우며 눈을 부라렸다.

"무슨 불만 있어?"

진현은 피식 웃으며 고개를 저었다.

"아니. 직구(투수가 변화를 주지 아니하고 직선같이 공을 곧게 던지는 일)로 갈게."

"뭐?"

희찬은 이어진 그의 말에 눈을 동그랗게 떴다. 진현은 땅을 고르는 척을 하며 고개를 살짝 숙이더니 희찬을 향해 속삭였다.

"사인 내주는 척만 해. 오늘 경기, 전부 직구로 갈 거야."

"미쳤어? 직구만으로 갖고 승부가 날 것 같아?!"

"할 수 있을 것 같아."

"너 진짜 제정신이야? 로젠 애들이 바본 줄 알아? 걔네도 프로야. 아무리 빨라도 익숙해지면 칠 수 있…… 잠깐만."

얼마나 흥분했는지 얼굴이 울긋불긋해지던 희찬은 자신이 마운드 위에 올라와 있다는 사실도 망각할 만큼 거친 말을 쏟아내다 입을 다물었다. 그리곤 돌연 눈을 가늘게 뜨며 진현을 응시했다.

"묻는 말에 대답해."

진현은 빙긋 웃으며 고개를 끄덕였다.

"너, 설마……. 엄청 극적인 상황을 멋지게 타파하고 싶어서 일부러 만루를 만들어냈다, 이런…… 건 아니지?"

희찬의 목소리가 조금 떨린다고 생각했다. 진현은 굳이 대답하지 않았다. 홈플레이트(야구에서 홈에 있는 베이스)에 서 있던 심판이 경기를 진행하게 희찬을 보고 얼른 내려오라고 재촉하는 목소리가 들렸다. 희찬은 처참하게 얼굴을 일그러뜨리며 진현을 향해 입술을 움직였다.

"쓰리 볼이야. 만루 상황이고."

"알아."

아무렇지도 않게 고개를 끄덕이는 진현이 탐탁찮다는 듯 희찬은 눈을 부라렸다.

"좋……아."

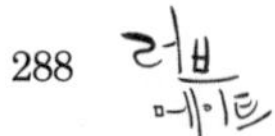

토해내듯 말을 내뱉는 그의 얼굴은 여전히 굳어 있다.

"만약 이 위기를 극복하면 그냥 넘어가 줄 테지만, 그게 아니라면 감독님께 바로 말한다. 나는 장난으로 경기에 임하는 녀석의 공은 받지 않겠다고."

"장난 아니었어. 걱정하지 마."

"한 점 정도는 봐줄게."

"점수 내줄 생각 없어."

"……."

"……."

진현과 희찬은 말없이 서로를 응시했다. 상대가 무슨 생각을 하고 있는 건지 굳이 입을 열지 않아도 알 수 있을 것 같았다.

"제길."

조금의 흔들림도 없는 진현의 눈동자를 직시하며 한숨을 푹 내쉬던 희찬은 제 목을 벅벅 긁었다.

"직구랬지?"

진현은 입꼬리를 말아 올렸다.

"후우. 어쩌다 너 같은 녀석을 만났는지……. 내 머리가 다 아프다, 이 자식아."

그리곤 얼굴을 절레절레 흔들던 희찬은 터벅터벅 원래의 위치로 걸어갔다. 진현은 그런 희찬의 뒷모습을 한참 동안 바라보다 모든 베이스를 채우고 있는 로젠의 선수들을 힐긋거렸다.

희찬의 말대로 분명 직구 하나의 구종(투수가 던지는 구질의 종류)으로는 경기를 끝내기 힘들지도 모르나, 거기에 제구(투수가 마음먹은 대로 공을 던지는 일)와 빠른 구속(투수가 던지는 공의 속도)이 합쳐진다면 상황은 달라진다.

경기를 재개하라며 심판의 몸짓에 호흡을 가다듬던 진현은 손에 든 공을 꽉 쥐며 바로 섰다. 앞으로 발을 디디며, 희찬의 글러브를 향해 뻗어나가는 그의 모든 힘이 실린 공은 퍽! 소리를 내며 스트라이크 존 한가운데에 꽂힌다.

얼마 후. 전광판에 161km라는 경이로운 구속이 찍힌 것은 말할 필요도 없는 사실.

"스, 스트라이크!"

그가 생각하는 경기는, 지금부터 시작이었다.

♥ ♥ ♥

1차전 경기 결과를 보고 한 언론은 말했다.

퍼펙트게임을 기록한 것은 분명 한국 야구 역사상 길이 남을 유례없는 일일지도 모르나, 5차전까지 이어진다고 장담할 수는 없다고. 다른 투수들과 비교했을 때 꾸준한 제구력을 보이기는 했으나, 가끔 오르락내리락하는 롤러코스터 기질이 있는 유진현이 언제 돌변할지 모른다며 힘을 뺀 그의 구속은 160km를 돌파하기 힘들 거라고…….

"1, 161!"

"1, 162!"

"1, 163!"

언론의 혹평에도 불구하고 5차전의 진현의 손에서 나온 직구의 구속은 실로 대단했다. 2회 초 만루, 쓰리 볼의 상황을 삼진(K)으로 잡아낸 걸로 모자라 나머지 두 타자도 연속으로 삼진으로 잡아내며 위기를 마친 진현은 3, 4, 5회 그리고 7회까지 타석에 들어 선 선수들을 모두 삼진 아웃시켰다.

연속 18K. 전 경기 퍼펙트에 이은 연속 삼진은 경기 결과에 관계없이 경기장에 들어 선 모든 이들을 흥분의 도가니로 빠지게 만들기에 충분했다. 거기다 공을 던질 때마다 최고 구속을 달성하니 축제가 아닐 수 없었다. 오직 직구 하나의 구종으로 7회까지 던졌던 진현이 마운드를 내려갈 때 TJ와 로젠의 팬을 가릴 것 없이 경기장 내의 관중이 우레와 같은 기립 박수를 쏟아낸 것은 바로 그 이유였다.

혼신의 역투 때문이었을까?

2회 초 이후로 단 한 타자도 주루를 채우도록 허용하지 않았던 TJ는 5차전을 3대0의 짜릿한 승리로 끝내 한국 시리즈 우승이란 타이틀을 거머쥐게 되었다. 땅을 울릴 만큼 큰 함성 소리와 우승 트로피를 하늘 높이 들어 올리며 서로를 향해 샴페인을 뿌려대는 경기장 한가운데서 진현은 다른 선수들처럼 웃으며 그 순간을 즐겼다.

"홍은재라고……. 중앙석 K열 19번에 있을 거야. 여기로 좀 데려와 줘."

환희에 젖은 축제의 현장 속에서, 평소 친하게 지내던 볼보이가 축하한다며 그에게 인사를 건네자 인터뷰로 인해 옴짝달싹할 수 없게 된 진현은 아주 조심스레 부탁했다. 그의 부탁에 걱정 말라고 대답하곤 관중석을 향해 뛰어가는 볼보이의 뒷모습을 바라보던 진현은 고개를 돌렸다. 그리고 얼른 인터뷰를 시작하자고 채근하는 기자들과 카메라 앞으로 다가갔다.

5차전을 비롯한 시리즈 전체 MVP가 진현이 되었다는 사실은 그 누구도 의심치 않았다. 1차전 퍼펙트에 5차전 최고 구속으로도 모자란 18K의 주인공이었으니까. 열띤 취재 현장 속에서 진현은 자신을 향해 우승 소감과 대체 어떻게 그런 공을 던지게 되었는지 물어대는 기자들에게 하나하나 친절히 답해 주었다. 평소 카메라만 보면 질색하며 꽁무니를 빼던 지난 모습들과는 달리 성심성의를 다하는 그의 모습에 기자들이 새삼 감동했다는 것은 말할 필요도 없었다.

"지금 가장 생각나는 사람이 있습니까?!"

오늘 던진 공이 한국 최고 구속이었다는 것을 아는가, 우승을 해서 얼마나 기쁘냐, 메이저에 진출할 생각은 갖고 있는 것인가 등등 여러 질문 속에서 유독 그 질문이 귀에 들어왔던 것은 바로 그가 인터뷰를 임했을 때 반드시 대답해야겠다 여긴 말이었기 때문이었다.

이 말을 하기 위해 몇 번이나 예행연습을 했던 그였다. 진현은 볼보이가 데리러 갔을 은재의 모습이 눈앞에 생생하게 그려지는 것을 보고 슬쩍 미소를 지었다.

"오오."

기자들은 간혹 웃음을 짓던 그가 확연히 드러날 정도로 웃는 모습을 보고 탄성을 지르며 그의 입에서 튀어나올 말이 꽤 화제가 될 것이라는 것을 믿어 의심치 않았다. 눈을 반짝반짝 빛내는 기자들이 침을 꿀꺽 삼키며 마이크를 제게로 들이미는 모습을 가만히 지켜보던 진현은 천천히 입술을 뗐다.

"있습니다."

경기 내내 모든 신경을 공에 쏟아 붓느라 은재가 왔는지 알아보진 못했지만 분명 왔을 거라고 여겼다. 마운드에서 내려가고 난 이후 충분히 알아볼 수도 있었지만 경기에 집중하느라 그럴 여유가 없었다. 그러나 이젠 다르다. 모든 것이 다 끝이 났고, 꿈에 그리던 우승을 차지했으므로 그녀와의 결혼을 눈앞에 두고 있다.

진현은 잠시 숨을 골랐다. 올곧은 그의 눈동자는 카메라를 향했다.

"그 친구는…… 제게 너무 많은 의미를 가진 사람입니다."

시작은 차분했고 담담했다.

"그 친구가 곁에 있다는 사실 하나만으로 저는 최선을 다할 수 있었습니다."

가능하면 그녀를 눈앞에 세우고 말하고 싶었지만 이렇게 시작하는 것도 나쁠 것이 없다 여겼다.

"많은 조언을 해 주기도 한 사람입니다. 힘들고 지칠 때면 제게 편안한 안식을 주었고 기쁠 땐 함께 웃어 주었습니다. 그만큼 고마운 사람이죠."

유진현이 맞나 싶을 정도로 많은 말을 쏟아내는 그를 흥미진진한 눈으로 바라보던 기자들의 손이 바쁘게 움직이기 시작한다. 그를 향한 하얀 빛 무리의 반짝거리는 플래시 세례가 터져 나왔다. 진현은 제 말이 끝나자마자 질문을 던지기 위해 준비하는 기자들을 바라보며 빙긋 웃었다.

"그래서 전, 이 영광스러운 자리에서…… 너무 기쁘고 행복한 이 자리에서, 그 사람을 향한 제 마음을 털어놓을까 합니다."

공개적인 말이라 몇 번의 연습이 필요하기는 했지만 열심히 노력했으니 어렵지는 않을 것이다. 진현은 저를 비추고 있는 카메라를 똑바로 바라보며 말하기 위해 입술을 움직였다.

"오늘, 여기에 와 줘서 정말 고맙다. 네가 있어서 나는 여기까지 올 수가 있었어."

웅성거리는 소리가 그의 귀에까지 들려왔다. 진현은 두근거리는 가슴을 진정시켰다.

“한시라도 빨리 네 앞으로 달려가 너를 끌어안고 싶다. 사랑한다고 외치고 싶어. 내 모든 힘의 원천이 되어 준 너에게. 곁에 있어 주어서 너무 고맙다고, 사랑한다고 말하고 싶다! 그러니까…….”

있는 힘껏 외쳐대는 진현의 말을 들은 기자들을 비롯한 경기장 내의 관중들의 목소리가 순식간에 조용해졌다. 그렇게도 웅성거리던 소리가 순식간에 멎었다는 사실에 놀라워하는 사람들은 없었다. 그들의 관심은 오직 하나. 유진현이 과연 어떤 여자의 이름을 부를까 하는 것뿐이었다.

진현은 크게 숨을 들이마시며 꼴깍 침을 삼키는 카메라맨을 보고 환하게 웃었다. 마지막 단계까지 오고야 말았다. 그녀가 감동할만한 멋진 프러포즈를 해내겠다는 일념으로 연습을 한 보람이 있었다. 진현은 천천히 남은 말을 내뱉기 위해 입을 벌렸다.

“우리, 결혼하자. ㅎ……!”

타타타탁!

“유진현!”

……어?

“잠깐만, 실례하겠습니다.”

홍은재라는, 그의 연인을 부르려는 준비를 하던 진현을 향해 뛰어오는 발걸음 소리가 들렸다. 인터뷰를 하고 있는 선수를 막는 것은 관례가 아니기에 양해를 구하며 갑자기 제 팔을 잡아끄는 희찬의 돌발적 행동에 진현은 눈을 동그랗게 떴다.

“왜 그래?”

칠흑같이 어두운 얼굴. 근심 걱정은 다 떠안은 것 같은 희찬의 표정에 놀라 진현이 고개를 갸우뚱거리자 그는 차마 떨어지지 않는 입술을 움직이기 시작했다. 이윽고 희찬의 말을 들으며 얼굴이 점점 굳어 가던 진현은 끝내 제 연인의 이름을 부를 수가 없었다. 진현은 자신의 다음 말을 기다리고 있는 수많은 취재진과 관중들을 내버려 두고 더그아웃으로 달려갔다.

♥ ♥ ♥

"은재가 사고를 당했대."

희찬의 입모양을 정확히 알아들을 수는 없었지만, 분명히 제 귀에 박힌 그의 목소리는 위와 같았다.

"교통사고인 모양이야."

믿을 수 없는 사실이었다.

"나도 뭐가 뭔지 자세힌 모르겠어."

교통……사고?

"이대로 가면 분명 너까지 사고 나. 내가 운전할 테니까 같이 가."

누가? 은재가?

"유진현! 정신 차리라니까!"

하늘이 무너진다는 것은 바로 이런 느낌일까?

얼마 전까지만 하더라도, 아니 몇 분 전까지만 하더라도 그는 세상 모든 것을 다 가진 기분이었다. 꿈에 그리던 우승을 했고, 내일이면 그녀와 혼인 신고서를 내러 갈 수도 있다. 곧 상견례를 가질 예정이고 결혼식까지의 일정도 문제가 없었다. 세상에서 가장 행복한 사람이 누구냐고 묻는다면 주저 않고 유진현 자신이라고 말할 정도로 그는 행복의 물결 속에 몸을 맡기고 있었다.

하지만…… 운명의 장난이려나.

하늘은 쉬이 그의 행복을 허락하지 않는 듯싶다.

희찬의 입에서 '은재' 그리고 '사고'라는 말을 들었을 때. 왜 진작 그녀가 경기장에 왔는지 확인해 보지 않았냐고 스스로를 책망했다.

바보 같았다. 어리석었다. 천하의 한심한 놈. 네가 그러고도…… 제기랄!

"홍은재! 홍은재, 어딨습니까! 여기 홍은재라는 환자, 어디 있습니까!"

머리가 지끈거렸다. 온몸이 부서질 만큼 흔들렸다. 인터뷰도 모두 접어 버리고 전화가 걸려 온 XX병원 응급실로 뛰어간 그는 희찬의 차에서 내리자마자 뛰어갔다.

정신이 하나도 없었다. 오직 그의 뇌리에 가득 찬 것은 홍은재라는 단어밖에 없었다. 진현은 스르륵 열리는 응급실 자동문을 통해 마침 제 앞을 지나가고 있는 간호사의 어깨를 흔들며 크게 외쳤다.

"으윽."

"인마, 유진현! 정신 차려! 간호사 선생님 다치겠어!"

뒤늦게 그를 쫓아온 희찬이 으르렁거리며 버럭 소리 지르고 있는 진현을 말렸지만 소용이 없었다.

조용하던 응급실이 웬 남자의 등장으로 인해 갑자기 시끄러워지자 환자를 비롯한 그들의 가족, 그리고 의료진들이 고개를 갸웃거리며 웅성거리기 시작했다.

"홍은재 어디 있냐구요! 어디 있냐니까!"

진현은 그들의 시선에도 아랑곳 않고 소리쳤다.

"유진현 선수?"

난동을 부리는 진현과 그를 말리는 희찬. 그리고 그런 두 사람을 흥미로운 시선으로 바라보는 여러 사람들. 흥분을 가라앉히지 못하고 소리를 질러대는 진현의 앞에 하얀 가운을 입은 의사가 나타나 그를 말리기 전까지 그 소동은 오랜 시간 동안 지속됐다.

"TJ의 유진현 선수 맞죠? 옆에는 서희찬 선수?"

의사는 미묘하게 눈썹을 꿈틀거렸다.

"헌데, 왜 여기에 있는 겁니까? 오늘 5차전이 열리는 날이 아닙……"

"홍은재, 어딨습니까!"

"네?"

"여기 있다는 연락 받고 왔습니다! 교통사고라고 들었어요. 어디 있죠? 많이 다친 겁니까? 큰…… 사고는 아니죠?! 선생님!"

말끔한 얼굴의 남자 선생이었다. 겨우 간호사를 놓아 준 진현이 이번엔 그 남자 선생의 팔을 잡고 세게 흔들자 그는 잠시 당황한 표정을 짓더니 이내 진현의 팔을 억지로 떼어내곤 뒤로 물러났다.

"무슨 사이시죠?"

뭐?

"홍은재 환자랑, 무슨 사이십니까?"

진현은 얼굴을 일그러뜨리며 외쳤다.

"남편입니다."

의사는 고개를 갸웃거렸다.

"유 선수는 아직 미혼이 아닙니까?"

"후우. 그럼 약혼자 정도로 하죠. 은재, 어딨습니까?"

빨리 말하지 않는다면 주먹을 날릴 기세로 묻는 진현을 물끄러미 바라보던 의사가 그의 뒤에 엉거주춤 서 있던 희찬의 눈과 마주쳤다. 희찬이 어색하게 고개를 까딱이자 후우, 하고 길게 한숨을 내쉰 의사는 천천히 말을 내뱉었다.

"홍은재 환자는 조금 전, 응급실에서 일반 병동으로 옮겨졌습니다. 듣기론 트럭을 피하려다 가로수를 들이박은 단순 교통 사고였다고 하더군요. 충격을 받아서 잠시 의식을 잃은 상황입니다. 다행히 같이 온 최세원 환자는 의식을 찾았다고 들었는데 홍은재 환자는…… 아직, 잘 모르겠군요."

의사의 말이 끝남과 동시에 이를 악물고 서 있던 진현은 몸의 힘이 순식간에 주르륵 빠져나가는 것을 느꼈다.

진현은 스르르 주저앉으며 안도의 한숨을 내쉬었다.

크게, 걱정할 일이 아니래.

다행…… 다행이다…….

희찬은 고개를 떨구며 뿌연 눈물을 바닥으로 흩뿌리는 진현의 어깨를 두드렸다.

♥ ♥ ♥

사상 초유의 사태가 일어났다.

시리즈 MVP로 선정돼 인터뷰를 하고 있던 선수가 갑자기 사라져 버린 것이다.

워낙 급작스레 일어난 일인지라 이로 인해 취재진은 물론이거니와 구단 관계자들까지 놀라 한동안 허둥지둥한 것은 말할 필요도 없었다. 그것이 바로, 이틀 전이었다.

한국 시리즈 5차전이 열렸던 날 이후로 아직까지도 유진현의 이름은 인터넷 실시간 검색어 1위에서 내려오지 않고 있었다. TJ 구단 자체에서 진현에게 지금은 당장 밝힐 수 없는 개인 사정이 있어 그런 일이 일어났다는 공식 입장을 내놓았지만 여전히 사람들은 의문을 품고 있었다.

도대체 왜.

무슨 이유로, 유진현은 잠적해 버린 것일까.

그리고…… 결혼하잔 말을 한 상대는 누구였을까.

시원하게 밝히지 않고 사라져 버린 진현과는 연락이 닿는 이가 없었다. 거기다 구단 차원의 공식 입장은 그들의 갈증을 해소시켜 주지 않았으므로 이에 대해 각종 루머가 쏟아져 나왔다. 진현의 입에서 새어나온 말이 'ㅎ' 자의 소리와 비슷했으니 분명 한때 사귀었던 한효영 아나운서에 대한 발언일 것이라는 주장과 알려지지 않은 다른 연인일 것이라는 주장. 이 두 주장이 팽팽한 대립을 하며 온오프라인을 뜨겁게 달구었다. TJ 크라운즈가 한국 시리즈의 우승을 했다는 사실보다 유진현의 고백 상대를 추측하는 기사가 훨씬 더 많을 정도로 진현에 대한 사람들의 관심은 지대했다.

그런 대한민국 국민들의 시선을 한몸에 받고 있는 남자, TJ 크라운즈의 에이스이자 '국민 투수'라는 별칭을 갖고 있는 유진현은 XX 병원 VVIP실에서 죽은 듯 잠들어 있는 여자의 곁을 단 한시도 떠나지 않고 있었다.

"무슨 일입니까? 뭔가 이상이 있는 겁니까? 왜 아직도 자고 있는 거죠?"

시간이 흐르면 눈을 뜬 그녀를 볼 수 있을 것이라 여긴 진현의 마음이 다급해진 것은 다음 날이 되어서도 잠을 자고 있는 은재를 보기 시작한 후였다. 안절부절 못하는 진현을 보고 그녀의 담당의사는 말했다.

"그리 큰 문제는 없습니다. 다만, 시간이 조금 더 필요한 것 같군요, 홍은재 환자는. 허니 너무 걱정 마십시오. 조금만 더 기다리시면 깨어날 겁니다."

그러나 충격을 받아서 잠시 의식을 잃었다고 했던 은재는 그 후로 이틀이 지나도록 깨어날 생각을 하지 않았다. 진현은 그녀가 잠자는 시간이 길면 길어질수록 스스로를 제어할 수가 없었다.

"그나저나 유진현 선수. 병동을 옮기는 게 어떻겠습니까? 유진현 선수가 일반 병동에 계시면 다른 환자분들께서 불편해하실 것 같아서 말입니다. 기자들도 예사롭지 않고. 아무래도, 유 선수는 지금 뜨거운 화제이지 않습니까. 그러니 양해 부탁드립니다. 병원에서 VVIP실을 준비해 놨다고 합니다."

간호사들과 뭔가 이야기를 주고받으면서 은재를 살피던 담당의사가 너무 걱정할 필요는 없다고 말했던 터라 마음이 조금 가라앉기는 했지만 그래도 불안했다. 미묘한 무언가가 스멀스멀 기어오르는 느낌이 그를 자극했다. 담당의사의 말대로 다른 이들이 눈치채지 못하도록 조용히 은재를 VVIP실로 옮기면서도 그 불안한 마음은 지속되었다.

얼마 후. 아직도 깨어나지 않는 은재를 찾아온 그녀의 동료 교사 최세원이 방문을 하고, 희찬이 부인을 대동하며 찾아올 때까지도 그녀의 눈은 떠지지 않았다.

은재의 사고 소식을 접하고 벌써 몇 시간이나 흘렀는지 모르겠다. 그녀와 떨어져 지내던 6년간의 지옥이 다시 재래하는 것 같았다. 고통스러웠다. 본래의 그의 계획대로라면 그녀는 자신과 함께 앞으로의 나날들에 대해 생각하며 행복해해야만 했다. 하지만 은재는 꿈에서 벗어나지 못했다.

제대로 눈 한 번 붙이지 못하고 그녀가 깨어나기만을 기다리는 진현의 얼굴은 초췌하기 짝이 없었다. 거뭇한 난 수염은 듬성듬성 자리를 잡아가고 있었고 푸석해진 피부결은 그의 얼굴을 한층 어둡게 만들었다.

그녀의 곁에서 잠시도 떨어질 생각을 하지 않는 진현을 보고 병원 관계자들은 오히려 진현을 걱정하기 시작했지만 그는 끄떡도 하지 않았다. 진현은 그녀의 곁을 떠나지 않았다. 은재가 눈을 뜨고 가장 처음 보는 사람이 자신이 되기를 바랐다. 잠 한 번 자지 않고 그녀의 손을 꼭 붙잡고 있는 그를 보며 눈물샘이 메말랐다고 불리는 서희찬이 눈시울을 붉히기까지 했으니 말은 다 했지.

시끄러운 바깥과는 다르게 은재의 병실은 고요하다 못해 살벌했다. 진현은 은재를 진찰하기 위해 우르르 몰려온 의료진들의 행동을 가만히 지켜보고 있었다. 50시간이 넘게 잠을 자고 있는 그녀를 살펴보던 남자는 무표정한 얼굴로 그들을 응시하는 진현을 향해 고개를 돌렸다.

"이거 정말 이상하군요. 분명 깨어날 때가 됐는데……."

검사 결과 그녀의 몸에는 아무런 문제가 없었다. 더할 나위 없이 깨끗한 상태라 당장 일어나 움직인다 해도 무방할 정도였다. 하지만 은재는 깊은 잠에 빠진 공주마냥 부드러운 숨결만 내뱉으며 눈을 감고 있을 뿐이었다. 그녀의 담당의사로 배정받은 안신우가 의아해하는 것은 당연했다. 한참 동안 은재를 살펴보던 신우가 중얼거리는 말에 진현은 그를 노려보며 고운 미간을 일그러뜨렸다.

"그게…… 의사로서 할 말입니까?"

도저히 참을 수가 없었다. 진현은 저도 모르게 그를 향해 다가서며 눈을 부라렸다. 이를 부드득 가는 소리가 방안을 가득 메웠다. 신우의 뒤에 서 있던 간호사 몇몇은 서로의 눈치를 살피며 뒤로 살짝 물러났다.

"아, 그게……."

신우는 으르렁 거리는 진현을 진정시키기 위해 그를 조심스럽게 불렀지만 진현의 날카로움은 무뎌지지 않았다.

"뭔가 이상이 있으니 아직도 이렇게 자고 있는 게 아닙니까!"

처음은 그러려니 했지만 시간이 길어질수록 그녀를 제대로 진찰하고 있는가에 대한 의문이 생겨났다. 마음을 가라앉혀야 한다는 생각이 들긴 했으나 그것이 어려웠다. 진현은 어느새 신우의 멱살을 잡으며 소리쳤다.

"당신 정말 의사 맞는 거야? 제대로 검사하고 있는 거냐고!"

"지, 진정하십시오."

"지금 내가 진정하게 생겼어? 저 여자가 저기서 자고 있는데! 그 이유를 댁들도 모른다는 데 내가 지금 진정하게 생겼……."

"으윽."

그때였다. 한참 신우를 몰아붙이던 진현은 귓가에 들리는 나지막한 신음에 반사적으로 고개를 돌렸다. 그리고 그런 그의 눈에 그녀가 들어왔다.

“여……기가 어디야?”

은재였다. 그가 그렇게도 기다리던, 그녀. 진현은 신우의 멱살을 쥐고 있던 손에서 힘을 스르르 풀며 멍한 눈으로 주위를 두리번거리는 은재에게 다가갔다.

“아! 진현이 아니…… 읍!”

은재가 제 앞에 드리워진 어두운 그림자에 슬며시 고개를 든 순간 진현은 일말의 망설임도 없이 그녀를 꽉 껴안았다.

“영원히, 깨어나지 않는 줄 알았어.”

진현은 깜짝 놀라는 그녀를 품안에 넣으며 중얼거렸다. 그와 동시에 은재의 귓불이 새빨개졌지만 진현은 보지 못했다. 그는 놓아 달라 바둥거리는 은재를 더욱 세게 껴안으며 말을 이었다.

“왜 이렇게 사람을 걱정 시켜!”

“어, 어머. 얘가 왜 이…….”

“너 때문에 얼마나 무서웠는지 알아!”

“지, 진현아.”

“정말…… 무서웠다고…….”

지난 이틀간 옆에서 밤을 지새우며 애타게 그녀를 기다렸던 보상이라도 받겠다는 듯 그녀를 놓아 줄 생각을 하지 않았다. 다시는 깨어나지 않을까 두려웠다. 그를 버려두고 먼저 가버리는 건 아닌 가 걱정스러웠다. 어떻게 된 건지는 모르겠지만 이렇게 눈을 떠줘서 너무 다행이라고 그는 생각하고 또 생각했다. 눈물이 가득 차올라 가슴이 미어지려는 것을 꾹 참았다.

“저, 저기 보는 눈 있어…….”

절대로 놓아 주지 않겠다.

네가 내 앞에서 사라지게 만들지 않겠다.

너를, 놓지 않을 것이다.

그렇게 되뇌던 진현은 갑자기 강한 힘으로 제 가슴을 툭, 치는 은재의 손길에 의해 그녀를 안고 있던 힘을 풀어야만 했다. 그는 평소와는 달리 당황스러워하는 은재를 의아하게 바라봤다. 은재는 얼굴을 빨갛게 붉히며 그들의 뒤에 서 있는 의료진을 흘깃거렸다.

"괜한 오, 오해를 하실지도 모르는데 이러면 안 되잖아."

진현은 어색하게 웃으며 속닥거리는 은재의 말에 눈을 동그랗게 떴다. 그녀는 곧 그런 진현에게서 시선을 떼더니 어쩔 줄 몰라 하는 의료진들을 향해 활짝 웃으며 외쳤다.

"선생님들! 얘랑 저랑은 그냥 친한 친구일 뿐이에요. 아, 아주 오래된. 그러니까 오해하지 마세요! 우린 진짜 친구거든요! 그, 그치?"

……뭐?

♥ ♥ ♥

"유 선수. 우리 잠깐 얘기 좀 할 수 있을까요?"

간호사들이 이틀 만에 깨어난 은재를 살필 사이 신우는 진현을 데리고 병실을 나섰다.

"아무래도…… 교통사고로 인한 부분 기억상실인 것 같습니다. 제 분야가 아니라 조금 있다 정신과 선생님이 오셔서 설명해 주시겠지만, 일단은 그렇게 보이는군요."

깨어난 은재의 태도를 보고 반쯤 넋이 나간 진현을 향해 신우는 어두운 얼굴로 말을 이어 나갔다. 가슴이 너무 뛰어서 진현은 아무 말도 할 수가 없었다. 아니, 그가 대체 무슨 말을 하고 있는 건지 이해할 수가 없었다.

"다행인 것은 유 선수를 잊지 않았다는 겁니다. 근 두 달 정도의 기억만 없는 것뿐이니, 너무 걱정하지 마십시오. 일시적일 테니, 조금만 더 기다려 봅시다."

안신우가 바보가 아닌 이상 유진현과 VVIP실의 환자, 홍은재의 사이가 단순한 '친구'가 아니라는 것 정도는 쉽게 짐작할 수 있었다. 이미 XX병원 관계자들 사이에선 파다한 이야기였다. 두 사람이 결혼을 약속한 사이라는 것을. 물론, 수많은 취재진이 들이닥치는 것을 겨우 막고 있는 병원장의 함구령이 있었기에 다들 쉬쉬하고 있는 상태였지만, 50시간이 넘도록 눈도 붙이지 않고 한 여자의 곁을 지키는 남자가 연인이 아닐 리는 없었으니까.

보고 있는 이들이 안쓰러울 정도로 은재를 극진히 간호하는 진현의 모습은 애절했다.

"이럴 때일수록 보호자가 환자를 더욱 신경 써야 합니다. 기억을 찾을 때까지 안정을 취해야 할 겁니다. 가까운 사람들이 함께 있어 주어야 하구요. 시간이 약이 될 겁니다. 유 선수가 홍은재 환자의 힘이 되어 주어야 합니다."

힘없이 고개를 떨어뜨렸던 진현의 얼굴이 조금씩 들렸다. 진현을 마주한 신우의 눈이 살짝 흔들렸다. TV에서 볼 때는 그렇게 믿음직스러웠던 남자가 순식간에 무너져 내리는 모습은 꽤 인상적이었다. 그래서 이렇게 저도 모르게 입술을 움직이는 건지도. 평소의 안신우라면 보호자에게 필요 이상의 말을 늘어놓지 않았을 테지만 그는 지금 진현을 위로해 주기 위해 나름 따뜻한 말을 던지고 있었다. 아마, 앞뒤를 가리지 않고 한 여자만을 사랑하는 그의 마음에 감동을 했기 때문이겠지.

말을 잇지 못하는 진현을 바라보던 신우는 마침 병실을 나온 간호사들과 함께 그의 시야에서 사라졌다. 은재에게 기억을 억지로 주입시키기보다는 그녀가 기억을 떠올릴 수 있도록 기다려줘야 한다는 말과 시간이 약이라는 것을 명심하라는 당부를 남기며 사라지는 그를 응시하던 진현은 몸을 돌렸다.

'다시……처음인가.'

병실 안으로 들어가는 문고리를 잡는 그의 손길이 살짝 떨렸다. 진현은 한숨을 푹 내쉬며 문고리를 돌렸다.

이틀 만에 깨어난 은재의 기억은 두 달 전, 그녀의 집에 도둑이 들었던 그때로 돌아가 있었다.

2. 안개 속에서, 너를 찾다(B)

눈을 떠 보니 보이는 것은 병원이었다.

대체 내가 왜 여기 와 있을까? 하고 생각해 보다가 집에 도둑이 들었던 것이 생각났다. 너무 놀라 기절한 건가? 의아하게 여기며 진현을 불러 도둑은 어떻게 되었냐고 물었더니 진현의 얼굴이 순식간에 일그러졌다. 무슨 소리를 하는 거냐고 묻는 그를 향해 우리 집에 든 도둑을 네가 잡았잖아—라고 대답해 주었다. 그 순간 진현의 얼굴이 창백하게 질리는 것을 그녀는 멀뚱히 바라볼 수밖에 없었다.

은재는 사시나무 떨 듯 몸을 덜덜 떠는 진현을 의아하게 응시했다. 큰 충격을 받은 그를 보자니 괜스레 기분이 이상해졌다. 마음을 진정시키던 진현은 이내 그녀를 향해 오늘 날짜가 몇 월 며칠인 것 같냐고 물었다. 망설임 없이 아마 하루가 지났겠지, 라고 생각하며 오늘로 예상되는 날짜를 읊어 줬더니 진현을 비롯한 그의 뒤에 서 있는 하얀 가운의 의료진의 얼굴이 새하얗게 변했다.

'왜 저러는 거지?'

도통 알 수 없는 표정만 짓는 그들의 기이한 행동을 이해하지 못해서 고운 아미를 꿈틀거리는 순간 개중에 그녀의 담당으로 보이는 의사가 진현을 데리고 밖으로 나갔다. 은재는 한숨을 푹푹 내쉬며 자신의 몸을 검사하는 간호사들을 물끄러미 응시하며 진현이 돌아오기만을 기다렸다.

한참의 시간 후 돌아온 진현은 밖을 나섰을 때보다 더욱 어두워진 얼굴로 그녀의 얼굴에 시선을 고정시켰다. 은재는 왠지 모르게 이상해진 분위기에 애써 과장된 표정을 지었다. 그래도 그의 얼굴은 밝아질 기미를 보이질 않았다. 은재는 의아해하며 그에게 물음을 던지기 시작했다. 진현은 제길, 하고 낮게 욕지거리를 내뱉으며 길게 한숨을 내쉬었다. 그런 그의 모습에 가슴이 쿵쿵 뛰어 은재는 진현의 입술이 열리기만을 기다렸다.

"은재야, 잘 들어."

"응?"

"네 기억이, 조금…… 잘못됐어."

움직이지 않는 입술을 억지로 떼며 말을 잇는 진현의 말을 처음엔,

이해하지 못했다. 무슨 소리야라고 물어도 그는 쉽게 말을 잇지 못했다. 은재는 입술을 잘근 깨물던 진현이 숨을 고르는 것을 가만히 지켜봤다. 농담을 하는 거냐고, 그런 장난은 달갑지 않다고 어색하게 웃어 보기도 했으나 진현의 얼굴은 그대로였다. 그는 당황해하는 그녀를 향해 말했다.

"오늘 날짜는 네가 기억하고 있는 그날에서…… 두 달이 더, 흘렀어."

"무, 무슨 소리를 하는 거야?"

"……."

"지, 진현아."

"네가…… 사고를 당했어."

그의 말은 충격적이었다.

진현은 은재가 자신의 경기를 보러 오는 도중 교통사고를 당했다고 말했다. 그 사고로 인해 이틀이나 잠만 잤고 깨어나 보니 두 달간의 기억을 모조리 잃어버렸다고 했다. 믿을 수 없었지만 휴대전화 액정까지 보여 주며 날짜를 확인시켜 주는 그의 행동에 입이 다물어졌다.

'정말로 두 달이 흘렀다고?'

소리 소문 없이 찾아온 도둑의 위협에 공포를 느꼈고, 그런 그녀를 진현이 구해줌으로써 마음의 안정을 찾았던 기억이 선명한데 이게 두 달 전의 일이라니. 사실이냐고, 거짓말을 하는 것이 아니냐고 몇 번을 물어도 진현에게서 돌아오는 대답은 같았다. 한 시간이란 시간이 흐른 후에야 그녀는 자신의 머리에서 지난 두 달간의 기억이 송두리째 사라졌다는 사실을 인정할 수밖에 없었다.

"진현아."

"응."

"그래도…… 우린, 여전히 친구 맞지?"

두 달 간 무슨 일이 일어난 건지 아무것도 기억나지 않는다. 그동안 대체 어떤 일이 있었을지 상상도 가지 않았다. 하여 은재는 물을 수밖에 없었다.

'만약 실수로 그와 다투기라도 했다면 어떻게 하지?'

'그가 절교 선언을 했다면 어떡하지.'

'그의 곁에 있을 수 없다면……어떡하지…….'

가슴이 너무 떨려왔다. 두 달이란 긴 시간 동안 두 사람 사이에 변화가 있어서는 안 된다고, 은재는 생각했다. 그의 곁으로 돌아오기까지 얼마나 힘들었던가. 저의 실수로 다시 그를 잃은 것은 아닌가란 불안한 마음에 그의 손을 덥석 잡는 은재를 바라보던 진현의 두 눈이 흔들렸다. 은재는 힘없이 자신을 응시하는 진현의 시선에 화들짝 놀랐다.

"치, 친구 아, 아니야?"

이렇게 슬픈 눈으로 저를 바라보는 진현의 모습을 처음 봤던 은재가 다급히 묻자 진현은 아니라는 듯 고개를 저었다.

"친……구, 맞아."

말을 맺는 그의 마지막 말이 어딘가 쓸쓸했지만 은재는 자각하지 못했다. 자신이 기억하지 못하는 기간 동안 두 사람 사이에 큰 '변화' 가 없었다는 사실에 안도의 가슴을 쓸어내리던 그녀는 다행이라고 연신 중얼거리면서 진현을 끌어안기에 바빴다. 두 달간의 기억을 잃기는 했으나 29년간의 기억을 모조리 잃은 것이 아니니 너무 심각해질 필요는 없다고 생각했다. 진현은 그런 그녀를 향해 아무런 말도 하지 않았다.

은재는 나흘간 더 입원을 해야만 했다. 혹시나 있을 또 다른 후유증을 미리 찾고 또 잃어버린 기억을 찾을 수 있는 상담도 받아야 했기 때문이었다. 충분히 지루함을 느낄 수 있는 일과였지만 특별히 외로움을 느끼지 않았던 것은 진현 덕분이었다. 시리즈 MVP까지 받아 눈코 뜰 새 없이 바쁠 거라 생각했던 그녀의 예상과는 달리, 진현은 그녀의 곁을 지키며 은재가 혼란스러워하지 않도록 세심한 배려를 해 주었다.

조급해할 필요는 없다고. 은재를 향해 언젠가 기억을 찾을 것이니 마음 졸이지 않아도 된다는 다정한 말을 하고, 그녀가 깨어났다는 소식을 듣고 찾아온 병문안을 온 이들에게 은재의 사정을 설명하며 은재를 자극할 일을 미연에 방지했다. 진현을 향해 바쁘면 가라는 말을 늘어놓기는 했으나 내심 그가 곁에 있어 준다는 사실에 은재는 기쁨을 느꼈다.

고마웠다. 그리고…… 미안했다.

밀려오는 인터뷰 요청도 마다하고 그녀의 곁에 있어 주며 힘이 되어 주는 그에게 고마움을 느꼈고 너무 많은 폐를 끼치는 것 같아 미안해졌다. 그의 짐이 되고 싶지는 않지만 이런 식으로 함께 있는 시간이 그녀에겐 소중했다. 친구라도 좋으니 이렇게 있을 수 있다면 좋겠다고 생각하고 또 생각했다.

"그럼 그게 다 작전이었다구요?"

병원에 있은 지 나흘째 되던 날, 진현의 팀 동료인 영대가 그녀의 병문안이랍시고 꽃다발을 한 아름 들고 병실을 찾았다. 못 본 사이에 더욱 잘생겨진 영대를 보고 은재가 그를 반갑게 맞이하자 진현의 얼굴이 일그러졌다. 미리 진현에게서 그녀에 대한 이야기를 들은 것인지 기억 상실에 관한 이야기는 꺼내지 않던 영대는 그녀의 사고가 있었던 날 열린 5차전에 대한 이야기를 꺼내며 은재의 관심을 샀다. 그 날 일어난 일에 대해선 입을 열 생각을 하질 않고 또 병원에 있는 동안 TV며 신문, 그리고 인터넷은 일절 금하던 진현 때문에 바깥의 정보를 알 수 없었던 은재에게 있어서는 아주 매력적인 소재거리였다. 은재는 입술을 꾹 다물고 두 사람을 지켜보고 있는 진현을 가리키는 영대의 말에 눈을 동그랗게 떴다.

"저는 적어도 그렇게 봅니다. 그게 아닌 이상 천하의 유진현이 그렇게 중요한 날, 만루를 채워 줄 리는 없지 않겠어요? 은재 씨는 그렇게 생각 안 해요?"

"호호, 그렇긴 그렇네요."

"거 봐. 은재 씨도 인정하시잖아. 어이, 유진현. 그러니까 솔직히 털어놔. 2회에 만루, 그거 다 계획적이었던 거지?"

진현은 눈을 가늘게 뜨는 영대를 흘깃거리며 자리에서 일어났다.

"조영대. 너무 오래 있었다. 이만 가 봐라."

"뭐? 인마, 나 여기 온 지 이제 10분이야."

놀라는 영대를 보고 진현은 싸늘한 눈빛을 빛냈다.

"가. 은재 피곤해."

황당해하는 영대를 억지로 일으키는 진현의 행동을 은재가 막을 사이도 없이 영대는 진현에 의해 쫓겨나 버렸다. 영대를 내쫓곤 문까지 걸어 잠그는 그를 보며 은재는 멀뚱히 눈만 깜빡였다. 워낙 갑작스럽게 일어난 일이라 은재가 입술을 열지 못하는 사이 진현이 그녀를 향해 시선을 돌렸다.

"왜."

왠지 모르게 차갑게 느껴지는 목소리였다.

"영대 씨한테 좀 너무한 거 아니야?"

망설이다가 조심스레 말을 꺼냈더니,

"너무한 거 아니다. 그러니 신경 쓰지 마."

라고 답하곤 다시 근처 의자에 앉으며 그는 원래 읽고 있던 책을 다시 펼쳤다. 은재는 진현을 물끄러미 응시했다.

'화가…… 난 걸까.'

심장 한구석이 쿡쿡 찔러와 은재는 미간을 살짝 접었다.

♥ ♥ ♥

낯선 사람처럼 느껴지는 진현의 행동은 은재가 퇴원을 하는 날까지 계속되었다. 가장 의아했던 것은 손님들을 맞는 진현의 태도였다. 대충 듣기는 했으나 병원을 나갈 때까지는 안정을 취하라는 이야기를 들은 후로 바깥 세계와의 모든 것이 차단되어 있던 상황에서 찾아온 방문객들을 반기는 그녀와는 달리 진현은 그녀에게 손님이 찾아오는 것을 탐탁찮아 했다. 유독 남자 손님들의 경우엔 더더욱. 영대를 비롯해 은재네 학교 남자 선생님들은 물론이거니와 그녀의 남자 제자들이 찾아오는 날엔 감히 말도 못 걸 만큼 얼굴을 구겨댔다. 심지어 잘생긴 그녀의 담당의사 마저 그리 마음에 들어 하지 않는 눈치였다.

그런 그를 보며 은재의 마음은 점점 더 무거워졌다. 남자라는 생물체와 이야기를 할 때마다 활짝 웃는 그녀를 향한 그의 뜨거운 시선에 가슴이 쿵쿵거렸다. 진현의 이 같은 행동들이 자신을 좋아해서 일어나는 질투라면 얼마나 좋을까, 하고도 생각해 봤지만 그럴 일은 없다고 여겼다. 진현은 혹시나 그들이 은재에게 실수를 할 것을 염려했기에 그렇게 행동하는 건지도 몰랐다. 이리 생각하니 괜히 더 미안해졌다. 기억을 잃기 전이나 잃은 후나 자신은 이렇게도 그에게 힘이 되기는커녕 짐만 된다는 사실이 슬펐다.

그러면서 점점 조급해졌다. 이렇게 민폐만 끼칠 수는 없었다. 하루라도 빨리 잃어버린 두 달 동안의 기억을 찾아야 한다고 여겼다. 물론 진현은 서둘 필요는 없다고 했지만 더 이상 그에게 짐이 되고 싶지 않았다.

하지만 기억을 되찾기는 결코, 쉽지만은 않았다. 아무리 노력해도 사라져 버린 두 달의 기억을 찾기는 어려웠다. 떠올리면 떠올릴수록 안개 속을 헤매는 것 같았다. 29년에 비하면 두 달은 아주 작은 날들이나 결코 잊어서는 안 될 것을 잊어버린 건지도 모른다는 생각도 가끔 들었다. 공허함. 중요한 것을 잊어버린 것 같은 텅 빈 느낌이 은재를 괴롭혔다.

"다녀올게. 조금 쉬고 있어."

도둑이 든 날 이후로 은재네 집을 리모델링을 하는 바람에 그녀는 지난 두 달간 그의 집에서 지냈다고 들었다. 퇴원을 하자마자 그녀의 짐을 내려놓고는 요리할 만한 것을 사오겠다고 말하며 사라지는 진현의 뒷모습을 바라보던 은재는 좌우를 두리번거렸다. 근 일주일 만에 그녀의 곁을 잠시 떠난 그로 인해 혼자만의 시간을 갖게 되었다. 은재는 닫힌 현관문을 물끄러미 응시하다 입꼬리를 슬며시 올렸다. 인터넷! 주위를 살피던 그녀는 컴퓨터가 있는 서재로 들어갔다. 전원을 켜던 그녀의 눈빛은 반짝반짝 빛났다. 말로만 듣던 진현의 경기 영상을 어쩌면 볼 수도 있었기 때문이었다. 부푼 기대감을 안은 그녀의 손은 바쁘게 움직였다.

"유진현…… 동영상?"

시리즈 재패. 2011년의 WINNER는 크라운즈!

TJ의 심장, 우승을 던졌다!

전무후무한 역투! 괴물, 승리를 거머쥐다!

포털 사이트의 메인을 장식하고 있던 위와 같은 기사 제목들을 보며 히죽거리던 은재는 검색어 1위에 자리 잡은 문구에 눈을 동그랗게 떴다. 반사적으로 손가락을 움직여 클릭을 하니 수도 없이 많은 기사와 영상이 쏟아져 나왔다. 그와 동시에 그녀의 가슴이 툭, 떨어졌다.

폭탄선언! 유진현, 12월에 결혼?

에이스, 품절남 되다?

감쪽같이 속이다! 유진현의 여자, 발각!

감동적인 프러포즈. 그러나 당사자는 어디에?

"이게 무…… 무슨……."

마우스를 쥐고 있던 손이 덜덜 떨려왔다.

유진현 동영상

유진현의 깜짝 프러포즈 영상

TJ 투수 유진현의 청혼 영상

유진현, 고백 영상

인터뷰 도중 돌발 청혼 영상

청혼이라니. 청……혼이라니.

입술이 파르르 떨리는 것이 느껴진다. 호흡이 가빠져와 은재는 몸을 움직일 수가 없었다.

"아무…… 일도 없었어."

두 달간 혹 무슨 일이 있었던 거냐 물었던 그녀의 말에 진현은 그렇게 말했다. 씁쓸함을 감추지 못하는 서글픈 눈빛으로. 그 눈빛이 살짝 걸리기는 했으나 별일 아닐 거라 치부해 버렸던 것이 은재의 실수였을까.

은재는 입술을 깨물었다. 울음이 나오려고 하는 것을 겨우 참았다. 제어할 수 없을 정도로 빠르게 뛰는 심장 소리가 머릿속을 울렸다. 은재는 진현의 얼굴이 떠 있는 동영상을 클릭할까 말까 한참을 망설이다 마우스 왼쪽 버튼을 꾹 눌렀다.

경기가 막 끝났는지 조금은 상기된 얼굴의 진현이 마이크를 잡고 흠흠, 하고 헛기침을 하고 있는 모습이 눈에 들어왔다. 인터뷰를 준비하려는 것 같았다. 기자들의 말이 이어지고 진현도 하나둘씩 이야기를 시작해 나가는 것을 지켜보던 은재의 가슴이 격하게 뛰었다. 대체 누구에게. 그는 누구에게…… 청혼을 한다는 것일까.

[지금 생각나는 사람이 있습니까?!]

동영상이 1분 30초 정도 흘렀을 때, 누군가가 진현을 향해 외쳤다. 은재는 저도 모르게 주먹을 꽉 쥐며 숨을 죽였다. 동영상 속의 진현은 그런 물음에 부드러운 미소를 지었다. 은재는 언제나 저를 향해 지어 주던 그의 미소를 다른 사람들에게 빼앗겼다는 느낌을 받았다.

[있습니다.]

나였으면, 하고 생각해 보았다.

그가 생각하는 그 사람이 바로 나였으면, 하고.

은재는 쑥스러워하는 그를 응시하며 속으로 중얼거렸다.

[그 친구는 제게 너무 많은 의미를 가진 사람입니다. 그 친구가 곁에 있다는 사실 하나만으로 저는 최선을 다할 수 있었습니다. 많은 조언을 해 주기도 한 사람입니다. 힘들고 지칠 때면 제게 많은 안식을 주었고 기쁠 땐 함께 웃어 주었습니다. 그만큼 고마운 사람이죠. 그래서 전, 이 영광스러운 자리에서……. 너무 기쁘고 행복한 이 자리에서, 그 사람을 향한 제 마음을 털어놓을까 합니다.]

여기까지 들었을 때 혹시 그의 입에서 새어나온 그 '친구' 라는 사람이 내가 아닐까라는 생각도 들었다. 아니, 그랬으면 좋겠다고 생각했다.

[오늘, 여기에 와 줘서 정말 고맙다. 네가 있어서 나는 여기까지 올 수가 있었어.]

그러나 이 말을 듣는 순간, 모든 것이 무너져 내렸다.

진현은 그 '친구' 라는 사람이 경기장에 와 있다고 확신을 가지고 있었다. 분명 그 '친구' 를 경기 시작 전이나 후에 만난 것이 틀림없었다.

하지만 은재는…… 그곳에 없었다. 경기장을 가는 도중 사고가 났으니 당연했다.

'그렇다면 대체 누구……?'

눈앞을 스치는 몇몇 여자들의 얼굴이 떠올랐지만 짐작할 수가 없었다. 과연 어떤 사람이길래 네가 공개적으로 이런 말을 하는 걸까. 분명, 아름다운 사람이겠지? 너를 이렇게 용기 있게 만든 걸 보면.

은재는 속이 쓰려 일시정지 버튼을 눌렀다. 과연 다음 말을 들어야 하는 건지 의문스러웠기 때문이다. 아마 그가 할 말을 듣게 된다면 어쩌면 상처를 받을지도 모른다. 내가 아닌 다른 누군가에게 사랑을 고백하는 너를 보면서, 심장 한가운데에 비수가 박혀 버릴지도. 은재는 흘러내리는 눈물을 닦을 생각도 하지 않고 한참을 고민했다. 그러다 다시 재생 버튼을 눌렀다. 수많은 이들이 귀를 기울이는 진현의 목소리가 경기장에 크게 울려 퍼졌다.

[한시라도 빨리 네 앞으로 달려가 너를 끌어안고 싶다. 사랑한다고 외치고 싶어. 내 모든 힘의 원천이 되어 준 너에게. 곁에 있어 주어서 너무 고맙다고, 사랑한다고 말하고 싶다! 그러니까 우리, 결혼하자.]

"아."

그가 막 누군가의 이름을 부르려는 순간 나타난 희찬으로 인해 진현이 사라져 버리는 것으로 예의 동영상은 끝이 났다. 은재는 떨리는 손으로 마우스를 움직여 얼른 인터넷 브라우저를 껐다.

"흑."

주르륵 흘러내린 눈물방울이 바닥에 툭툭 떨어졌다.

"흐윽. 흐어엉."

의자에서 쓰러지듯 주저앉은 그녀는 두 손으로 얼굴을 감쌌다. 은재의 손은 금세 축축해졌다.

'그래서, 네가 모든 것을 차단시켰던 거구나.'

내가 너무 놀랄까 봐. 네가 이런 고백을 했다는 걸 알게 된다면 내가 잊은 시간에 대해 더 큰 괴리감을 느낄까 봐.

은재는 하염없이 울었다.

그의 배려 아닌 배려에 가슴이 너무 아팠다. 심장이 갈기갈기 찢어졌다. 그제야 그가 왜 그렇게도 제게 낯선 행동들을 보여 줬는지, 이해가 갔다. 그의 새로운 여자 때문에 그녀와 함께하는 시간이 부담스러웠던 건지도 모른다. 가장 가까이에 사는 친구이니 그녀를 보살필 수밖에 없었기에 하는 수 없이 그녀를 맡았던 게 틀림없다. 내색을 잘 하지 않는 남자였으니 자신을 불편해하고 짐스럽게 느꼈던 것을 그녀가 알아차리는 것이 늦었던 건지도. 그래, 그랬던 거겠지.

인터뷰 도중 희찬이 나타난 것은 진현에게 자신의 사고 소식을 알리기 위해서였을 것이다. 진현은 그래서 청혼의 뒷말을 잇지 못했을 거다. 빨리 그녀에게 돌아가고 싶었겠지만 은재가 예상외로 늦게 깨어났고 또 기억까지 잃은지라 쉬이 말을 할 수 없었을 거다. 결과적으로 은재는 진현뿐 아니라 그의 연인에게도 폐를 끼친 것이 되어 버렸다.

은재는 고개를 떨어뜨리며 생각했다. 후두둑 떨어진 눈물이 어느새 바닥에 조금씩 고이기 시작했다. 숨이 잘 쉬지 않아 몇 번이고 호흡을 가다듬던 그녀는 입술을 깨물었다. 붉은 선혈이 찢어진 입술 사이로 흘러내렸다.

"끝……이구나……."

가슴이 시리다.

아파서 견딜 수가 없다.

13년간 참는 게 아니었다. 결국 고백 한 번 해 보지 못하고 그를 보내 주게 되었다.

"끝……."

네가 다른 사람에게 시선을 주기 전에,

네가 다른 사람에게 청혼을 하기 전에…… 말이라도 한번 해 볼걸, 그랬다.

"흐읍……."

하지만 이제, 어쩔 수가 없다.

그에게 결혼하고픈 여자가 생긴 이상 그녀가 할 수 있는 일은 없었다.

모든 것이, 끝이 났다.

더 이상 그의 곁에 있을 수도, 있어서도 안 된다.

그래선…… 안 된다.

♥ ♥ ♥

사실을 알게 된 이상, 진현의 얼굴을 마주할 자신이 도저히 없었다. 그와 눈이 마주치게 된다면 펑펑 울어 버릴 것 같았다. 그럼 또 그에게 걱정거리를 안겨 주는 셈이 된다. 해서 서둘러 밖으로 나올 수밖에 없었다.

〈바람 좀…… 쐬고 올게. 금방 올 테니, 너무 걱정하지 마. —은재〉

은재는 놀랄 진현을 위해 간단한 메모를 남기고 집을 나섰다. 퉁퉁 부은 얼굴을 목도리로 감쌌기에 그리 눈에 띄지는 않았지만 최대한 조심스레 발걸음을 옮겼다. 두 달의 기억은 없었으나 자주 가던 곳들이 크게 변화하지는 않았기에 큰 위화감은 들지 않았다.

끝없이 펼쳐진 길.

그 길을 걷고 또 걸으며 그녀는 진현의 동영상으로 인해 흐트러진 마음을 정리하기로 결심했다. 그의 친구로 남아 있기 위해선 진현의 앞에서 태연하게 웃을 수 있도록 거짓 웃음을 지을 수 있는 방법을 다시 알아내야 했다. 진현과 그녀가 아닌 다른 여자가 손을 잡고 결혼식장에 들어서는 것을 진심으로 축하해 주기 위한 마음을 잡을 필요가 있었다.

생각을 하고, 또 생각했다.

어떻게 하면 마음을 티내지 않고 그에게 축하의 인사를 전할 수 있을까. 어떻게 하면 그가 사랑하는 사람이 생겼다는 것을 정말로 축하한다고 말할 수 있을까. 대체 어떻게 하면. 어떻게…….

하염없이 어둡고 깊은 생각에 잠겨 발걸음이 어디를 향하는 건지 알지 못했다. 누군가 그녀를 향해 말을 걸어도 들리지 않았다. 은재의 머릿속에 가득 찼던 생각은 오직 하나였다. 그의 사랑을 진정으로 축하해 줘야 한다는 것. 비록 그것이 자신이 아닐지라도…….

"아."

정신을 거의 놓고 있다고 봐도 무방했던 상념이 깨어진 것은 자신이 도착한 곳이 TJ 크라운즈의 야구 구장이라는 것을 뒤늦게 알아차렸기 때문이었다. 은재는 시즌이 끝나 조금은 황량해진 구장 주변을 발견하고 큰 충격에 휩싸였다.

'내가 왜 여길…….'

진현에 대해 너무 깊게 생각한 것일까. 아님, 5차전의 그날 이곳에 오지 못했던 것이 마음에 걸려서일까. 은재는 쓸쓸한 눈으로 저 멀리 펄럭거리는 진현의 대형 사진을 흘깃거리며 눈시울을 붉혔다.

"어? 은재 씨?"

괜한 곳을 왔다는 생각에 뒤를 돌아서려는데 마침 관계자 출입구에서 모습을 드러내는 한 남자의 목소리가 귀에 들어왔다. 은재는 익숙한 그 목소리에 다시 고개를 돌렸다.

"홍은재 씨 맞네! 다쳤다고 들었는데 퇴원했나 보네요? 괜찮아요?"

진현을 만나러 자주 구장에 들락거리며 안면을 익혔던 구장의 보안요원이었다. 시즌이 끝났어도 남은 훈련을 지속하는 선수들이 있기 때문인지 팬들도 거의 보이지 않는 구장을 지키고 있었음이라. 은재는 저를 발견하고 반갑게 인사를 건네는 보안요원 장여훈을 향해 고개를 끄덕였다.

"오랜만이네요, 여훈 씨."

여훈은 희미한 미소를 짓는 은재를 보며 말했다.

"괜찮아 보여 다행입니다. 꽤 걱정했었거든요."

"고마워요."

"어떻게 혼자 오셨어요? 유진현 선수도 같이 오셨습니까?"

그의 입술 사이로 새어나온 진현의 이름에 은재의 얼굴이 굳어졌다. 그녀는 어색하게 웃으며 고개를 가로저었다.

"아니요. 혼자…… 왔어요."

길을 헤매고 방황하다 도착한 곳이 이곳이었다고 어떻게 말할 수 있었겠나. 여훈은 은재의 얼굴에 드리워진 어둠을 의아하게 여기며 말을 이었다.

"아아. 산책 나오셨구나."

은재는 아무런 말도 하지 않았다. 말없이 미소 짓는 그녀를 한참 동안 바라보던 그는 입을 길게 찢으며 눈을 반짝였다.

"들어가 보실래요?"

"네?"

"선수들 다 빠져나가서 지금은 청소하시는 분외엔 그라운드에 아무도 없어요. 기분이 별로 안 좋아 보이시는 것 같은데, 제가 몰래 들여보내 드릴 테니 구경하고 오세요."

아.

“듣자하니 5차전에 못 오셨다면서요. 관중도 없고 선수들도 없는 구장이지만 그곳에 혼자 있으면 꽤 기분이 좋아지거든요.”

은재는 걱정스러운 눈으로 물었다.

“그래도…… 괜찮을까요?”

여훈은 대답했다.

“에이. 명색의 우리 에이스 유진현 선수의 애인인데, 들켜도 그 정도는 구단에서도 봐주겠죠. 자, 얼른 따라오세요.”

애인.

애인……이라.

친구 이상도, 친구 이하도 아닌 자신을 왜 진현의 애인이라 생각하고 있는 건지는 모르겠지만 듣기가 좋았다. 아마 여훈은 후일 진현의 애인이 그녀가 아니었다는 사실을 알게 되고 크게 당황할지도 모르겠다.

하지만 은재는 아무런 말도 하지 않았다. 그의 말이 틀렸다는 것을 굳이 지적하고 싶지 않았다. 그녀의 마음은 그의 말처럼 이뤄지길 바랐으니까. 그런 이기적인 마음에 여훈의 안내를 받으며 텅 빈 관중석으로 향하면서도 입도 뻥긋 하지 않았다. 그녀를 안내해 주고 조금 뒤에 나오라는 말과 함께 사라지는 여훈의 뒷모습을 바라보던 은재는 저 혼자밖에 없는 관중석에 자리를 잡으며 그라운드를 내려다봤다.

선수들로 꽉 차 있던 그라운드.

진현의 땀과 눈물이 가득했던 그라운드.

매번 볼 때마다 이렇게 가슴이 뭉클해지는 그라운드의 잔디는 오늘도 어김없이 푸르렀다.

초록빛 잔디로 뒤덮인 그라운드는 꼭 TJ의 구장이 아니더라도 은재와 진현의 추억이 가득한 곳이었다. 이곳에서 그가 공을 던지는 모습을 지켜봤고, 이곳에서 그가 노력하는 모습을 지켜봤다. 경기를 보며 가슴을 졸인 적도 있었고 기쁨의 눈물을 흘렸던 적도 있었다. 가끔 피곤에 지쳤던 그에게 음료수 한 캔을 건네며 위로를 한 적도 있었고 연습에 매진하는 그와 함께 집으로 돌아가기 위해 진현을 기다린 적도 있었다.

"더 이상은…… 힘들겠지."

이곳까지 걸어오면서 눈물은 다 흘렸다고 생각했다. 그러나 이상하게도 가슴 깊은 곳에서 눈물이 차오른다. 이 눈물의 이유는 이제 더 이상은 그의 곁에서 응원을 해 줄 수 없다는 사실을 자각하게 되었기 때문이다. 은재는 차가운 바람이 서서히 불어오는 그라운드를 바라보며 눈을 살짝 감았다.

나는, 너의 곁을 지킬 수 있다면 뭐든 좋다고 생각했어.

쉽게 연인으로 다가갈 수 없었기에 친구라는 이름으로 남기로 결정했지만…… 너의 곁에서라면 친구일지라도 충분히 행복할 거라고 생각했어.

하지만 그건 내 착각일 뿐이었나 봐.

나는…… 친구로는 만족을 하지 못해.

너를 친구로만으로 보고 싶지 않아.

너를 원해.

너무, 원해.

"그렇지만…… 차마 말할 수 없어."

네 행복을 위해서.

네게, 혼란을 안겨 줄 수가 없어.

원한다는 말도, 좋아한다는 말도, 사랑한다는 말도 쉽게 할 수 없는 처지가 되어 버렸다. 왜 두 달 전엔 말하지 못했을까. 그때까지만 하더라도 누군가를 사랑하는 흔적은 보이지 않던 너였는데. 은재는 그라운드를 맴돌던 차가운 바람이 제 심장마저 얼려버릴 것 같아 미간을 찌푸렸다.

가슴이 욱신거렸다.

"거기 누구요?"

관중이라곤 저 하나밖에 없는 이곳 구장에서 차디찬 바람이 이리저리 몸을 움직이는 모습을 가만히 지켜보며 앉아 있던 은재의 귀에 웬 남자의 목소리가 들렸다. 오늘 따라 여러 사람과 부딪힌다고 생각하며 소리가 들린 곳으로 시선을 옮기자 청소부로 보이는 노인이 눈에 들어왔다. 은재는 얼른 자리에서 일어나며 밖으로 나가려고 했다.

"팬이요?"

괜한 특혜로 자신이 이 넓은 구장을 청소하시는 분께 방해를 할 수는 없다고 여겼기 때문이었다. 그러나 그녀가 걸음을 옮기기도 전 노인의 말이 조금 더 먼저 들려왔다. 은재는 슬며시 그를 바라보며 살짝 고개를 끄덕였다.

"여긴 어떻게 들어왔어? 아무나 들여보내 주는 곳이 아닐 텐데."

"아는 분이 들여보내 주셨어요. 죄송합니다. 얼른 나가겠습……."

"아, 아가씨! 화를 내는 게 아니야. 그러니 너무 겁을 먹지 마시게. 허허."

청소복으로 보이는 푸른색 옷을 입은 노인은 당황해하는 은재를 향해 손을 휘휘 내저으며 껄껄 웃었다. 은재는 다시 앉으라는 시늉을 하는 그를 물끄러미 응시하다 살며시 엉덩이를 의자에 붙였다.

"TJ의 팬인가 보지?"

최씨 성을 가진 노인은 옅은 미소를 짓는 그녀를 향해 물었다.

"누구 팬이야?"

"유……진현이요."

"역시, 에이스의 인기는 남녀노소를 가리지 않는군. 허허허."

크게 웃는 최 노인 역시 진현을 싫어하지는 않는 눈치였다.

"사실 말이야, 나도 유진현이 팬이야."

역시.

"얼마 전까지 XX 아파트 경비원으로 일하다가 아는 지인의 소개로 여기 청소부 일을 하기 시작했거든. 아직까진 일이 꽤 만족스러워. TV로만 보던 선수들을 가까이서 직접 보는 게 즐겁거든."

은재는 말없이 웃었다.

"참, 그렇지! 아가씨 유진현이 팬이면, 내가 사인 받아다 줄까?"

"네?"

"이래 봬도 내가 유진현이랑 조금 친하거든! 선수들 락커룸 청소도 같이 해 주고 해서 몇 번 말을 나눠 봤는데 생각만큼이나 참 싹싹한 친구더라고. 그러다 보니 나도 팬이 됐지 뭐야. 물론! 야구도 잘하기도 하고."

자랑하듯 말을 이어 나가는 최 노인을 보던 은재는 진현의 칭찬을 늘어놓는 그를 보고 괜히 자신이 칭찬을 받는 듯 기분이 좋아졌다. 그러다 곧 자신은 이렇게 좋아할 처지가 못 된다는 것을 떠올리곤 금세 시무룩해졌다. 입꼬리를 슬며시 올리다 다시 내리는 은재를 의아하게 바라보던 최 노인은 여전히 방실방실 웃으며 말했다.

"아가씨가 너무 참해 보여서 괜히 도와주고 싶네. 하여간 말만 해! 내가 유진현이 사인 정도는 받아 줄 테니까!"

"후후, 고맙습니다. 아저씨."

사인 정도는 굳이 받지 않아도 되었지만 친절을 베푸는 그의 기분을 상하게 하고 싶지 않았다. 미소 짓는 그녀를 보며 헤벌쭉 웃던 최 노인은 뭔가 생각이 났다는 듯 잠깐만 기다리라는 말을 하며 재킷 주머니를 뒤적거렸다.

"여기 있군!"

주머니에 손을 넣고 한참을 끙끙거리던 그가 몇 초 후 꼬깃꼬깃한 종이를 꺼내들자 은재는 눈을 동그랗게 떴다.

"그게…… 뭐죠?"

마치 읽어 보라는 듯 그녀를 향해 내미는 최 노인을 보고 은재가 고개를 갸웃거렸다. 그는 망설이지도 않고 '내 보물!' 하고 크게 외쳤다.

'보물? 이게?'

워낙 많이 접혀서 너덜너덜해진 종이였다. 보물이라는 최 노인의 말대로 곱게 접혀 있는 그것을 얼떨결에 받아 든 은재는 의아한 눈으로 그를 바라봤다.

"5차전이 열리던 날, 락커룸 청소를 하다가 우연히 발견했어."

과거를 회상하는 최 노인의 눈이 반짝거렸다.

"유진현이가 결혼을 하고 또 메이저에 진출하게 되면 아마 이게 엄청난 보물이 될 거야."

"네?"

"읽어 봐."

은재는 재촉하는 최 노인의 말에 망설이다가 접힌 종이를 펼쳤다. 왠지 남의 것을 훔치는 느낌이라 기분이 떨떠름하긴 했으나 최 노인의 바람을 저버릴 수가 없었다. 은재는 서서히 종이에 적힌 글자를 읽어 내려갔다.

"……!"

그리고 눈에 들어왔다. 보기만 해도 누구의 글자인지 알아낼 수 있는 글씨가 뇌리에 박혔다. 종이 위에 적힌 글자는 진현의 것이었다. 다름 아닌…… 5차전을 마치고 나서 인터뷰를 할 때 하려고 했던 말을 미리 적어놓은.

"멋진 남자지? 노인네가 봐도 꽤 멋지더라고."

최 노인은 코를 쓱쓱 문지르며 중얼거렸다. 마치 자신이 그 말을 끼적거린 사람처럼.

은재는 종이에 적힌 모든 글을 읽고 숨을 쉴 수가 없었다. 기억을 잃은 동안 내내, 꿈속에서만 보던 한 남자의 모습이 돌연 떠올랐다.

"아가씨?"

그리고 항상 뿌연 안개에 갇혀 희미하게만 보이던 어떤 남자의 모습이 점점 선명해져 왔다.

"아, 아가씨! 왜 울어?"

최 노인은 글을 읽다 말고 갑자기 눈물을 쏟아내는 은재를 보며 화들짝 놀라 외쳤다. 최 노인이 건네 준 종이를 붙들고 흐읍, 하며 낮게 흐느끼던 은재는 어느덧 흐어엉, 소리를 내며 펑펑 울어대기 시작했다. 덕분에 최 노인은 매우 당황했다.

"아가씨. 진짜 왜 그래? 어디 아파?"

"흑. 흐으읍."

"아휴. 대체 왜 이러는 거야?"

"흐윽. 아저씨."

"그래! 왜 그래? 왜 그러는 거야?"

최 노인이 우는 은재를 보고 어쩔 줄 몰라 발을 동동 구르는 것을 올려다보던 은재는 자신의 눈물이 떨어져 얼룩덜룩해진 종이의 맨 밑 부분을 가리켰다. 최 노인은 은재가 가리키는 글귀를 천천히 읽었다.

"홍……은재?"

"다시 한 번만, 더 읽어 주세요."

최 노인은 어리둥절해하며 말했다.

"홍은재."

아아.

은재는 흐르는 눈물을 닦으며 빙긋 웃었다. 최 노인은 그런 은재를 향해 물었다.

"왜? 여기에 적힌 이름, 아가씨가 아는 이름이야?"

그녀는 영문을 모르겠다는 눈으로 저를 향해 묻는 최 노인을 직시했다. 가슴이 두근거렸다.

그녀의 머리에 드리웠던 뿌연 안개가 모두 걷혔다.

은재는 환하게 웃으며 입술을 움직였다.

"네. 너무도…… 잘."

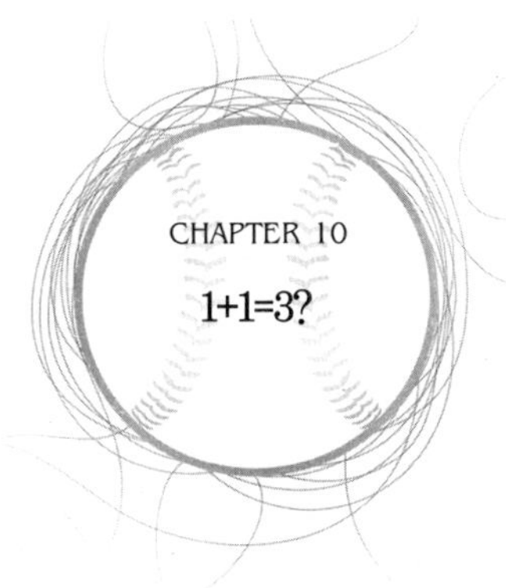

CHAPTER 10
1+1=3?

1. 1+1=3?(A)

장을 보고 온 사이 감쪽같이 사라져 버린 은재를 찾아 동네를 몇 바퀴를 돌았는지 모르겠다. 퇴원한 지 얼마 되지도 않은 성치 않은 몸을 끌고 메모 하나만 남긴 채 사라져 버린 그녀를 찾으려 애썼지만 해가 지도록 그는 은재를 발견하지 못했다. 이 동네를 벗어난 것이 아닐까 여기며 차를 가지고 나올까도 고민해 봤지만 그 사이 은재가 집에 도착해 있을 것 같아 동네를 벗어나지도 못했다.

그녀를 찾아 헤맨 지 어언 다섯 시간. 휴대전화도 가지고 나가지 않은 그녀에겐 연락이 되질 않아 그의 마음은 시간이 흐를수록 다급해지고 있었다.

"대체 어디 있는 거야!"

진현은 머리카락 한 올 보이지 않는 은재 때문에 가슴이 답답해져 결국 소리치고야 말았다. 그녀가 어린 아이도 아니건만 이렇게 그의 곁을 떠날 때마다 심장이 마구 뛴다. 의사에게서 항시 곁을 지키고 있어야 한다는 말을 들어서일까. 아님 또 다시 그의 손이 닿지 않는 곳에서 그녀에게 무슨 일이 생길까 불안해서일까. 진현은 둘 모두라 생각하며 제 집이 있는 아파트 라인 앞에 스르륵 주저앉았다.

은재가 눈을 뜨고 난 지 일주일 정도가 되어 간다. 그녀가 꼼짝 않고 잠을 자고 있었던 이틀을 합친다면 아흐레 정도가 될 테지. 구단에게 양해를 구해 모든 인터뷰를 사양하고 거의 칩거 형태로 은재를 간호하기는 했지만 날이 흐르면 흐를수록 그녀에게 가까이 다가가지 못하는 자신에 대한 원망만 늘어난다.

진현은 대리석으로 된 바닥을 손으로 내리찧으며 눈을 질금 감았다.

왜, 너는 기억하지 못하는 것일까.

그리고…… 왜, 나는 그저 지켜보고 있어야 하는 것일까.

하루에도 몇 번씩 은재를 향해 외치고 싶었는지 모른다. 지난 두 달간 우리 사이엔 엄청난 변화가 있었다고. 13년간 끌어온 마음을 드디어 전달했고 너와 나는 이제 더 이상 친구가 아니라고.

하지만 말하지 못했다. 갑작스런 충격을 주게 된다면 그녀에게 더 큰 혼란을 일으킬 수도 있다는 말을 들었으니까. 그녀의 담당의사의 말대로 은재가 모든 것을 되찾을 때까지 기다려주기로 했지만 아흐레가 지난 지금, 그의 기다림은 한계에 다다르고 있었다.

사랑한다고 말하고 싶다.

네게 당당하게.

내가 사랑하는 사람은 너이고, 네가 사랑하는 사람은 나라고.

그녀를 끌어안고 크게 소리치고 싶지만 그럴 수 없다는 사실은 그를 더욱 냉정하게 만들었다. 그래서 은재에게 찾아온 방문객들을 아니꼽게 바라본 것이 틀림없다. 자꾸만 은재를 향해 뻗으려는 손을 스스로 제어하려는 마음에 가끔은 그녀에게 차갑게 대하기도 했고 챙겨주는 척하면서 일정한 거리를 둔 것이었다.

아마 이 사실을 전혀 알지 못하는 은재는 그런 진현의 태도를 이상하다고 여겼을 것이다. 그녀가 기억하는 두 달 전과 비교하여 오히려 멀어진 그를 의아하게 생각했겠지.

"여기서 뭐해?"

가슴에 응어리가 진다. 그녀를 향해 속 시원히 털어놓지 못하는 이 상황이 한스러워서. 한 달이 넘어서도 잃어버린 기억을 찾지 못한다면 아마 견디지 못하고 진실을 털어놓을지도 모르겠다. 차가운 바닥의 한기가 바닥에 닿은 엉덩이로부터 위로 올라오는 것을 느끼고 있을 때 그의 귀를 울리는 맑은 목소리가 진현의 정신을 깨웠다.

"왜 이러고 있어?"

입구를 막다시피 주저앉아 있는 그의 눈앞에는 그녀를 찾느라 얼어붙은 제 뺨에 슬며시 손을 가져다대는 은재가 보였다.

"홍은재……."

진현은 은재를 찾겠다는 제 집념이 너무 강해서 생긴 환각이 아닐까 생각했다. 넋이 나간 얼굴로 이름을 부르는 진현을 향해 환하게 웃던 은재는 따스한 기운을 넘겨주며 고개를 끄덕였다.

"그래, 나야."

"아."

"추워. 이러고 있지 말고 안으로 들어가자."

멍한 눈으로 그녀를 바라보는 진현을 일으킨 은재는 그의 손을 꼭 붙들고 엘리베이터 쪽으로 걸음을 옮겼다.

진현은 인형처럼 그녀의 손에 끌려갔다. 익숙한 발걸음으로 14층에 내리고 익숙한 손놀림으로 도어락을 누를 때까지 진현은 아무런 말도 하지 않았다. 집안에 들어서자 순식간에 녹아내리는 찬 기운으로 인해 가슴이 따뜻해져 그는 여전히 제 손을 잡고 거실로 향하는 은재의 뒷모습을 바라봤다.

"나 찾고 있었던 거야?"

은재는 입술을 꾹 다물고 있는 진현을 소파에 털썩 앉히고는 부드럽게 웃으며 말을 건넸다. 진현이 말없이 고개를 끄덕이자 그녀는 손가락 두 개로 그의 이마에 꿀밤을 날렸다.

"으이구, 이 바보. 그럴까 봐 일부러 메모까지 남겼는데. 날도 추운데 그렇게 얇게 입고 돌아다니다간 감기 걸려."

"……."

"내가 조금이라도 늦었어 봐. 그렇게 쭈그리고 앉아 계속 날 기다렸을 거 아니야."

저를 타박하는 그녀를 향해 천천히 눈을 고정시키던 진현은 조심스레 입술을 뗐다.

"어디…… 갔다 왔어?"

은재는 여전히 미소를 지우지 않고 대답해 주었다.

"그냥 이곳저곳. 바람 좀 쐰다고 했잖아."

"이제 막 퇴원한 여자가 너무 함부로 다니지 마라."

"너도 마찬가지야. 몸이 생명줄인 남자가 추운 날씨에 그렇게 티셔츠 하나만 입고 돌아다니지 마."

미간을 살짝 구기려는 그의 행동을 기다란 검지로 저지한 은재는 입을 쭉 내밀었다.

"참! 나, 봤어!"

다섯 시간 동안 그를 헤매게 만든 은재에게 할 말이 너무 많았지만 그 말들이 전부 목구멍을 타고 넘어오지는 못했다. 단지 다시 내게 돌아와 줘서 다행이라고, 이렇게 무사해서 다행이라는 생각만 하고 있던 그는 갑자기 손뼉을 치는 은재를 의아하게 바라봤다.

"너, 동영상 있더라?"

무엇을 봤다는 건지 영문을 몰라 고개를 갸웃거리던 진현은 눈을 크게 떴다.

"동영……상?"

"응. 그것도 프러포즈 영상!"

"……!"

"두 달간 아무 일도 없었다며? 어이, 유진현이. 너 나 속였어. 프러포즈가 별일 아니냐?"

은재는 그의 가슴을 쿡쿡 찌르며 눈을 부라렸다. 진현은 쿵쿵 하고 뛰는 제 심장 소리가 그녀에게 들킬까 봐 노심초사했다. 은재는 크게 당황하며 제 시선을 회피하려고 고개를 돌리는 진현의 얼굴을 잡았다. 피하지 마. 그녀는 얼굴에서 장난기를 모두 지워 버리고 그의 두 눈을 마주했다.

"대체 어떤 여자야? 어떤 여자길래 천하의 유진현이 그렇게도 싫어하는 카메라 앞에서 그렇게 고백을 해?"

그녀의 커다란 두 눈과 마주치자 호흡이 점점 가빠졌다. 저를 삼켜 버릴 기세로 응시하고 있는 그 눈동자에 빠져 버릴 것 같아 몸이 조금씩 달아올랐다. 진현은 눈을 부라리며 질문을 던지는 은재에게 무어라 대답해야 할지 몰랐다. 사실을 말해야 하는 것일까? 아님 여전히 참아야 하는 것일까.

"프러포즈를 할 정도면 정말로 사랑한다는 얘긴데…… 두 달 사이에 언제 그런 여자를 만들었어? 궁금하니까 얼른 말해 봐. 정말 있기는 한 거야?"

진현은 재촉하는 은재를 바라보며 잠시 망설였다. 그러다 천천히 입술을 움직였다.

"있……어. 그런, 여자."

바로 너야.

홍은재. 다름 아닌, 너.

"어머! 사실이라구?"

"……."

"우와. 진짜 응큼해, 유진현! 어떻게 그렇게 감쪽같이 속였어? 왜 말 안 했어?"

말할 수가 없었다. 네가 기억하지 못했으니까.

진현은 한숨 섞인 말을 내뱉었다.

"말하려고 했어."

"언제?"

그는 입을 닫았다.

"으이구. 그래, 알았다 알았어. 그럼 이것도 묻자. 진현이 너, 그 여자 사랑해?"

호기심 어린 그녀의 눈동자에 차마 거짓을 고할 수는 없었다. 진현은 지난 아흐레 동안 하지 못했던 말을 대신 하겠다는 마음으로 숨을 토해냈다.

"사랑해."

너무 사랑해.

"많이 사랑하는 거야?"

왠지 모르게 살짝 떨리는 목소리로 은재가 되물었다.

"응. 너무…… 많이."

"얼마나?"

"말로는 안 돼."

차마 말로는 설명하지 못해.

너를 향한 내 마음은, 말로 표현할 수 있는 정도가 아니야.

은재는 진지하다 못해 간절한 그의 눈동자를 마주하고 고개를 절레절레 저었다. 정말로 사랑하나 보네. 중얼거리는 그녀의 목소리가 이상하게 가슴을 아려서 진현은 입술을 살짝 깨물었다. 몇 초간의 고요한 정적이 흘렀다. 끊어져 버린 대화에 무거움을 서서히 느낄 때쯤, 은재가 다시 입을 열었다.

"프러포즈 말이야……. 다시, 할 거지? 보니까 한창 하다가 끊어졌던데."

"아."

"언젠가는 다시 할 거지?"

"그……래야지. 다음번엔, 제대로."

조심스레 묻는 그녀를 향해 긍정의 눈빛을 보냈다. 은재는 씁쓸한 미소를 지으며 고개를 숙이는 진현을 물끄러미 바라보다 그의 손을 다시 쥐었다. 진현은 손끝에서 느껴지는 은재의 체온에 고개를 들었다.

"연습해 봐."

뜬금없는 은재의 말에 진현은 미간을 찌푸렸다. 은재는 재빨리 말을 이었다.

"그 여자가, 나라고 생각하고."

…… 뭐?

"들어 줄게. 네 프러포즈가 얼마나 멋진지 평가해 줄게."

그녀는 속을 읽을 수 없는 눈으로 그를 바라보고 있었다. 진현은 갑작스런 그녀의 행동에 당황했다. 그녀의 말을 들어주다간 은연중에 진실된 제 마음이 무심코 쏟아져 내릴 가능성이 있었기에 진현은 거절하려 했다. 하지만 은재는 자리에서 일어나려는 그의 손을 더욱 세게 움켜쥐었다.

"해 봐. 어서."

유진현은 결코 홍은재의 말을 거역하지 못한다. 그것이 무엇이든 간에.

진현은 강압적인 그녀의 눈빛에 결국 길게 숨을 내쉴 수밖에 없었다. 후회하지 마. 그는 말을 내뱉자마자 고개를 끄덕이는 그녀를 보고 피식 웃었다. 이렇게 해서라도 그녀의 기억이 돌아왔으면 좋겠다는 생각이 잠깐 머리를 스쳤다. 가슴이 세차게 뛰어 호흡을 고르던 그는 말라붙은 입술을 움직였다.

"너를…… 사랑한다."

진현은 흔들리는 그녀의 눈동자에서 시선을 거두지 않았다.

"너무 사랑해서 평생, 같이 있고 싶다. 내 안에 너를 영원히 담아두고 싶어. 이제, 난 네가 연인이라는 이름을 넘어…… 처음이자 마지막인 반려가 되어 줬음 좋겠다. 내가 사랑하는 아이들의 엄마가 되어 줬음 좋겠고, 기쁠 때나 슬플 때나 항상 곁에 있어 줬음 좋겠어.

눈을 뜨면 네 얼굴부터 봤음 좋겠고 너와 함께 내 모든 것을 나누고 싶다. 사랑한다. 너무도 사랑해. 다시는 너를 울게 하지 않을게. 힘들게 하지도 않을게. 내가 너를 사랑하는 것만큼 너를 행복하게 만들어 줄게. 그러니까 부탁한다. 부디, 나의 아내가 되…… 홍은재, 왜 울어."

말을 끝맺기도 전에 진현은 입을 다물어야 했다.

"으응?"

하얀 뺨을 타고 주르륵 흘러내리는 은재의 눈물을 발견한 진현이 얼른 그녀의 뺨에 손가락을 뻗었다.

"왜, 우는 건데."

그녀가 우는 모습만 보면 발작적으로 심장이 뛴다. 약해진 그녀를 안아 주고 싶은 충동을 느낀다. 그가 이 모든 것을 억지로 억누르고 있다는 사실을 알 리 없는 은재는 자꾸만 흘러내리는 눈물을 닦으며 대답했다.

"좋아서. 그냥 너무…… 좋아서."

진현은 예상치 못했던 그녀의 답변에 눈을 크게 떴다. 은재는 쉴 새 없이 흐르는 눈물을 닦는 걸 포기했는지 눈물범벅이 된 얼굴로 씩 웃었다.

"어떻게 그 종이에 적힌 멘트보다 더 멋진 말을 늘어놓냐. 너한텐 정말 졌다, 졌어. 받아들일 수밖에 없잖아."

무슨 말을 하는 거야?

"홍은……."

"미안해."

진현은 손을 뻗어 제 목을 끌어안는 은재의 목소리에 굳어 버렸다.

그녀의 고운 숨결이 목덜미에서 느껴졌다. 은재는 다시는 그를 놓아 주지 않겠다는 기세로 진현을 안았다.

"너무 늦어 버려서, 미안해."

숨이 컥컥 막힌다.

"5차전에 가지 못해서 미안해. 네가 승리하는 모습을 지켜보지 못해 미안해."

"너……."

"그렇게 멋진 프러포즈를 듣지 못해서 미안하고 또…… 네 마음을 기억하지 못해 미안해."

은재는 쉴 새 없이 흘러내려 이젠 축축해진 얼굴을 슥 닦으며 그에게서 천천히 떨어져 나왔다. 그리고 요동치는 그의 눈에 입을 맞추며 속삭였다.

"다녀왔어, 내 사랑."

♥ ♥ ♥

"어느 순간, 다 기억나더라."

은재는 '내 사랑' 이란 단어에 충격을 받은 그를 향해 말했다. 그가 쉬이 고개를 끄덕이지도 못하자 은재는 다시 진현을 끌어안았다.

"네가 했던 말, 너와 함께 보냈던 시간, 그리고 우리가 함께 하기로 했던 일들……. 신기하더라. 그렇게 모든 것이 갑자기 떠오르니까. 혼란스럽기도 했지만 기뻤어. 너를 다시 찾을 수가 있어서. 네게 내 마음을 숨기지 않아도 되어서."

기억은 갑작스레 찾아왔다고 했다. 잠시 그의 손을 벗어난 사이에

잊고 있었던 두 달간의 기억들이 모조리 돌아왔다고.

"혼자…… 많이 힘들었지?"

이 말을 듣자마자 뜨거운 눈물이 왈칵 쏟아졌다.

"지, 진현아."

말없이 눈물을 흘리는 저를 보고 놀라는 목소리가 들렸지만 진현은 그녀의 허리를 세게 잡으며 은재를 느꼈다. 매일 밤, 잠에 든 그녀의 얼굴을 바라보며 이제 더 이상 말하지 않아도 된다. 내 마음을 기억해달라고 속으로 수도 없이 외치지 않아도 된다. 사랑하는 일. 앞으로는 죽을 때까지 서로만 사랑하는 일만 남은 것이다. 진현은 당황해하다 곧 잠잠해진 그녀의 숨결을 느끼며 한참을 있었다.

꽤 오랜 시간이 흐르자 진현도 그리고 은재도 모두 눈물을 거둘 수가 있었다. 두 남녀는 퉁퉁 부은 자신들의 눈을 보며 한참을 웃다가 이내 나란히 소파에 앉았다. 진현은 마주 잡은 두 손에서 느껴지는 은재의 체온에 안도하며 이것저것을 물었다. 그리고 그것은 은재 역시 마찬가지였다.

"경기에 이긴 걸로도 모자라…… 인터뷰 도중 프러포즈라니. 너, 그런 로맨틱한 건 대체 누구한테 배웠어?"

아흐레 만에 느끼는 안도감에 마음이 편안해져 잠이 쏟아졌다. 그동안 불면증으로 제대로 눈을 붙인 적이 없었던 진현은 스르르 눈을 감으려는 순간 들리는 은재의 목소리에 고개를 돌렸다. 몇 센티도 되지 않을 것 같은 가까운 거리에서 느껴지는 은재의 숨결 때문에 머리가 어지럽다. 진현은 자꾸만 히죽거리는 그녀를 넋을 놓고 바라보았다.

그러다 잠이 확 달아나 버렸다. 그녀가 기억을 찾으면 반드시 하려

했던 말이 떠올랐기 때문이었다.

"어떻게 된 거야."

은재는 서늘한 눈빛을 보내는 진현의 달라진 태도에 흠칫거렸다.

"뭘?"

"사고!"

"아."

"정신을 어디다 두길래 사고를 내? 그러다 크게 다쳤으면 어떡할 뻔했어!"

은재는 하하 웃으며 그저 머리를 긁적였다. 그는 우물쭈물하며 손가락을 만지작거리는 은재를 향해 차가운 말을 내뱉었다.

"너, 앞으로 내가 허락할 때까지 한동안 운전은 금지다. 차 필요하면, 나한테 말해. 내가 너 데리고 다닐 테니까 운전대 잡지 마."

"지, 진현아!"

"널 잃을까 봐 내가 얼마나 무서웠는지 알아!"

"……!"

진현은 흔들리는 그녀의 두 눈을 바라보며 자리에서 벌떡 일어났다.

참으려고 했건만 저절로 욕지거리가 입 밖으로 새어나왔다. 은재는 진현의 무시무시한 냉기에 입술을 다물고 멍하니 그를 응시했다. 진현은 한참 동안 주위를 뱅글뱅글 돌더니 길게 한숨을 내쉬며 그녀에게 다가와 말했다.

"네가 사고……를 당했단 말을 들었을 때, 아무런 생각을 할 수가 없었어."

발작처럼 심장이 뛰었고 온몸의 혈구가 미친 듯이 움직였다. 사고회로가 멎어 버렸고, 숨도 제대로 쉴 수 없을 정도로 힘이 빠져나갔다.

그녀를 잃는다는 것은, 그에게 그런 것을 의미했다.

잃고 싶지 않아 그동안 친구 행세를 하며 곁을 지켰던 지난 세월에 대한 보상을 이제야 받고 있건만 연인이 된 지 얼마 되지 않아 그녀를 잃는다면…… 살아갈 수 없을 거란 생각도 들었다. 때문에 병원으로 향하는 발걸음이 얼마나 힘겨웠는지 모른다. 제발 무사해 달라고, 목 놓아 외쳤던 것은 그녀를 위해서가 아닌 그 자신을 위해서였다.

홍은재 없는 유진현의 삶은 감히 상상하기도 싫었으니까.

그러나 결국 그 사고로 인해 짧게나마 그녀를 잃고 말았다. 그 기간 동안 유진현은 지옥을 헤매는 기분이었다. 가슴이 타들어갔고 사는 게 사는 것이 아니었다. 악몽 같았던 지난 9일 동안의 일을 떠올리던 진현은 제길, 하고 짧게 중얼거리며 고개를 푹 숙였다. 은재는 조금씩 들썩이는 그의 어깨를 발견하고 말없이 그의 머리를 감싸 안으며 속삭였다.

"알겠어. 앞으로, 운전 안 할게."

"……."

"그러니까 울지 마. 멀쩡한 사내 녀석이 고작 여자 하나 때문에 울면 쓰냐."

진현은 그녀의 가슴에 대고 대답했다.

"누가 울었다고 그래."

"아님 말고."

"……."

"진현아."

"왜."

"문득, 이런 생각이 들더라."

코끝이 찡해지려는 것을 꾹 참아야만 했다. 애써 쉴 새 없이 몰아치는 마음의 변화를 안정시킬 때쯤, 부드럽게 그에게 말하는 은재의 목소리에 진현은 그녀의 품에서 벗어났다.

"만약에……. 만약에 우리가 아주 옛날에 이어졌더라면, 지금까지 이렇게 오래 인연을 유지할 수 있었을까?"

말을 내뱉는 은재의 얼굴이 유난히 쓰게 보인다. 진현의 미동 없던 눈동자가 조금 일렁이기 시작했다. 은재의 말은 고요하고도, 깊게 그의 심장에 박혔다. 진현이 눈썹을 꿈틀거리자 희미한 미소를 지으며 그를 바라보던 그녀는 붉은 입술을 달싹였다.

"내가 너에게 좋아한다는 고백을 했다든가, 아님…… 네가 나에게 좋아한다는 말을 했다면. 그래서 우리가 서로의 마음을 일찍이 알아차렸다면 어땠을까?"

"……."

"어쩌면. 아주 어쩌면, 우린 예상 외로 이렇게 질긴 인연을 유지하지 않았을지도 몰라."

"……!"

"쉽게 헤어졌을지도 모르지. 열아홉의 나하고 주장처럼."

"하고 싶은 말이 뭐야."

그녀의 말을 이해하지 못하겠다는 눈으로 진현은 은재를 바라봤다. 그러자 은재는 활짝 웃었다.

"너와…… 친구라서 다행이었어. 또, 너와 연인이라 다행이야."

그는 숨을 크게 들이켰다. 심장이 떨려와 진현은 입술을 움직일 수가 없었다. 세찬 울림이 공기를 타고 그의 몸으로 전해져온다. 온몸에 전율이 일었다. 그가 크게 동요하고 있다는 것을 아는지 모르는지, 은재는 말을 멈추지 않았다.

"친구인 너를 사랑해. 그리고 내 사랑인 너는…… 더 사랑해."

"은재야."

"표현하고 싶었어. 그땐, 그러지 못했으니까. 그리고 기억을 잃었던 나도 그러지 못했으니까. 하지만 모든 걸 되찾은 지금은 알아. 하루하루가 지나면 지날수록 너를 생각하는 내 마음은 점점 더 커져가. 얼마나 더 커져야 무뎌질지 모르겠어."

가슴이 벅차올라 입이 열리지 않아. 대체 얼마만큼, 네게 빠져들까. 너라는 늪은 너무 깊어서 빠져 나올 수가 없어. 알면 알게 될수록, 네게 빠져들어. 이렇게 사랑스러운데. 한시라도 떨어지기 싫을 만큼, 네가 너무 사랑스러운데. 어떡하면…… 네 생각을 하지 않을 수 있을까.

"나는 평생 네 친구이고 싶고, 연인이고 싶고, 반려이고 싶어."

진현은 반달 같이 눈꼬리를 휘며 웃는 은재를 응시했다. 그녀의 검은 눈동자에 비친 제 모습은 크게 감동을 받은 것 같다. 은재는 입술을 꾹 다물고 있는 진현의 앞머리를 쓸어 넘기며 말했다.

"그러니까 우리 내일, 혼인 신고 하러 가자. 이젠 너보다 내가 더, 너와 가족이길 원해."

이 말인즉, 그의 청혼을 받아들이겠다는 그녀만의 사랑 표현 방식이었다.

♥ ♥ ♥

정신없는 며칠이 흘러갔다.

은재의 사고 처리를 했고 아직도 시끄러운 언론을 잠재우기 위해 공식 기자회견을 했다. 드디어 밝혀진 유진현의 피앙세에 대한 소식에 며칠간 대한민국이 조금 시끄러웠고 그 피앙세인 홍은재는 화제의 중심에 서서 꽤 홍역을 치러야만 했다. 우승의 주역인 그를 빼먹을 수 없다며 하루를 멀다 하고 불러대는 구단의 축하파티에도 빠짐없이 참석했으며 은재네 집안과 상견례를 가져 결혼식 날짜도 정했다.

아시아 시리즈(아시아 4개 지역 간의 국제 야구 대회)는 주체국 사정상 열리지 않았으므로 스토브리그(프로 야구의 한 시즌이 끝나고 다음 시즌이 시작하기 전까지의 기간)까지의 시간은 넉넉했다. 하루가 멀다 하고 집까지 찾아와 은재와의 러브 스토리에 대해 묻는 기자들 때문에 조금 진이 빠지긴 했지만 그것마저도 재밌게 느껴질 만큼 두 사람은 앞으로 다가올 결혼식으로 인해 꽤 행복한 나날들을 보내고 있었다.

그러던 어느 날, 갑자기 전화가 걸려왔다.

"한동안은 정신없이 바쁠 거야. 한국에 들어올 시간도 없이 운동에만 전념해야 할 거구. 곧 결혼할 거라고 그랬지? 신부가 함께 가는 게 아니면, 아마 볼 시간도 없을 거야. 결정은 네가 하는 거지만, 이제 네 나이 서른이야. 올해가 아니면 해마다 구속이 유지될 수 있을지도 모르겠어. 그러니 네가 판단하고 다시 연락해 줘. 아마 너라면 충분히 메이저도 점령할 수 있을 거라 생각돼."

메이저리그에 진출할 때를 대비하여 미리 선임해둔 에이전트 김도진 변호사였다. 오랜만에 걸려온 그의 전화에 함께 영화를 보러 나가자는 은재의 유혹을 아쉽게 뿌리치며 외출을 한 진현은 그를 만나자마자 말을 쏟아내는 김 변호사를 보고 눈을 동그랗게 떴다.

MLB로의 진출.

어렴풋이 생각하고 있기는 했지만 아직 스토브리그도 시작되지 않았는데 벌써부터 연락이 올 줄은 몰랐다. 언론에서 MLB의 몇몇 구단이 그에게 관심을 표하고 있다면서 호들갑을 떨었었다. 하지만 남 일이라고 생각하고 대수롭지 않게 생각했다.

그러나 직접 김 변호사를 만나고 보니 그들의 이야기가 아예 틀린 것은 아니었다. 뉴욕과 보스턴에 연고지를 둔 구단이 김 변호사에게 접촉하여 물밑작업을 할 만큼 진현의 진출에 대해 적극적이란 이야기들과 또 다른 대 여섯 개의 구단 또한 마찬가지라는 말을 들었을 때, 그는 저답지 않게 멍하니 입을 벌리고 있었다.

"고민해 보고, 연락해."

생각을 해 보겠다는 말만 되풀이하는 그를 향해 도진은 진현의 어깨를 두드렸다.

"하아."

덕분에…… 머릿속이 복잡해 깨져 버릴 지경이다.

진현은 어느새 도착한 집 앞에서 굳게 닫혀 있는 대문을 하염없이 바라보다 도어락의 비밀번호를 눌렀다.

"왔어?"

교통사고를 당한 후 은재는 꽤 오랫동안 학교에 나가지 않고 있었다. 혹시나 생길 후유증을 대비하고, 또 학교로 몰려오는 기자들의 열기가 수그러들 때까지 조용히 지내라는 교장 선생님의 불호령이 떨어졌기 때문이었다. 진현은 은재와 보낼 수 있는 시간이 늘어났다는 사실에 아주 만족했다. 그래서 웬만해선 집 밖에도 잘 나가지 않았던 건지도.

그는 소파에 앉아서 TV를 보고 있다 저를 발견하고 얼굴에 화색이 돋는 은재를 향해 다가와 입을 맞춘다.

"김 변한테 우리 결혼 소식은 전했어?"

"응."

"온대?"

"그러겠대."

"다행이다. 아, 맞아! 오늘 아줌마…… 아니, 어머님께서 전화하셨어."

"어머니가?"

"응. 왜 요새 연락을 자주 안 하냐고. 식 올리면 같이 놀러나 가자고 하시더라. 후후. 아줌…… 아니, 어머님이 그렇게 열 올리시는 건 엄청 오랜만에 봐. 너 선보게 하려고 하실 때 말고는 말이지."

진현은 씩 웃는 은재의 옆에 털썩 앉으며 그녀를 제 품으로 끌어당겼다.

"어어?"

은재는 갑자기 자신을 잡아끄는 그의 강한 힘에 이끌려 진현의 품속에 안겼다. 진현은 그녀의 이마에 살짝 키스를 했다.

"진현아?"

은재는 진현의 손길에 의아한 목소리로 그를 불렀다. 진현은 말없이 행동을 이어가며 머뭇거리다 입술을 움직였다.

"한국을 떠난다는 생각, 해 봤어?"

꽤나 조심스러운 말투였다. 도진과 주고받았던 이야기를 어떻게 시작해야 할지 감이 잡히지 않았다. 진현의 물음에 은재는 고개를 갸웃거리며 대답했다.

"떠난 적 있잖아. 같이 여행도 갔으면서. 그리고 신혼여행도 해외라며."

"아니, 그런 거 말고."

"그럼?"

"단기간 여행이 아니라 몇 년쯤 사는 거."

"아."

"그런 건…… 어떻게 생각해?"

낮게 웃던 은재는 진현의 진지한 말에 흐응, 하고 신음을 내뱉었다.

"글쎄. 그런 생각은 한 번도 해 본 적이 없어."

조금 고민하다 말을 내뱉는 은재를 보며 진현은 아무런 말도 할 수가 없었다.

"일단 난, 여기 직장도 있고…… 또 해외 나가서 살면 여러 가지 불편한 점이 있을 테니까."

"역시, 그렇겠지."

고민할 것도 없다는 듯 술술 대답을 해내는 은재를 보며 진현은 고개를 끄덕였다. 아마 쉽게 결정할 수는 없는 일일 것이다. 같은 말을 쓰는 것도, 같은 문화적 배경을 지닌 것도 아닌 사람들이 모여 있는 곳으로 거처를 옮기는 것은…….

"그런데 갑자기 왜? 무슨 일 있어?"

은재의 대답에 진현은 가슴이 울렁이는 것을 느낄 때 그녀가 고개를 뒤로 젖히며 입술을 움직였다. 붉은 그녀의 입술을 하염없이 바라보며 풋 웃던 진현은 얼굴을 저었다.

“아니, 아무것도 아니야.”

생각을 더 해 봐야 할 것 같았다. 더 생각해 보고 마음이 정해지면 그때 다시 물어봐도 늦지 않을 거다.

“진현아.”

은재는 상념에 잠긴 듯 짙어지는 그의 동공을 한동안 바라보다 진현의 이름을 불렀다. 나른하고도 달콤한 그녀의 목소리에 진현은 정신을 차렸다. 은재는 손을 뻗어 그의 얼굴을 끌어당겼다. 진현은 그녀의 손길에 고개를 숙였다. 촉, 하고 그의 입술에 제 입술을 가져다 대는 그녀의 행동에 진현의 눈동자가 커다래졌다. 은재는 놀라는 진현을 보고 빙긋 웃었다.

“오랜만에 할래?”

유혹적인 그녀의 목소리에 심장이 뛰어 그만 그는 굳어 버렸다. 은재는 말없이 침을 꼴깍 삼키는 진현을 보고 까르르 웃었다.

“왜에. 싫어? 싫은 거야?”

갖은 애교를 부리는 은재의 행동에 온몸이 화끈 달아오른다. 이렇게 원하는데, 어찌 싫다는 말을 내뱉을 수 있겠는가. 그는 고개를 절레절레 저으며 못 말리겠다는 듯 어깨를 으쓱였다.

“좋아!”

은재는 그런 진현을 보고 더욱 활짝 웃으며 그의 품에서 벗어났다. 그리고 진현의 손목을 붙들고는 두 사람의 침실로 그를 끌어당겼다. 진현은 속절없이 그녀에게 끌려갔다.

2. 1+1=3?(B)

보드랍고 뽀얀 그의 입술이 휩쓸고 지나간 그녀의 하얀 얼굴은 어느새 뜨거워질 대로 뜨거워져 붉은 빛깔이 감돌았고 목덜미 곳곳엔 진현이 남기고 간 붉은 반점이 가득했다. 볼록 솟아 있는 가슴 한가운데의 핑크빛 돌기는 다시 머금어 주길 바라는 듯 툭 튀어나와 있었고, 치명적인 매력을 뽐내며 드러난 장골을 지난 그녀의 은밀한 부분은 그의 남성을 집어삼키는 것을 반복하고 있다.

하아, 하아.

천천히 몸을 아래위로 움직이는 그녀의 허리를 부여잡은 그의 입술 사이로 갈라진 쉰 소리가 새어나온다. 몇 시간이 흘렀는지 짐작이 가지 않을 만큼, 시간이 흐름이 느려졌다. 엉덩이를 들썩일 때마다가 점점 더 부풀어 오르는 그의 남성으로 인해 눈앞이 새하얗게 변했지만 입가의 미소는 사라질 기미가 보이지 않는다.

아프고 고통스러웠지만 그래도……행복했다.

몸이 찢어져 나가는 고통이 느껴졌으나, 힘들다는 생각보단 시간이 흐르면 흐를수록 묘한 쾌감마저 느끼는 저 자신을 발견했다. 키스만으론 부족했던 두 사람의 관계를 조금 더 가깝게 만들어 주는 지금의 이 행위로 인해 진정한 연인이란 무엇인가에 대해 느낄 수 있었다.

은재는 그녀가 안겨 있는 사람이 다름 아닌 진현이기 때문에, 이런 감정을 느끼는 것이라 여겼다.

그녀를 안아 주는 사람이 다른 누구도 아닌 유진현이란 남자라서.

그녀의 텅 빈 안을 채워 주는 이가 언제나 그녀가 꿈꾸기만 했던 진현이라서…… 이렇게 행복한 것이라고.

"흐으……."

은재는 몸을 부르르 떨었다. 그녀의 둔부를 세게 움켜쥐는 그의 입술 사이에서 뜨거운 신음이 새어나왔다. 은재야. 크흑, 좁은 그녀의 여성을 점령해 나가는 진현의 몸짓은 거칠었지만 조심스러웠다. 건드리면 부스러질 것 같은 표정으로 아랫입술을 꽉 깨무는 그녀를 부른 그로 인해 다시 고개를 들자 진현의 입술이 그녀의 입술을 집어삼켰다.

눈앞이 아찔하고 혼미해져 몸을 가눌 수가 없다. 아직도 거침없이 그녀의 여성 안을 탐험하고 있는 그의 남성은 도통 지칠 줄을 모른다. 백만돌이도 부럽지 않은 그의 체력으로 인해 그녀가 혀를 내두르는 사이, 진현은 살짝 벌려진 은재의 입술을 파고들었다. 그녀의 혀를 휘감아드려는 그의 뱀 같은 혀가 은재의 입안을 휘저었다. 숨을 내쉬기도 어려울 만큼 은재의 아래와 위를 동시에 공격하는 진현은 거침없었다. 은재는 땀에 젖은 그의 머리칼을 움켜쥐었다.

"못, 하아, 못 참겠어."

그녀를 꼭 껴안고 오르락내리락하던 진현이 크게 숨을 내뱉으며 중얼거리는 목소리에 은재는 그의 목을 끌어안았다. 격해지는 그의 움직임에 맞춰 은재의 몸이 움직이는 속도는 조금씩, 빨라졌다.

"괜찮아. 해."

은재는 진현을 끌어안고 속삭였다. 지난 몇 시간 동안 함께 맛봤던 환희를 또 다시 느끼기 위해 중얼거리는 그녀의 말에 그가 미간을 찌푸리자 은재는 젖은 그의 앞머리를 뒤로 쓸어 넘기며 이마에 입술을 갖다 댔다.

사랑해. 사랑해…….

더 이상 참기 어려울 때마다, 그는 그녀에게 토해내듯 말을 뱉어냈다. 은재는 이번에도 어김없이 고개를 끄덕이며 눈을 감았다. 그와 동시에 그녀의 여성을 찢어낼 것처럼 부풀어 오르던 그의 남성의 끝에서 무언가가 펑, 터져 나온다.

"하앗!"

은재의 몸 안에 순식간에 퍼져나간 그의 체액으로 인해 그녀의 속눈썹이 파르르 떨렸다. 진현은 그런 은재를 더욱 세게 끌어안으며 커다란 손으로 그녀의 등을 쓸어내렸다.

"미치겠어……."

그의 손끝이 스칠 때마다 움찔거리는 은재를 사랑스럽다는 눈으로 바라보는 진현은 낮게 중얼거렸다. 쾅쾅 뛰는 그의 심장소리가 귓가에 전해져 스르르 눈을 감던 은재는 대답 대신 입술을 빼끔거렸다.

나도.

나도, 미치겠어.

너를 너무 사랑해서, 미쳐 버리겠어.

♥ ♥ ♥

"그게 무슨 소리세요, 선생님? 두 명이라니요?"

모든 것이 제자리로 돌아오기는 하였지만 은재는 몇 번 더 병원을 찾았다. 머리부터 발끝까지 완벽하게 이상이 없다는 진단을 받고 오라는 진현의 성화 때문이었다. 오늘은 그런 병원 찾기의 마지막 날. 그녀의 담당의사에게서 아무 문제가 없다는 진단을 받기 위해 진료실에 들어간 은재는 빙긋 웃고 있는 의사의 말에 눈을 동그랗게 떴다.

"얼마 전부터 몸이 나른해지거나 자주 졸리다고 하셨잖습니까? 혹시나 해서 검사를 해 봤습니다만 역시, 예상이 맞더군요. 축하드립니다, 홍은재 씨. 임신 3주째십니다."

그녀의 주치의의 진료실을 나서면서 진현이 기다리고 있는 주차장으로 걸어갈 때까지. 어떻게 왔는지 생각이 나지 않을 정도로 머리가 텅 비어 버렸다. 굳은 얼굴로 운전석에 앉아 휴대전화를 보고 있는 진현을 발견하고 나서야 현실임을 깨달을 수 있었다.

달칵!

"아, 왔어?"

은재가 차문을 열고 조수석에 앉자 인기척에 얼굴을 들던 진현이 그녀를 반겼다.

"다 끝났어? 뭐래?"

그는 멍한 눈으로 고개를 끄덕이는 진현은 그녀의 몸 구석구석을 살피며 물었다. 은재는 심장이 간질거려 입을 다물고 그를 바라봤다.

"왜?"

진현은 그녀답지 않게 넋을 놓고 있는 은재를 의아하게 여겼다. 은재야? 그는 눈만 깜빡 이고 있는 은재의 뺨을 톡톡 건드리며 말했지만 그녀는 요지부동이었다.

"무슨 일…… 있었어?"

차 안에 들어선 지 30초가 흘렀는데도 여전히 그녀는 아무런 말도 하지 않았다. 그 모습이 꽤 불안해 보였는지 진현이 그녀를 따라 서서히 얼굴을 굳혔다. 은재는 그제야 흐트러진 시선을 바로잡았다. 그리고 그의 떨리는 눈을 응시했다.

"진현아."

"응."

"이제…… 어떡해?"

울먹이는 것 같기도 하고 기뻐하는 것 같기도 하고. 의미가 불분명한 표현을 하는 은재를 보며 진현의 얼굴에서 미소가 사라졌다.

"무슨 일이야. 의사가 뭐래."

그는 검진 차 들린 병원에서 은재가 충격적인 말을 들은 것이라 확신하는 것이 분명했다. 은재는 당장이라도 의사에게 뛰어나갈 기세로 묻는 그를 바라봤다.

"두 명이래."

진현은 뜬금없는 그녀의 말에 고개를 갸웃거렸다. 그녀는 흠흠, 하고 낮은 기침을 내뱉으며 말을 덧붙이기 위해 입술을 움직였다.

"난 두 사람 몫을 해야 한대."

무슨 소리야? 진현은 여전히 그녀가 무슨 말을 하는지 알아듣지 못하는 눈치다. 은재는 살짝 뒤로 물러났다. 그리곤 손을 뻗어 핸들 근처에 있는 그의 손을 끌어당겼다. 진현의 손등에 입을 갖다 대며 촉, 하고 키스를 하던 그녀의 다정한 행각을 가만히 지켜보며 의아해하던 진현은 말했다. 은재는 이내 굳었던 얼굴을 조금씩 펴기 시작했다.

"내 뱃속에 네 아이가 있대."

그녀는 천천히 말했다.

"너와, 내 아이가 있대."

그가 알아들을 수 있도록. 아주, 또박또박.

진현의 눈썹이 파르르 떨렸다. 그는 멍한 얼굴로 한참을 그녀를 바라보다 은재의 뺨을 향해 손을 뻗었다.

“아야!”

넋을 놓고 그녀의 뺨을 쭉 잡아당기는 진현의 행동에 은재가 미간을 찌푸리자 진현은 중얼거렸다.

“진……짠가 보네.”

그녀가 처음 의사 선생에게 그 이야기를 들었을 때, 행동했던 것처럼 진현 역시 같은 표정에 같은 행동을 반복한다. 사랑하는 사람들을 닮는다더니, 우리가 그런가? 잔잔한 미소가 얼굴에 그려졌다. 진현은 은재가 웃고 있다는 사실을 아직 알아차리지 못하고 은재를 바라보다, 그녀의 배를 내려 보는 행동을 반복했다. 그리고 결국 손을 뻗어 그녀의 배를 슥슥 문지른다.

“아……기.”

진현은 옛날부터 아기들을 좋아했다. 그녀가 질투가 날 만큼, 무척이나. 간혹 방긋 웃는 아기들이 좋냐, 너를 사랑해 주는 내가 좋냐고 물었을 때도 진지하게 고민을 할 만큼 그는 어린 아이들에 대한 환상이 있었다. 때문인지 혼인 신고를 하자마자 얼른 아이를 가지고 싶어 했다. 처음 관계를 맺을 때 이러다 주니어가 덜컥 들어섰으면 좋겠다고 우스갯소리로 말할 정도로.

은재는 굳어 있던 그의 얼굴이 점점 밝아지고 또 결국 흐흐, 하고 꽤나 음흉한 웃음소리까지 내뱉자 끝내 피식 웃었다.

“홍은재.”

그는 입꼬리를 길게 찢어서 은재의 배를 가리켰다.

"정말로, 여기 있는 거야?"

들떠 있는 그의 목소리를 들으며 은재는 말없이 고개를 끄덕였다.

♥ ♥ ♥

언론의 관심이 수그러들 때쯤 은재는 학교로 복귀했다. 학교 앞에 진을 치고 있던 기자들은 이제 한 명도 없었다. 진현과 은재가 친구였다는 건 대부분 알고 있던 학교 관계자들이라 복귀를 해도 아무 문제없을 거라 여겼다. 그러나 오랜만에 학교에 나타난 은재를 보자마자 빙그레 둘러싸며 진현과의 일을 어떻게 숨길 수가 있냐며 따지는 학생들을 비롯한 선생들 때문에 적지 않은 곤란을 겪어야만 했다.

그런 은재를 구해 준 것은 다름 아닌 세원이었다.

"뭐?! 이, 임신?!"

본의 아니게 은재로 인해 교통사고까지 당하게 되어 덩달아 며칠 요양을 했던 세원은 은재와 친하다는 이유 하나만으로 학교로 돌아오자마자 언론에게 시달린 사람들 중 하나였다. 달라붙는 기자들을 떼어내느라 힘들어 죽는 줄 알았다고, 은재와 차를 마시며 이야기를 나누던 세원을 향해 조심스레 '땡글이' 라는 태명을 지은 그녀의 아기에 대한 소식을 알리자 세원은 두 눈을 크게 뜨며 기겁을 했다.

"결혼도 안 했는데 임신이라고?"

"혼인 신고는 했으니 결혼 한 거나 마찬가지지."

"그래도! 홍샘 아직 20대잖아!"

"내년엔 30대 되는데 뭐. 섹시한 엄마가 될 수 있어서 좋지."

"세, 섹시?"

배시시 웃는 은재를 보며 세원은 고개를 절레절레 저었다. 섹시와는 거리가 있기는 하지만 확실히 젊은 엄마는 될 수 있을 것이다. 고샅길로 접어들면서 뭐가 그리 좋은지 방긋방긋 웃는 은재가 안쓰러워 한숨을 푹푹 내쉬던 세원은 손뼉을 탁, 치며 물었다.

"그래서. 결혼은 언제 하는데?"

"아. 그렇지."

은재는 그제야 기억이 난 듯 세원에게 주려 주머니에 넣고 있던 금색 봉투를 꺼냈다.

"벌써 나왔어?"

"응."

"비공개 결혼식?"

"진현이가…… 워낙 유명하니까."

"흐응."

금색의 고급 봉투 안에 든 카드를 흘깃거리며 세원은 낮은 신음을 흘렸다. 퉁명스런 그녀의 얼굴에도 불구하고 은재는 계속 웃고 있다.

"그렇게 좋아?"

"어."

"참나. 이렇게 좋아 어쩔 줄을 모르는데, 예전엔 어떻게 그리 꽁꽁 마음을 숨겼을꼬."

"후후. 그러게."

주체할 수가 없다. 한 번 터져 버리고 난 후론 그를 사랑하는 마음을 숨길 수가 없었다. 가끔, 결혼하고 싶은 남자 1순위, 애인 삼고 싶은 남자 1순위 등등에 오르는 유진현의 아내가 된다는 사실이 많이 행복한 은재의 얼굴에 세원은 결국 피식 웃음을 터뜨린다.

"12월 1일? 알았어. 갈게."

그녀는 못 말린다는 듯한 표정을 지으며 은재를 잠시 바라보다 대답했다.

♥ ♥ ♥

"이게 누구야!"

이미 혼인 신고는 한지라 법적으로 부부 사이였던 두 사람의 결혼식은 어느덧 2주 앞으로 다가왔다. 아무것도 하지 않아도 된다는 그의 말에도 불구하고 결혼식에서 한 가지 정도는 담당하고 싶다고 우겨대던 은재는 청첩장을 돌리는 일을 맡게 되었다. 자꾸만 그에게 걸려오는 낯선 전화로 인해 그가 지인들에게 돌릴 시간이 부족했기 때문이었다. 다행히 그의 지인은 은재의 지인이었고, 은재의 지인 역시 그의 지인이었으므로 무리는 없었다.

그녀는 폭풍 같았던 시즌이 끝나고 조금은 한산한 야구장에 들러 내년 시즌을 준비하는 마무리 훈련에 매진하고 있는 선수들과 코칭스태프, 그리고 구단 관계자에게 청첩장을 돌리러 왔다.

보안 요원의 안내를 받으며 텅텅 빈 관계자만이 출입이 가능한 복도를 걸어갔다. 벽 곳곳에 붙어 있는 진현을 비롯한 TJ 선수들의 땀 섞인 사진들을 바라보며 왠지 모를 감회를 느끼고 있을 때, 뒤에서 익숙한 목소리가 들렸다.

"아, 영대 씨."

사복 차림으로 그녀를 향해 손을 크게 흔들며 다가오는 사람은 TJ의 우승에 진현 못지않게 큰 몫을 했던 4번 타자, 영대였다.

"내가 안내할게요. 일 봐요."

그는 인사를 하는 은재를 보며 활짝 웃다 곁에 서 있던 보안 요원을 향해 말했다. 보안 요원이 그들의 시야에서 사라지자 무슨 일로 왔냐며 은재를 향해 묻고는 진현이 있는 락커룸으로 함께 걸어가던 영대는 한참을 그녀와 웃고 떠들다 말한다.

"맞다. 어떻게 그렇게 감쪽같이 속일 수가 있어요?"

은재는 락커룸을 얼마 남겨 두지 않은 곳에서 멈추고 말하는 영대를 보고 두 눈을 동그랗게 떴다. 영대는 입을 삐죽거리며 말을 이었다.

"진현이랑 연인 사이였다는 거요!"

"아."

"내가 얼마나 놀랐는지 알아요? 친구라면서요. 아니었어요?"

은재는 대답 대신 희미한 미소를 지었다. 영대는 고개를 절레절레 저으며 입술을 움직였다.

"어휴. 완전 나만 이상한 꼴이 돼 버렸어. 내가 유진현 그 자식한테 은재 씨 소개해 달라고 얼마나 졸랐는지 알아요?"

"그랬어요? 아무 말도 안 하던데."

"당연히 안 하지! 여자 친구를 나한테 소개해 줄 리가 있나!"

버럭 소리를 지르는 영대의 말이 재밌었다. 그는 아무리 생각해도 은재가 아깝다고 중얼거리며 말했다.

"하여간 그 자식은 정말 땡잡았어. 은재 씨 같은 미인을 꿰차다니. 듣자 하니 13년이라면서요? 끈질긴 놈. 그렇게 오랫동안 은재씰 제 여자로 만들려고 나같이 핸섬한 남자의 접근도 차단한 거였어."

"후후. 진현이가 좀 집요한 구석이 있죠."

"그렇죠? 은재 씨도 그렇게 생각하죠?"

제 말에 동의하는 은재를 보고 영대가 눈을 반짝반짝 빛낸다. 은재는 고개를 끄덕였다.

"그 집요함마저 멋지니 제가 넘어간 거 아니겠어요?"

"……."

"왜요?"

"은재 씨."

"네?"

"은재 씨도…… 알고 보니 상태가 좀 심각하네요. 그래, 끼리끼리 만난다더라. 쳇!"

"뭐라구요?"

코끝을 씰룩거리는 영대를 향해 결국 큰 웃음을 터뜨린다. 영대는 깔깔거리는 은재를 보며 저도 씨익 웃었다.

"그런데 웬일이에요? 진현이랑 같이 가려고 오신 거예요?"

참, 그렇지.

"겸사겸사. 같이 갈 겸, 이것도 돌릴 겸 왔어요."

그녀는 가방 안에 든 금색 봉투를 내밀었다.

"오, 청첩장!"

영대는 기다렸다는 듯 그녀에게서 청첩장을 받아들고는 눈을 번뜩였다. 그러다 이내 시무룩해진다.

"에휴. 결국…… 녀석도 가네. 하나둘 가는데 난 대체 언제쯤 가려나."

은재는 웃으며 말했다.

"영대 씨도 조만간 좋은 분 만나실 거예요."

"괜찮은 여자 있으면 좀 소개시켜 주세요. 은재 씨 같은 사람이면 전 환영합니다."

사뭇 진지한 그의 말에 은재는 고개를 끄덕였다.

"참!"

다시금 발걸음을 옮기려던 은재는 또 무언가 생각난 듯 탄성을 터뜨리는 영대의 목소리에 행동을 멈췄다.

"그런데…… 잘되고는 있대요?"

"무슨?"

"에이, 알면서. 미국 진출 말이에요. 소문에 벌써 한 번 만났다고 그러던데……. 나한테만 털어놔 봐요. 어디까지 진행됐어요? 어디로 간대요?"

"……!"

"쨌든, 잘됐으면 좋겠네. 진현이가 잘 닦아놓으면 나도 곧 갈 수 있을 테니까. 안 그…… 은재 씨?"

생글생글 웃으며 말을 잇는 영대를 보고 아무런 말을 할 수 없었던 은재는 그저 가만히 서 있었다.

"은재 씨?"

영대는 멍한 은재를 보며 고개를 갸웃거렸다.

"왜 그래요? 어디 아파요?"

갑자기 굳어지는 그녀의 얼굴에 적잖이 놀란 듯하다. 은재는 하얗게 질린 저를 바라보며 조심스레 묻는 영대를 향해 애써 웃으려 입을 움직였지만 미세한 경련만 일 뿐, 입술이 움직여지지 않았다.

무슨 소리를 들은 걸까.

한 번…… 만났다고?

"은재 씨……."

"여기서 뭐해?"

영대의 말에 샘솟기 시작한 생각으로 인해 은재는 멍하니 서 있었다. 그런 그녀가 이상하다는 듯 미간을 찌푸리며 영대가 말을 거는 순간, 마침 락커룸에서 나오던 진현이 두 사람을 발견했다. 태연한 얼굴로 두 사람을 향해 다가오는 진현의 미동 없는 눈동자를 보며 가슴이 쿵쾅거리기 시작했다.

♥ ♥ ♥

생각해 보지 않았다는 것은 말이 되지 않는다.

시즌 초반부터 나돌았던 이야기였다. 이번 시즌을 끝으로 FA(프리에이전트. 일정기간 자신이 속한 팀에서 활동한 뒤 다른 팀과 자유롭게 계약을 맺어 이적할 수 있는 자유계약선수 또는 그 제도)가 되는 그에게 끊임없이 쏟아지던 해외진출의 기회가 올 것이라는 것은.

MLB 입성. 야구를 하는 선수 대부분이 꿈꾸는 것처럼 진현 역시 얼마나 메이저에 진출하는 것을 꿈꿔 왔는지 곁에서 지켜봐 왔기에 그 누구보다도 잘 알고 있다. 처음, 공을 던졌을 때부터 지금까지 얼마나 열망해 왔었는지도.

그러나 오프시즌이 되고 나서 MLB 진출에 대해 굳이 언급하지 않은 것은 그녀가 요구하지 않아도 그가 말해 주리라 여겼기 때문이었다. 물론 각종 시상식, 그리고 결혼식 준비 등으로 눈코 뜰 새 없이 바빠서 잊은 것일 수도 있었으나 그렇다고 결론 내리기엔 자꾸만 그에게 전화를 걸어오던 진현의 에이전트가 생각났다.

'왜 눈치채지 못했을까.'

교통사고에, 기억상실에, 결혼준비에, 그리고 임신까지.

너무 많은 일이 한꺼번에 일어나서 사고회로가 멈춰 버렸나 보다. 영대의 말을 듣고 나서야 지금이 스토브리그라는 것을 깨달았고, 그의 에이전트인 도진이 그렇게 진현을 바깥으로 불러내는 이유를 알게 되었다. 얼마 전, 그녀에게 해외에서 사는 것에 대해 어떻게 생각하냐는 등 이상한 말을 물어대던 것도 바로 그 이유 때문이겠지. 은재는 한숨을 푹 내쉬며 운전을 하고 있는 진현을 흘깃거렸다.

'그것도 모르고 난…….'

아마 넌지시 은재의 의사를 알아내려 한 것이 틀림없었다. 그녀는 그런 그를 향해 부정적인 입장만 늘어놓았다. 며칠 전부터는 도진의 전화를 슬슬 피하는 걸로 보아선 진현은 제 맘대로 결론을 내려 버린 것이 분명했다. 한국에 남겠다는. 결코, 은재가 원하지 않았던 결론을.

"대체 왜 그래? 화났어?"

집으로 돌아오는 내내 입술을 꾹 다물고 있었다. 간혹 진현이 그녀의 시선을 느끼며 뭔가 말을 걸어댔지만 역시 대답하지 않고 그저 그를 바라보기만 했다. 결국 주차장에 차를 세워 두고 시동을 끈 진현이 미간을 살짝 좁히며 그녀를 응시하자 은재는 천천히 입술을 움직였다.

"솔직히 말해 봐."

"뭘."

"김 변, 왜 만났어?"

"어?"

진현은 은재의 차분하고도 서늘한 눈빛에 크게 당황했다. 왜 만났냐니. 그는 그녀에게서 시선을 돌리기 위해 고개를 움직였다. 은재는 그런 진현의 턱을 부여잡고 그의 얼굴을 제게로 돌리며 가까이 다가왔다.

"언제까지 말 안 하려고 했는데?"

"무슨 소리야."

"미국."

"……!"

"벌써 몇 번 만났다며. 어떻게 된 거야?"

진현은 쉬지 않고 물어대는 은재를 바라보다 길게 한숨을 내쉬었다.

"별거 아니었어. 그것보다, 내려. 들어가자."

"유진현."

"안 가."

그는 저를 부르는 은재를 향해 말했다. 은재의 눈동자가 크게 일렁인다. 그녀의 얼굴이 조금씩 일그러지자 진현은 얼른 말을 이었다.

"그냥, 안 가기로 했어."

"……."

"생각해 보니까, 굳이 갈 필요성을 못 느끼겠더라고. 여기도 나름 만족스럽고. 나이도 있고……."

"……."

"어떻게 될지도 모르는 남의 나라에 가서 욕만 실컷 듣고 오느니 한국에서 레전드로 남으면 되는 거잖아. 안 그래?"

"……."

“TJ에서도 나 놓치기 싫을 테니, 그냥 FA 계약금만 많이 달라고 하지 뭐. 그럼 우리, 이사 갈까? 땡글이 낳으면 집이 좁아질 수도 있잖아. 아이들은 금방 큰다고 하니까. 그렇게 할…….”

“뭐라는 거야.”

도무지, 가만히 듣고 있을 수가 없었다. 은재는 어색하게 웃으며 말을 잇는 진현을 향해 성이 난 목소리를 내뱉었다. 진현은 끊어져 버린 말을 주워 담지 못하고 묵묵히 그녀를 응시했다. 은재는 굳어 버린 얼굴을 펼 생각을 하지 않았다.

“내가 저번에 했던 말 때문이야?”

“아냐.”

“맞잖아. 내가 나가서 살면 여러 가지로 불편하다고 한 말 때문에 그런 거잖아.”

“…….”

“너, 설마 포기한 거야? 나 때문에? 땡글이 때문에?”

“…….”

“유진현!”

“화 내지 마. 그러다 땡글이한테 무슨 일이라도 생기면 어떡해.”

“그전에 나한테 무슨 일이 생기겠어!”

그녀는 숨을 크게 들이마셨다. 그리곤 미간을 찌푸리며 입술을 달싹였다.

“나중에 우리 땡글이가 커서 그렇게 잘 나가던 투수인 네가 왜 미국에 진출하지 않았냐고 묻는 날이 온다면, 너랑 네 엄마를 내버려 둘 수가 없어서 그러지 못했다고 대답할 거야?”

“……!”

"내가 네 발목 잡자고 결혼하자는 건 줄 알아? 그래서 아기 가진 줄 알아?"

"은재야."

"네 꿈이잖아. 왜 시작도 하기 전에 포기하려는 건데? 적어도 시도는 해 봐야지!"

소리치는 은재를 바라보던 진현은 고개를 돌렸다. 은재는 그의 손을 꽉 쥐며 그를 타이르기로 결심했다.

"가."

그녀의 따스한 손길에 진현의 시선이 은재를 향한다. 가슴이 두근거렸다. 심난해 보이는 진현에게 소식을 듣고 줄곧 생각했던 말을 내뱉었다.

"가서, 네 실력을 보여 줘."

그의 깊은 눈동자가 세차게 흔들렸다. 은재는 말을 이어 나갔다.

"그 사람들한테 동양의 위대함을 보여 주란 말이야. 유진현이란 세 글자가 그 넓은 구장에서 연호되는 걸 생각해 봤어? 으으. 생각만 해도 떨린다, 야! 우리 땡글이 아빠는 한국뿐 아니라 야구의 본거지인 미국에서도 통하는 엄청 잘 나가는 투수라는 걸 보여 주고 싶지 않아? 자랑스러운 아버지가 되고 싶지 않냐구."

"……."

"난, 네가 왜 그런 기회를 놓치려고 하는지 이해가 안 돼."

"너는."

"어?"

"나야 가서 야구를 하면 되지만, 너는 가면 뭘 할 건데?"

정곡을 콕 찌르는 그의 말에 은재는 입을 다물었다.

"언어 장벽에 문화 장벽까지 있는 곳에서 버틸 자신 있어? 홀몸도 아닌 몸으로? 주위엔 아무도 없고, 처음 보는 사람들로 가득한데. 그곳에서 몇 년이고 잘 버틸 자신이 있냐고."

그녀가 그를 생각하듯, 진현 역시 은재를 생각한다. 각자 제 입장은 생각하지 않고 상대방의 입장을 중요시해서 결국 일어난 일이었다. 은재는 떨리는 말을 겨우 뱉어내는 진현의 두 눈을 응시했다. 당장이라도 안아주고 싶을 만큼 사랑스럽다. 은재는 그런 그를 물끄러미 바라보다 피식 웃었다.

"누가 바로 들어간대?"

진현은 그녀의 말에 얼굴을 일그러뜨렸다. 무슨 소리야.

"나, 바로 안 들어가. 네가 바로 미국 간다고 해서, 내 생활이 순식간에 정리될 수 있는 게 아니잖아. 게다가 땡글이까지 있는데."

그의 눈이 세차게 흔들렸다. 영문 모를 소리를 늘어놓는 그녀를 이해하지 못하는 눈치다. 은재는 빙긋 미소 지었다.

"대신, 천천히 들어갈게. 일단 한국에서 우리 땡글이 낳고, 사표 쓸 거야. 그러고 나서 미국으로 가지 뭐. 설마 거기서 내가 할 일이 없겠어? 네가 퍼다 준 돈으로 쇼핑이나 하며 놀든가 아님 나름 한국에서 선생이었으니까, 그 경력으로 한국어나 가르치지 뭐. 서양인들한테 세종대왕님의 위대함을 널리 알리는 거야. 어때?"

"……."

"이봐, 유진현. 내가 누군지 몰라? 나 홍은재라고. 내가 외국인들한테 주눅들 줄 알고 지레 겁먹어서 그러나 본데 천만의 말씀, 만만의 콩떡이야. '적응' 하면 이 홍은재! 척하면 척이어야지. 이거 왜 이래?"

진현은 콧바람을 일으키며 씩씩거리는 은재를 직시하다 길게 한숨을 내쉰다. 그럼 가는 거지? 미국 가는 거지? 제 설득에 넘어왔단 생각에 은재가 슬며시 되묻자 그는 대답 대신 차에서 내려 그녀에게로 다가왔다. 그리곤 계속해서 되묻는 그녀를 안아들고 속삭였다.

"생각 좀…… 해 볼게."

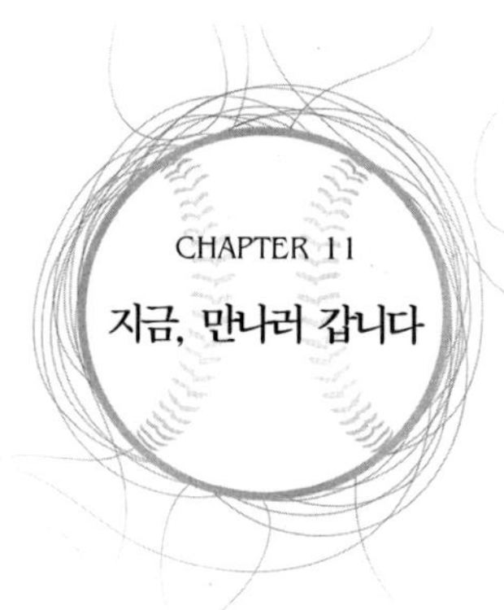

지금, 만나러 갑니다

괴물의 신화는 계속된다. 더 큰 세계를 향해 前進?

괴물.

이 단어 하나면 모든 것이 설명 가능한 자타공인 한국 최고의 강속구 투수, 유진현을 꿈의 리그인 메이저리그에서 볼 수 있을까?

지난 달 25일부터 시작된 스토브리그의 단연 화제는 TJ 크라운즈에 우승을 안기고 시리즈 MVP 마저 차지한 TJ의 간판이자 에이스, 좌완투수 유진현의 메이저 진출 여부였다.

올해 나이 만 28세. 내년이면 한국 나이로 서른에 접어드는, 투수치곤 꽤 많은 나이에도 불구하고 시속 150km 후반대의 강속구를 뿌려대는 그를 MLB의 스카우트들 역시 주의 깊게 본 눈치다.

이미 몇 년 전부터 그를 주시했다는 메이저의 거대 구단 중 하나인 모 구단의 관계자는 "당장이라도 제 1~3선발 정도로 등판 가능한 투수다.

메이저로 온다면 반드시 우리가 잡고 싶다."라는 말로 그를 평했다. 대부분의 구단들은 하늘을 치솟을 만큼 높아진 그의 몸값은 크게 신경 쓰지 않는 듯하다. 그에게 관심을 보이는 구단은 뉴욕과 보스턴에 연고지를 두고 있는 구단과 텍사스, 시카고 등 내로라는 구단들. 그렇다면, 야구의 본거지인 미국 땅에서 공을 던지는 그의 모습을 과연 볼 수 있을까?

그 가능성은 꽤 높은 듯하다. 현재 유진현의 에이전트를 맡고 있는 월드 스포츠의 김도진 변호사를 만나봤다.(편의상 본 기자를 안, 김 변호사를 김으로 칭한다.)

안)오랜만에 뵙습니다. 먼저, WIDE 스포츠의 독자들에게 인사 부탁드립니다.

김)안녕하십니까. 월드 스포츠의 김도진이라고 합니다.

안)바로 본론으로 들어가도록 하죠. 현재 가장 화두가 되고 있는 것은 역시 유진현 선수의 메이저 진출이 아닐까 싶은데요. 김 변호사님께서는 유 선수의 에이전트로서 메이저 진출에 대해 어떻게 생각하십니까? 한국의 괴물을 데려가기 위해 접촉을 하고 있다는 말이 들리던데요. 그게 사실입니까?

김)예. 내셔널리그와 아메리칸리그의 몇몇 알아주는 구단에서 좋은 제의가 들어온 것은 사실입니다.

안)역시 그랬군요. 혹 정확한 금액 제시를 받으신 적이 있는지 여쭤봐도 되겠습니까?

김)(잠시 주저하다)만약…… 진출을 하게 된다면 한국인 사상 역대 최고의 연봉을 받을 수도 있을 것 같습니다.

안)그럼 이 건에 관해 유진현 선수의 생각은 어떤지 알 수 있을까요?

대한민국 국민들이 미국에서 뛰는 그의 모습을 조만간 볼 수 있을지 궁금합니다.

김)현실에 안주하는 것도 물론 나쁘지는 않지만 새로운 도전을 받아들이는 것도 큰 발전이 될 거라고 생각합니다. 기회란 자주 찾아오는 게 아니니까요. 일단, 이렇게 말씀드리고 싶네요.

안)한마디로 미국 진출 가능성이 크다는 이야기군요!

김)(웃으며)전적으로 선수의 선택에 달려 있는 문제지만 그쪽으로 방향을 잡아가고 있는 건 사실입니다. 조만간 좋은 소식을 들려드릴 수도 있을 것 같습니다.

안)정말 기쁜 일입니다. 그럼 말씀대로 조만간 좋은 소식을 받기를 기원하며, 오늘 인터뷰는 여기서 마치도록 하지요. 감사했습니다, 김 변호사님.

김)별 말씀을요. 전국에 계신 야구팬 여러분들도 유진현 선수에게 행운을 빌어 주십시오. 감사합니다.

MLB 진출은 야구 선수들이라면 누구나 꿈꾸는 일이다. 그런 의미에서 유진현의 미국 진출은 한 동안 끊겼던 한국 투수의 메이저 진출에 대한 불꽃을 다시 되살리는 계기가 되기에 충분할 것이다. 지칠 줄 모르는 끈기와 들끓는 야구에 대한 열정을 가지고 바다를 건너갈 그의 첫 투구는 언제 볼 수 있을까?

곧 다가올 그날을 기대해 본다.

〔WIDE 스포츠, 안정호 기자 Annhello@widesports.com〕

♥ ♥ ♥

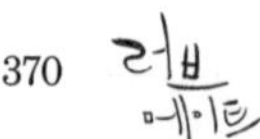

메이저리그 공식 홈페이지인 mlb.com에서 한국인 투수 유진현이 미국의 최고 인기 구단이라 불리는 뉴욕 레이커즈에 5년 계약을 체결하고 입단한다는 내용을 공식 발표한 지 이틀 후. 도심의 한 웨딩홀에서는 소문의 주역인 진현과 그의 피앙세인 은재의 비공개 결혼식 준비에 한창이었다.

"유진현이랑은 죽어도 친구 사이라고 빡빡 우겨대더니. 결국은 결혼이냐?"

앞으로 몇 분 후면 아버지의 손을 잡고 진현에게로 걸어가 혼인 서약을 하게 된다는 사실에 극도로 긴장했나 보다. 흘러내리는 땀방울을 주체할 수 없어 웨딩 스태프가 손수건으로 얼굴을 닦아 주는 손길을 느끼고 있던 은재는 언제 왔는지 눈을 가늘게 뜨며 제게로 걸어오는 고등학교 동창 하경을 발견하고 활짝 웃었다.

"하경아!"

하경은 너무 크게 웃으면 안 된다며 은재를 말리는 스태프의 외침에도 아랑곳 않고 그녀를 향해 양 팔을 벌리려는 은재를 보며 고개를 저었다.

"으이구. 하여간 그 성격은 예나 지금이나 변하질 않았어."

은재는 틱틱거리면서도 못 이기는 척, 제 품에 쏙 안기는 하경을 끌어안으며 말했다.

"와 줘서 고마워."

"당연히 와야지. 홍은재 결혼은 별로 안 중요해도 유진현 결혼은 중요하니까."

"뭐?"

"농담이야. 그나저나…… 진짜 내 눈앞에 있는 사람이 내가 아는 홍은재가 맞아?"

하경은 두 눈을 휘둥그레 뜨며 속삭였다. 확실히 순백의 드레스를 입고 다소곳이 앉아 있는 은재의 모습은 하경이 알던 학창시절의 모습과는 사뭇 달랐다. 그때의 은재가 의기소침하면서도 약간 수줍었다면 현재의 은재는 너무도 당당한 모습과 행복을 가득 담은 얼굴을 하고 있었으니까.

"쨌든, 너무 예쁘다. 내가 본 신부 중에 최고로."

"그 말 그대로 네 결혼식 때 돌려줄게."

"당연하지. 안 하기만 해 봐."

보고만 있어도 기분이 좋아지는 해피 바이러스를 널리널리 퍼뜨리려는 듯, 사랑받고 또 사랑하고 있다는 사실을 맘껏 뽐내는 은재의 얼굴을 보며 하경은 중얼거렸다. 은재는 그런 하경의 아부가 싫지 않은지 낮게 웃었다.

"그런데…… 대체 어떻게 된 거야?"

"응?"

"1년 전 동창회 때까지만 하더라도 둘이 사귄다는 말 한 마디도 안 했잖아."

"아."

"그런데 갑자기 결혼에, 또 임신이라며? 너희들 진짜 언제부터 눈 맞은 거냐? 우린 그게 제일 궁금해!"

어느 날 갑자기 터져 버린 유진현의 결혼 소식, 그리고 그의 예비 신부와의 관계. 오래된 친구가 연인으로 발전해 결국 결혼에 골인을 하게 된다는 기사를 처음 보고 놀랐던 사람은 비단 하경뿐만이 아니었으리라. 끈끈한 우정을 유지하다 못해 가끔은 진짜 연인처럼 보이던 두 사람이었지만 그저 친구일 뿐이라며 급구 부인하던 이들이 갑자기 결혼에 속도위반까지 했다는 것은 꽤나 충격적이었으니까.

은재는 눈을 반짝반짝 빛내며 얼른 말하라며 저를 조르고 있는 하경에게 말을 하기 위해 입술을 움직이려 했다.

"아마, 처음 본 순간부터였지."

그러나 그녀보다 조금 더 빨랐던 것은 진현이었다.

"이게 누구야? 신랑님 납셨네?"

진현은 고개를 끄덕이며 스태프를 내보내고는 하경을 지나쳐 은재의 곁으로 다가왔다. 보자마자 그의 뺨에 키스를 하는 은재를 보며 혀를 내두르던 하경은 서로 좋다며 실실거리고 있는 두 사람을 흘겨보며 입을 삐죽였다.

"어쩐 일이야?"

은재는 하경의 시선에 아랑곳 않고 그를 향해 눈꼬리를 휘며 물었다.

"식 전에 잠시 촬영한다고 해서."

진현은 잠시 신부대기실 입구를 돌아보며 대답했다.

"5분 후에 온댔으니까 아직 시간 있어."

"응."

"……."

"왜?"

"아니. 너무 예뻐서."

얼굴을 꿰뚫을 듯 바라보는 진현을 보고 은재가 묻자 그는 일말의 망설임도 없이 답했다.

"진짜?"
은재는 수줍은 듯 빨갛게 볼을 붉히며 되물었다.
"그래. 네가 내 신부라서 좋다. 그것도 너……."
"어이들. 나 아직 여기 있거든? 너희들 때문에 닭살 돋아 죽겠거든?"
그의 말을 끊어 버리는 하경으로 인해 진현은 얼굴을 구겼다. 아직도 있었나? 서늘한 눈동자를 빛내며 불청객을 쫓아내듯 입술을 여는 진현을 보고 은재가 그러지 말라며 그를 말리자 하경은 콧방귀를 꼈다.
"어휴. 진짜 솔로는 서러워서 어디 살겠나. 유진현, 너 그런 이미지였어?"
"뭐가."
"냉기 솔솔 풍기던 애가 갑자기 부드러워져서 그런다! 여자 싫다고 할 때는 언제고 은재랑 안 떨어지고 싶어서 꼬리를 살랑살랑 흔드는 꼴이라니. 옛날의 너 기억하는 애들이 이 모습을 보면 기겁하겠다."
진현은 버럭 소리를 지르는 하경을 보고 어깨를 으쓱였다.
"여자를 싫어한 적 없어."
"뭐?"
"홍은재만 사랑했을 뿐이야."
"윽."
꽤 타격이 컸는지 하경이 머리를 감싸 쥐며 비틀거리자 진현은 말을 이었다.
"은재 다 만났으면 이만 나가 봐라. 난 식 시작하기 전에 내 신부랑 더 얘기해야겠으니까."

"그래. 간다, 가!"

곧 있으면 평생 함께할 건데도 불구하고 조금이라도 더 은재와 붙어 있고 싶은 마음이 굴뚝같았던 진현의 말에 하경은 어이없는 표정을 지으며 신부 대기실을 벗어났다.

"왜 그래? 오랜만에 보는 친구한테."

은재는 그런 하경을 붙잡으려다 말고 진현의 허리를 쿡 찔렀다. 그는 태연한 얼굴로 눈썹만 살짝 꿈틀거릴 뿐, 둘만 남았다는 사실에 만족하며 천천히 손을 은재의 배에 가져다 댔다.

"우리 땡글인 어때?"

은재는 그의 손 위에 제 손을 덮으며 대답했다.

"글쎄. 아마 잘 자라고 있겠지?"

"부디 엄마 속 안 썩이고 자랐으면 좋겠군."

"입덧이 그리 심하지 않은 걸로 봐선 속을 썩일 것 같지 않아."

"……그렇담 다행이고."

그녀는 안도의 한숨을 푹 내쉬는 진현을 가만히 바라봤다. 항상 입고 있던 유니폼을 벗고 탄성이 절로 나오는 턱시도를 입은 그의 모습은 확실히 시선을 끌기에 충분했다. 수많은 여성 야구팬들이 진현의 결혼 소식을 접하고 울부짖었다는 소문은 결코 거짓은 아닐 것이다.

이 남자가 내 남편이야.

아직 낯설기만 한 남편이라는 단어가 꽤 부끄럽게 느껴져 속으로 큭큭 대던 은재는 순간 머리를 스치는 생각에 조심스레 입술을 열었다.

"사람들은 다 왔어?"

"대부분."

"최샘은?"

"온 것 같아. 홀에서 봤어."

묻는 말 족족 대답하는 진현을 흐뭇한 눈길로 바라보던 그녀를 향해 그가 말했다.

"어때?"

"응?"

"긴장 돼?"

뜬금없는 그의 말에 그녀는 의아한 표정을 짓다 고개를 끄덕였다. 엄청. 진현은 숨을 크게 내쉬는 은재를 보고 속삭였다.

"나도. 너무…… 긴장되는군."

침착하려 애쓰는데 쉽지가 않다. 은재에게 내색하지 않기 위해 노력하고 있는데 어쩜 들켜 버렸는지도. 그의 입술을 바짝 타들어가게 만들었던 한국시리즈 1차전을 제외하곤 이렇게 초조한 적은 꽤 오랜만이었다. 은재는 덩달아 숨을 토해내는 진현을 흘깃거리며 웃었다.

"오늘부터구나?"

그녀가 웃음을 그치며 말을 꺼낸 것은 몇 초가 더 흐른 후였다. 진현은 그녀의 말에 대답 대신 눈을 크게 떴다. 그녀는 살짝 흐트러진 그의 앞머리를 정돈하며 말을 이었다.

"공식적으로 네 아내가 되고, 너는 내 남편이 되는 게."

물론 혼인 신고서를 제출해 법적으로 두 사람은 이미 부부 관계였으나 다른 이들의 축복을 받으며 식을 올리는 건 오늘이었다.

"그런 의미에서, 네게 꼭 해 주고 싶은 말이 있어."

은재는 살짝 떨리는 그의 눈동자를 하염없이 바라봤다.

"어떻게 말해야 할까."

은재는 한참을 고민하다 입술을 연다.

"여태껏 제대로 된 싸움 한 번 안 한 우리지만, 언젠가는 우리도 사람이니만큼 크게 싸울 때가 결국은 찾아올 거야. 대화가 제대로 안 된다든가, 아님 사소한 걸로 다투든가…… 하는."

무슨 중요한 말을 하려고 이렇게 뜸을 들이나 싶었다. 진현은 그녀의 말을 듣기 위해 귀를 기울였다.

"너는 미국으로 가고, 나는 한국에 남아 있어야 하기 때문에 신혼 초기도 제대로 누릴 수 없어 섭섭할 때도 있을 거야. 뱃속의 땡글이가 점점 커가는 모습도 지켜볼 수가 없어서 화가 날 때도 있겠지."

어쩔 수 없이 발생하는 여러 상황을 예를 들며 말하는 그녀를 묵묵히 지켜보던 진현은 돌연 손을 뻗어 그의 손을 맞잡는 은재의 행동에 가슴이 세차게 뜀을 느꼈다. 은재는 크게 동요한 그의 검은 눈동자를 바라보며 머릿속에 꽁꽁 담아두었던 이야기를 하나씩 내뱉기 시작했다.

"그럴 때마다…… 우린, 서로를 너무 사랑하고 있다는 사실을 잊지 말자."

숨기고 엇갈리기만 했던…….

꽤 오랜 시간을 방황했던 우리의 후회스러운 지난을 떠올리며, 우리가 서로 사랑한다는 사실을 잊지 말자. 그 아까웠던 시간들보다 훨씬 행복해야 한다는 걸 되새기며, 우리가 서로 사랑한다는 사실을 잊지 말자.

"얼마나 떨어져 있는지는 중요하지 않아. 내 마음은 언제나 네 곁에 있고 네 마음 또한 언제나 내 곁에 있다는 사실만 잊지 않으면 돼."

부드럽고 달콤한 그녀의 목소리가 귓가를 울린다. 한 자, 한 자 가슴에 콕콕 박혀 새겨지는 그녀의 말이 그의 가슴을 두드렸다.

"서로 싸울 시간에 사랑하고, 그리워할 시간에…… 사랑하자. 머리끝이 하얗게 변할 때까지 사랑하자. 한날한시에 눈을 감을 그날까지 오직 서로만 바라보며 사랑하자."

그녀는 계속 말한다. 사랑하자고. 둘에게 허락된 그 시간을 모두 사랑하는 데 쓰자고.

따뜻한 무언가가 심장을 메운다.

그녀의 목소리가. 그녀의 말이…….

진현은 얼굴을 살짝 내밀어 그의 입술에 제 입술을 갖다 대는 은재의 행동을 내버려 두었다. 분홍빛 립스틱이 발린 그녀의 붉은 입술과 닿은 그의 입술에 은은한 색이 묻어난다. 진현은 손가락으로 제 입술을 쓸어내리며 은재를 응시했다.

"내게 주어진 모든 시간을 너를 사랑하는 데 쓰는 건 내게 있어선 큰 영광이야."

그는 보드라운 그녀의 뺨을 쓰다듬었다.

"너를, 사랑한다."

타오르는 눈동자로 뱉어내는 말 모두를 가슴에 담으며 그는 말했다.

"친구……일 때도 사랑했고, 연인일 때도 사랑했으며, 내 아내일 때도 사랑할 거야."

그녀를 삼켜 버릴 기세로 말하는 진현은 은재의 얼굴을 직시한다.

"나의 친구가 되어 줘서 고마워."

짧은 커트 머리를 하고 반짝반짝 빛나는 미소를 지으며 내 앞에 나타나 준 너.

네 이름을 내 머리에 새길 수 있었단 사실에 감사한다.

"나의 연인이 되어 줘서 고마워."

길고 긴 엇갈림의 끝에서, 첫 단추는 잘못 꿰었을지라도 숨기기만 했던 마음을 고백하기로 결심했던 나를 피하지 않았다는 사실에 감사한다.

"내 아이를 가져 줘서 고마워"

믿어지지 않는 사실.

우리를 쏙 빼닮을, 내 분신과도 같을 아이. 너와 나의 사랑에 대한 결실이 이렇게도 빨리 맺어졌다는 사실에 감사한다.

"그리고 마지막으로…… 나와 결혼해 줘서 고마워."

영원히.

평생토록, 너만을 사랑할 수 있게 허락해 줘서. 내가 네 곁을 지킬 수 있도록 허락해 줘서. 친구라는 이름이 아닌, 사랑이라는, 연인이라는 이름으로 네 옆에 있을 수 있도록 허락해 줘서 감사한다.

"사랑해, 홍은재."

가슴 따스한 진현의 말이 은재의 귀에 퍼지고,

"나도. 너무 사랑해."

은재의 달콤한 대답이 진현의 귀에 들리는, 서로를 향한 사랑의 고백이 난무하는 이곳은 두 사람의 결혼식. 친구라는 이름으로 시작된 그들의 인연은 사랑이란 이름으로 다시 시작된다.

♥ ♥ ♥

2013년 4월.

이제 막 시작된 봄기운이 만연한 어느 날, 뉴욕으로 향하는 비행기에 몸을 싣고 있는 한 여인의 얼굴은 꽤 상기되어 있다. 그도 그럴 것이 이제 조금만 더 있으면 그렇게도 그리워했던 사람을 만날 수 있기 때문이었다.

그녀는 품에 미약한 숨결을 내쉬며 쿨쿨 자고 있는 예쁘장한 아기의 등을 톡톡 두드리며 멀리 구름이 가득한 창밖을 향해 시선을 돌렸다. 아직은 보이질 않지만 그가 있는 곳과 점점 가까워지고 있다는 느낌이 들었다.

조금만 더.

조금만 더 가면, 너를 만날 수 있다.

근 세 달 만에 그를 만나는 것이라 감동이 벅차올랐다. 여태껏 TV 뉴스나 아님 화상 채팅으로 접하던 그를 만날 수 있었다. 그녀는 빙긋 웃으며 비행기가 착륙하기만을 기다렸다.

"아기가 참 착하네요. 꽤 오래 비행했는데도 한 번도 안 울고."

약 10분 뒤면 착륙한다는 안내 방송이 기내에 울려 퍼지고 서서히 착륙할 준비를 할 때 쯤, 그녀의 옆자리에 앉아 있던 늘씬한 여자가 빙긋 웃으며 말을 건넸다.

그녀는 색색하고 고른 숨을 내쉬는 아기의 머리를 쓰다듬으며 미소 지었다. 아기를 안고 있던 그녀, 아니 은재는 쓰고 있던 선글라스를 벗으며 눈을 반짝이는 여자를 바라봤다.

"몇 살이에요?"

"이제 18개월 됐어요."

태명이 '땡글이' 였던 아기는 어느덧 '신아' 라는 예쁜 이름을 하사받은 상태였다. 이름처럼 예쁜 얼굴로 은재의 품에서 잠을 청하던 신아는 엄마가 아닌 낯선 이의 손길에 스르르 눈을 떴다. 어머, 귀여워라! 피곤한 듯 눈을 깜빡거리던 신아의 눈이 여자를 향하자 그녀는 과장된 몸짓으로 몸을 부르르 떨며 중얼거렸다.

"엄마를 닮았나? 이렇게 예쁜 아기는 처음 봐요!"

저를 흘깃거리는 여자의 말에 은재는 고개를 저었다.

"아빠를 더 많이 닮았어요. 보기 드문 미남이거든요."

아빠의 예쁘고 깊은 눈동자에 오뚝한 코와 붉은 입술을 빼닮은 신아는 엄마인 은재가 보기에도 사랑스러웠다. 은재는 여자에게 답하기 위해 떠올리기만 해도 기분이 좋은 한 사람을 머릿속에 그렸다. 얼른, 만나고 싶어졌다.

"후후. 남편 분을 많이 사랑하시나 봐요."

행복 가득한 미소를 짓는 은재를 바라보던 여자가 슬며시 말을 던졌다. 은재는 대답했다.

"아주 많이요."

여자는 너무도 태연하게 대답하는 은재를 보고 크게 놀란 눈치였다. 은재는 미소를 거두지 않고 말없이 그녀에게서 시선을 뗐다. 고개를 돌려 창밖을 바라보니 구름과 바다밖에 보이지 않던 몇 분 전과는 다르게 조금씩 가까워지는 존 F. 케네디 공항의 위용이 한 눈에 들어온다.

'기다려, 진현아.'

서서히 하강하는 비행기 속에서 은재는 우웅, 하고 칭얼대는 신아를 토닥이며 낮게 속삭였다. 잔뜩 들뜬 얼굴로 저를 반길 그의 모습이 눈앞에 스쳐 지나가 은재는 미소 지었다.

'이제 곧, 만나러 갈게.'

지금 그들은 진현을 만나러 가는 중이었다.

넓은 타국에서 두 사람을 하염없이 기다리고 있을,

너무도 사랑하는 그를…….

—러브 메이트 *THE END*

1. EVER AFTER(A)

오랜 고민 끝에 그는, 때로는 힘들기도 했고 때로는 즐겁기도 했던 파란만장한 미국 생활을 정리하기로 했다. 자신이 미국에서 할 수 있는 일은 다 이뤘다고 생각했기 때문이었다.

이에 뉴욕 레이커스의 경의적인 3년 연속 월드 시리즈 진출의 주역이었던 그와 새 계약을 체결하러 에이전트를 만난 감독은 한국으로 돌아가겠다는 의사를 표하는 에이전트의 말을 듣고 기겁을 할 수밖에 없었다. 나이가 많다는 단점이 있기는 하지만 그 나이가 무색할 정도로 갓 데뷔한 신인들만큼이나 여전히 훌륭한 공을 던지고 또 마케팅마저 쏠쏠했던 그는 놓치기엔 꽤 아까운 인재였으니까. 그런 그를 설득하기 위해 구단주마저 움직인 감독은 현지 선수들 부럽지 않은 거액의 연봉을 주겠다는 제안도 했지만 그의 의지는 확고했다.

돌아가겠다.

짧더라도 선수 생활의 마지막만큼은 한국에서 보내겠다는 강한 의사 표현에 하는 수 없이 그들은 눈물을 머금고 꼬리를 내렸다.

얼마 전, 구단 차원에서 있었던 공식 퇴단식을 가진 후 그는 길었던 5년의 미국 생활을 뒤로하고 그리웠던 한국으로 돌아왔다. 국제 대회나 집안 행사로 인한 일시적인 귀국은 몇 번 있었지만 아예 귀국한 것은 6년 만이었다.

—귀국했다는 녀석이 왜 연락 한 통 없냐? 안 바쁘면 나와. 오랜만에 잘난 얼굴 좀 보자.

워낙 오랜만에 돌아온 터라 적응이 필요했다. 이것저것 정리해야 할 것도 있었고, 홀몸이 아닌 아내를 대신해 집 정리도 했다. 또 그들이 오기만을 기다리는 가족들에게 인사를 하러 가야 했다.

그러다 보니 친했던 동료들에게 연락을 넣는 것이 늦어 버려 어떻게 할까 고민하던 차에 다행히 먼저 전화가 걸려왔다. 한국에서 선수 생활을 할 때 그의 버팀목이 되어 주던 팀 동료, 희찬이었다. 반가운 마음에 바로 달려 나가고 싶었지만 임신한 아내와 6살짜리 딸을 놔두고 외출할 수는 없었다. 그는 꽤 시무룩한 얼굴로 다음에 만나자는 말을 전하려고 했다. 그러나 그 순간, 그의 전화를 가만히 듣고 있던 아내가 그의 휴대전화를 빼앗았다.

"우리 남편 잘 부탁드려요. 술값 정도는 덤터기 씌워도 되니 대신 너무 늦게만 보내지 마세요!"

그가 말릴 새도 없이 희찬을 향해 외치는 아내를 보고 그는 눈을 크게 뜰 수밖에 없었다. 결국, 집에만 있지 말고 밖에도 좀 다니라는 아내의 명령 아닌 명령에 하는 수없이 밖으로 나온 그는 한 고깃집에서 희찬을 만나는 중이었다.

"들어왔으면 재깍재깍 연락을 해야지. 꼭 이 형님이 먼저 전화를 하게 만드냐?"

진현은 바싹 구운 고기 한 점을 그에게 내밀며 눈을 부라리는 희찬을 보고 머쓱한 미소를 지었다.

"이것저것 정리하느라 연락이 늦어졌어. 미안해."

희찬은 여전히 매서운 눈을 고정시키며 그를 향해 말했다.

"잘 나간다고 날 잊은 줄 알았지."

"그럴 리가."

진현은 하하 웃으며 고기를 절레절레 저었다. 희찬과는 가끔 연락은 하기는 했으나 이렇게 얼굴을 마주한 지는 꽤 오래되었다. 그래도 알아온 지난 세월이 있었기에 떨어진 시간 동안의 괴리감은 느껴지지 않았다. 진현은 퉁명스런 말투를 서서히 누그러뜨리며 조금씩 말을 하는 희찬과 한참을 이야기를 나누었다.

"참. 은재는 잘 지내? 신아는? 많이 컸어?"

한국에서도 네 경기는 잘 봤다, 왜 갑자기 돌아오기로 결심했느냐, 앞으로 어디서 뛸 거냐 등등의 직업과 관련된 말을 꺼내던 희찬은 뒤늦게 생각이 났는지 손뼉을 탁 치며 눈을 빛냈다. 안부 한 번 참 늦네. 진현은 부드럽게 웃으며 입술을 움직였다.

"신아는 이제 여섯 살이고, 은재는…… 임신했어."

"뭐? 이, 임신?"

그의 말을 들은 희찬이 놀랄 거라 예상은 했다. 진현도 얼마 전에 알게 된 일이라 아직 주위에 알리지 않았다. 그는 먹던 고기를 뱉어낼 기세로 외치는 희찬을 응시했다.

"그래서 빨리 들어가 봐야 해. 임산부를 보호자 없이 내버려 둘 수는 없잖아."

첫 아이인 신아를 낳은 이후로 노력을 해 보았지만 둘째는 쉽게 가질 수 없었다. 혹 문제가 있는 건 아닌지 검사도 했으나 결과는 깨끗했다. 신아에게 예쁜 동생을 만들어 주고 싶었던 마음이 가득했던 진현은 그렇게도 기다리던 둘째 소식으로 인해 요 며칠간 너무도 행복한 상태였다. 희찬은 결혼을 한 지 6년이나 지났음에도 여전히 은재에 대한 사랑을 무한 발사하고 있는 진현을 물끄러미 바라보며 한숨을 푹 내쉬었다.

"어째 네 녀석은…… 도통 변하지를 않냐."

결혼을 하기 전에도 홍은재 바라기, 결혼을 한 후에도 홍은재 바라기.

희찬은 대한민국 야구선수들의 우상인 걸로도 모자라 대한민국 여성의 이상적 배우자감의 자리마저 노리는 진현이 꽤 욕심이 많다고 생각했다. 희찬의 타박에 진현은 멋쩍게 웃으며 뒷머리를 긁적였다.

"너 때문에 우리 영우가 날 얼마나 들들 볶는 줄 알아? 네 반만큼이라도 하라면서 아주 날 굴린다니까?"

"그러니까 형이 좀 잘하지. 형수님이 얼마나 부러웠으면 그런 말을 했겠어?"

"어이, 유진현이. 네 녀석, 이 형님이 좀 띄워줬다고 지금 기어오르는 거야?"

진현은 괜히 말을 꺼냈다가 본전도 못 찾는 희찬을 보고 하하 웃었다.

♥ ♥ ♥

"돌아올 거지?"

희찬과의 즐거운 만남이 막바지에 다다를 때쯤, 그는 들고 있던 술잔을 내려놓으며 진현에게 말했다. 무슨 소리냐고 고개를 갸웃거리자 희찬은 조심스럽게 입술을 움직였다.

"TJ로 말이야. 감독님도 너랑 함께 감독 생활을 끝내고 싶어 하시는 것 같더라. 나도 올해까지가 마지막인 것 같고……. 그러니까 원년 멤버로, 우리 마지막으로 우승 한 번 더 하자. 은퇴할 때 남들에게 자랑할 수 있는 추억, 만들고 싶다."

진현이 한국으로 돌아온다는 말을 듣고 이미 많은 국내 구단에서 러브콜을 보내고 있다는 것은 유명한 사실이었지만 그가 어디로 갈지는 아직 확정되지 않은 상황이었다. 10년 넘게 몸담았던 TJ 크라운즈로 돌아갈 것이라는 의견이 대부분이었으나 사람 마음은 그 누구도 쉽게 예상하지 못하기에 추측성 기사만 쏟아졌다.

물론 다른 곳으로 갈 생각은 전혀 없었다. 처음부터 다시 돌아올 생각으로 미국에 진출을 하기도 했었고. 돌아오기 전, 그의 에이전트와 미리 이야기를 해 둔 상태라 며칠 뒤면 '전 메이저리거' 유진현이 TJ로 재입단한다는 구단의 공식 기사가 뜰 예정이기도 했다.

그런 상황에서 나온 희찬의 말은 꽤나 감동적이어서 진현은 한동안 말을 잇지 못했다. 선수 생활의 마지막 우승컵. 그 영광스러운 것을 그와 함께 들고 싶다는 간절한 희찬의 소망은 진현의 마음에 닿았다.

진현은 대답을 재촉하는 희찬을 향해 미묘한 웃음을 날리며 작게 대답하고 자리에서 일어났다. 조금만 더 놀다가라며 칭얼거리는 그를 뒤로하고 집으로 돌아가는 진현의 발걸음은 무척 가벼웠다.

그는 신아가 좋아하는 매운 떡볶이와 은재가 먹고 싶어 하던 방울토마토 한 박스를 사선 집을 향해 성큼성큼 걸어갔다. 유려한 손놀림으로 도어락의 비밀번호를 누른 진현은 힘차게 문고리를 잡아당기며 입을 크게 벌렸다.

"홍은재! 유신아! 나 왔……."

"쉿!"

밤 10시를 조금 넘긴 시각이기도 했고 신아의 밤잠은 그리 많지 않았으므로 당연히 집안의 여자들이 모두 깨어 있을 줄 알았다. 사랑하는 두 여자의 이름을 크게 외치며 현관을 벗어나던 진현은 거실에 들어서자마자 들리는 은재의 목소리에 걸음을 멈췄다. 워낙 심각한 얼굴이라 그는 고개를 끄덕여야만 했다.

"일찍 왔네?"

은재는 조심스러운 발걸음으로 저를 향해 다가오는 진현을 향해 말했다. 그는 들고 있던 봉지를 소파 앞 테이블 위에 내려놓고는 그녀의 옆자리에 슬며시 앉았다.

"늦으면 늦는다고 뭐라고 할 거면서."

진현은 그녀의 어깨에 머리를 갖다 대며 중얼거렸다. 은재는 말없이 쿡쿡 웃었다.

"우리 공주는?"

"자."

"벌써?"

"벌써는 무슨. 새 나라의 어린이는 일찍 자고 일찍 일어나야 해.

그거 몰라?"

그는 지난 일주일 동안 있었던 신아의 행동 패턴을 떠올려 봤다.

"요 며칠간 계속 열두 시 넘어서 잤던 것 같은데……."

그녀는 획 고개를 돌려 턱으로 그의 이마를 쿡 눌렀다.

"그러니까 문제지. 자기가 너무 애를 방임시키니까 고것이 자기만 믿고 잠도 늦게 자고 늦게 일어나는 거 아니야."

"……그런가."

"자기 올 때까지 기다리겠다는 거, 겨우 재웠으니까 깨울 생각은 하지 마. 알았어?"

검지를 휘휘 저으며 협박을 하는 은재의 말에 그는 어깨를 으쓱였다.

"이게 뭐야?"

은재는 그런 진현을 못 미더운 눈으로 흘깃거리더니 모락모락 맛있는 냄새를 풍기는 테이블 위의 것들을 가리켰다.

"신아가 좋아하는 매운 떡볶이랑 네가 좋아하는 방울 토……."

"매운 떡볶이? 우와! 내가 먹어도 돼?"

"뭐?"

"흐흐. 안 그래도 매운 게 당겼는데, 마침 잘 됐다! 고마워, 우리 자기. 맛있게 먹을게!"

은재는 당황한 진현의 뺨에 볼을 촉 맞추고는 얼른 손을 뻗어 봉지를 풀었다. 매콤한 냄새가 솔솔 풍겨져 나오자 흐음, 하고 숨을 크게 들이 마시던 그녀는 젓가락을 마구 휘저으며 새빨간 떡볶이를 입안에 하나씩 넣기 시작했다. 임신한 사실을 몰랐더라면 야밤에 너무 많이 먹는 것이 아니냐고 놀려댔을 진현은 너무 행복한 얼굴로 떡볶이를 먹는 은재를 바라보며 웃음을 참았다.

친구라는 지독한 이름에서 벗어나 우여곡절 끝에 대망의 웨딩마치를 올린 지 벌써 6년.

서로 쉽게 말하지 못하고 끙끙거렸던 지난 세월까지 다 합치면 그녀에게 사랑이란 감정을 느낀 지 내년이면 20년이다. 이 길고 긴 시간 동안 한 번쯤은 다른 곳으로도 시선을 돌릴 만도 한데 이상하게 제 마음은 여전히 은재를 향하고 있다.

오직 단 한 사람.

홍은재라는 이름의 한 여자만이 그의 심장을 지배하고 있었다.

그 사실이 더할 나위 없이 행복해서 그는 마냥 기쁘기만 했다.

"천천히 먹어."

그는 하아, 하아 숨을 헐떡이며 혀를 부채질하는 은재를 향해 부드럽게 속삭였다.

'네 곁에 있어서 정말 다행이다.'

진현은 야식을 먹느라 정신이 없는 은재를 보며 속으로 중얼거렸다.

♥ ♥ ♥

임신을 해서 그런지, 아님 너무 매운 떡볶이를 먹어서 그런지, 정확히는 모르겠지만 밤늦게까지 잠을 못 이루는 은재와 놀아 주느라 새벽 다섯 시가 되어서야 잠을 잘 수가 있었다. 많이 마시지는 못했지만 희찬과 술도 몇 잔을 주고받아서인지 침대에 눕자마자 잠에 빠진 진현은 배를 억누르는 묘한 중압감에 미간을 찌푸리며 눈꺼풀을 올렸다.

"파파! 파파!"

"신아?"

뭔가 무거운 것이 올라와 있는 기분이긴 했으나 그 정체가 제 딸인 신아인 줄은 몰랐던 진현은 눈을 비볐다. "파파!" 하고 다시 한 번 외치는 그녀의 낭랑한 목소리를 듣고 나서야 그는 서서히 몸을 일으킬 수 있었다.

"왜 그래? 무슨 일 있어?"

슬며시 고개를 돌려보니 옆에 있어야 할 은재는 어디로 갔는지 사라지고 없었다. 진현은 하얀 얼굴을 제게 들이밀며 모닝 키스를 하는 신아의 입술을 받아들이며 신아를 향해 물었다.

"마마, 밖에. 신아, 파파, 깨우러."

은재의 말로는 자신을 닮았다고는 하나 제 눈에는 은재 판박이로 보이는 그의 귀여운 딸은 히죽 웃으며 진현의 품에 쏙 안겼다.

"밖? 집을 나갔다고?"

쉽게 넘어갈 수 없는 단어에 진현이 고개를 갸웃거리자 신아는 반짝반짝 눈을 빛내며 대답했다.

"아침, 산다, 간다, 했어요."

"아침 사러 간다고 했어요, 겠지."

한국에서 태어나자마자 곧바로 미국으로 건너가 5년을 살아 영어에 익숙한 신아는 아직 한국어가 조금 서툴렀다. 알아듣는 것은 아무 문제가 없었지만 말을 하는 것을 어려워했다. 해서 신아가 다닐 만한 유치원을 찾아낼 때까진 기필코 그녀의 모국어 습득을 완료시키겠다며 주먹을 불끈 쥐던 은재의 모습이 불현듯 떠올라 진현은 얼른 신아의 말을 고쳐 주었다.

"어쨌든 우리 신아, 아빠 깨우는 덴 성공했네?"

"응!"

"나갈까?"

"응!"

히잉, 하고 씩 웃으며 배를 간질이는 진현의 손길에 깔깔 웃던 신아를 끌어안고 침대에서 벗어난 진현은 침실에서 벗어나 거실로 향했다. 소파로 가 그녀를 앉히곤 나란히 곁에 엉덩이를 붙이던 그는 어느새 정오를 가리키고 있는 시계를 발견하곤 눈을 크게 떴다.

"꽤 오래 잤군."

정신없이 쏟아지는 잠에 흠뻑 취해 있었나 보다. 그는 고개를 절레절레 저으면서 TV를 켜려다 갑자기 제 옷자락을 잡아당기는 신아의 손길에 시선을 돌렸다.

"파파."

신아는 뭔가 말하고픈 눈으로 자신을 응시하고 있었다.

"왜 그래?"

요 귀여운 아가씨가 이렇게 애절한 눈빛 공격을 보낼 때마다 뭔가 기겁할 말이 쏟아져 나온다는 것을 알고 있기는 했지만 진현은 그녀에게 물을 수밖에 없었다. 신아는 진현이 서서히 리모컨을 내려놓고 저를 바라보자 활짝 웃으며 무언가를 내밀었다.

"이게 뭐야?"

꼬깃꼬깃 접히다 못해 너덜해진 종이였다. 그것도 오래된 듯 색마저 누렇게 변한.

"마마 꺼!"

"엄마 거라고?"

"응!"

"뭔데 그……!"

의아해하며 편지를 펼쳐보던 진현은 잠시 후 눈을 동그랗게 떴다.

"공주."

"응!"

"이거…… 어디서 났어?"

편지를 쥐고 있는 손이 미약하게 떨렸다. 신아는 부드럽게 웃던 진현의 얼굴이 굳어지자 의아해하더니 이내 빙긋 웃으며 외쳤다.

"마마 책에서!"

아.

"파파! 그거, 읽다, 주세요."

진현은 그의 손에 움켜쥔 편지를 가리키며 다시 애절한 눈빛 공격을 보내는 신아를 안아들었다.

"읽어 주세요, 겠지."

그리곤 잠시 망설이다가 천천히 편지에 적힌 글자를 향해 시선을 돌렸다.

TO. 유진현.

진현아, 안녕? 나…… 은재야.

음. 이렇게 너한테 편지를 보내는 건 처음인 것 같아서 이상하게 가슴이 떨려.

이렇게 떨릴 줄은 진짜 상상도 못했었는데…….

어, 어쨌든…….

내가 너한테 이렇게 편지를 보내는 이유는 졸업하기 전에 네게 꼭, 하고 싶은 말이 있어서야.

대체 뭐라고…… 시작하면 좋을까.

라는 글귀까지 읽었을 때까지는 모두 한 줄로 실선이 그어져 있어서 진현은 다음 글귀부터 읽어 내려갔다.

진현아, 나야 은재.

신아는 진현의 나지막한 목소리에 귀를 잔뜩 기울였다.

갑자기…… 편지를 받아서 놀랐지?

말로 하면 내 마음을 다 전하지 못할 것 같아서 이렇게 편지를 쓰기로 결심했어.

내 마음이라고 하니까 뭔가 거창하기는 한데…….

어쨌든, 졸업하기 전에 네게 꼭 하고 싶었던 말이 있었어.

음, 어떻게 시작하면 좋을까.

우리가 알고 지낸 지 벌써 3년이다, 그치? 꽤 오래 됐어. 정말로…….

3년이라는 시간 동안…… 너와 함께 지내면서, 나는 정말 즐거웠어.

너를 알게 돼서 좋았고, 네 친구…… 라서도 좋았어.

친구…… 라서.

여기까지 읽었을 때, 그녀의 마음이 전해지는 것 같아 진현은 잠시 말을 멈추었다. 신아는 입을 다무는 진현을 의아하게 바라보다가 얼른 마저 읽어달라며 재촉했다.

그런데 진현아. 이상한 일이 있어.

너와 친구로 지내면 지낼수록, 내 가슴이 너무 아파.

너무 아파서 숨을 못 쉴 정도로 힘들어.

이상하지?

친구라는 건 분명 좋은 사인데, 왜 나는 네 곁에 있으면 이렇게 아픈 걸까.

아마 그건…… 내가 너의 친구로 만족하지 못해서 그런가 봐.

나는 네 친구 이상이 되고 싶나 봐.

너한테 친구가 아닌 다른 이름으로 불리고 싶나 봐.

너를, 좋아하나 봐.

아주 오래된 편지였다.

서른다섯이 된 두 사람에게는 십년도 넘은 편지.

그러나 이상하게 편지 속의 은재의 마음이 이렇게 저릴 정도로 와 닿는 것은, 열아홉의 은재처럼 그때의 진현 역시 제 마음을 전하지 못해 끙끙 앓았기 때문이겠지. 진현은 좋아해—로 가득 차 있는 다음 문구를 읽지 않고 내용을 이해하지 못해 어리둥절해하는 신아를 바라봤다.

"공주."

"네!"

"우리 공주가 꼭 기억해야 할 것이 있어."

신아는 일렁이던 진현의 눈빛이 매섭게 변하자 숨을 크게 들이마셨다. 세차게 고개를 끄덕이는 신아의 눈에서 강력한 의지를 엿볼 수 있어 속으로 큭큭거리던 그는 신아의 어깨를 부여잡으며 말했다.

"나중에 우리 공주가 좋아하는 사람이 생기면…… 반드시 해줬으면, 하는 일."

"해 줬으면?"

진현의 말을 따라하는 그녀를 보며 그는 말을 이었다.

"공주가 상대에게 품고 있는 감정은, 숨기지 않고 솔직하게 표현하기."

"표현?"

"좋아하면 좋아한다, 사랑하면 사랑한다, 네가 가지고 있는 마음을 좋아하는 사람한테 솔직하게 털어놓는 거야."

신아는 여전히 무슨 말을 하는지 모르겠다는 얼굴이었다. 진현은 입을 쭉 내미는 신아의 미간 사이에 손가락을 갖다 대며 말했다.

"지금은 잘 모르겠지만 나중엔 알게 될 거야."

"우웅……."

"마음을 너무 숨기면 우리 공주가 힘들어질 테니까."

옛날의 엄마와 아빠처럼.

"아빠는 우리 공주가 힘들어하는 거, 보기 싫다."

진현은 품에 쏙 들어오는 신아를 세게 끌어안으며 속삭였다.

"알겠어요! 신아, 말한다! 좋아한다, 말한다!"

신아는 진현의 품에 안겨 힘껏 외쳤다. 그의 말을 새겨듣겠다는 듯 몇 번이고 외치는 그녀의 목소리에 풋, 하고 웃음을 터뜨리던 진현은 그녀의 등을 톡톡 두드리며 중얼거렸다.

"그래그래. 대신…… 너무 빨리 좋아하는 사람은 만들지 마. 아빠가 질투할 것 같거든."

"웅!"

"신아는 결혼 늦게 해야 해. 엄마랑 아빠랑 신아랑 이렇게 셋이 쭉 같이 지내다가 늙어 죽을 때쯤 시집 가."

"웅!"

"유신아, 약속했다?"

진현이 무슨 말을 하는지, 전부 다는 알아들을 수는 없었지만 그의 마음을 상하게 하고 싶지 않았던 신아는 연신 고개를 끄덕이며 헤벌쭉 웃었다.

"웅! 약속!"

새끼손가락을 내밀며 외치는 신아의 말에 진현은 그녀에게 큼지막한 제 손가락을 내밀었다. 맹세의 손가락을 걸고 두 사람이 말없이 웃음을 주고받는 그 사이 현관 쪽에서 "뭐가 이렇게 시끄러워?"라는 은재의 목소리가 들려왔다. 신아가 "마마!"를 외치며 진현의 품에서 빠져나간 것은 말할 필요도 없는 사실. 진현은 손에 쥐고 있던 편지를 다시 예쁘게 접으며 테이블 위에 얹어놓고는 신아의 뒤를 따라 사랑하는 여자를 반기기 위해 걸어갔다.

그의 하루는, 그렇게 시작되었다.

2. EVER AFTER(B)

그를 향해 부르는 말이 '진현아'에서 '자기'로 변했던 것은 언제부터였을까.

아마 신아가 태어나고 조금씩 그들의 인생에 서로가 아닌 한 사람이 더 늘어났다는 것을 자각하기 시작했을 때부터였는지도 모른다. 항상 '진현아'로 부르던 그에 대한 호칭을 바꾸는 것은 결코 쉽지 않았으나 은재는 이젠 그렇게 부르지 않으면 어색할 정도로 익숙해져 버렸다. 물론 가끔 너무 원하는 것이 있어 그에게 간절하게 부탁할 때 그의 이름을 부른 적은 있었기에 그렇게 부르는 방법을 아예 잊어버린 것은 아니었다.

"진현아. 자?"

그러니까 지금과 같은 경우. 너무도 간절히 원하는 것이 생겼을 때 은재는 그의 이름을 불렀다. 눈을 감고 있었는데 어느 순간 갑자기 눈꺼풀이 올라갔다. 한참을 멀뚱멀뚱 새까만 천장을 바라보다가 슬며시 고개를 돌린 그녀의 눈에 진현의 옆모습이 들어왔다. 자고 있는 것 같은 그를 깨울까, 말까 고민을 하던 은재가 생각을 마치고 그의 이름을 부르자 진현은 목소리가 들린 쪽으로 눈을 돌렸다.

"아니, 아직."

"정말?"

"그래. 왜. 뭐 먹고 싶은 거라도 있어?"

진현은 신이 난 듯 묻는 은재의 눈을 어둠 속에서 마주하며 천천히 몸을 일으켰다. 탁 소리와 함께 침대 옆의 램프가 켜지자 그녀의 흘러내린 앞머리를 쓸어 올려주는 그의 얼굴이 눈에 들어왔다. 은재는 변하지 않는 미모를 자랑하는 그를 가만히 바라보다 고개를 저었다.

"아니, 먹고 싶은 거라기 보단…… 가고 싶은 곳이 갑자기 생각나서."

"가고 싶은 곳?"

"왜, 기억나? 내가 너 데리고 갔었던 바다. 갑자기 거기에…… 너무 가고 싶어."

오전에 잠깐 봤던 TV 프로그램의 영향이었을까? 종일 내내 진현과 함께 갔던 바다가 떠올랐다. 뱃속의 아기도 그 바다가 좋은 모양인지 그곳을 떠올릴 때면 메스꺼움도 덜해지는 터라 더더욱 그곳에 가고픈 마음이 간절해졌다. 항상 애절한 눈빛을 쏘아대면 못 이기는 척 넘어와 주었던 진현이었던지라 은재는 흔들리는 그의 눈동자에 시선을 고정시키며 진현을 졸라댔다.

"후우, 그럼…… 잠깐만 나갔다 오는 거다."

결국 은재의 눈빛 공격에 무너진 진현은 길게 한숨을 내쉬며 말했다. 예스! 은재가 기쁨의 제스처를 취하며 그에게 진한 키스를 날려준 것은 굳이 언급할 필요도 없었다.

"신아는 어떻게 할 거야?"

콧노래까지 흥얼거리며 옷을 입는 은재를 향해 진현이 물었지만 그녀는 손을 휙휙 저으며 대답했다.

"오전에 너무 놀아서 꽤 피곤할 거야. 오늘은 새벽에 안 깨고 잘 테지만 혹시 모르니 신아 깨기 전에 금방 갔다 오자!"

은재는 자꾸만 신아가 자고 있는 방을 흘깃거리는 그를 억지로 잡아끌며 조용히 문을 열고 집을 나섰다.

새벽 2시에 시작된 드라이브는 그간 계속 집에만 갇혀 지내던 은재의 마음을 뻥 뚫어 주었다. 차가운 새벽의 공기가 얼굴을 강타했지만 그것마저 시원하게 느낄 만큼 기분이 좋아져 그녀는 입을 길게 찢고 있었다. 미국에 있을 때도 몇 번이고 다시 오고 싶어 했던 바다에 도착했다는 사실은 은재를 들뜨게 만들었다.

차에서 내리자마자 그의 손목을 붙잡고 모래사장으로 달려간 그녀는 진현이 말릴 사이도 없이 모래사장 위에 엉덩이를 붙이며 털썩 주저앉았다. 진현은 임신을 했음에도 이렇게 막무가내로 뛰는 그녀에게 한마디 하려다 참고는 벌러덩 뒤로 눕는 그녀를 빤히 응시했다.

"너무 그리웠어, 여기."

속풀이 상대가 되어 주고 했던 아지트가 지난 미국 생활을 하면서 얼마나 그리웠는지 모른다. 물론 시간이 지나면서 차차 익숙해지기는 했지만 처음 1년은 적응하기가 무척 어려웠으니까. 말도 잘 통하지 않는 서양인들 사이에서 진현을 향한 내조와 신아의 육아에 지칠 때면 이곳이 자주 떠올랐다. 만약 한국으로 돌아가게 된다면 제일 먼저 들르겠다고 다짐했던 곳을 생각보다 늦게 찾아오고야 말았다. 은재는 저를 따라 모래사장에 몸을 뉘는 진현을 향해 고개를 돌렸다.

"너무 찬 데 있다간 감기 걸려. 적당히 놀다가 들어가자."

"걱정도 태산이다."

은재는 염려하는 얼굴로 저를 바라보는 진현의 말에 혀를 쯧쯧 찼다. 그러다 그의 얼굴을 뚫어져라 직시했다. 마지막으로 두 사람이 이곳에 왔을 때와 비교하였을 때, 전혀 변하지 않은 그의 얼굴은 여전히 반짝거렸다. 은재는 진현의 깊은 눈동자를 지그시 쳐다보며 말했다.

"넌 예전이나 지금이나…… 변함이 없구나. 난 점점 나이가 들어가는 것 같은데."

신아를 낳고 난 후로 피부가 예전만 못하다는 것을 느꼈다. 길지는 않지만 그렇다고 적지는 않은 타지 생활을 하다 보니 얼굴이 많이 상한 것 같기도 하고. 그를 향해 투정을 부리듯 말을 늘어놓는 은재를 가만히 바라보던 그는 피식 웃으며 그녀에게 손을 뻗었다.

'아.'

진현의 따뜻한 손바닥이 은재의 차가운 뺨에 닿는다. 뜨거운 그의 온기가 뺨을 타고 혈관을 통해 전해진다. 그의 체온으로 그녀의 체온마저 올라가는 느낌. 은재는 겨우 손만 댔을 뿐인데도 불같이 타오르는 것을 느끼며 그에게서 눈을 떼지 못했다. 진현은 격정에 휩싸인 은재에게 천천히 다가오며 속삭였다.

"난 변함이 없지만, 넌 예전보다 지금이 훨씬 더 아름다워."

"……!"

"네가 날이 갈수록 너무 예뻐져서, 다른 사람들한텐 정말 보여 주기 싫다. 그래서 매일매일 미칠 것만 같아."

눈 한 번 꿈쩍 않고 느끼한 말을 늘어놓는 진현이었지만 싫지는 않았다. 은재는 결국 그를 따라 웃음을 터뜨리면서 입술을 움직였다.

"거짓말 한번 참 잘하시네요, 유진현 씨."

"거짓말 아니야."

"어이구. 정말로 여섯 살짜리 애기가 있는 아줌마가 그렇게 예뻐요?"

"내 눈엔, 너무 예뻐."

진현의 진실 된 눈동자는 흔들리지 않았다. 물론 간혹 거짓말을 한 적도 있지만 대부분 사실만을 늘어놓는 진현은 이번에도 거짓을 고하고 있는 것 같지는 않다. 은재는 누가 들었으면 닭살도 정도껏 해라며 놀려댔을 진현의 말에 멋쩍은 얼굴로 뒷머리를 긁적였다.

"치, 칭찬은 뭐, 나, 나쁘지 않으니까."

아마 이렇게 중얼거리는 제 얼굴은 화끈 달아올랐을 거라고 은재는 생각했다. 진현은 벌떡 몸을 일으키는 은재를 따라 서서히 일어나며 먼 바다를 바라보고 있는 그녀를 뒤에서 끌어안았다.

"오늘, 신아가 네 편지를 발견했어."

……어?

"편지?"

"응. 네가 열아홉일 때 나한테 쓴 편지."

무슨 소리냐고 되물으려던 순간, 얼마 전 청소를 하면서 발견한 러브레터가 생각났다. 분명 그가 말한 것처럼 열아홉의 그녀가 졸업식이 다가올 무렵, 그에게 줄 생각으로 썼던 편지가 틀림없었다. 은재는 깜짝 놀라며 그의 품에서 벗어나려고 했지만 진현은 그럴 마음이 없는 듯했다. 그는 바둥거리는 그녀를 꽉 끌어안고 은재의 귀에 대고 속삭였다.

"그때는 그 말이 너도, 나도 왜 그렇게 어려웠던 걸까. 지금 생각해 보면 정말 아무것도 아닌데……."

낮게 중얼거리는 그의 목소리에 은재는 아무 말도 하지 못했다.

그래.

네 말대로 그때는 정말 어려웠어.

아주 쉬운 말인데 쉽게 나오지 않았었지.

"사랑해."

하지만, 이젠 아니잖아.

"사랑해."

지금은 그 말을 듣지 않으면 살아갈 수가 없을 정도로 익숙해져 버렸어.

"사랑해, 홍은재."

네게 사랑한다는 말을 못 듣게 된다면 더 이상 살고 싶지 않을지도.

"영원히 내 곁에 있어."

"응."

"내 사랑만 먹고 살아."

"응."

"사랑해."

"응."

"너무, 사랑해."

"응……."

은재는 천천히, 그리고 강렬하게 저를 향해 사랑한다는 말을 하는 진현의 속삭임을 들으며 눈을 감았다. 바닷바람이 코끝을 간질였다. 인기척 하나 느껴지지 않는 새벽의 바다에서 두 사람은 그렇게 서로를 끌어안고 있었다.

♥ ♥ ♥

진현의 한국 컴백 첫 경기가 있는 날이었다.

미국을 제패했던 제구력이 아직 녹슬지 않아 일찍이 3선발로 낙점받은 진현을 보기 위해 관중들과 언론들이 몰린다는 소문이 있었다. 때문에 무척 중요한 경기가 될 것이 틀림없었다. 데뷔일 만큼이나 의미 있을 오늘의 경기를 경기장에서 직접 보기 위해 은재는 신아를 데리고 구경을 가기로 했다. 임신 중기에 접어들기 때문에 야구장에 가는 것은 문제가 없었다.

"유신아, 오늘은 뭐 하는 날이랬지?"

오랜만에 TJ의 구장을 찾는다는 생각에 아침 일찍부터 부산스레 준비를 하던 은재는 그런 저를 신기하다는 눈으로 흘깃거리는 신아를 발견했다. 싫어도 언론의 주목을 받을 수밖에 없을 신아의 모습이 무척이나 예뻐 가슴을 쓸어내리던 그녀는 집을 나서기 전, 신아의 옷을 여미며 물었다.

"파파, 경기, 보다, 날!"

신아는 그런 은재를 향해 씩씩하게 외쳤다. 은재는 여전히 한국어를 뒤죽박죽으로 사용하는 제 딸아이를 바라보며 한숨을 푹 내쉬었다.

"경기 보는 날이겠지."

남들은 영어 가르치기가 그렇게 어렵다고 하는데 어떻게 신아는 한국어가 더 어려운 건지. 물론 어릴 때부터 영어에 익숙해져 어쩔 수 없다고는 하나 이대로 지속된다면 학교에 들어가서 놀림을 받게 될 것이 분명했다. 기필코 올해 안에는 신아의 한국어 사용이 능숙해지도록 지도해야겠다 생각하며 은재는 신아를 향해 고개를 끄덕였다.

"어쨌든, 오늘은 아빠한테 아주 중요한 경기가 있는 날이야. 신아도 아빠가 야구 선수인 거 알지?"

"응! 파파는 스타플레이어! 그레이트 피처!"

진현이 공을 던지는 모습을 보면 은재만큼이나 흥분하는 신아는 그의 모습을 떠올리는 것만으로도 기분이 좋은지 실실 웃었다. 은재는 꽤 즐거워 보이는 그녀의 머리를 슥슥 쓰다듬으며 말했다.

"그래그래. 그러니까 신아도 경기장에 가서 신경 많이 써야 해. 아빠한테 누가 될 수는 없잖아. 그치?"

"응!"

"좋아. 그럼…… 가 볼까?"

신아의 손을 잡으며 은재는 현관문을 활짝 열었다. 그의 경기를 보러 갈 때면 항상 같이 가곤 했던 세원이 주차장에서 기다리는 중이라 조금 서둘러야 했다.

오늘의 너는, 어떤 모습을 하고 어떤 얼굴로 공을 던질까.

그리고 오늘의 나는, 어떤 표정을 지으며 네가 공을 던지는 것을 바라볼까.

진현은 공을 던지고 자신은 그 모습을 지켜보는 일을 벌써 몇 년간 반복해 왔지만 몇 번을 반복해도 가슴이 두근거린다. 그의 경기를 지켜보는 이가 이젠 그녀 혼자만이 아니라 두 사람의 딸인 신아와 그리고 아직 태어나지 않은 둘째 아이까지 합쳐 셋으로 늘어났기에 더욱 행복한 건지도 모르겠다.

네 곁에…… 있을 수 있어서 좋다.

너와 함께 늙어갈 수 있어서 좋다.

너와 같은 시간을 공유할 수 있어서 좋다.

이 시간이…… 좋다.

"신아야."

은재는 멀리서 제게 손짓하는 세원을 발견하고 제 손을 꼭 붙잡고 있는 신아를 불렀다.

"웅?"

신아가 천천히 고개를 들자 은재는 당부하듯 말했다.

"나중에 경기 끝나고 아빠 만나면 말이야……. 꼭 '수고했다.' 고, 말해야 해."

은재는 신아가 이해하지 못하는 것 같아 얼른 말을 덧붙였다.

"아빠는 그러면 다음 경기 때 더 힘을 내거든. 그러니까, 알았지?"

그러자 신아는 은재의 귀가 얼얼할 정도로 크게 웅! 이라 외친다. 그녀는 그런 신아를 보고 빙긋 웃었다. 그리고 눈앞에 아른거리는 그를 선명하게 그리며 생각했다.

신아가 네게 수고했다고 말하면 그 후엔 짧은 입맞춤을 선사해 줘야지.

놀라는 너를 끌어안으며 너는 아직도 여전히 멋지다는 말도 해 줘야지.

아주 작은 목소리로, 네 귀에 대고 평생 너만을 사랑할 거라고 작게 속삭여 줘야지.

마지막으로 나는, 아니, 홍은재는 너를, 그러니까 유진현을…….

너무 사랑한다고…… 말해 줘야지.

외전

FIRST LOVE

2018년, 3월 6일.

오늘은 신아가 가장 사랑하는 파파, 마마, 그리고 신아의 귀여운 동생과 함께 놀이공원이라는 곳을 가는 날이었습니다.

"신아야, 준비 다 됐어?"

세상에서 가장 예쁜 마마는 아침 일찍부터 신아를 깨웠습니다. 친구들에게 이야기만 듣고 실제로 본 적이 없었던 한국의 놀이공원에 대한 기대감으로 잔뜩 부풀어 있던 신아는 마마의 목소리를 듣자마자 눈을 번쩍 떴습니다.

"응, 마마! 신아 깼어요!"

한국에 온 지, 1년이 지났습니다. 신아가 갓 태어났을 때 잠깐 머물기도 했고 할머니와 할아버지들을 뵈러 몇 번 오기는 했지만 낯설게만 느껴지던 한국은 이제 신아가 가장 좋아하는 나라가 되었습니다. 그리고 처음엔 어렵기만 했던 한국어도 이젠 어렵지 않습니다. 여전히 모르는 단어는 많지만 그럴 때마다 친절하게 신아에게 가르쳐 주시는 마마와 파파 덕분에 조금 능숙해졌달까요?

"쪽, 해야지. 쪽!"

"쪽!"

아침 의식과도 같은 마마와의 뽀뽀를 위해 신아는 입술을 쭉 내밀었습니다. 마마는 그런 신아를 보며 환하게 웃으시며 신아의 손을 잡고 욕실로 향했습니다. 뽀드득뽀드득. 놀이공원에서 사진을 잔뜩 찍을 예정이라서 신아는 마마와 함께 아주 열심히 목욕을 했습니다. 즐거운 목욕을 끝내고 밖으로 나오자 먼저 준비를 끝낸 파파가 신아를 기다리고 있었습니다. 파파는 신아의 귀여운 동생을 마마에게 안겨 주며 신아의 머리를 말려 주었습니다.

"아직 덜 말랐어. 벌써 일어나면 안 돼요."

"응!"

신아는 파파가 참 좋습니다.

파파는 멋지고 다정합니다. 신아의 친구들도 알 정도로 유명한데도, 항상 마마를 위해 장을 보러 다녀 줍니다. 아마 파파는 신아도 샘이 날 정도로 마마를 좋아하는 것 같습니다. 가끔 파파와 마마만이 알아듣는 단어를 주고받는 것 같아 얄미울 때도 있지만 신아는 나중에 커서 꼭 파파 같은 사람과 결혼을 하고 싶습니다.

"다 됐다!"

"우와!"

"오늘 우리 공주, 너무너무 예쁘네."

"감사합니다, 파파!"

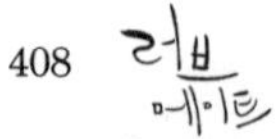

마마에게 칭찬을 들으면 감사를 전해야 한다는 것을 배운 신아는 배꼽인사를 하며 파파에게 고개를 숙였습니다. 신아의 머리를 빗어 주던 파파는 그런 신아를 향해 부드러운 미소를 지어 주었습니다. 아, 신아의 눈앞이 조금 어지러웠습니다. 파파의 이 미소는 신아의 마음을 두근거리게 만들어요.

"준비 다 됐으면 얼른 옷 입자. 음…… 어떤 옷이 좋으려나."

신아의 이상형인 파파의 마음을 사로잡은 우리 마마는 신아가 보기에 너무 아름다운 분입니다. 마마는 착하고 친절합니다. 신아는 그런 마마의 딸로 태어나 참 행복합니다. 물론 가끔 신아를 다그칠 때도 있지만 그것은 신아가 잘못했기 때문이니까요.

요즘은 신아의 동생인 신우에게 마마의 관심을 빼앗겨 버린 것 같아 조금 씁쓸하기도 하지만 신아는 괜찮습니다. 신아는 이제 한 살인 신우보다 여섯 살이 많은 누나니까요. 마마의 사랑이 잠시 신우에게 향하는 것 정도는 이해해 줘야겠지요.

"자, 그럼 가 볼까?"

분주하게 움직인 끝에 우리 네 가족은 집을 나설 수가 있었습니다. 마마의 손을 꼭 잡은 신아와 파파의 품에 안겨있는 신우는 신아가 그렇게도 가고 싶어 했던 놀이공원으로 발걸음을 움직였습니다. 파파의 차를 타고 한참을 간 끝에 신아는 한국의 놀이공원에 도착했습니다. 신아의 유치원 친구인 세라와 희윤이가 말한 것처럼 과연 놀이공원은 신아의 눈이 튀어나올 정도로 재밌었습니다.

달콤한 솜사탕을 손에 쥐고 다른 한 손에는 파파가 선물해 준 풍선을 들고 움직이던 신아는 재미있는 놀이기구를 많이 탔습니다. 회전목마도 탔고 찻잔같이 생긴 것도 탔습니다. 예쁜 동상 앞에서 사진을 찍기도 했고 지나가던 분들께 부탁하여 가족사진을 찍기도 했습니다.

"잠깐 기다려. 금방 사올게."

한참을 돌아다니니 배가 너무 고파졌습니다. 관람차를 타기 위해 줄을 서다가 근처 벤치에 앉은 신아를 향해 파파가 말했습니다. 핫도그와 간단한 먹을거리를 사러 파파가 모자를 눌러쓰고 뛰어간 사이 신아는 조금씩 칭얼거리는 신우를 달래느라 정신이 없는 마마에게서 시선을 돌렸습니다.

'어?'

마마의 옆에 앉아 지나가는 사람들을 바라보던 신아의 눈에 한 아이가 들어왔습니다. 그 아이를 본 순간 갑자기 가슴이 쿵쿵 뛰어서 신아는 얼굴이 빨개졌습니다.

"왜 그래, 신아야?"

마마는 손으로 양 볼을 감싸는 신아의 행동이 이상하다 여겼는지 고개를 갸웃거렸습니다. 신아는 대답 대신 얼굴을 저었습니다.

무척…… 예쁘게 생긴 아이였습니다.

신아가 좋아하는 동화 속에서 자주 등장하는 공주님과 왕자님처럼 생긴. 신아는 자꾸만 그 아이를 바라봤습니다.

이상하게 시선을 뗄 수가 없었어요.

왜 그런 마음이 들었던 걸까요? 신아는 그 아이에게 말을 걸고 싶어졌습니다. 신아에게 말을 걸어오는 아이들은 많았지만 먼저 말을 걸고 싶은 사람은 그 아이가 처음이었어요. 신아는 한참을 고민하다 마마를 불렀습니다.

"마마, 잠깐만요."

“응? 어? 시, 신아야!”

그 아이는 꽤 곤란해하는 것 같았습니다. 그 아이를 찾는 가족들도 없어 보였어요. 미아가 된 걸까요? 신아는 놀라는 마마를 뒤로하고 그 아이에게 다가갔습니다.

“아, 안녕?”

“……!”

그 아이는 신아의 갑작스런 인사에 꽤 놀란 것 같았습니다. 뒤로 물러나며 미간을 찌푸리는 아이에게 신아는 나쁜 사람이 아니라는 것을 말해 줘야 할 것 같았어요. 어떻게 말할까 고민하며 잠시 망설이는데 그 아이가 말했습니다.

“뭐야.”

조금은 냉랭한 목소리였습니다. 신아는 그 아이의 차가운 태도에 잠깐 주눅이 들었지요. 그러나 신아가 누굽니까? 유치원 내에서도 포기를 모르는 유신아, 하면 무척 유명합니다. 신아는 싸늘한 아이의 시선을 개의치 않고 환하게 웃었습니다.

“난 유신아라고 해.”

“……뭐?”

“네 이름은 뭐야?”

맞아요.

신아는…… 그저 이름을 알고 싶었어요.

이상하게 눈이 가는 아이의 이름이 뭔지 궁금해졌습니다. 그래서 곁에 있으라는 마마의 말도 어기고 이렇게 달려온 건지도 모르겠습니다. 아이는 신아의 말이 뜬금없다는 듯 미간을 찌푸렸습니다.

“내가 왜 내 이름을 말해 줘야 해?”

신아는 망설이지 않고 말했습니다.

"신아가 알고 싶으니까!"

신아는 파파에게 자신의 감정을 솔직히 드러내라고 배웠습니다. 파파와 마마는 감정을 드러내지 않아 긴 세월을 돌고 돌았다고 했어요. 아직까지 그 말이 무슨 말인지는 이해하지는 못했지만 신아는 파파의 말을 항상 명심하고 있었습니다. 그 아이는 신아의 태도에 멈칫거렸습니다. 아마 신아 같은 아이는 처음 보나 봐요.

신아는 그 아이가 말하기를 기다렸습니다. 가슴이 두근두근 뛰었지만 신아는 태연한 척하려 애썼어요. 그러다 아이가 주위를 흘깃거리더니 한숨을 푹 내쉬며 말했습니다.

"차……윤후."

신아는 그렇게 처음 그 아이를 만났습니다.

신아의 첫사랑인 그 아이를요.

작가 후기

친구를 짝사랑하는 이야기는 예전에도 한 번 쓴 적이 있지만, 이번엔 두 사람이 동시에 좋아하는 경우를 써 보고 싶었습니다. 그러다 시작한 것이 〈친구라는 이름으로〉, 아니 이젠 〈러브 메이트〉라는 제목을 붙인 이 소설입니다.

유독 좋아하는 야구라는 분야를 집어넣어서 연재와 수정하는 내내 꽤 즐거웠습니다. 어릴 적부터 제가 줄곧 응원해오던 L모 구단에 반드시 있었으면, 하고 바라는 이상적인 선수를 생각하며 진현이를 그려나가서 그런지 심심할 틈이 없었어요.

여주와 남주 시점을 오가는 소설이라 진행해 나가기는 쉽지 않았으나 좋아해 주시는 분들이 계셨기에 무척이나 행복했습니다. 이번엔 성공한 야구 선수 이야기를 썼으니 다음번엔 재활을 노리는 야구 선수라든가, 그도 아님 제가 너무나도 좋아하는 구기 종목 중 하나인

축구 선수가 나오는 이야기를 한번 써보고 싶은 마음도 듭니다.

예쁜 표지와 수정 내내 신경 써 주셔서 책이 나올 수 있게 도와주신 다향 로맨스 관계자 분들께 먼저 감사의 인사를 전합니다. 또 연재 시 많은 힘이 되어 주셨던 로망띠끄 독자님들과(특히 그린^^ 님, 언제나B 님! 두 분의 이름은 잊지 않겠습니다!)

소제목을 정해 주셨던 그린가넷님을 비롯하여 빼먹을 수 없는 우리 로맨틱 시즌의 모든 여러분들께도(콤마, 유느, 구구, 미바, 아실, 세어, jiyoonS, 조으다, 똘분, 화사, 핑키 님 등등!) 저의 사랑을 바칩니다.

바쁜 와중에도 저와 함께 수정될 제목을 열심히 생각해 주신 윤미언니(정말로 고맙습니다!), 존경하는 미셸 선생님(행복하셔야 해요!), 저의 소중한 친구들인 선희와 변지.

마지막으로 사랑하는 우리 가족들, 아빠, 엄마, 그리고 윤이에게 좋은 일만 가득했으면 좋겠습니다.

다음에 찾아뵐 글은 외전에 잠시 보여드렸던 신아와 윤후의 이야기가 될지, 아님 전혀 다른 이야기가 될지는 아직은 잘 모르겠습니다만 기다려 주시길 부탁드립니다.

진현이와 은재의 이야기를 읽어 주신 여러분들께 감사의 인사를 전하며, 다시 만날 그날까지 건강하세요.

—첼시걸 拜上

러브메이트

1판 1쇄 찍음 2012년 3월 14일
1판 1쇄 펴냄 2012년 3월 20일

지은이 | 이 림
펴낸이 | 정 필
펴낸곳 | 도서출판 **뿔미디어**

편집장 | 이재권
기획 · 편집 | 이경순
편집디자인 | 이진선
관리 · 영업 | 김기환, 임순옥

출판등록 | 2002년 9월 11일 (제1081-1-132호)
주소 | 부천시 원미구 상3동 533-3 아트프라자 503호 (우)420-861
전화 | 032)651-6513 / 팩스 | 032)651-6094
E-mail | dahyangs@naver.com
카페 | http://cafe.daum.net/dahyangs

값 9,000원
ISBN 978-89-6639-596-5 03810

※파본은 구입하신 서점에서 교환하여 드립니다.

동
향

사랑, 그 설렘에 취하고 향기에 물들다.

동
향

사랑, 그 설렘에 취하고 향기에 물들다.